人散後，夜涼如水

驀然回首
那人卻在
燈火闌珊處
　　　——辛棄疾《青玉案》

燕子歸來尋舊壘
風花盡處是離人
花隨柳絮落紛紛
　　　——阮逸女《浣溪沙》

人散後，夜涼如水

緬懷當代中國知識分子

邵燕祥

香港城市大學出版社
City University of Hong Kong Press

國際統一書號：978-962-937-442-6

出版

香港城市大學出版社
香港九龍達之路
香港城市大學
網址：www.cityu.edu.hk/upress
電郵：upress@cityu.edu.hk

And There Remained Bleak Solitude:
Reminiscences of Modern Chinese Intellectuals

(in traditional Chinese characters)

ISBN: 978-962-937-442-6

Published by

City University of Hong Kong Press
Tat Chee Avenue
Kowloon, Hong Kong
Website: www.cityu.edu.hk/upress
E-mail: upress@cityu.edu.hk

Printed in Hong Kong

目錄

題解   xiii

魯迅（1881–1936）   1

關於魯迅   1

《魯迅：人，還是神？》序   5

魯迅也不會有更好的命運 ——
也談假如魯迅活到一九五七年   8

黃秋耘（1918–2001）   28

說「低沉」   28

論黃秋耘 —— 為《當代文壇報·微型評論》作   31

詩人黃秋耘   33

聶紺弩（1903–1986）   39

讀聶紺弩   39

重讀聶紺弩的詩   41

俞平伯（1900–1990）   46

紀念俞平伯老人   46

何其芳（1912–1977）   50

何其芳的遺憾   50

鄧拓（1912–1966）　　　　　　　　　　　　54
　　重讀鄧拓詩　　　　　　　　　　　　　54

楊憲益（1915–2009）　　　　　　　　　　　59
　　楊憲益：讀其詩並讀其人　　　　　　　59
　　悼楊憲益　　　　　　　　　　　　　　66
　　寫在楊憲益逝世之後　　　　　　　　　69

秦兆陽（1916–1994）　　　　　　　　　　　76
　　重讀《木魚歌》　　　　　　　　　　　76
　　秦兆陽：為現實主義辯護　　　　　　　78

顧準（1915–1974）　　　　　　　　　　　　84
　　只因他的思想變成鉛字 ──
　　《顧準文集》讀後斷想　　　　　　　　84

汪曾祺（1920–1997）　　　　　　　　　　　90
　　汪曾祺小記　　　　　　　　　　　　　90

張若名（1902–1958）　　　　　　　　　　　96
　　傷心人祭 ──張若名的悲劇人生　　　　96

馮友蘭（1895–1990）　　　　　　　　　　101
　　解讀馮友蘭　　　　　　　　　　　　101

孫越生（1925–1997）　　　　　　　　　　104
　　《孫越生文集》序　　　　　　　　　104

人散後‧夜涼如水：緬懷當代中國知識分子

邵燕祥

吳祖光（1917–2003）‧新鳳霞（1927–1998）　　　109

　　吳祖光是怎樣一個人 ——《吳祖光：1957》序　　109

　　祖光鳳霞，對不起！　　115

蕭乾（1910–1999）　　118

　　認識一個真實的蕭乾　　118

韋君宜（1917–2002）　　126

　　為《回應韋君宜》作　　126

方成（1918–2018）　　133

　　話說方成　　133

何濟翔（1905–2002）　　136

　　《滬上法治夢》　　136

陸蘭秀（1917–1970）　　140

　　陸蘭秀：不該忘記的烈士　　140

阿壠（1907–1967）　　144

　　讀阿壠最後遺書 —— 夜讀抄　　144

艾青（1910–1996）　　148

　　艾青雋語　　148

光未然（1913–2002）　　152

　　悼詩人光未然　　152

沈從文（1902–1988） 157

　　沈從文百年誕辰紀念 ——
　　答《北京青年報》記者問 157

公劉（1927–2003） 160

　　憶公劉 160

巴金（1904–2005） 163

　　巴金與無政府主義 ——
　　李輝《百年巴金：望盡天涯路》序 163

　　我是巴金的老讀者 167

　　與友人書‧談對巴金的認識 171

常風（1910–2002） 186

　　常風紀念 186

嚴辰（1914–2003）‧梅益（1913–2003） 193

　　落葉之思 193

　　嚴辰遺墨 197

　　跟着嚴辰編《詩刊》 201

　　回首往事記梅益 227

　　梅益：大歷史中留下的足跡和背影 234

牧惠（1928–2004） 251

　　相見恨晚 相別恨早 251

綠原（1922–2009） 256

　　綠原的詩 —— 給「綠原詩歌創作研討會」的賀信 256

嚴文井（1915–2005）　　　　　　　　　　260

　　「風雨回眸」嚴文井　　　　　　　　　260

胡風（1902–1985）　　　　　　　　　　　266

　　「胡風學」研究的一本新書 ——
　　讀路莘《三十萬言三十年》　　　　　266

周思聰（1939–1996）　　　　　　　　　　274

　　讀《周思聰與友人書》——夜讀抄　　274

蔡其矯（1918–2007）　　　　　　　　　　283

　　無題　　　　　　　　　　　　　　　283

李慎之（1923–2003）　　　　　　　　　　289

　　讀李慎之先生的私人卷宗　　　　　289

周有光（1906–2017）　　　　　　　　　　297

　　報周有光先生書　　　　　　　　　　297

　　周有光《百歲所思》代序　　　　　　302

林斤瀾（1923–2009）　　　　　　　　　　308

　　我心目中的林斤瀾　　　　　　　　308

冰心（1900–1999）　　　　　　　　　　　314

　　冰心靜言　一片冰心　　　　　　　　314

牛漢（1922–2013）　　　　　　　　　　　317

　　牛漢：當代詩人第一　　　　　　　　317

羅孚（1921–2014） 321

　羅孚：一個悲劇性的存在 321

　詩酒忘年懷羅孚 326

　再說羅孚 331

孫靜軒（1930–2003） 335

　一九六三年的邂逅 335

舒展（1931–2012）・楊再玲（1942–2013） 341

　願舒展夫婦安息 341

周定一（1913–2013） 344

　悠悠六十五年間 —— 追懷恩師周定一 344

路翎（1923–1994） 353

　面對《路翎全集》的雜感 353

曾彥修（1919–2015） 358

　曾彥修：政治道德的典範 358

吳伯簫（1906–1982） 365

　不該遺忘的吳伯簫 ——
　《吳伯簫年譜》讀後 365

丁聰（1916–2009） 372

　丁聰百年 —— 紀念會上的發言 372

楊振聲（1891–1956） 376

　楊振聲先生的佚文：《致不知姓名的先生》 376

題解

這本書的書名是，《人散後，夜涼如水》。

得自豐子愷先生一幅畫的啟示，他在那畫上題了一句：人散後，一鉤新月天如水。

一彎新月，恰如簾鉤，窗外天空無涯際。

讓人想起黃仲則那句：事有難言天似海。

難言的是甚麼？人事隱衷，還是天機不可洩漏？

看月。看天。夜深。人散。此刻始覺有涼意。

夜涼沁人，還有那如水一樣難言的愁思。

歷史之愁。鄉土之愁。文化之愁。嘉會不再或知音難覓之愁。

多少次夜闌人散，檢點並陸續記下這些愁思，為了難忘的紀念，遂有這本拉雜的漫筆。

所記之人，都已散去，一去不返，不會重來。

我從 1949 年前後涉足文化圈的邊緣，這裏所記印象大抵是長輩的背影。其中如反對文革的烈士陸蘭秀，五四學人俞平伯、楊振聲、馮友蘭全都未曾謀面，如巴金、胡風、聶紺弩、

鄧拓等也都只有一兩面之緣。於他們的學問怕還是躑躅門外。但切身感到他們生時都似一盆火，縱然去後猶有餘溫，夜色中畢竟也難掩涼意襲人了。

　　更不要說魯迅先生，余生也晚，比他的海嬰還小幾歲，但他的音容一直活在我從少年時至今的生命中，在逆境裏是魯迅的精神支撐我免於崩潰，免於消沉。這就是我把對他的憶念和理解冠於卷首的緣故。

2017 年 4 月 7 日

【2018年9月5日點定附言】這一本感舊話舊之書，非一時所作，下筆時更沒有總體設計，長短不齊，體例不一。所寫雖盡是故去的人，有的是在人去後的追思，有的則是在其生前現場的相互呼應與支持。今匯輯成書，彷彿劫後遺民說前朝故事，只希望略存先行者的腳印，不使「（古今多少事）都付笑談中」則幸甚。

關於魯迅

　　雪後兼之以凜冽的寒風一掃，今天北京的天空又像幾十年前一樣地藍了。只是缺少一二風箏在晴朗的天空浮動。

　　我 10 歲內外讀了魯迅的《風箏》，我就覺得我像是他的那個小兄弟了。

　　從那時起，我總把他當作聲欬相聞的同時代人。

　　有時候我以為我理解了他，有時候我發現我完全沒有理解他。

　　我彷彿看到他腳着黑膠鞋，從西城到東城，趄着北京的黃土路，又從東城到西城，走過大半個北京：這在毒日頭下有無辜者「示眾」的首善之區，這經歷過「民國以來最黑暗的一天」的首善之區！

　　一個踽踽獨行者，一個荷戟獨彷徨的猛士，也許不期求世俗的所謂理解吧。

　　他説過：「人生得一知己足矣。」

　　而他視為知己的，是瞿秋白。

　　他是思想者，卻奉還「思想界的先驅」的桂冠，更擲還「青年導師」的帽子。他冷笑着接過「墮落文人」的諡號，自署曰「隋洛文」。

他也的確不愧為「從敵人的營壘中來」的「世故老人」，他早看透有人慣於拉大旗做虎皮，或拿麒麟皮掩蓋馬腳，也看透名人死後必有人搶孝帽，謬托知己。對那些樹他為旗幟的人，他至少會投去懷疑的眼光吧。

沒有經過浮沉起落帶來的世態炎涼，如魯迅少年時小康之家家道中落後人情的冷暖，不可能理解魯迅為甚麼「白眼看雞蟲」，對某些他所蔑視的人，連眼珠也不轉過去。

沒有經過同行者有的高升有的退隱有的頹唐有的落伍，沒有目睹同是青年人「或則投書告密，或則助官捕人」，就不可能理解魯迅為甚麼說「名列於該殺之林則可，懸樑服毒，是不來的」，那樣的「雖千萬人吾往矣」地決絕。

沒有「橫站」着迎接過來自幾面的明暗的攻擊，沒有在草間獨自舔過傷口，就不會懂得為甚麼魯迅至死也「一個都不寬恕」。

沒有在「無聲的中國」感受到如被囚禁於鐵屋、於古墓的痛苦，就不懂魯迅為甚麼呼喚敢哭敢笑敢愛敢恨敢罵敢打的人，為甚麼主張「能憎才能愛，能殺才能生」；沒有體會過「城頭變幻大王旗」的幻滅，就不懂魯迅為甚麼首肯於「絕望之為虛妄，正與希望相同」，為甚麼預見到幾乎每一次改革後的反覆和摻雜，並指出中國的文化是個染缸，能夠征服和俘虜原先的戰士。

惟思想者為痛苦，惟清醒者為痛苦。

魯迅卻絕不虛偽；不以自欺來逃避痛苦，也不以假話去安撫別人。

　　魯迅向煩他撰文代寡母請求旌表的鄉人說：「你母親貞節不
貞節我怎麼知道？」

　　不能這樣說真話的聰明人，能夠輕言學到了甚麼「魯迅筆
法」麼？

　　也不必擔心一下子冒出好些個魯迅；沒有那回事。魯迅是
獨一無二的，不可複製的，更不會大量湧現的。

　　然而魯迅又不是不可學習的。但不是學模範學標兵的學法。

　　以魯迅閱世之深，閱人之深，他可以說是我們每個人（一
切反動派及其幫兇、幫忙、幫閑者除外）的知己。但我們是不
是魯迅的知己？他的書我們讀懂了多少？他這個人，我們是否
從某一個側面接近了他的精神世界？

　　讀《孔乙己》，我們是否想過我們跟孔乙己有幾分相似？讀
《阿Q正傳》，我們是否在阿Q身上看到自己的影子，並想到魯
迅「哀其不幸，怒其不爭」的憂患的胸懷？何況除了這位傳主，
還有王鬍、小D以至假洋鬼子、趙秀才……魯迅留給我們多少
面亮可鑒人的鏡子啊。

　　小時候把魯迅當作不同於一般長者的長者，尊敬地呼為
先生。

　　今天，我的年齒已多於魯迅的年齡，我對先生的人格和識
見更加高山仰止，因為我以為經過世事滄桑，我對先生有了較
深一步的理解，理性的而非情緒的。掩卷之餘，或還可以與先
生對話、斟酌，直至爭論。

　　我自然不可能如瞿秋白那樣成為魯迅的知己，或亦不能為
雪峰，為胡風，但能不能像蕭紅那樣得到在先生面前放言的權

利，或是像木刻研究會的青年，掏出帶着體溫的鈔票買書的工人那樣，可以不拘形跡地相互視為同道呢？

說魯迅是偉大的，誠然，但他是不同於一般所謂偉大的偉大。

說魯迅是偉大的革命家，誠然，但他是不同於一般所謂革命家的革命家。

說魯迅是偉大的思想家，誠然，但他是不同於一般所謂思想家的思想家。

說魯迅是偉大的文學家，誠然，但他是不同於一般所謂文學家的文學家。

一般的發發議論，是遠不可望魯迅之項背的。

以上云云，是不會為時下一些從抵制「魯貨」到「告別魯迅」的主張者所滿意的，我也不想讓他們感到滿意。

一千個讀者就有一千個魯迅。我的魯迅，是我這多年不斷發現和不斷加深理解的魯迅，我引為師友，忘年之交，別人對他怎麼看，其實是無足輕重的。

1997 年 1 月 1 日

《魯迅：人，還是神？》序

人之所以異於禽獸者，是不僅渾渾噩噩地為族群繁衍着後代，而且對後代寄託着希望，對將來懷抱着理想：願人之子們能夠告別專制和愚昧，健康合理地做人，以進於真正的文明。

魯迅在彷徨和孤獨中，呼喊着「救救孩子」，一心想的是肩住黑暗的閘門，放他們到光明的地方去。他想望着推翻千百年來吃人的筵席，在恍如古墓的廢墟上恢復一個人的世界。

他明知「絕望之為虛妄，正與希望相同」，他不忍人們在無望中沉淪，他要在如墨的夜塗抹一線熹微的亮色，為生活裝點些歡容。

但他不是冥想者，他是切切實實地足踏大地，要在無路的地方走出一條路來。

於是我們看見荒原上過客的足跡和背影。

於是我們看見烏鴉盤桓的墳前依稀一個花環。

魯迅，這個為人子、為人兄、為人夫、為人父者，這個有着正常人的喜怒哀樂卻又因敏感和理性而一倍增其哀樂的大智大勇者，他不能不痛苦，不能不憤怒。他面對着野蠻和殘暴、虛偽和卑劣、麻木和怯懦，面對着社會的畸形和人性的病態，發出了他所能發出的最沉雄的呼吼和吶喊。

　　他在路邊的草莽中獨自舔罷傷口，又進入壕塹了。他用借來的天火煮自己的肉，是為了營養奴隸的孩子們，成為敢想敢做敢哭敢笑敢罵敢打、搏擊於時代潮流上的人。

　　他為年輕時奪去了幼小者心愛的風箏而歉疚終生，他為人血饅頭治不了病孩的絕症而悲憫不已。一個識破無數謊話，參透生死，何等通脫的人，卻一次又一次陷入擺脫不掉的迷惘和困惑：為甚麼他所深愛並熱望的青年中，竟又出現了投書告密、助官捕人的惡棍？又出現了他深惡痛絕的奴才、二醜、幫閒以至幫兇？

　　魯迅，生前不得不認真應付着來自四面八方也來自同一營壘中的明槍和暗箭。對來自委瑣的小報文人或稱小人們的詛咒和攻訐，他投以極大的蔑視，有時連眼珠也不轉過去。他又從中國的常例預見到他死後會有的眾生相，但他絕然想不到他所寄予希望者會把他的前半生和後半生一砍兩截，把他的思想和精神肢解示眾，改換商標沿街叫賣。他曾寧願以肉身飼獅虎鷹隼，然而獅虎鷹隼何在？但有墮落的蛆蟲連同蠹魚，遊走你的書中，啃吃你的思想，玷污你的名字！

　　你生時是一個繞不開的存在。你死後，你的眼睛仍懸在歷史的東門。你的存在對一切壞東西以及不是東西的東西，成為思想的、精神的、道德的巨大威懾，使他們如芒刺在背，寢食難安。

　　你曾指斥過「詩歌之敵」。但你也不會想到，這些不斷繁殖的「詩歌之敵」，能使你所愛的一代又一代青年，在享有了多少人多少年用自由、傷痛以至生命換來的一點狹小空間裏，浪費着他們的自由、才華和生命，甚至隨時墮落下去。

這將是一個漫長的過程。一個希望屢屢遭遇失落，卻仍將燃起不滅的希望的過程。魯迅的全部希望和絕望，悲觀和樂觀，全部的「上下而求索」將與我們同在。

　　魯迅指認過有數的民族的脊樑。也只有越來越多佝僂的脊樑挺直起來，奴隸的脊樑成為人的脊樑，才能形成中國的脊樑，世界的脊樑：為了人的中國，人的世界！

2000 年 5 月 1 日

魯迅也不會有更好的命運
—— 也談假如魯迅活到一九五七年

從已知推測未知，歷史的假設或可反映歷史的真實

歷史不容假設，這是說熟了的一句話。

因為歷史的第一義，是指在這世界上確實發生過的人和事，鐵板釘釘，不容抹殺和篡改的。沒有發生過的，托之於假設，似乎並沒有實際的意義。

但有人設問，如果魯迅活到 1957 年，會怎麼樣，卻也不是要求「戲說」。

軍中無戲言。政治人物沒有戲言。如說劉少奇像隻螞蟻，用一個手指就可以捻死他；後來果如其言，而且似乎不費舉手之勞。

涉及人的命運，自然會有許多偶然因素，比如暗殺而沒有打死，但基本上取決於人的性格和際遇。性格可以被環境改變，不過有其主導的不變的方面；而人的際遇是變數較大的，

---

* 此文原為陳明遠編《假如魯迅活着》一書而作，文匯出版社 2003 年。

遇到甚麼人甚麼事甚麼大環境小處境，結果往往不同，這又是必然中的偶然了。

1990 年初，我因《推背圖》的流行，想到我們還沒有《動物農場》（*Animal Farm*）、《一九八四年》那樣的政治幻想小說（寓言或預言），從而想到一些重要政治人物的生死出處雖屬偶然卻能對歷史產生不少的影響，曾作過一些歷史的假設，如：

> 假設 1976 年 1 月周恩來沒有病逝，自然就沒有 4 月以悼念周恩來為標誌的天安門事件，沒有隨後以天安門事件為藉口撤銷鄧小平職務和任命華國鋒代之的兩個決議；而再假設毛澤東先於周恩來去世，那末中國政壇上的事態將如何發展？

> 假設 1971 年 9 月，不是林彪死於非命，而是如所公佈的林彪集團刺殺毛澤東的密謀得逞，那末中國七十年代的歷史是否就會完全兩樣？

> 假設 1936 年沒有發生張學良、楊虎城兩將軍策動的西安變，蔣介石繼續執行其「先安內而後攘外」的政策，事情將會怎樣？或者，在西安事變發生以後，沒有能夠實現「聯蔣抗日」，而由某種力量處死蔣介石，則後來國內各種政派之間及中國對外關係將出現甚麼樣的格局？

> 假設中央紅軍北上途中，不是偶然地從《大公報》發現陝北還有劉志丹所堅持的根據地，並前往會師，那後來的一切會是甚麼樣子？

1　編按：1935 年 9 月，中央紅軍長征以尋找新的落腳點。偶然在《大公報》上發現了陝北有劉志丹及徐海東的紅軍，還有根據地，中央便決定到陝北落腳。

這就是說，在某一個歷史關鍵時刻，由於一些偶然因素，歷史可能作出另一種以至幾種不同的選擇。我在〈歷史假想小說〉一文裏，希望能有作者對各種社會力量及其代表人物，對國際國內各種勢力的角逐、消長，對各個階級階層和利益集團或矛盾或調諧的利害關係和心態，進行研究，雖屬虛構卻非「憑空」，寫出假想的當代史、現代史以至近代史題材的小說來，在激發讀者興味的同時引起讀者深思，讓我們從「虛構」中發現「歷史的鏡子」從另一角度反映出的歷史真實。

這樣的思路，不是我所獨有。包括我在內，不少人都寫過「假如阿Q活到今天」的話題，只是沒有大手筆把這題目做大罷了。而且早在1980年就有人寫過假如魯迅還活着的一首短詩，招來意想不到的罪名，於是大家緘口。現在能容大家在這裏放談，表明二十多年來畢竟有了進步。

據說在1957年羅稷南對毛澤東提出的問題，是到1957年特別是反右派運動中，毛澤東將如何對待魯迅。反正是假設，我們本來也還可以更大膽些，設想魯迅活到新世紀的今天。可這樣魯迅就達到120歲了，文章便會作得像是宣傳養生保健的東西；限於篇幅，還是不要跑野馬，回到羅稷南的出發點吧。

我們從文獻上看到的毛澤東關於魯迅的言論，都發表在魯迅去世以後。羅稷南要問的，則是如果魯迅一直健在，活到1957年的反右派運動中，處境會怎麼樣，毛澤東將怎麼看待和對待他。已故的魯迅，尚且常在毛的視野之內，假設面對一個活着的魯迅，自不會視而不見。

1957年回答羅稷南提問時，毛澤東所據是他心目中的魯迅，是截至1936年逝世時的魯迅。毛澤東則已是1957年的毛

澤東，不是三十年代割據一方的蘇區領導人，而是生殺予奪大權在握的中國首席執政者了。

其實，即使沒有毛澤東回答羅稷南提問一事，難道我們就不能設想1957年的毛澤東如何處置1957年的魯迅嗎？這種設想不是戲說，那末只能以我們已知的二人的言行和性格作依據，從已知推測未知，就如毛澤東談蔣介石時説過的，從他的昨天可知他的今天，從他的昨天和今天可知他的明天。排除了不確定的偶然性因素之後，其中應有必然的或至少是接近必然的結論。

魯迅是不變的，其性格不變，基本的人生觀價值觀以及處世態度不變；雖在某些論者那裏他像「莽昆侖」一樣被「裁為三截」（少年之外，分為前期、後期），他對世界的認知有所發展，但思路的變化卻並不是無跡可循的。毛澤東也一樣，縱然某些具體觀點有時變化，某些策略更時有變化，但他的性格以及基本的人生觀價值觀和處世態度也是不變的。

但在據此作出邏輯推論的時候，必須注意到，如要假設魯迅活到1957年，那他必得經過從三十年代後期至四十年代，以迄五十年代前期的幾度滄桑。然則毛澤東在1957年就不是面對一個突然從1936年蹦到1957年（或説是長眠了二十一年後突然醒轉）的魯迅，而在此之前，先得問問魯迅在那風雲變幻的二十一年間是怎樣走過來的，其間毛澤東怎樣看待魯迅的「政治表現」，並採取相應的態度了。

蔣介石能容忍魯迅到甚麼程度

魯迅的健康狀況姑置不論，魯迅若不死於 1936 年，究竟能否活到 1957 年？就是一個大問題。

首先是蔣介石能夠容忍魯迅到甚麼程度。1936 年魯迅逝世後不久，就發生了「雙十二」西安事變。和平解決後，蔣介石獲釋回到南京，對張學良實行軍法審判並加以軟禁。如果魯迅當時還活着，多半會與宋慶齡採取同樣的態度，也就是支持共產國際提出又為中共所接受的「聯蔣抗日」的主張。這時的魯迅多半不會成為蔣介石必欲殺之而後快的主要對象。沈鈞儒等「救國會」七君子事件，不論魯迅是否參與，蔣介石迫於輿情，頂多也像對七君子一樣予以拘捕起訴，不至於大開殺戒。在抗戰期間，馬寅初因公開抨擊孔祥熙的腐敗，向蔣政權挑戰，遭到逮捕關押；假設魯迅活着，想要封殺魯迅而封殺不了，他們也會給予同等待遇，不過還不致採取極端手段。但到了 1946 年，蔣介石悍然撕毀政協決議，發動內戰，先後製造重慶較場口、南京下關的打人事件，並不能平息反內戰、爭民主的風潮，遂不惜冒天下之大不韙，暗殺李公樸、聞一多，此時，假如魯迅活着，恐怕難逃一槍。因為早在 1933 年楊杏佛被刺前後，魯迅已上了特務的黑名單，他去參加楊氏追悼會，就沒帶回家的鑰匙。由於積怨過深，在蔣介石 1949 年從大陸逃往台灣前夕，假設魯迅脫身有失，落在他們手裏，會不會遭到楊虎城那樣的肉體消滅，怕只有天曉得。

魯迅的「政治遠見」會不會落空

抗戰開始後，假設魯迅活着，在把矛頭指向日本軍國主義的同時，他不會放棄對蔣介石，對國民黨和國民政府進行犀利的批評。魯迅不會同意王明所謂「一切通過統一戰線」的主張。客觀上這是同毛澤東在統一戰線內保持獨立自主的原則相一致的。然而，當陳獨秀被康生等造謠誣為收受日本特務機關津貼的漢奸時，魯迅恐怕不會輕信，一則他對「五四」時期並肩對敵的陳獨秀之人格操守是有相當了解的，二則魯迅自己身受過所謂「拿蘇聯盧布」之類的誹謗，因此，他說不定會像有些社會人士一樣為陳獨秀辯誣，這是完全可能的，他不能容忍有權者對無權者濫施撻伐，濫潑污水。但這樣一來，毛澤東所肯定的「魯迅精神」的第一個特點「政治的遠見」就落空了，因為毛的這一立論是根據魯迅的〈答托洛茨基派的信〉（1936 年 6 月），說「他在 1936 年就大膽的指出托派匪徒的危險傾向」，現在毛澤東也說「托派成為漢奸組織而直接拿日本特務機關的津貼」，陳獨秀當時在他眼中還是屬於「托派匪徒」之列的。那麼一來，魯迅和毛澤東的觀點就會對立起來。

中共作為共產國際的一個支部，在組織上必須與之保持一致，四十年代初，蘇聯為了保持東線的穩定，竟與日本訂立《蘇日中立條約》，承認偽滿洲國，承認日本對中國東北的佔領。這一出賣行為，理所當然引起中國人民的不滿。一些有識之士聯名發表〈致斯大林元帥的信〉，表示抗議。在這樣明顯的大是大非面前，假設魯迅活着，他一定會面對現實，不再囿於寫作〈我們不再受騙了〉等文時的聞見，而出面反對蘇聯的民族利己主義的不義之舉；當有些人士迫於壓力而收回自己的抗

議並作檢討時，魯迅一定會像參與聯署的王造時教授一樣，堅持己見亦即堅持原則。但我們知道，王造時當時就被視為有反蘇傾向，1949 年後遭到冷遇，直到 1957 年打成右派，都與這一樁歷史公案有關。假如魯迅活着，這將是他遇到的一次重大政治考驗。

假設發生了這樣的事情，毛澤東在《新民主主義論》（1940年）中對魯迅作眾所周知的崇高評價，會不會在收入選集時進行刪改，或壓根兒就不會那樣評價，就是一個問題了。

《講話》是對魯迅更直接的考驗

這是想像魯迅在 1937、1938 年抗戰一開始就前往武漢和重慶。還有一種可能，是他在「孤島」上海租界中停留一段時間，才經香港或河內去大後方。事實上許廣平以孤兒寡母都難免被日本佔領者拘捕；魯迅如在，至遲也會在太平洋戰爭發生後設法離開上海，以避日本的魔爪。

而到了大後方，更加直接的「考驗」則是 1942 年《在延安文藝座談會上的講話》[2] 傳來後是否表態，怎樣表態。郭沫若、茅盾都及時在中共黨報《新華日報》上發表了擁護的文章。對於魯迅來說，姑且不說一般的方向問題，單是具體涉及他的地方，他會有甚麼樣的反應呢？例如毛澤東對「俯首甘為孺子牛」

2　編按：在延安整風運動期間，毛澤東在「延安文藝工作者座談會」發表講話，提倡文藝工作者要為「工農兵」服務，令他們學習馬克思主義和社會主義。

的解釋，由於在特定的話語系統裏，人民大眾是由共產黨代表的，「做人民大眾的牛」，也就是「甘」願向一個政黨「俯首」，這一引申意義能否為魯迅所輕易接受呢？再如，《講話》對「還是雜文時代」、「還要魯迅筆法」這兩點的質疑和批駁，涉及的是允許不允許獨立思考，讓不讓批評，有沒有思想、言論的自由，是否只要求知識分子馴服聽命；因此，這與魯迅反對奴隸主義、主張「立人」的一貫主張，是背道而馳的；因此，他可能並非為個人的寫作辯護，而是從一般文藝創作（包括雜文寫作）的原理和常識上加以申述，兼及他關於改造社會、改造國民性的理想，客觀上也就成為對《講話》的對抗了。

據學者藍棣之說，中央檔案館裏有一篇文獻表明，

> 解放初期，江青出席文藝界一個會議時說，新中國文藝的指導思想是毛澤東文藝思想。胡風當場表示，在文藝上的指導思想應當是魯迅的文藝思想。江青回家給毛澤東說了之後，毛澤東很不高興。

假設魯迅在四十年代就發表對毛講話的不同意見，而且形成後來指責黨外人士的所謂「分庭抗禮」的局面，魯迅即使活到五十年代，他的命運會比胡風好多少呢，如果不是更壞的話？

不過，至少在建國以前，我們可以相信，在魯迅與毛澤東之間，有周恩來居間調停，緩解矛盾，儘量使之不致激化。自然，能夠緩解於一時，只能推遲爆發的一刻，卻不能從根本上解決。毛澤東是決不妥協的，魯迅同樣是決不妥協的。魯迅深知陳獨秀之為人，陳獨秀也深知魯迅之為人，陳在 1937 年曾說，「這位老文學家終於還保持着一點獨立思想的精神，不肯輕於隨聲附和，是值得我們欽佩的」。

邵燕祥

魯迅與郭沫若能否「並列」文聯主席

在四十年代的國民黨統治區裏，假設魯迅活着，除了與周恩來的關係外，他還將面對與郭沫若等的關係。早在 1928 年，郭沫若曾化名杜荃，罵魯迅是「雙重的反革命」：「封建餘孽」和「不得志的法西斯諦」。後來，魯迅在聯合抗日的共同目標之下，表示過和解的意向，但他不久就去世了，沒趕上與郭握手言歡。抗戰開始，郭氏回國，恢復中共黨籍為秘密黨員，由周恩來直接聯繫。已知的史實，是當時由於魯迅已故，中共中央傳達黨內通知，以郭沫若繼魯迅之後作為中共領導下文化戰線上的旗手。現在我們假設魯迅還活着，中共將作出怎樣的安排？到國民政府軍委政治部第三廳出任廳長，安插中共地下黨員們到所屬機構包括眾多演劇隊工作，恐怕還非曾在北伐軍中任職的郭沫若莫辦。設在重慶的文協的領導權也會掌握在中共地下黨組織之手，可能像上海時期推舉魯迅為左聯領導人那樣，推舉魯迅為文協領導人。為時既久，有些矛盾就會產生，或說暴露出來。例如郭沫若應召會見宋美齡，並在宋的安排下演講，其間有些表現不免傳到魯迅耳中，以魯迅曾就胡適會見溥儀後說「我稱他皇上，他稱我先生」而加以譏嘲為例，魯迅也不會說出甚麼好聽的話來。

魯迅一生中，主要是寫文章和當編輯。假設他活到四十年代，在大後方，文章還是會寫的，徵之三十年代的情形，編輯出版期刊和叢書的事，大約不會再親手為之，而由他的學生去幹，例如胡風，魯迅會給他們出主意，推介書稿，自然還會加盟其間，發表自己的雜文、論文以至書信。不能說胡風所做的都能代表魯迅，但大體上不會與魯迅的意見有太大的出入。

這樣一來，歷史上確實發生過的，胡風所引起的麻煩，在我們虛擬的有魯迅在世的場面裏，似乎仍將照樣上演。何況，在例如當時引起論爭的一些問題上，魯迅也不是沒有甚麼話要說的，只要健康情況允許，他會發表自己的意見，而不在乎違拂了甚麼人物的意旨或面子，哪怕是在朝居於統治地位或在野居於「領導」地位的大人物。當年周恩來在同胡風談話時，特別強調「只有毛主席的教導才是正確的」，那末，如果是在魯迅面前，周恩來儘管會說得婉轉些，恐怕也還會說這樣的意思，而魯迅是否首肯，大是問題。總之，比起胡風來，魯迅會讓周恩來更感為難。在抗戰後期和隨後的內戰時期，在中共領導的輿論陣地上，也許不會公開展開對魯迅的批評，但批評胡風的座談會，批評胡風的文章，無疑要對魯迅起「敲山震虎」的作用。在歷史上，當時的確並沒有把胡風當作反革命看待，但對他的定位，則是進步文藝界思想界兩條路線鬥爭中的對立面。假設魯迅活着，這個對立面，不管是否挑明，主要就不是胡風，而是魯迅了。

這個矛盾，到 1949 年 7 月的第一次文代會，就會變得明朗。如果有關國民黨統治區文學狀況的總結，還是像茅盾在他的主題報告中所作的那樣（換了別人如郭沫若也會一樣），魯迅便不會默不作聲，如果事前徵求過他的意見，但仍照原樣不動，他必定會拒絕與會；如果事前繞開他，形同突然襲擊，說不定他會拂袖退場。把這樣一個「大會師」的集會搞得舉座不歡，匯報到毛澤東那裏，他能容忍嗎？即使一時容忍了，也會記下一筆賬，時機一到新賬老賬一齊算。但這次會後，還能不能像原來計議的，讓魯迅當個「文聯主席」，也成了問題，也許經過周恩來的協調，會讓魯迅和郭沫若並列文聯主席。郭沫若

在五十年代初回答人民日報社轉來一讀者問「魯迅若是活着，現在該安排甚麼工作」時，就説：「從舊社會過來的知識分子，首要不是考慮安排的問題，而是要看思想改造的表現。如果魯迅思想改造得好，也可以安排適當的工作」云云，可謂知己知彼了。

魯迅自己的假設：乞紅背心掃馬路

這一次文代會後不久，如果魯迅還是回到上海，那末他就會看到當地報紙上展開關於雜文的一場辯論，包括馮雪峰在內的一派意見，很類似幾十年後秉承胡喬木指示的所謂「新基調雜文」之説，其源蓋出於延安「講話」的精神。如果馮雪峰照發此論，恐怕爾後魯迅對他也會「刮目相看」，但儘管從此他們拉開了距離，只要馮雪峰不在任何情況下對魯迅「反戈一擊」，他是註定擺不脱與魯迅的關係的。

如果在文代會上發生了那樣的不快，即使魯迅在一段時間保持沉默，而從上到下決不會懈怠了通過會議、談話來「幫助」魯迅的努力，希望他像在對蔣介石國民黨鬥爭的時期一樣，與黨保持一致，與《在延安文藝座談會上的講話》保持一致，與黨在文化方面的各項方針政策和領導指示保持一致。所有的文字要審查，不合標準的便封殺。胡風在五十年代前半就已遭遇的居高臨下的歧視，以至「吟罷低眉無寫處」式的發表作品的困難，魯迅也會一一領教。

在五十年代初期，共和國建立伊始，真是百廢待興，百事待舉。外有美國介入台海，朝鮮戰爭需要對付，內有土改，鎮反，恢復國民經濟，以至「一化三改」的「過渡時期總路線」；與此同時，在高級知識分子中開展思想改造運動。也許魯迅得免於像許多留學英美的大學教授那樣，被迫在群眾大會上檢討過關，然後將檢討登報示眾，但內部會議是難免的。魯迅雖然不怯於「解剖自己」，但他不會屈從於大轟大嗡，違心地自辱以求解脫，這就難免導致「頂牛」，使矛盾呈尖銳或膠着狀態。

魯迅是深沉的。他最懂得中國的社會，中國的歷史，那不僅得之於有字的史籍，而且得之於無字的經驗。他親身經過辛亥革命，軍閥統治和國共之爭；當年的奴隸變成了新的主子，回過頭來比原先的主子還要厲害苛刻，而不但有革命與反革命，且有了「反反革命」、「反反反革命」的互相屠戮，這些都沒有逃過先生的冷眼。在一個歷史大轉變的關頭，魯迅恐怕不會止於一鱗一爪，而會思考一些根本性的問題。在把農民造反推崇為創造歷史的動力的命題面前，魯迅會輕易修正自己對張獻忠、洪秀全、義和團的觀點麼？也許周揚會把毛澤東早在 1939 年的說法暗示或明示給魯迅：「魯迅表現農民看重陰暗面、封建主義的一面，忽略其英勇鬥爭、反抗地主，即民主主義的一面，這是因為他未曾經驗過農民鬥爭之故。」（該年 11 月 7 日致周揚信）魯迅會很重視這一意見。但他以毛澤東《湖南農民運動考察報告》中對「革命先鋒」的歌頌來對照《阿 Q 正傳》中的「土谷祠之夢」，是否就會信服地稱阿 Q 為「革命先鋒」呢，準此，他會不會認同在土地改革中把阿 Q 式的流氓無

產者當作依靠對象呢？他還會深入一步地從他對國民性特別是農民意識的思考楔入對社會政治現實的分析嗎？

魯迅一個最被稱許的政治表態，是他相信「惟新興的無產者才有將來」，這是與他研讀馬克思主義著作和蘇聯文藝政策分不開的（他的馬克思主義文藝觀在很大程度上是以托洛茨基（Leon Trotsky）、普列漢諾夫（Georgi Plekhanov）、盧那察爾斯基（Anatoly Lunacharsky）為中介，這在後來的某些批判家那裏，也會成為一個罪名）。但他對蘇聯這個新型社會的認知，並非一成不變的。在 1932 年 11 月所寫的《豎琴》後記裏，他已經發現「現今的無產作家的作品，已只是一意讚美工作，屬望將來」，與魯迅認為文學「攖人心」的功用頗有距離了。隨着時間的推移和信息的增加，魯迅對蘇聯的認識也在不斷深入。他在 1936 年逝世前不久，曾「故作莊重」地對馮雪峰說：「你們來到時，我要逃亡，因為首先要殺的恐怕是我。」雖是一句玩笑話，卻可能是由於他聽了一些舊俄作家詩人在「新俄」的遭遇，有感而發。假設他活到三十年代末，那他必定多多少少聽到有關三次莫斯科大審判的消息，更不用說紀德（André Gide）訪蘇感到失望的紀實。這都會引起魯迅對於過去一些言論文字的反思。他會對照中俄兩國的傳統，兩國的革命，中蘇兩國共產黨的政治淵源和文化淵源，他會從對斯大林（Joseph Stalin）個人崇拜發現中國皇權專制主義的影子，發現當今世界上現代極權主義的一般本質。這樣的話，如果到了 1949 年，毛澤東宣佈「一邊倒」的外交政策，中國之為「以蘇聯為首的社會主義陣營」的成員，成為基本國策，魯迅面對着例如全黨全國為斯

大林祝賀七十誕辰等等景象，不鳴則已，一旦按捺不住，流露對蘇聯的些許不滿，都會招致「反蘇」的罪名，而反蘇就是反共，反革命，就是托洛茨基，就是與蔣介石一個鼻孔出氣，非同小可，罪不容誅。但在像這樣的重大問題上，讓魯迅保持沉默，又不符合魯迅的性格。那末，不從那時就「坐」進牢裏，也將從日常的政治生活中消失，等不到後來的政治運動中再來收拾他了。

其實，我們在這裏所作的種種假設，當年魯迅自己已經作過了。1934 年，魯迅在給曹聚仁的一封信裏，就說：「倘當崩潰之際，竟尚倖存，當乞紅背心掃上海馬路耳。」這可能是設想當時被他叫作「奴隸總管」的周起應（周揚）等一朝掌權後的情景。但我們不能不佩服先生的先見之明。雖因魯迅去世，這一讖言沒有應驗在他自己身上，但從五十年代到六十年代一路至文化大革命，不是貨真價實的「斯文掃地」登峰造極了嗎？

魯迅想必寧願以稿費收入維生

不過，為了繼續我們的話題，還是讓我們撇開魯迅前此可能遇到的不止一劫。五十年代之初，中共空前壯大的統一戰線，還具有較大的包容性，連長期處於邊緣的梁漱溟、張東蓀也還有發言權。這時如果給魯迅發言機會，他說得最多的恐怕還是他思考最多的農民問題和知識分子問題。以他對中國農民命運的關切，他會為「耕者有其田」的實現而高興，然而隨後雷厲風行的「統購統銷」和迅猛實現的「農業合作化」，魯迅的

觀點未必能適應當局的要求。而我們早就從《毛澤東選集》第五卷讀到了毛澤東聽到梁漱溟談農民生活不如工人，一下子翻臉，挖苦有加，這樣的屈辱也將降臨到魯迅的頭上嗎？

也許不會。因為倘是如上所述，魯迅這個不會討人喜歡的角色，也就不會有更多與毛澤東面對面的機會。而梁漱溟因被選任中央人民政府委員，不免常要開會如儀的。我們知道魯迅既不想望上帝特別地發給糖果，也曾譏笑過胡適作帶頭羊；而且他深知「文藝與政治的歧途」，他的這些認識和態度是在所謂「舊社會」多年形成的，卻也不會一經改元易幟，就因掌權者改變而幡然放棄。連郭沫若到了晚年都以不斷地送往迎來為苦，魯迅更不會隨人俯仰，在各種場合充當只管舉手湊趣的角色。革命勝利了，社會面臨大變動，不但社會經濟利益資源要重新分配，而且首先是從政治標準（即對革命勝利一方的態度）出發，對人們的政治地位，相應的機會和待遇都要作大幅度的調整；建國初期，執政黨在全國範圍建政過程中，不但派自己的黨員幹部擔任各種負責職務，同時對舊軍政人員也實行包下來的政策（所謂「三個人的飯五個人吃」）；對黨外「頭面人物」，則實行「統籌安排」，說得直截了當便是納入公職系列，按照虛實職銜發給相應級別的薪金。在這方面，我相信魯迅不會斤斤計較，更絕不會像柳亞子那樣表現熱衷，而寧願一如既往地以稿費收入為主，也就是堅持為寫作人不變。據說許廣平在從香港進入東北解放區之際，發現那裏的新華書店出版了魯迅著作但未付酬，她提出這個問題，當即受到民主人士領隊的沈鈞儒的批評，說解放區經濟困難，不應在此時伸手要錢（大意）。這是許廣平換了新環境卻沒放下老規矩的欠商量處，假設魯迅在場，當不致此。但這件事也表明，魯迅儘管也有些別的經濟收

入，但主要還是依靠稿費版稅為生，從我們今天保護知識產權的常識看來，許廣平的反應原也無可厚非。

如果魯迅「跳出來」，正中「上懷」

魯迅確如陳獨秀所說，是堅持獨立思想的。若干年來，人們對魯迅自己說的「遵前驅者的將令」之「遵命」，往往誤讀甚或曲解，以致江青等竟以為在魯迅晚年病中，馮雪峰就能以黨員身份，把不屬於魯迅的觀點強加於他，寫進致徐懋庸的信裏，這也太小看了魯迅。

毛澤東極其重視意識形態領域的動向和鬥爭。五十年代幾次大的風浪，對《武訓傳》、《清宮秘史》、《紅樓夢研究》、胡適和胡風的批判，都是他親自發動的，並在全國形成一窩蜂的局面。魯迅從事雜文寫作，以社會批評和文明批評為己任，但他對這樣的哪怕是由最高當局發動的大批判，會像眾多的文化人那樣積極響應，望風景從嗎？就以批判胡適為例。在三十年代，魯迅對胡適的言行都作過可稱激烈的批評，並且完全認同瞿秋白在《王道詩話》中對胡適的針砭。然而在五十年代群眾性的批判運動中，對胡適其人其文，不顧事實，不據文本，不講道理，不問青紅皂白地一筆罵倒的做法，顯然不為魯迅所取。到了批判胡風，一夜之間，朱筆之下，定下從反黨至反革命的可殺之罪，而且勢必牽連魯迅。假設魯迅活着，則批判胡風並涉及馮雪峰，就是「項莊舞劍」，意在「引蛇出洞」，如果魯迅「跳出來」，正中「上懷」，如果魯迅保持沉默，也還可以以「群眾」的名義點名把他「揪出來」。就像兩年後打了個「丁

（玲）陳（企霞）反黨集團」後再冠上一個馮雪峰之名一樣，這裏命名「胡風反革命集團」，也不妨點出魯迅是其「黑後台」，而改稱「魯（迅）胡（風）反革命集團」，甚至逕稱「魯迅反革命集團」了。

前有二三十年代斯大林打了那麼多黨政軍及文化界知名人士為反黨反革命，後有中國五六十年代政治運動中打了黨內黨外上上下下成千上萬人為敵對分子，假設魯迅活到 1955 年反胡風和肅反運動，打他個反革命不足為怪。如果打了胡風，卻把魯迅放過，那就是執行最高指示的過程中打了折扣，犯了右傾的嚴重錯誤，而在舉國反對右傾，要把肅清反革命的鬥爭進行到底的高潮中，這幾乎是難以想像的。

如果事情發展到這一步，的確魯迅就不會親歷 1957 年的反右派了，當毛澤東回答羅稷南的提問時，魯迅恐怕正如胡風那樣在監牢裏，而且，有無數過來人可以證明，「關在牢裏」可就不得寫了。除非後來網開一面，從牢裏放魯迅出來，給予如馬寅初、班禪額爾德尼一般的待遇，那就是軟禁在家，不許參與政治社會活動，不許發表文章（也無處發表文章），不許接見記者和外國人，總而言之，封殺而已矣。而這種軟禁和封殺，等於變相的坐牢。

最後怕也難逃「資產階級民主派」的謚號

或者懷疑毛澤東會不會對魯迅下這樣的狠手，那是膠柱鼓瑟地抱定了習見的那一串崇高評價，但那是建立在魯迅已於 1936 年即已逝世的基礎上的。若是彭德懷死於廬山會議之前，

劉少奇死於文化大革命之前，也許都會得到一份過得去的悼詞的。

在 1937 年 10 月 19 日魯迅的周年忌辰，毛澤東在陝北公學作的紀念講演（後由紀錄者汪大漠標題為《魯迅論》），就是魯迅從毛澤東那裏得到的這樣一份悼詞，其中對魯迅作了三點肯定：一是以其《答托洛茨基派的信》證明的政治遠見；二是看準目標，不投降不妥協，並帶領文學青年「堅決鬥爭打先鋒」的鬥爭精神；三是不畏威脅殘害，不避鋒芒的犧牲精神。這些都是說得不錯的。嗣後在 1940 年的《新民主主義論》中作了更為明確的闡述，作了眾所周知的一篇充滿稱頌之詞的禮讚。

這是着重從政治角度上高度評價了魯迅。但到了 1942 年《在延安文藝座談會上的講話》中，就有了對魯迅之所以為魯迅的雜文和所謂魯迅筆法的那些也是眾所周知的可疑的說法。令人感到，從毛澤東標榜的革命功利主義，到實際運作上的政治實用主義，似乎只有一紙之隔。

「誰是我們的敵人？誰是我們的朋友？這個問題是革命的首要問題。」在蔣介石國民黨成為共產黨領導的革命的首要對象時，魯迅這一徹底反對舊制度的猛將，自然被認為革命的友人，革命的同盟軍；瞿秋白在他編選的《魯迅雜感選集》的序言裏，從正面的意義上稱之為同路人。如毛澤東所說，三十年代，蔣介石對農村革命進行了軍事「圍剿」，對文化革命進行了文化「圍剿」，前者針對共產黨領導的蘇區（紅區），後者主要是針對國民黨統治區的城市（白區），由於王明路線的錯誤，共產黨的力量在「白區」損失了百分之百，「共產黨在國民黨統治區域內的一切文化機關中處於毫無抵抗力的地位」，正是賴魯迅

及其戰友和學生們的支撐，使國民黨的文化「圍剿」一敗塗地，有力地策應了共產黨反對國民黨軍事「圍剿」的鬥爭。毛澤東說，魯迅在這一「圍剿」和反「圍剿」中「成了中國文化的偉人」，成了「在文化戰線上」的「空前的民族英雄」。在毛澤東的心目中，魯迅之與共產黨的目標一致，表明魯迅是在共產黨的領導下「向着敵人衝鋒陷陣」的，也正因為魯迅接受共產黨的領導，他才完成了他的豐功偉業，也才得以成為黨的借助力量。「黨政軍民學，東西南北中，黨是領導一切的。」文化戰線只是其中的一條戰線。對魯迅在文化方面業績的一切肯定，都是以設定魯迅接受共產黨的領導為前提的。

毛澤東對魯迅性格的稱頌，也沒有脫離社會政治背景。他說：

> 魯迅的骨頭是最硬的，他沒有絲毫的奴顏和媚骨，這是殖民地半殖民地人民最可寶貴的性格。

而在毛澤東所說的「在給革命文藝家以充分民主自由、僅僅不給反革命分子以民主自由的陝甘寧邊區和敵後的各抗日根據地」，已不復是殖民地和半殖民地，那末，「骨頭是最硬的」一類「硬骨頭」，豈不很可能有被視為「反骨」的危險了嗎？

蘇聯文學界，在十月革命初期，有一批為數不少的同路人作家。後來，隨着蘇聯國內政治鬥爭的白熱化，黨內高層的分化影響全局的政治生活，這些同路人也分化了，猶如魯迅目擊過的，「有的高升，有的退隱」，「同路人」乃變成貶義詞。在中國，「同路人」這一詞語的強調提出，是在 1959 年盧山會議後，反對彭德懷「右傾機會主義」聲中，康生在《紅旗》雜誌

撰文，把不能緊跟他們搞極左的「右傾機會主義分子」們，都說成原本只是革命的「同路人」，只能同一段路，到社會主義站口就得分道揚鑣了。這個意思，在 1957 年周揚總結文藝界反右派運動的《文藝戰線的一場大辯論》中就說過這樣意思的話，即運動中落馬的反黨分子、右派分子如馮雪峰、丁玲等人，都是只有民主革命思想的「民主派」，到社會主義階段，便顯得格格不入了。這一報告是經過毛澤東審閱改定的。十幾年後的文革當中，周揚也已被打下去了，在「批鄧」聲中，於「走資本主義道路當權派」之外，又提出「抓民主派」的口號，部署鬥爭。後來因為毛澤東逝世，這一切宣告中止。假設魯迅不幸而活到 1976 年，而僥倖他得以在前此的所有關隘脫身，最後怕也還是難逃「資產階級民主派」這一諡號的：資產階級可因世界觀來劃定，在民主革命時期參加或同情革命的人也都是「民主派」，其在社會主義關頭合該打倒，言出法隨，似乎也成了天經地義了。儘管毛澤東說過「共產主義的魯迅」，那又怎樣，彭德懷不是曾被尊為「惟我彭大將軍」，劉少奇不是曾被尊為「白區工作的模範」嗎？選集上白紙黑字，那怕甚麼，下回重印，刪掉就是了。彼一時也，此一時也，「聖之時者」，此之謂歟！？

2003 年 3 月 11 日

說「低沉」

　　幾年前在議論多人詩合集《白色花》裏的詩作時，我曾經說過：「悲憤的歌也許不是高音，卻可以是強音；不論就音樂的規律或借喻的意義說，強音不必都是高音。」

　　那時候有人用「低沉」兩個字來貶低與他們欣賞推崇的以「高昂」制勝的風格以外的各樣風格，尤其是否定一些沉鬱頓挫、寄託遙深的作品。所以我說了這番話。

　　最近在關於廣東電視台根據黃秋耘同名散文拍攝的電視劇《霧失樓台》的議論中，在多數肯定了此片的思想意義、現實意義以外，也聽到不屑的判詞，又是那兩個字：「低沉」。

　　是的，如果「低沉」是同神采飛揚相對的話，這部電視劇怎麼能不「低沉」呢？

　　這是一對因政治迫害和株連歧視而遭到社會鄙棄的父女，他們熱愛生活，熱愛音樂，然而從流放地回來，五年中門前冷落，不但沒有知音，而且無人存問。他們怎麼能有樣板戲主人公「身穿紅衣裳，站在高坡上」那樣輝煌的色調，又怎麼能有捉鱉攬月一類意態軒然的豪言壯語呢？

　　這是片中第一人稱作家和這對父女間一段相濡以沫的友誼，在「同是天涯淪落人」的特定處境中，借前人的琴曲，通彼此的心音。但動亂驟起，人琴俱亡，倖存者聞笛思舊，「感音

而歎」（這是晉向秀《思舊賦》裏的話），自然不免低回沉重。若是強令畫外音也「抒豪情，寄壯志」，出語鏗鏘，紅火固然紅火了，可正常人物形象和正常的人物感情的邏輯安在？正常的觀眾又將被置於何地呢？

一個悲劇時代剛剛過去，痛定思痛，當然應該化悲痛為力量；不過從悲痛到力量之間，該有一個對歷史反思和清醒的再認識作為中介，捨去悲痛再離開反思，則所謂力量，不就成了虛聲鼓虛勁嗎？

試看片中表現的時期，從文革前夕的山雨欲來，黑雲壓城，到 1966 年的雨驟風狂，木摧草折，千百萬身受其害的幹部群眾一時完全陷於被動，不僅喪失了發言權，甚至喪失了人身自由，還有多少人喪失了生命！倘毫不矯飾，如實地再現那一派亂世風色的典型環境，那麼當時昂昂揚揚、高出於塵上者，無非是紅衛兵「集中力量打黑幫」的歌聲，造反派「文攻武衛」和「砸爛狗頭」的口號，以及「樣板戲」的絲竹管弦罷了。

反映那個歷史時期，而又避忌「低沉」，無異於取消對這一題材的真實處理。而且嚴格地說，「低沉」云云，並不是涵義確定的科學術語，把低沉等同於消沉，從而一口抹殺所謂傷痕文學和反思文學倒是省力；如果真的用它對文藝作品進行美學判斷，就嫌彈性太大了。

涉及文革或歷史上左傾錯誤的文藝作品，未必都是「傷痕文學」或「反思文學」的分類概念所能包容；而劃分十年來新時期文學為「傷痕文學」、「反思文學」、「改革文學」等幾個階段，恐怕也不盡確切——這種簡單的時限分割，容易導致把反映文革及以前某些歷史生活同當前社會現實的反映對立起來，

或者索性認為「『傷痕』『反思』俱往矣」了；其實關於文革以及在這以前左傾錯誤背景下中國人民的生活和鬥爭，我們還缺少真正具有史詩規模和意義的力作！

電視劇《霧失樓台》基本上保留了原作的抒情特色，通過情緒和氛圍的點染，寓悲憤的控訴於對患難之交的追懷中，留給觀眾一片無可彌補的悵惘之情。

「低沉」麼？它低沉而有力。力量就在於：它以這一片悵惘之情，喚起健忘者的記憶，喚起麻木者的思考，喚起一切共鳴者嚮往、追求、建設有理想、有道德、有文化的新生活的衝動。

1986 年 3 月 14 日

論黃秋耘
——為《當代文壇報・微型評論》作

黃秋耘其人其文，歷數十年憂愁風雨，證明他是一個理想主義者。

當他少年許國，忘我地投身於反法西斯戰爭的戎行的時候，當他以拳拳之心，喊出「不要在人民的疾苦面前閉上眼睛」的時候，當他以是非之心高於利害之心，發為血淚文章或痛切陳詞的時候，甚至當他在日常生活中律己慎獨，一文不苟取的時候，都見出他對自己的社會理想和道德理想的執着。黃秋耘的執着近於迂。

而當他淡泊名利，掉頭躲進小樓的時候，當他默默地「面向文學，背向文壇」，袖手於某些事外的時候，都見出他的超脫。黃秋耘的超脫近於狷。

黃秋耘有所為，亦有所不為；他的執着和超脫都是基於他的理想。

我們曾經常常在黃秋耘作品中感到的悲哀，是一個理想主義者的悲哀；他的人溺己溺、人饑己饑之情，他的羅曼・羅蘭（Romain Rolland）式的人道主義，他的緊扣人民脈搏的戰士的心不被理解，甚至受到戕害的悲哀。

　　我們又在黃秋耘那裏發現了難以言傳又難以掩飾的矛盾和痛苦，那是一個理想主義者的矛盾和痛苦，不僅是執着與超脫的矛盾，而且是他所執着的理想本身的矛盾，又是理想和現實的矛盾給他帶來的痛苦。

　　在黃秋耘整個的文品與人格中貫穿着一個「誠」字：「修辭立其誠」的誠，「立身以誠」的誠。悲哀和痛苦也許註定是真誠對待一切的理想主義者的宿命。

　　早年黃秋耘的多愁善感，或是出於文學所陶冶的俠骨柔腸，出於對弱者和不幸者的同情，對強權和不義之行的抵牾；今天的黃秋耘，與他所抱的理想共同沉浮淬煉了大半生後，激情與理性那樣奇異地並存和交融，如火益熾，如冰益凜：他的愛，他的憂憤更加深廣，連他自己也始料所未及吧。

　　一個不知悔改的理想主義者，一個不可救藥的理想主義者。

　　這就是黃秋耘。這就是我心目中的黃秋耘。

1991 年 9 月 23 日

詩人黃秋耘

聽到秋耘的噩耗，我無言。逡巡久之，捧起他的《舊夢吟草》，默讀再三。這是秋耘倩人打印在宣紙上，親手改錯並裝訂的，只有三十幾面的薄薄小冊。再對照花城版四卷本文集中的詩詞一輯，增加了新作四首，共三十題三十四首，也只佔薄薄的三十頁。

回想四十多年前，初讀秋耘文章，留下不滅印象的是他〈不要在人民的疾苦面前閉上眼睛〉、〈刺在哪裏？〉、〈鏽損了靈魂的悲劇〉以及〈犬儒的刺〉等短論，隨後在反右派時看到他和秦兆陽、韋君宜一起受到批判的報道；六十年代他以《杜子美還家》、《魯亮儕摘印》曇花一現，又在文革中受到更激烈的批判。直到八十年代他發表的《丁香花下》一組情文並茂的憶舊散文，「血淚文章戰士心」，在當代散文中獨樹一幟；特別是以「欲語惟真，非真不語」的態度寫下的《風雨年華》，不僅是生平實錄，而且是對歷史的反思（因觸忌諱，初版刪夷不全，數年後始獲增訂出版），在回憶錄寫作中率先衝擊了作偽和文飾的惡劣文風，表現了作者的人格和勇氣。

秋耘說他最喜愛的文學形式還是散文。在他全部文字遺產中，詩的數量似乎太少了，儘管如此，反覆斟酌的結果，我以為蓋棺論定，他首先是個詩人。不僅因為他畢生所執着的追求，以及由此而來的愛與憎，悲哀和憤怒，都與他幾近天賦的

詩人氣質分不開，而且，他最擅長的散文寫作，也流貫着詩的氣韻，都是以詩人之眼，詩人之心，詩人之筆，發而為文的。

早在 1933 年夏秋，15 歲的秋耘隨叔父登八達嶺長城，領略北地風光的同時，也為日本帝國主義的長驅直入憂心如焚，詠了一首七律：

> 長城萬里復何如，難阻臨洮牧馬胡。
> 掘井詎能臨渴日，補牢應在失羊初。
> 關山到處連烽火，春燕何年巢舍廬。
> 休怪嬴秦亡太速，祖龍長策在焚書。

秋耘的叔父看到這首詩，寄給了南社詩人廖蘋庵（平子）先生，廖先生的評語是：「詩的對仗雖不甚工整，但令侄髫年作此，亦可見其感時憂國之心也！」

從這時起，經過整個的抗日戰爭時期，秋耘投筆從戎，又一度繫獄，留下的詩雖不多，但都是感時憂國的心跡：「安能楚囚相對泣，瀟瀟淚灑新亭邊」（《訪翠亨村孫中山故宅》），「拼將骸骨埋夷地，留得心魂為國殤」（《獄中作》），「敢有歌吟傷小別，願為牛馬報蒼生」（《贈蘇牧》），想見作者反法西斯不惜犧牲的壯心豪氣。讀他這些少作，不能不令人記起陸游感慨繫之的「少年許國空衰老」，為之三歎！

聶紺弩曾說舊體詩似乎格外宜於表現某種特定的感情狀態。文革結束後秋耘曾引用司馬遷「詩三百篇，大抵聖賢發憤之所為作也」來註解「憤怒出詩人」，說「無愛無憎，就沒有詩」，我們也在他的詩作裏，看到了一代投身革命的知識者的血淚情懷。

《四十》以下幾首未註明確切的寫作年月，但詩稿編年為序，與他的憶舊和自述文相印證，可知大都為「反右派」後所作。

如《四十》：

> 四十方知卅九非，何期事與願俱違。
> 反思自悔迷途遠，毀譽寧慚舉世知。
> 事有難言愁似海，情無訴處恨成絲。
> 感君扶病猶相憶，愧我臨風涕泗垂。

這五六兩句的情境，它所包涵的心路，是同代人心中或有，卻未經人道的，古人雖亦有忠而見疑，或憂讒畏譏，但大環境和小環境都有不同，很難類比。

又如《無題》：

> 七月涼飆九月霜，無端秋草滿池塘。
> 為叢驅雀誰登壟，睆彼牽牛不服箱。
> 深院忍聽桐葉落，殘陽欲盡百花黃。
> 廿年苦鬥身名裂，留得丹心薦彼蒼。

十幾年前，秋耘曾抄此首題為《七月》，同另一首《四月》，以詩代柬寄我，而將第七句改作「卅年鬥志堅如鐵」，由二十年至四十年，其間多少滄桑之感啊。

秋耘的《自歎》寫盡了因言獲罪、陷身筆禍的困惑和無奈：

> 誤盡平生是一言，文章爾我各辛酸。
> 冤禽無力填東海，涸鮒猶知戀逝川。

　　執手相看惟淚眼，同心空自惜華年。
　　孔融楊惲終縲絏，敢怨明時只自憐。

　　在這裏，「誤盡平生是一言」乃從吳梅村「誤盡平生是一官」脫胎，「文章爾我各辛酸」則是直接從黃節詩取來。秋耘是極喜「吾鄉詩人黃晦聞」的，對他的《歲暮示秋枚》尤其別有會心。1967 年大年夜，在中國作家協會的囚室裏，秋耘把這首詩抄給難友陳白塵看：

　　來日云何亦大難，文章爾我各辛酸。
　　強年豈分心先死，倦客相依歲又寒。
　　試挈壺觴飲江水，不辭風露入脾肝。
　　何如且復看花去，蓑笠人歸雪未殘。

　　陳白塵看後，淒然良久，一本正經地說：

　　　「文章爾我各辛酸」、「倦客相依歲又寒」，這兩句倒很貼合咱們當前的處境。不過，「強年豈分心先死」這一句我不贊成，心不能死，心一死，就甚麼都完了，連辛酸的文章也作不出來了，哀莫大於心死嘛！

　　秋耘在〈大年夜〉一文裏追憶了這件往事，說他當時對陳白塵這一番「一本正經」的話「只好報以苦笑」。二十多年後，1990 年新年將屆時，他把黃節的這首詩又抄了一遍寄我，也還「一本正經」地寫道：「呈雁翔方家粲正，並賀新年」，我卻連「報以苦笑」亦不得矣。

　　秋耘當時的詩，如果說《蘆台道中》「廿載辛勞空自矢，一身功罪總難堪」，「北望都門倍惆悵，文章身世總闌珊」似乎

還囿於失落之感，《遣懷》「明時原不容清議，盛世何人重膽肝……風雅宜從王者頌，文章空令士心寒」，便於世情反覆間自作青白眼了。

秋耘唯一闋詞《踏莎行‧悲懷》（1957 年秋）則完整地寫出了既是個人的又是一代知識者的命運：

> 乍暖還寒，忽風忽雨，最難耐此時天氣。
> 哪堪春盡又秋殘，落紅萬點天如醉。
>
> 一代英才，四方名士，可憐都作黃鐘棄。
> 忍將冰炭置君腸，枕邊終夜無干處。

「枕邊終夜無干處」，那該就是「范滂孤憤靈均淚」（《寒燈》）了。

打印本的《舊夢吟草》附錄了兩位故人退之和陳實的題贈，知己之言，秋耘是十分珍視的；其中陳實的《踏莎行》二闋，參照閱讀，當有助於我們更貼近地感受秋耘其詩和秋耘其人：

其一

> 塵世蹉跎，泥塗曳尾，少年豪氣隨流水。
> 邯鄲道上已忘年，卻難忘我兼忘世。
>
> 寵辱無端，死生無悔，任他人事交相累。
> 乘車戴笠舊時情，丁香花下從頭記。

其二

> 無怨何憂，無求何愧，浮沉成敗尋常事。
> 此心清濁有天知，等閑莫搵英雄淚。

看昔非今，看山非水，桑田滄海難如意。

逍遙斗室載琴書，人間便是蓬萊地。

　　一個有良知的人，生丁斯世，不能不是在各種矛盾之間忍受着精神煎熬的痛苦的人。作為詩人，「不竊王侯不竊鈎」，但難免與憂患相伴一生，「老去杞憂無可寄，不從今日始傷情」。秋耘說，「對於和社會正義相對立的『醜』和『非』無動於衷、不感到義憤填膺的人，決不可能成為一個真正的詩人，不管他有多高的才華和智慧！」「『溫柔敦厚』，決不可能是我們這一代的詩風！」（《義憤出詩人》）但當時當地，「吟罷低眉無寫處」，未容他以詩詞成篇的，後來他悉數寫為散文了。

　　黃秋耘就是這樣一個真正的詩人。

2001 年 11 月 4 日

　　【附記】《黃秋耘文集》第三卷中的「舊夢吟草」一輯，有幾處誤排失校。如《故居》第一句「樓遲」應為「棲遲」；《北行》第一句「乍高」應為「乍離」；《獄中作》第一首第二句「刁頭」應為「刁斗」，又「起看」一句為第一首末句，誤為第二首起句了；《蘆台道中》詩題「台」誤為「苔」。恐一時難以重版，特註出供讀者參考。

聶紺弩 (1903–1986)

讀聶紺弩

聶紺弩 1945 年初在重慶寫過《倫理三見》，其一其二是對錢穆、馮友蘭兩位教授的辯駁，這裏不去複述；其三則批評了重慶坐滑竿或轎子的老爺太太們，他說當碰到上面坐着的是十來歲的小少爺、小小姐的時候，「我對於這種兒童的父母的憎惡和鄙視的情緒，遠過於看見那兒童的父母們自己坐的時候所有的。」他說，「對於那些騎在人身上走路的傢伙，向來不存在甚麼幻想，比如希望他們甚麼時候自覺，變得像人樣一點之類。」他對於下一代，哪怕是那些傢伙的兒女，則總希望比現在的人像樣；這也是希望所有的下一代人能夠健康地、合理地做人的意思，因此他甚至想這些兒童即使變成孤兒，未必就是不幸；而這些兒童的父母之死，於全人類毫無損失，「假如……人類不會因之變得好些的話」。這些話說得如此決絕，也正是因為作者「對於那些騎在人身上走路的傢伙，向來不存在甚麼幻想」。

查《散宜生詩》中，有「無多幻想要全刪」句，我想同這意思是一貫的。聶紺弩以雜文為詩，其詩其雜文，正宜互相參看。讀他的雜文，那熱情與冷峻相激揚，那酣暢不失沉鬱頓挫、執着而又絕不滯澀的節奏，使人有讀好詩的快樂。

翻開《聶紺弩雜文集》，這樣的例子連篇皆是。紺弩以「金紅三水」名，是深研《金瓶梅》、《紅樓夢》、《三國演義》、《水滸傳》的大家；就說一篇〈探春論〉，不僅論了探春，而且論了

王善保家的，更論了「大觀園當局」的王夫人；論了榮寧二府的道德，封建社會的政治，更論了為君之不難和為君的難處，聖賢之無用和聖賢之言的「用處」。小處如抄檢大觀園時，對鳳姐、林薛、寶玉、迎惜、李紈們各個的處境心態，洞隱燭幽，令人想見「人情練達」，「世事洞明」，此老成精，宜乎付諸縲絏了！

我在 1962 年寫了一組「紅樓」唱詞，計劃要寫而未寫的有《笞玉》和《抄檢大觀園》。現在想來，沒寫也不足為憾。如果成篇，在文化大革命中多一條罪狀是無疑的，也是「夠格」的了；但以我當時的認識水平，顯然達不到聶紺弩 1941 年在〈探春論〉中說到「抄檢」時的一語中的：「誅夷盡淨，以為天下事大定矣的治安之道，從來沒有，以後也永遠不會有。」那樣的高度，豈不會落一個點金成鐵的更大的遺憾麼？

翻讀《聶紺弩雜文集》，到 1950 年 7 月 3 日寫於九龍的〈論悲哀將不可想像〉就戛然而止了。也許因為他後來離開報館工作的緣故。不過更多是後來雜文無處發表的關係吧。簡直很難想像在前此十幾年中侃侃而談，鞭辟入裏，寫為雜文的作者，會竟覺得無話可說；或者以為可說與該說的話盡已見諸前此十幾年的雜文之中了耶？

不過，從聶紺弩五十年代回大陸後寫的關於古典文學的文字中，從他的「三草」及其他詩稿中，可以感到，以筆為唯一武器的這位戰士，鋒芒是不減當年的。

1989 年 9 月 20 日

重讀聶紺弩的詩

　　有人稱紺弩先生，有人稱紺弩同志，都表示禮貌和敬重。自從紺弩撒手而去，他已成為歷史人物，任人評說，任人臧否。我們可以像對待任何歷史人物一樣，直呼其名「聶紺弩」，這意味着他和我們又有距離又沒有距離了。

　　逝者和我們之間有了一個歷史的距離，我們能夠儘量擺脫恩怨親疏的人際關係的局限，撇開各種忌諱，儘量客觀地觀察他，理解他，談論他；同時我們也消除了跟他之間存在的由世俗的禮節和世俗的觀念造成的距離，通過他的雜文和詩，跟他對話，聽他的雄辯和傾訴，以及內心的獨白。紺弩是活在他的詩和雜文中的。

　　捧起《散宜生詩》，我每感到不是在讀詩，而是在讀一個人。並且我每每想起我曾經說屈原是「失敗的政治家，勝利的歌者」。

　　紺弩不也是這樣麼？他在政治鬥爭中失敗了，而他在詩歌創作中勝利了。

　　紺弩不是政治家，儘管他一直在政治漩渦裏浮沉。他縱談世局，痛斥獨夫，以他的筆橫掃南天，如羅素（Bertrand Russell）說的蕭伯納（George Bernard Shaw）那樣，他無情地對待那些不值得憐憫的人，但有時也對一些不該受他攻擊的人造成一些損害。不過，紺弩是作為一個政治家，而不是作為實

際政治活動家出現的。從他的〈論悲哀將不可想像〉，可以看出他天真的樂觀主義和熱烈的理想主義。這篇寫於 1950 年 7 月（九龍）的文章，是北京三聯版《聶紺弩雜文集》的最末一篇，其中也談到屈原，說像屈原、楊家將、岳飛以及有家難奔有國難投的梁山英雄魯智深、林沖、楊志等所遭的悲哀，將來都不會有了。「將來是歡樂的時代，一切人都歡樂。」這跟他在 1949 年長詩《山呼》裏的，「愛一切人，愛一切物，因為再也沒有可恨可憎的了」的思想是一貫的。他說在街上隨便一個孩子可以抱起來儘量親吻，隨便一個不認識的人也可以傾吐肺腑，當即遭到論者反詰：誰說街上已經沒有地主和敵探了呢？[1] 事實上，被紺弩認作同志的人也並沒有接受他的擁抱，更沒有以擁抱迎接他。

我行我素、獨來獨往的聶紺弩，被他所從屬的擁有 1,100 萬黨員的中國共產黨當作不堪一擊的敵人，輕而易舉地打敗了（1956 年 9 月中共「八大」時有黨員 1,073 萬人）。

說起來奇怪得很：讀紺弩的雜文，指陳時事，上溯歷史，紺弩於我們的國情，千年的錮弊，「精神奴役的創傷」，以至宵小壞人、強盜騙子，何等洞明，絕不是一個世事不知的書呆

---

1 上引《山呼》中的詩句，見長詩第二章《日出》第五節《感情的春天》。長詩先在香港發表，隨後於 1949 年 9 月 26 日在《光明日報》發表。我是從《光明日報》讀到的。當時在教條主義、庸俗社會學的驅使下，我也參加過對《山呼》一詩的指摘，摘取片斷，粗暴地諡之為「小資產階級感情的『狂熱』沖昏了頭腦」（見 1950 年 2 月 3 日《天津日報文藝周刊》）。這是使我至今想起來仍十分歉疚的。我曾隨荻帆一次拜年、一次探病，兩謁紺弩於他的新源里和勁松的寓所，見他瘦骨支床，我沒有勇氣卸去自己的債負而重提舊事，增加他的不快。今值紀念紺弩九十誕辰，我想我有責任當眾說明，在歷史面前，我也不是沒有傷害過別人的清白無辜者。

子，毫無社會經驗的年輕人，為甚麼要到反胡風和肅反以後，打成右派，流放判刑，這才逐步達到政治上的成熟呢？

恕我用了「成熟」這兩個字。實在也找不出更恰當的字眼。詩人的「三草」是這一成熟過程的證明。

「男兒臉刻黃金印，一笑心輕白虎堂。」是這樣的證明。

「文章信口雌黃易，思想錐心坦白難。」是這樣的證明。

「英雄巨像千尊少，皇帝新衣半件多。」是這樣的證明。

一個詩人最大的欣慰，是他的詩句豐富了民族語言，長久地作為佳句流傳。紺弩的詩已經開始進入這一境界。但是，在默誦他的警句、披閱他的詩集的時候，我不免自問：我真正懂得了他的詩麼，真正懂得了詩人的心麼，我真正懂得了詩人的言外和象外的意麼？

紺弩自己說過：「感恩贈答詩千首，語澀心艱辨者稀。」我們是不是於他淋漓酣暢處留意較多，於他的「語澀心艱」會心不足呢？

例如大家常談到的《北荒草》，那些寫勞動的詩，被譽為「雖然生活在難以想像的苦境中，卻從未表現頹唐悲觀」，「對生活始終有樂趣甚至詼諧感」；以至被發揮為詩人的「自豪感，正義感，責任感」，幾乎上可攀附「主旋律」了。如果真是這樣，《北荒草》又何異於某人的幹校頌詩呢？

紺弩說過阿Q精神是奴性的表現，但在一定情況下也能成為一種精神的依靠藉以渡過困境。「庭室軒窗且Q豪」，所以叫作「自遣」，作者自述了當時寫作和後來寫作的真實心情。以正話反說、反話正說，來描摹生存狀態的荒謬。比起杜甫的「懶

惰無心作《解嘲》」更無奈，「樂趣」云云，「不頹唐」云云，正是「哀莫大於心不死」。越是諧趣盎然，猶如以樂境寫悲，越增其悲了。

為甚麼我敢於肯定地這麼說呢？因為從他的全部遺詩（後來他已少寫雜文，更多地寄情於詩），看來，他已經不是寫《山呼》和〈論悲哀將不可想像〉時揮灑倜儻的聶紺弩了。且看他這幾句不常為人徵引的警策：

> 刀頭獵色人寒膽，虎口談兵鬼聳肩。
> 丈夫白死花崗石，天下蒼生風馬牛。
> 佶京俅貫江山裏，超霸二公可少乎！

他對社會人情世態看得多麼透徹。是現實鬥爭、實際處境，或者用術語說是「社會存在」點撥了他，使他自幼在家攻讀書史以迄二十年代後期在廣東、上海、南京、蘇聯、日本、重慶、香港大半生中的文化積累、經驗積累一旦豁然貫通，化為沉重深邃的歷史感，也化為穿透現實的犀利眼光。

朋友們說到紺弩在北大荒因失火被判刑的事，多以林沖火燒草料場作譬。紺弩為林沖題壁寫的詩，有「天寒歲暮歸何處，涌血成詩噴土牆」之句，吐盡蓋世的蒼涼。一部聶紺弩詩也當作如是觀。這是至痛至憤的「怒書」。紺弩選擇舊體詩作他噴吐積鬱的突破口，有它偶然的因素，但又不完全是偶然的；每日勞累不堪，但是塊壘難消，葉韻對仗，有「好玩」之處。於是不惜以縛虎剚龍手來事雕蟲了。但他深心有所不甘。所以他熱烈支持雪峰經老病之身南下採訪太平天國遺跡，寫道：

> 大事何因終償了，百年誰有一言乎？

　　紺弩自號「三（國）紅（樓）金（瓶梅）水（滸）」，他困境中猶不忘「詠舊小說」，再看他一些詩中透露的消息，他是希望有人以施耐庵、羅貫中（「臣力猶堪施與羅」）、曹雪芹（「一角紅樓千片瓦，壓低歷史老人頭」）的才力，寫出一代興哀的史詩來。這也許是紺弩沒有說出來的遺願吧。

1993 年 1 月 6 日

俞平伯 (1900–1990)

紀念俞平伯老人

91 歲的俞平伯先生，悄然撒手塵寰，撇下似了未了的公案。他的〈讀《紅樓夢》隨筆〉十餘萬言，就是 1954 年從元旦至 4 月 23 日連載於香港《大公報》的。那些讀過這一連載，並且關心過隨後轟轟烈烈對俞平伯《紅樓夢》研究開展的批判的香港讀者，該都已垂垂老矣，甚至不在了。正是「月到舊時明處，與誰同倚闌干」？

這使人不禁想起李希凡先生，他是最初向俞平伯文章「開火」的兩個「小人物」之一，今天已不是「小人物」了。[1] 偶然讀到他的一篇長文，其中回顧了「建國後十七年的一切文藝思想鬥爭」：

> 當然，把文藝思想鬥爭搞成政治批判運動，這種做法是錯誤的，⋯⋯然而，我又以為，吸取這方面的教訓，卻不能連文藝思想上的矛盾和鬥爭也搞平反昭雪，否則，那就等於在文藝界連通過百家爭鳴的方式開展思想鬥爭，也是不被允許的了。這樣的「和平共處」，即使在資本主義國家的文壇，也是不存在的。我們的某些社會科學部門的領導人，熱

---

1 編按：李希凡（1927–2018），中國文藝評論家。1954 年，李希凡及藍翎共同撰寫〈評《紅樓夢研究》〉，並在《光明日報》發表，此後掀起了對俞平伯《紅樓夢研究》的批判。

衷於給「向資產階級唯心論投降」的舊案平反昭雪，結果是在他們所管轄的領域，卻自動解除武裝，縱容、包庇了一大批「精英」的猖狂活動，不折不扣地顯示了向資產階級自由化投降的嚴重惡果。（〈文藝是不能脫離政治的〉，《當代文壇》，1990 年第 3 期）

李文最後所指，多半與 1986 年初舉行的慶賀俞平伯先生從事學術活動六十五周年的集會有關。查一查，中國社會科學院院長胡繩先生在會上講話中有這樣一段：

早在二十年代初，俞平伯先生已開始對《紅樓夢》進行研究，他在這個領域裏的研究具有開拓性的意義。對於他研究的方法和觀點，其他研究者提出不同的意見或批評本來是正常的事情。但是 1954 年下半年因《紅樓夢》研究而對他進行政治性的圍攻，是不正確的。這種做法不符合黨對學術藝術所應採取的雙百方針。《紅樓夢》有多大程度的傳記性的成分，怎樣估價高鶚續寫的後四十回，怎樣對《紅樓夢》作藝術評價，這些都是學術領域內的問題。這類問題只能由學術界自由討論。我國憲法對這種自由是嚴格保護的。我們黨堅持四項原則，按照四項原則中的人民民主專政原則，黨對這類屬於人民民主範圍內的學術問題不需要，也不應該作出任何「裁決」。1954 年的那種做法既在精神上傷害了俞平伯先生，也不利於學術和藝術的發展。接受這一類歷史教訓，我們要在學術界認真實行雙百方針，提倡在正常的氣氛下進行各種學術問題的自由討論和辯論，團結一切愛國的、努力從事有益於人民的創造性工作的學術工作者，共同前進，共同追求真理。在紀念俞平伯先生從事學術活動六十五

周年的時候，我想，説一下這個問題是必要的。（《文學評論》，1986 年第 2 期）

這番話無甚勝義，卻不失為通情達理的持平之論。現在看來，我的朋友李希凡是不同意的，四年以後的上文所云，自亦是一家之言；然其同仇敵愾之情，滅此朝食之概，則非僅針對俞平伯先生，且針對「某些社會科學部門的領導者」，又涉及對「一大批『精英』的猖狂活動」的包庇、縱容，就更加非同小可。李文發表的三月份，俞平伯已中風，即使不中風，也未必看到。而老人遺囑不開追悼會等等，真可以説是世事洞明，解脱了有關人士的尷尬，也得以抽身局外，「身後是非誰管得，滿村聽説蔡中郎」，灑脱得很了。

俞平伯先生將近一個世紀的生涯，倘説也有過春風得意，當只是「五四」以後出手清新的詩和散文向舊文學營壘挑戰，並開始《紅樓夢》研究，參與「新紅學」奠基的短暫時期。而終其一生，似乎多咱也不像是作為資產階級代表高坐「受降城」上的霸主，而更像一個誤泊狂濤的失敗者，尤其是從他後半生的遭遇來看。

説起失敗者，記得魯迅 1927 年秋由廣州經香港去上海時寫過：

> 從指揮刀下罵出去，從裁判席上罵下去，從官營的報上罵開去，真是偉哉一世之雄，妙在被罵者不敢開口。而又有人説，這不敢開口，又何其怯也？對手無「殺身成仁」之勇，是第二條罪狀，斯愈足以顯革命文學家之英雄。所可惜

者只在這文學並非對於強暴者的革命，而是對於失敗者的革命。（〈革命文學〉，《而已集》）

此文於 1927 年 10 月發表，滄海桑田，魯迅當時所指的「最痛快而安全」的「革命文學家」，被他們「革命」的失敗者，還有那時的強暴者一起，都已息影舞台了吧。連 1927 年 12 月出生的李希凡先生，都已將屆六四高齡，接近 1964 年俞平伯老人寫作最後一篇評《紅》文章時的年紀了。──逝者如斯夫！

1990 年 10 月 29 日

何其芳的遺憾

何其芳有一個遺憾：他從中年就想寫一部關於知識分子的命運的長篇小說。他至死也沒有實現這個計劃。起初是因為黨把他佈置在文學戰線的一個領導崗位上；後來則是下放勞動和社會動亂，剝奪了他的健康和時間。

我記得他說過，初衷大約是要寫一個小資產階級知識分子按照黨的面貌完成思想改造的歷程。

然而，他也無須遺憾。假如有誰寫一部傳記，記述何其芳走過的道路，就會有同樣啟示性的意義。這是解答文學上所謂何其芳現象的鑰匙。

我曾經把何其芳的道路看作前行者的典範的。我少年時代沉湎過《畫夢錄》的意境，後來像何其芳那樣，從「珍愛自己的足跡」，到「我要嘰嘰喳喳發議論」，厭棄了「輕飄飄地歌唱着的人們」包括其中的自己。我清清楚楚地意識到，何其芳這個三十年代的青年，從《預言》出發，經過《夜歌》和《還鄉雜記》，走到《燃燒的北中國》，這就是我應走的道路。

還是許多年前讀過《還鄉雜記》的片斷了（不知為甚麼，我總記得那總題是《還鄉日記》）。今天重新翻開其中的〈街〉，那裏記述了他十四五歲初入縣裏中學讀書時經歷的一次風潮。

那次風潮，不是我們後來在通常意義上所說的學生運動，它沒有中國共產黨領導的背景，而又不可避免受到當地權勢者在背後的操縱，利用了學生（其中不乏誠實的人）中的盲目的宗派情緒，幫助了爭奪一個校長職位的傾軋，不惜演出了一場喪失理性的武劇：把新任校長的行李箱子打碎了，腰斬了白綢衫，撕毀了木版的大本《史記》、《漢書》。

以 15 歲的孩子的心來接受這種事變，我那時雖沒有明顯地表示憤怒或憎惡，但越是感到人的不可親近。對於成人，我是很早很早便帶着一種沉默的淡漠去觀察，測驗，而感到不可信任了。

幾年以後，當他已經從大學畢業，回到這個縣城，這個「淒涼的鄉土」的長街上踟躕時，他已經總結了比較成熟的思考：

這由人類組成的社會實在是一個陰暗的，污穢的，悲慘的地獄。我幾乎要寫一本書來證明其他動物都比人類有一種合理的生活。

這是他嚮往人類應有一種合理的生活的自覺。然而他懷疑在世間能找到如書籍寫下的那些「金色的幻想」：

理想，愛，品德，美，幸福，以及那些可以使我們悲哀時十分溫柔，快樂時流出眼淚的東西，都是在書籍中容易找到，而在真實的人間卻比任何珍貴的物品還要稀罕。那些悅耳的名字我在書籍中才第一次遇到。它們於我是那樣新鮮，那樣陌生，我只敢輕聲說出它們的名字。真實的人間教給我

的完全是另外一些東西。當我是一個孩子的時候，我已完全習慣了那些陰暗，冷酷，卑微。我以為那是人類唯一的糧食，雖然覺得粗糙，苦澀，難於吞咽，我也帶着作為一個人所必須有的忍耐和勇敢，吞咽了很久很久。

何其芳正是帶着對「理想，愛，品德，美，幸福」這些東西的追求，而又不知道怎樣在人間實現它們的茫然心情發問：

> 現在叫我相信甚麼呢？我把我的希望寄放於人類的未來嗎？我能夠斷言人類必有一種合理的幸福的生活，那時再沒有人需要翻開這些可憐的書籍，讀着這些無盡的誑語嗎？我們必須以愛，以熱情，以正直和寬大來酬答這個人間的寒冷嗎？

在不久以後的日子裏，何其芳終於走向陝北的新天地。在那裏開始了「一葉嶄新的功課」，他從他所相信的人那裏聽到了、相信了「斷言人類必有一種合理的幸福的生活」，並且當然也聽到了、相信了「沒有無緣無故的愛，也沒有無緣無故的恨」；於是他必然檢視着自己身上的「階級的烙印」，那些屬於封建士大夫的和小資產階級的可笑又可悲的遺產。我猜想，他會把往日在書籍中找到的那些「使我們悲哀時十分溫柔，快樂時流出眼淚的東西」，都當作「可憐的書籍」中的「無盡的誑語」給拋棄了吧。

何其芳在〈關於《還鄉雜記》〉中說過：「一個誠實的人只有用他自己的手割斷他的生命，假若不放棄他的個人主義。」他說這話時是在 1937 年 6 月，他還沒有投身到一個自覺的集體中去。而何其芳在民族危機高漲的時分，參加到黨所領導的軍

事化的隊伍以後，他會不僅是誠實地而且是虔誠地放棄他的個人主義和他自認為或別人指稱的個人主義。他會誠實地以至虔誠地捍衛他所歸屬的集體和這個集體所宣稱信奉的原則。

當我讀着有關胡風案件的實錄，在記憶中重現這一幕「陰暗的，污穢的，悲慘的」文字獄的時候，我又看到了何其芳的名字，何其芳的身影，並且彷彿聽到了他在揭露、駁斥和控訴甚麼的聲音。我相信他也還是虔誠地自覺作為一個集體的發言者，才有了這樣一往無前的理直氣壯的氣魄。

然而，那被宣判為反黨和反革命的小集團頭目的胡風，也是不滿於舊日中國「陰暗的，污穢的，悲慘的」生活，並且為着人類、為着中國人民能有一種合理的幸福的生活而奮鬥的。

其實，在〈街〉這篇情調低沉的散文裏，作者已經說過：

> 對人，愛更是一種學習，一種極艱難的極易失敗的學習。

一個社會的人，如果只愛自己，當然是應受譴責的，實質上這根本談不到甚麼「個人主義」，而淪為一種動物的本能。然而，如果提倡只愛自己所從屬的利益集團，那仍然沒有超出愛自己一家一姓的褊狹，與「可憐的書籍」中呼喚我們的愛人民，愛祖國，愛人類的美德是不相干的。

何其芳早年嚮往的「理想，愛，品德，美，幸福」，至今仍然是悅耳的名字，珍貴的東西，當它們同並非抽象而是具體的人民、祖國、人類相聯繫時，不但不該摒棄，而且應該成為我們的出發點。

1990 年 1 月 16 日

鄧拓 (1912-1966)

重讀鄧拓詩

　　捧讀《鄧拓詩集》註釋本[1]，我重溫了鄧拓同志 1929 至 1965 年間的四百多首詩詞，也彷彿把詩人三十多年的人生足跡和心跡披閱了一遍。我要說，鄧拓其人，人中精英；鄧拓其詩，詩中精英。

　　中國自有文字以來，詩歌浩如煙海，寫詩的人何止萬千；有的是人以詩傳，有的是詩以人傳，鄧拓的人和詩俱足不朽。他的全部人生實踐（包括連同詩詞在內的著作）和體現其中的人格精神，是留給倖存者和未來世紀的一份珍貴遺產。

　　鄧拓早年獄中詩，過去見過四首，這一版補入一首，在蘇州反省院寫的，「狴犴夢蘇州，新愁疊舊愁」，使人想起惲代英烈士的名句「滿天風雨滿天愁，革命何須怕斷頭」；而少年鄧拓用伍子胥和眉間尺典故寫的誓言是：「懸門張怒目，鑄劍取仇頭。」一反傳統的詩教，毫不溫柔敦厚的。

　　蕭三編《革命烈士詩抄》1959 年初版本，曾經收入三十年代龍華監獄的題壁詩，「牆外桃花牆裏血，一般鮮豔一般紅」

---

*　此文為作者 1993 年 9 月 23 日在北京《鄧拓詩集》出版座談會上的發言。

1　丁一嵐編，成美註，中國社會科學出版社 1993 年版。

云云，作者佚名，後來知道原是張愷帆同志 [2] 被囚時所寫。他在 1937 年出獄，1959 年任安徽省委書記處書記，為解救農民疾苦，在無為縣斷然解散公共食堂，被廬山會議點名，撤職查辦，開始又一輪坎坷生涯。張愷帆在前年逝世。終其一生，可以稱為烈士而無愧。我以為，鄧拓同志 1933 年羈獄，就作了犧牲的準備：「大千梟獍絕，一士死何妨！」而後來他為人民的自由、民族的解放奮鬥終生，直到死難，知人論世，亦屬國殤。從總體上看，鄧拓的詩是志士的詩，烈士的詩。即使在他擔任了黨內重要職務之後特別是五十年代，在一些應酬題贈之作裏，也仍然保持了書卷氣，而與被時人譏為「新台閣體」之作大異其趣。

讀詩，是一種首先訴諸感情的審美活動。因此對詩人和詩作的選擇，絕不排除感情因素的影響。我們對我們喜愛和尊敬的人的作品，自然樂意讀，也容易讀進去，貼近作者的心。我不喜歡以至厭惡的人的作品，那才真是「給我二百塊大洋」也不要讀。

但我推崇鄧拓的詩，又絕不僅僅因為他的生平著作為我所敬重。鄧拓的詩詞自有其獨立的藝術價值。他那許多最好的篇什，都熔鑄着詩人的良知與激情，吸引讀者步入詩人袒露的精神世界，並能感到與詩人呼吸相通。《祭軍城》、《留別〈人民日報〉諸同志》等名篇固然如此，即如 1942 年在平山縣為丁一嵐同志寫的《答客問》一詩，也以真誠感人：

2　編按：張愷帆（1908–1991）在 1933 年被國民政府逮捕，關押在龍華監獄。

> 三十悵無成，艱危一命輕。斯文難濟世，多病亦聞名。
>
> 寥落荒山色，蒼涼寶劍鳴。風波遊萬里，默默即平生。

還有其他一些寫給丁一嵐的愛情詩，反掃蕩期間寫給戰友的詩，都是真正的戰士向親愛者傾訴自己的情懷，不矯飾，無做作，假如他故作豪語，大講套話，遮掩怕被抓辮子的心態，那就是另一個人，不是鄧拓了。

詩是精神自由的產物。鄧拓前兩個時期（即戰前和抗日戰爭、國內戰爭時期）的詩作突出地證明了這一點。即使身在囹圄，失去人身自由，但詩人的精神是自由的：

> 血跡殷半壁，雷聲動一阿。鐵窗風雨急，引吭且狂歌。
>
> 今朝窮插棘，來日矢披荊。萬眾摧枯朽，神州定鏟平。

遺憾的是，在鄧拓五十至六十年代的詩裏，分明使人感到，不正常的政治生活的陰影，擠軋着詩人的精神自由。鄧拓並不是離經叛道的人，他憂國憂民，不改初衷，然而以他作為高級幹部置身黨內鬥爭的經驗，加上詩人的敏感，或必當有所迴避。不過他並沒有迴避對社會現實發言，只是他選擇了他特有的政論體裁即《燕山夜話》和《三家村札記》式的雜文；也許由於他深知蘇東坡罹禍的「烏台詩案」以來，斷章取義是詩家詞人最常遭逢的命運吧。

如果這個猜測可以成立，鄧拓絕非多慮。果然姚文元在〈評「三家村」〉中對鄧拓雜文深文周納的同時，也對鄧拓的詩詞如《過東林書院》、《秋波媚·黑天鵝》羅織了罪名。

東林講學繼龜山，事事關心天地間。莫謂書生空議論，頭顱擲處血斑斑。

或是因為鄧拓同時有文徵引過「風聲雨聲讀書聲聲聲入耳，家事國事天下事事事關心」一聯，對東林書院的議論朝政多所發揮，這首詩也大觸忌諱。「頭顱擲處」兩句更顯扎眼。姚文元就此作出可怕的結論，原文記不清了，反正是極其聳人聽聞的。

記得有關「黑天鵝」，姚文元抓住了「春風吹夢，湖波送暖，唯我先知！」胡亂上綱，也令人毛骨悚然。如果説前詩有借古之東林書院精神抬高今天知識分子作用的嫌疑，那末這首詞全與政治無關，依然難免，可見到了大興文字獄的年頭，「嘲風月弄花草」亦不易，歌頌昇平也會觸霉頭。在這種情勢下，還能有多少真詩行世呢？

不過，時過境遷，回頭檢點，姚文元的文網雖密，也有他疏漏沒抓住的。那就是詩人鄧拓有時不能自已地借題畫詠史流露出心底的真情和真知：

1959 年 3 月《題周璕待渡圖》——

俠骨豪情一念癡，橫眉心事有誰知？天昏欲雨空江暮，正是征人待渡時。

淮陰城下釣無魚，漂母恩情勝倚閭。長樂宮前刀俎上，可憐一飯悔當初。

1962 年 （？）《贈董邦達畫〈秋草圖〉》——

畫史幾曾見董狐，敢將直筆寫江湖。丹青莫掩荒郊色，想到貧時畫也無。

這幾首詩未蒙姚文元等人斧鉞相加，不是大批判家們格外施恩，網開一面，我想多半是他們當時沒發現的緣故。屈指算來，姚文元刑期快滿了。研究者們如有機會，有些事不妨問問姚本人。

丁一嵐在這本詩集序言裏提到鄧拓晚年的《頌山茶花》（「斷骨留魂證苦衷」），《記夢》（「碧血凝成萬古詩」），以為近似詩讖，說當時並不完全理解詩人的苦衷。我想，我們都不妨自問：我們至今是否真的理解鄧拓？魯迅的雜文用的是伊索式的奴隸的語言；鄧拓戰鬥在不同的年代，自然不必相提並論，但毋庸諱言，他的直言讜論，為了爭取及時發表，也難免多用曲筆。以鄧拓的政治經驗和政治智慧，在決定「寫甚麼」之後，也必然要從效果考慮來決定「怎麼寫」的。凝聚了鄧拓晚年心血的雜文，屬於那種傳世之作，隨着社會生活的發展，讀者閱歷的增長，往往每讀一遍就有一番新的體會。它對我們是歷史的，又是現實的。我不止一次驚異於鄧拓在三十多年前舉世皆醉的時候就曾經發出過那麼多清醒的聲音。這樣的智者同時又是勇者，能夠不是孤獨的嗎？

生者需要理解，逝者也需要理解。僅僅作為讀者在心裏引起共鳴，還不算真正的理解。因此感謝有關的研究家、評論家、註釋家做了許多幫助我們理解鄧拓的工作。

時至今日，我們已經不該停止在為鄧拓辯誣（這在平反「三家村」冤案之初是必要的），而要切切實實地理解：鄧拓同志對中國歷史文化和現實政治的洞察，在當時就曾經完成了怎樣的超越，達到了怎樣的高度。

楊憲益：讀其詩並讀其人

　　楊憲益的學問不掛在臉上，也不掛在嘴上。也就是説，他從來不「嚇唬老百姓」，不以其所有驕人之所無。他的學問融入了他全部的教養，平時待人，從不見疾言厲色，酒邊對客，容有《世説新語》式的機智和英國式的幽默，都化為尋常口頭語，不緊不慢地説出。

　　看來通體透着淡泊寧靜的楊憲益，幾乎很難想像他會拍案而起，凜然陳詞。然而正是同一個人。有人稱之為「散淡的人」，其實散而不淡。他似乎與世無爭，乃是不屑斤斤於個人得失，更不齒「上下交征利」；他彷彿十分隨和，但他和而不同，面對原則是非，他有所為有所不為，並且率真得毫無掩飾，更沒有矯揉造作。

　　有斯人，然後有斯詩。

　　可以説人是真人，詩是真詩。

　　知其人才得以知其詩；知其詩便更能知其人。

　　楊憲益常自謙他的詩是「打油詩」，如果以為他的詩止於「打油」，那就看得淺了。我寧願把他的標榜「打油」看作對言不由衷、言之無物的偽詩的挑戰，對「溫柔敦厚」的傳統詩教的反撥。

中國傳統詩中與佔主流地位的溫柔敦厚相對的，歷來有沉着痛快的一派——它不僅僅是一種流派，一種風格，而是詩和詩人主體的一種精神。

這種精神有時表現為嬉笑怒罵，但是遠遠不限於嬉笑怒罵的。

詩，在多種多樣的藝術形式中，更不必說比起訴諸公眾的小說和戲劇，無疑是最個人的，或說最富於個人色彩的。它往往甚至必須最直接地表現詩人自己。

讀者從楊憲益詩中尋找詩人的影子，首先頻繁遇到的是自嘲的語態。

1990 年初，舊曆新正，我到楊家作客，夫人戴乃迭送我一小盆剛剛分蘗的小苗，姑名之為「洋水仙」；憲益給我一張紙片，上面寫着新作的七言絕句，題目就是《自嘲》：

清談夷甫終無用，擊鼓禰衡未必佳。
差似窗前水仙草，只能長葉不開花。

這裏也許有憲益的自嘲吧，但我以為也有對我這一類知識分子的批評，凝結了憂患時世和歷史經驗的思考。我默對着窗台上已謝、正開和未曾結苞的水仙，久久失神，不知說甚麼好。

楊憲益的自嘲中，不管詩人自己意識到沒有，總是包含着自我肯定，此所以於「學成半瓶醋，詩打一缸油」之後，繼以「蹉跎慚白髮，辛苦作黃牛」；從 1978 年的「作詩入黨兩無成，只合文壇作散兵」，到 1990 年的「有酒有煙吾願足，無官無黨一身輕」，寓自尊於自嘲中，最終完成了人格的尊嚴。

楊憲益以瀟灑的自嘲取得了諷世的資格。「早起翻書看不清，眼球充血又何驚」，一個鬧眼的惺忪老漢的形象總不會成為歌頌的對象吧？「此身久被洪爐煉，火眼金睛是老孫。」看他用洪爐一句把半生坎坷說得何等輕巧，差幸煉出火眼金睛，洞察妖魔鬼怪，至少是「白眼看雞蟲」，「冷眼觀螃蟹」，以老孫自我解嘲，這就同阿Q的自虐和自炫劃清了界限。

憲益好酒，曾被以好鬥整人為能事者上綱到「腐蝕青年」的高度，憲益一笑置之。交往較多的朋友都知道他不是那種耽於口腹之欲的饕餮之徒。吟到筵宴，包括他所嗜的酒，常出諸自嘲的口吻。「千金一擲豪門宴，川北江南正斷糧」，「主人盛意情難卻，忽憶江南有餓莩」，「郴州到處打秋風，整日消磨飲宴中，歸載柑桔三百顆，主人驚道過蝗蟲」：詩人沒有演出「罷宴」的英武的場面，但從這自嘲以至自責的詩句，不是分明可見白居易新樂府式的詩心麼？至於「閑來無事且乾杯」，「飲酒莫談家國事」，則使人有生處亂世的魏晉風度的聯想，如他1993年一首詩中所說，「我自閉門家裏坐，老來留個好名聲」，不趨時阿世，不同流合污，中國傳統士人「獨善其身」的境界，也是不該深責的吧？

然而，不，楊憲益並不是借酒遁世的人。誠然他有借酒澆愁的一面，但他不失清醒的信心：「何須一醉解千愁，東方不亮西方亮。」他的仍然籠罩着自嘲意趣的《祝酒辭》說，「值此良宵須盡醉，人間難得是糊塗」；《謝酒辭》則說，「值此良宵雖盡興，從來大事不糊塗！」

好一個「大事不糊塗」，透露了詩人醉醉醒醒的奧秘。此京華酒徒非彼世俗貪杯之輩所可比擬也。人說憲益是「酒仙」，

其實他更接近於一首或是偽作的所謂曹雪芹詩中「瀟灑做頑仙」的「頑仙」。

詩是表現自己的，但不能只在自己身上落筆。

於是自嘲之外，我們又讀到楊憲益的諷世之作。魯迅曾引「暴君的專制使人們變成冷嘲」，並申冷嘲與熱諷之辨。用來讀解楊詩，卻不能膠柱鼓瑟：無冷眼不足以洞達世態尤其是偽裝下的真相，無熱腸不足以宣洩義憤尤其是久被壓抑的真情。

詩人 1976 年所作《狂言》該是在江青等剛剛垮台以後，「老夫不怕重回獄，諸子何憂再變天」，一派樂觀；1978 年卻已歎息：「從來風派難摸準，莫怪今天氣象台」；1981 年深感積重難返：「早望退休心未遂，空談精簡事難能」；1989 年則驚呼：「教授如今成餓莩，豪商多半靠高官」。固然世事未能盡如人意乃勢之常，但辜負人民信任和期望，違反人民意願和利益的種種世相，不能不使詩人感到無法忍受了。

楊憲益的近作，1993 年的《無題（回到京城又半年）》、《銀行》、《百萬莊路景》、《有感》諸首，已從諷刺進為抨擊，不是不可理解的。楊憲益深受老莊的影響，但這並不排除他曾受民胞物與、己饑己溺的儒家精神的薰陶，因此在 1993 年 9 月聞青海省有水庫決堤，他當即寫詩書憤：「青海千村付濁流，官家只管蓋高樓」，他沉痛地寫道：

> 舉世盡從愁裏老，此生合在醉中休。
> 兒童不識民心苦，卻道天涼好個秋。

滿腔悲憤的傷世之情傾於筆端，這裏寫出了一個熱愛人民、痛恨官僚和一切危害人民生命財產利益者的詩人回天無力

的無奈。楊詩從怨而不怒，到怨而怒，又一次證明了「憤怒出詩人」，這樣的詩出於社會的良知。

楊詩的諷世、罵世皆為警世。然而這樣的風骨之作鮮見於今日之報刊，「正聲何微茫」，豈今日始！

楊憲益術業有專攻，是那種無心為詩人，更不會刻意去作詩，然而信手拈來，率多佳什的詩人。如《興城雜詠》，寫到興城為古孤竹地，城外有首山當即首陽山，是傳說中孤竹君之二子伯夷叔齊採薇之地：

> 殷墟孤竹勢難全，豈是存心要讓賢。
> 國破家亡無路走，只能逃到首陽山。

自註說「夷齊兄弟讓位，乃儒家無稽之談，不足信也」，一下戳破歷史上夷齊讓位連帶許多「禪位讓賢」的鬼話，卓越的史識彷彿隨口說出。

又如寫到興城古城即明末寧遠，聯想寧遠守將抗清有功的袁崇煥遭讒被殺和副將祖大壽叛明降清：

> 寧遠經營大將材，滿門抄斬亦堪哀。
> 功高偏受君王忌，不見今朝彭德懷？

> 祖氏石坊今尚存，袁家斬草盡除根。
> 崇禎總是昏庸主，不信忠臣信叛臣。

楊憲益不是書蠹，他讀歷史讀活了，他更關注現實這活的歷史。他於個人利害是超脫的，但不是不問世事的隱士；他於是非曲直是執着的，但又能不膠着其中，而高出一籌，從歷史

的高處俯瞰，這樣才有了詩，有了那些不僅基於語言敏感，而且同識見分不開的，語淺意深的妙對，如「好漢最長窩裏鬥，老夫怕吃眼前虧」，題為詠五次文代會，但它所概括的豈止是文壇一隅呢？

憲益以俗語入詩，以俗為雅，以俗勝雅。遊深圳西麗湖的「西麗湖圖一夢中」諧「稀裏糊塗」，另詩「酒精考驗金剛體」諧「久經考驗」，不用説了；其 1984 年贈黃苗子詩「欣逢盛世休裝老，預祝明朝更有錢」，1992 年在天津提到乃迭在海南，「莫念鹿回頭老伴，何須狗不理湯包」，1993 年念及聶紺弩的「不求安樂死，自號散宜生」，「何懼黃金印，焉憂白骨精」：凡此，都如聶紺弩詩一樣，為舊體格律詩注入思想、感情、語言的新血。

中國傳統文化之於楊憲益，主要的並不在於從而獲得典籍中的知識（他在這方面的考據也見功夫，茲不具論），而在於得其精神、風骨、節操。他浸潤於西方文化多年，我以為同樣是得自由、平等、創造的真諦，而不僅表現於譯事的信達雅。這在我原只是混沌的感覺，這回初讀詩集卷首所收的楊氏早年詩作，我以為可在一定程度上作為證明。特別是《雪》和《死》兩首長篇五古，都是詩人 1932 年春即 17 歲少作，不但格調高古，詩藝已臻成熟，而且其中已形成的生死觀表現了一種透徹的了悟和積極的人生態度，這兩者很好地互相結合滲透，是極其珍貴的。

這兩首詩對人生和人格作了形而上的思考，但訴諸意象，讀來親切，不覺玄虛。可作了解楊憲益其人的鑰匙，亦可作開啟楊憲益其詩的鑰匙。

　　而楊憲益作於 1993 年的《自勉》更為這一切作了明白的註釋：「每見是非當表態，偶遭得失莫關心。百年恩怨須臾盡，做個堂堂正正人。」

1993 年 12 月 22 日

悼楊憲益

今天，2009 年 11 月 23 日，星期一，楊憲益去世了。

平明，我半睡半醒之際，忽然想起楊憲益 —— 大概是昨天報病危的緣故，這不知道是第幾次報病危了，但大家心裏都明白，這一次大概拖不過去了。

這幾年，憲益付出了營養不良的代價，贏得了扼制癌細胞生長的效果。很長一段時期，我們看到的憲益，笑眯眯面對朋友們的，卻還是滿頭白髮，滿面紅光，在距離電視屏幕兩三米遠的地方安詳地坐着，左手可及處是茶几上的紙煙和煙灰碟。

「酒仙」的酒確是不喝了，這也是為了維持病情穩定付出的代價吧。

他曾有一聯的上句是：「有酒有煙吾願足」，如今滴酒不沾唇，可煙灰碟裏還總是盛着不止三顆兩顆煙蒂。看煙盒都完整無缺，就知道煙盒紙上沒有打油詩的新作。憲益先生無心為詩人，隨手寫過，煙盒紙啦，舊信封啦，也從不注意保存。還多虧有心的年輕朋友用心搜集，才能有《銀翹集》行世。

如果我記得不錯的話，夫人戴乃迭去世後，他寫的那首七律輓詩，已經是絕筆了。

失去乃迭後好一陣子，他心情不佳，老說沒有意思，那副自撰輓聯「樂不思奧，壽已超英」，就是在似乎了無生趣中的一

點幽默吧，説不清是英式的，還是中式的。前一句是説，他並不想活到 2008 年看奧運會了，後一句是說他的年壽已超過英籍的夫人 —— 在這一點上，詩人出了一點小差錯，因為他本就比乃迭大幾歲，從來是「超英」的。

有一次病後出院，憲益對家人説，願意跟兩個妹妹都活到母親的年壽，老太太是 96 歲那年仙逝。這表明他已經恢復了樂生的態度，大家聽了都高興。我想他這麼説就是為了讓大家高興，像他平生為親人和友人所做的一樣，倒並不一定要訂甚麼指標，也不會為差一兩年沒有達標而遺憾。是的，再過一個多月，該是憲益 95 歲的生日。

他在南京的妹妹楊苡今早八時許來電，説憲益走了。雖有精神準備，我還是彷彿遭受電擊，一時腦子一片空白。隨後想起陶詩的「縱浪大化中」，也許無悲又無喜的境界憲益能夠達到（如同「悲欣交集」的境界李叔同能夠達到），而我，是達不到的。我們中國，我們中國的知識界，多麼需要像楊憲益這樣的人，敢説真話，敢於擔當的人，不以物喜，不以己憂的人。這樣的人今後一定還會有，還會成長起來，鍛煉出來，但這樣的人今天還剩下多少？

有人説憲益是「散淡的人」，我們也曾跟着説。甚麼叫散淡？至少我也是不求甚解。説他視名利如浮雲是一種散淡，這是對的；説遠離權力中心是散淡，也可以理解；但若説散淡意謂逃避現實，不問民間疾苦，就完全不是那麼回事了。回頭想想，早年不説，從他在抗戰軍興，便在留英學生中開展救亡宣傳，接着偕未婚妻中斷學業，迫不及待地回到烽火中的祖國；七十年來，時代動蕩，每逢緊要的歷史關頭，他都作出明確決

斷的選擇。孫中山有輓詩云：「誰與斯人慷慨同！？」移贈憲益，若合符契。令人振奮，令人唏噓。

【附言】憲益去世時，有甥女趙蘅在側。昨天星期日，憲益的最後一天，除了趙蘅陪侍外，老友、老報人鄒霆也來探望。新舊世紀之交他出版過一部憲益的傳記，可惜章節不全。希望他能找出缺損的部分，可能的話再加寫最後的十年，讓我們有機會讀到全豹，更全面地親近楊公的一生。當然這還要出版部門鼎力相助了。

2009 年 11 月 23 日

寫在楊憲益逝世之後

　　1993 年為港版《銀翹集》寫過一篇〈讀楊詩〉，2001 年為鄒霆著的楊傳《永遠的求索》寫過一篇〈了解楊憲益〉，那都是在憲益先生生前。現在卻是在先生身後議論他，合着俗語「誰人背後無人説」，我在這裏説得對不對，已經無由請教，姑妄言之，設想先生有知，像往常一樣寬容地微笑説，「無所謂」，我也就放寬心了。

　　在跟憲益交往的二十多年中，我永遠不能忘記的，是那個冬季，某一天，我不能確切地説出日期，因為在那之前已經戒絕了寫日記的惡習 ── 有多少人是因為信件和日記這些私人文字被查抄而遭災惹禍的，誰説得清？

　　那一天上午，接到電話，「我是憲益，」聽了高興，還沒答話，他平靜地説，「我退黨了。」我正不知怎麼對答，他簡單説了經過，經過也簡單：他接連幾天被所屬單位找去開會，追問他的思想，他實在不耐煩了，因為再也沒甚麼可説。今天早晨一上班，把聲明退黨的報告交了出去。如是而已。

　　次日我去百萬莊他的寓所看望，才知道他們那個部門的黨委系統表現了空前的出奇的效率，在他提出退黨的當天下午，即通知他上級黨委已將他開除黨籍。其意若曰，如果同意了你退黨，就是讓你享受了一次自主和自由，沒那麼便宜，最後一

分鐘，也得給你個「黨內處分」！你說你有黨章上規定的退黨自由，我說組織上更有給你處分的權力！

憲益此時則已出離憤怒，他並不計較這些，「有酒有煙吾願足，無官無黨一身輕」矣。

面對這樣的長者，我卻不能不回頭想起他幾十年來與中共的關係。

1948 年國民黨撤退前夕，像對一些知名的高級知識分子一樣，也給楊憲益夫婦送來了去台灣的機票。但他們選擇了留下「迎接解放」，在國民黨和共產黨之間選擇了共產黨。楊憲益當年的左傾，固然有中共在國統區的宣傳之功，有他早年在歐洲受到的馬克思主義影響，更多的應該還是因他由英倫回國十年間，在國民黨「一個主義，一個黨，一個領袖」的法西斯式專政下，聽到看到和親歷了這種黨國政體的全面腐敗和殘民以逞，面對着社會的、經濟的、文化的危機，使他把希望寄託在反對國民黨的政治力量身上，期待一個自由、民主、富強的新中國的出現。

此外，在重慶時，中共地下黨借助於朋友與親戚等關係，接近了憲益的母親，母親把早逝父親留給她的遺產，除生活必需外都無償地支援了地下黨組織（後來文革中，老太太因階級成分勒令掃街時，欲求當年有關的知情人出具證明而不可得，也許是當事者正自身難保之故），想來憲益在家中作為獨子和長兄，不會不與聞其事的吧。戰後在南京國立編譯館時，憲益已經積極參加地下工作。1949 年南京易幟，憲益正當 35 歲的中年，他是歡天喜地告別了舊中國的。在他和夫人戴乃迭於 1952 年一起調北京工作前，他以非黨身份出任中共統戰機構南京市

政協副秘書長，這表明他與黨的關係是密切的，儘管乃迭因英國國籍而常遭冷眼，他也遇到過若干不快。不過，他因早早離開了南京，南京市原中共地下市委及其所屬地下工作者們受到的歧視和打擊（所謂「控制使用，降級安排，就地消化，逐步淘汰」之類），一時還沒有殃及他。

此後的十幾年間，憲益和乃迭把全部心力專注在中國古今文學名著的英譯上。幾百萬字經他們夫婦的口頭切磋、書面推敲，一遍一遍地通過打字機落地定稿。這裏凝聚着他們對中國文學遺產的尊敬與熱愛，對英語世界讀者的體貼與關懷。其間雖不斷有政治運動的干擾，包括反胡風後「肅反」時對憲益的懷疑（所謂「特嫌」，已見文革的苗頭），幸而沒有傷筋動骨。浪費的時間他們都以加倍的勤懇補足了。

然而，在與知識分子為敵者的眼裏，像這樣自覺的工作者，不過是（借用一下臧克家句）「不用揚鞭自奮蹄」的老黃牛罷了，不但可以「鞭打快牛」，還可以棄之道旁，送進湯鍋。「馴服工具」利用完了，隨時可以棄之如敝屣。文革來了，批鬥臨身，比過去運動中更加無法無天，野蠻而肆無忌憚。1968至1972年，他們夫婦同時被捕，分別關押，鐵窗四年，兒女流落。兒子楊燁被迫害導致精神錯亂，最終竟自焚身死。這算不算「家破人亡」？楊燁一人在那時代非正常死亡人口中不過是幾千萬分之一，但對楊氏夫婦來說，卻是百分之二百的老年喪子之痛。憲益晚年有詩悼乃迭云：「結髮糟糠貧賤慣，陷身圄死生輕」，交代了入獄一段；但於愛子的死，卻無一句及之，為甚麼？想就是孔子的「我欲……無言」了。

開始於 1945 年「七大」的毛澤東時代，理論上該是結束於 1976 年毛澤東之死和江青等「四人幫」的垮台。楊憲益這時口出《狂言》：

> 興來縱酒發狂言，歷盡風霜鍔未殘。
> 大躍進中宜翹尾，桃花源裏可耕田？
> 老夫不怕重回獄，諸子何憂再變天。
> 好趁東風策群力，匪幫餘孽要全殲。

這是我們看到的他在「新時期」的第一首詩。在八十年代胡趙新政雖有迂迴挫折然而總方向是改革開放的形勢下，憲益夫婦一直保持着這樣的精神狀態：天真加上理想主義，希望中共通過政治改革，改弦更張，建設「好的社會主義」，為此，憲益在生活中也在詩中對流毒和時弊直言不諱。他們繼續把精力集中於英譯《紅樓夢》的定稿出版和對外推薦當代新人新作，也還要接見作者，接見記者和外賓，促進文化交流。他們拼命工作，除了搶時間以不負自己的初衷外，當也有用繁忙以掩蓋、擠壓、排遣、抵銷（實際上抵銷不了）喪子之痛的一面，這是他們沒有明說過的。

1985 年楊憲益加入中共。憲益夫婦是在「胡耀邦平反冤假錯案」的大潮中得以恢復政治名譽，那時候胡耀邦決心在 1982 年前完成所有積案的平反，同時大力落實各項知識分子政策，表示了共產黨與知識分子重新修好的願望。這是憲益和當時一些知識分子入黨的大背景。據說黨組織經由友人傳話給憲益，讓他寫一份入黨申請，百十多字即可，而憲益竟一氣寫了八千字，他認為不如此不足以表示嚴肅和鄭重。

但我在一則憲益入黨報道的字裏行間，發現了一些毛澤東時代佔統治地位的極其有害的觀念仍然根深蒂固，如記者力圖肯定憲益的思想高度時，習慣地說：「楊憲益同志熱愛社會主義祖國、熱愛黨，即使在長期受審查的情況下，仍然堅定信仰馬列主義……」

我無意深責記者，也相信他出於好心，但套話中的「審查」和「正確對待」兩詞觸疼了我：

在對楊憲益「審查」之前，知道他「熱愛黨、熱愛社會主義」嗎？如果知道，為甚麼還要關起來「審查」，「審查」些個甚麼？如果「審查」以前不知道，經過「審查」確認了楊憲益不僅「熱愛社會主義、熱愛黨」，而且「仍然堅定信仰馬列主義」，楊憲益豈不應該萬分感激這樣的「審查」嗎？那末這樣的「審查」不是應該堅持推廣，大家都該欣然步入鐵窗，任憑關他幾年、十幾年以至幾十年麼？

既然如此，為甚麼會對「（楊憲益）即使在長期受審查的情況下，仍然堅定信仰馬列主義」似乎有點大驚小怪，言下之意默認這種「審查」本來應該摧毀或至少是動搖人們對馬列主義的信仰的，然則這種「審查」跟白公館渣滓洞的宗旨不是異曲同工了嗎？（〈讀楊憲益同志入黨消息〉，《記者文學》，1985年第3期）

這裏所以不厭其煩地抄錄拙作舊文，因為這一則消息中的套話，透露了其所由出的意識形態和相應的政治、組織機制的要害。那就是法治缺席，主觀武斷，設對立面，樹假想敵，有罪推定，無視人權，所謂「欲加之罪，何患無辭」，「殺雞嚇猴」，濫

施鎮壓，在炫耀暴力的同時，還要對受迫害者繼續愚弄，大講所謂「三個正確對待」，即「正確對待」組織（指共產黨）、群眾（指被蒙蔽操縱裹脅的人）和自己」，實際鼓吹一種奴隸道德：受到錯誤的以至非人的對待，也要罵不還口，打不還手，莫吭聲，別告狀，更不要控訴、抗議，甚至事後也不要回憶，否則就是沒有「正確對待」，理應從嚴查處。既是「惹不起」，又是「常有理」的聲口，不僅出之於基層弄權的「專案組」，也出於高層口含天憲的威權人士。楊憲益對自己人生理念的忠實，對世態橫禍的隱忍不發，就這樣又被他們在宣傳上利用了一次。

到了 1989 年春夏之交，這一套專政武庫中並未棄置的不講邏輯的邏輯，不講道理的道理，終於再一次出籠。而平和的楊憲益也到了忍無可忍的一刻。

那年四五月間由胡耀邦逝世引發的學生運動，在楊詩中有所反映，如：

> 驚聞大地起風雷，痛悼胡公逝不回。
> 誰道書生無志氣，須知大學有人才。
> 千夫所指都該死，萬馬齊喑劇可哀。
> 五四精神今再見，會看群力掃陰霾。

然而楊公想得太天真了，他只看到了昂揚的士氣和旺盛的民氣，卻忽略了政治舞台幕後的利益關係，更沒有足夠地認清無產階級專政的非人道性和反人道性。

從 6 月 3 日晚約 9 時 50 分在木樨地聽到第一聲槍響，大批野戰軍奉命在北京市內，向學生和平民發動了「平息反革命暴亂」的戰役，似乎在 6 月 4 日早晨即開始打掃戰場，可謂速戰速決。

就在這個 6 月 4 日，北京電台年青的英語播音員吳小庸，75 歲的老翻譯家楊憲益（通過 BBC），不顧個人安危，分別用英語向全世界譴責了這一法西斯暴行。

他們正義的聲音，我當時沒能聽到，後來也沒有機會聽錄音。但我相信，這是中國整個二十世紀後半葉向全人類發出的真正的人的呼聲。未來世代的中國孩子們，當他們開始學習英語的時候，應該首先背誦這兩篇雖然不長，卻浸透血淚的中國之良知的發言。他們兩位都沒有留下自己執筆的中文譯稿，是個歷史的遺憾。

此文寫到這裏該結束了。無論表述為楊憲益退出共產黨，還是共產黨開除了楊憲益，總之，這一斷裂是很難彌縫的。因為各有各的堅持。四十年前，憲益以反對國民黨法西斯式的一黨專政而投身於標舉民主憲政的中共領導的民主革命，四十年後，他和一兩代像他一樣的所謂體制內知識分子一樣，經歷了幾乎相似的心路歷程而大徹大悟。他在參觀遼沈戰役紀念館後寫的一首詩裏，慨乎言之：「早知國共都一樣，當年何必動干戈！」雖云詠史，亦是傷今也。可惜在他的詩集裏只能看到《興城雜詠十一首》，而不是十二首。這失收的第十二首，我也僅記得其中兩句，又是一個遺憾。[1] 願他安息。

2009 年 12 月 6 日，北京

---

1 楊憲益《興城雜詠十二首》，1992 年 7 至 8 月作，其第十一首云：「錦西鏖戰血成河，暴易暴兮可奈何。國共早知都一樣，當年何必動干戈。」原註：相傳伯夷叔齊有歌云：以暴以暴兮，不知其非。

重讀《木魚歌》

　　秦兆陽同志在去年 10 月 11 日去世，轉眼就是百日祭了。四十多年間，我讀過他不少小說和散文，尤其難忘他以〈現實主義 —— 廣闊的道路〉之論，一鳴而令四座皆驚，因此罹禍；為使「鐵案」難翻，把他一個時期寫的文章、改的稿子、編的刊物，舉凡不落陳套，略顯鋒芒的，通通網羅到一鍋裏，燴成反黨反社會主義的罪名。

　　但我此刻緬懷他的生平和作品，不知為甚麼，老是想起他的《木魚歌》：

> 自從被刨雕，命裏註定了。擺在供桌上，呆頭又呆腦。無論僧俗人，皆可來敲搗。一敲降吉祥，二敲福祿保。三敲顯法相，四敲通大道。狠敲三百回，靈魂便出竅。飛升上雲端，成為搬不倒。從此世上人，皆知敲搗好。你敲我也敲，敲得真熱鬧。借問木魚兒，苦惱不苦惱？木魚咧大嘴，似哭又似笑。有口不能言，般若波羅妙。

作者詩前有序說：

> 1978 年春，「四人幫」倒台久矣，權威人士仍在《人民日報》及《人民文學》上批判我的《道路》。憤極，無可奈何，作此打油。

當時是甚麼人，以個人署名還是大批判組署名，大寫繼續批判秦兆陽那篇論文的文章，我因司空見慣，未曾注意，事後更不暇去查詢了。我只知道，老秦並沒有長久地陷於無可奈何之境；他自拔出腳來，上黃山，遛河沿，董理舊作，趕寫新篇，在承擔了主編《當代》的繁重任務同時，獻出長篇力作《大地》。這是對某些專擅「敲木魚」，並以為所有被「敲」的人都真是有口難言的「木魚」者最好的回答。

這首《木魚歌》，與其說是作者借木魚以自況，並為一切被整得啼笑皆非的人代言，不如說它寥寥幾筆刻畫出一類日日月月年年靠「敲木魚」以為生、以為業、以為青雲之路的典型：敲得福祿禎祥，敲得靈魂出竅，這出竅的不是被敲者而是敲者的靈魂，一邊是飄飄欲仙，一邊是行屍走肉，於是「成為搬不倒」矣，搬不倒者，不倒翁也，在有些人，是看作最高境界的。

倘要把人當作木魚敲，須以被敲的人「有口不能言」，像一段呆木頭為前提。然而毛澤東說過，「捉豬豬要跑，殺豬豬要叫」，豬猶如此，欲人而不如豬，豈可得乎？一時得之，又豈能持久？

聽說出版社將重印秦兆陽的小說。他的新舊體詩都不曾結集，極易失散，希望其家人子女注意珍存，將來總會有出版機會的吧。

1995 年 1 月 3 日

秦兆陽：為現實主義辯護

秦兆陽誕辰一百周年了，他離去也已二十二年。

我相信人們常説的，讀其書，是對過往作家最好的紀念。秦兆陽少小離家，如今故鄉黃岡和湖北的朋友呼應他平生的桑梓之情，推出他的六卷文集。我們從這裏可以找回「老芹」的音容笑貌，更可以披閱他真實的靈魂。——前提是其中確有靈魂，因為並不是所有的書裏，所有的筆下，都有作者的靈魂啊！

從 1916 到 1994 年，秦兆陽度過了 78 歲的人生。他出生後五年，去世前五年，都是中國歷史上具有標誌性的重要年份。百年滄桑，惡浪滾滾，一葉橫渡二十世紀：這就是秦兆陽的一生，革命和「被革命」的一生，熱愛祖國，熱愛人民，堅守着救國救民宿願的一生。

秦兆陽大我十七歲，是長輩。我和他直到八十年代才有了較多的過從。

八十年代他出版長篇《大地》時，我想起五十年代初《人民文學》選登過他的《出城記》，那是他構思和寫作史詩式作品的嘗試。他驚異於我還記得他早年未終篇的作品。我所以三十年間印象不磨的原因，一是我出生在古城北平，4 歲那年盧溝橋最初的炮聲也就是我刻骨銘心最初的記憶，我當然惦念着所有那時從北平走出城去抗戰打日本的人的行蹤。再就是在讀到

《出城記》之前，我已經和老秦同志有一次精神上的交集——大概是 1950 下半年，至遲不晚於 1951 上半年，我參加廣播電台工作不久，我的第一個上級左熒和他的愛人黃药都是延安魯藝戲劇系出身，陝北台老播音員齊越又是朗誦愛好者，他們選定了秦兆陽剛發表不久的《小燕子萬里飛行記》，找上我一起演播。那時候還沒辦起專對少年兒童的廣播節目，是在一般文藝節目裏播出的，據說反響不錯。

1954 年，宋慶齡先生的中國福利會主辦的全國首屆兒童文學評獎，我的一首兒童詩獲得二等獎，很高興；同時在名單上看到秦兆陽的《小燕子萬里飛行記》獲得一等獎，更高興，我們的節目因此可以增加重播的機會呀！授獎儀式舉行時我正在長春汽車廠工地，失去了跟秦兆陽和好多位我心儀的老作家見面的機會，不免又有點遺憾。

不過這個遺憾不久就得到彌補。那一兩年，在 1955 年夏大搞機關肅反之前，我多次到東總布胡同 22 號作協，參加詩歌組的活動，有時候就遇到秦兆陽穿堂而過，那時候還不是「老芹」，而是風度翩翩且意氣風發，臉上常掛着笑容。

後來老秦輯成《農村散記》的許多篇章，不但在《人民文學》刊出，而且《人民日報》多次選登。那一陣子《人民日報》取消了文學性的副刊，第三版上偶爾刊發文學作品就格外引人注意。我在東北工業基地採訪，從《人民日報》看到一兩篇農村散記以後，報紙一來，就問有秦兆陽的文章嗎。記得最清的是那篇〈王永淮〉。我後來說過，秦兆陽下鄉的路，跟回家一樣熟悉，就是從那些文字得來的印象。他對他生活、戰鬥過的冀中平原，平原上共過患難的人民，不僅是熟悉，而且從心裏熱

愛。他寫到那裏戰後恢復的日子，讓我們感到了平原上灑滿了陽光，升騰着莊稼生長的青氣。

我相信，秦兆陽隨後的文學生涯，他在寫作和編輯工作中，時時牽念着他的冀中，冀中的房東和老少鄉親，在飽經殘酷的戰亂之後，應該有更好的生活，他是在為包括冀中在內的所有中國人能過上更健康合理的生活而思考，而奮鬥的。他反省自己從事的這個行當，不應該只拿公式化概念化的貨色敷衍塞責。

於是有了他 1956 年的「求變」，和 1957 年的「驚變」。

他在調任《人民文學》副主編之始，就在編輯部宣佈，要將《人民文學》辦成俄國十九世紀《現代人》那樣有影響的第一流刊物，要有自己的理論主張，不斷推出新人新作。

1956 年 4 月號《人民文學》，以頭條、通欄，顯著地刊出了劉賓雁的《在橋樑工地上》，記得前面加了應是秦兆陽親手撰寫的編者按語。「編者按」固非新事物，但自從胡風案以御筆「編者按」開場，這才大行其道，人們記憶猶新。不滿周年，秦兆陽就接過這個「寸鐵」手段，顯示了大刀闊斧的決心。這一下吸引了全國文藝界的注目。贊成者有之，反對者亦有之，都關注着下一步還有甚麼動作。廣大中青年作者已經紛紛試手「干預生活」。《人民文學》接着發表了一系列別開生面之作，突出有劉賓雁的《本報內部消息》及其續篇，還有新手王蒙出手不凡的《組織部來了個年輕人》，另外，像耿簡（即柳溪）的《爬在旗杆上的人》，耿龍祥的《明鏡台》，李國文的《改選》，宗璞的《紅豆》，豐村的《美麗》等，大概也都在醞釀中（後

面幾篇由李清泉經手刊發在《人民文學》1957 年 7 月的特大號上）。所謂爭議實為反對的營營之聲，也隨之大作，彷彿預示着甚麼。

而就在充滿不確定性的 1956 年 9 月，秦兆陽的〈現實主義 —— 廣闊的道路〉在《人民文學》發表，署名何直 —— 真是何其直也！

說起何直這一長篇論文，不僅僅是 1956 年 4 月提出「百花齊放，百家爭鳴」方針的產物。早從斯大林問題由赫魯曉夫（Nikita Khrushchev）首先提出以來，蘇聯文學界忽告解凍，波及社會主義陣營多國。秦兆陽當然不免會受到當時蘇聯等「兄弟國家」文學界思潮的某些影響，但〈現實主義 —— 廣闊的道路〉又絕不能簡單看作或一國際思潮的產物。我們在收有此文的《文學探路集》裏，可以看到早在 1951 年秦兆陽就寫了〈論一般化公式化〉（入集時改題〈概念化公式化剖析〉），嗣後陸續寫過多篇探討這一問題的文字。從指出建國後更要「全面地、深入地認識現實」，「反映生活中根本性的矛盾衝突」開始，在這一思想基礎上，逐步提升到反教條主義的層面，這可能融入了反胡風時批判「寫真實」論引起的思考（如果我記得不錯，「寫真實」曾是斯大林提出的，後來當作胡風的「謬論」胡亂批了），參照了蘇聯等國文學界有關「社會主義現實主義」的質疑，邏輯地形成了〈廣闊的道路〉一文的思路。此時此刻高張「現實主義」的大旗，就不僅是為了頭痛醫頭腳痛醫腳克服「公式化概念化」，而確實把矛頭指向教條主義，想把整個文學創作從教條主義的束縛下解放出來，走上一條「廣闊的道路」，讓作家的政治胸懷和文學視野都更廣闊，及於生活的各個方面，包

括過去認為「非本質，非主流」而忽視了的那些事象，實現多元化和多樣化。

秦兆陽循着這樣「再認識」的思路，走出了樊籬，望見了現實主義的光明前景，卻忘記了眼前腳下就是「禁地」和陷阱。不久前舉全國之力批鬥的胡風，其在文學上所堅持的無非魯迅精神、五四傳統和現實主義。一個忠實於生活，忠實於自己心靈良知的作家，面對生活中必然難免的陰暗面，也必然要走向批判。這就是西方文學史上「批判現實主義」命名的由來。1956 年《人民文學》上秦兆陽經手發稿的一些作品也符合這一規律。那些可以稱為「現實主義——廣闊的道路」實踐者的可敬的中青年作家們所以被責以炮製「毒草」，秦兆陽相應的論文，他的編輯工作和他在這前後以多個筆名寫的精短也是精彩的文論之所以同樣被批為修正主義——反黨反社會主義，皆緣於此。

秦兆陽為現實主義的新生和重振，做出了義無反顧的犧牲。經過二十年的貶謫和流放，他的後半生，如果從 1975（那一年，感謝廣西的陸地同志「利用職權」，放老秦回到北京家中休養並寫作）算到 1994 年，勉強二十年，其間他長期擔任《當代》雜誌主編，繼續為現實主義文學殫精竭慮。在整個八十年代，我每到北池子大街橫二條去看望小說家、評論家、散文家、詩人、畫家、篆刻家「老芹」，卻總是發現他在認真且較真地為《當代》看稿，不能忘記他是一個「捨身求法」、又「以身試法」的編輯家。

回看秦兆陽的一生，不僅看到他們那一代人從文從藝的道路坎坷崎嶇，而且重新認識到他們的為人，是怎樣在戰爭和

「運動」中「煉」出來的。如我多少有所知的那些名字，不算最「紅」也就是基本上不屬於權力者階層的老作家黃秋耘、吳伯簫、嚴文井、嚴辰、孫犁、韋君宜，他們固然也各受到歷史的局限，但覺他們在我面前樹起了永遠的正面的表率，可以說，他們也像五四後一兩代文學家一樣，是二十世紀中國文學長跑的傳棒者，傳薪的續火者。他們曾把希望（秦兆陽常常念道的「生機」）「看好」在後人身上。我想，大家讀其書而知其人，我自己更應該好好地以他們為師，同時希望有人好好地研究他們，發掘和闡述他們的精神遺產。

據 2016 年 11 月 15 日的發言寫定

只因他的思想變成鉛字
——《顧準文集》讀後斷想

一

讀了《顧準文集》，忽然想起畢朔望 1979 年為張志新寫的《只因》：

只因你犧牲於日出之際，監斬官佩戴的勳章顯出了斑斑血跡。

只因你胸前那朵血色的紙花，幾千年御賜的紅珊瑚頂子登時變得像壞豬肚一般可鄙可笑。

只因夜鶯的珠喉戛然斷了，她的同伴再也不忍在白晝作清閑的饒舌。

只因你的一曲《誰之罪》，使一切有良知的詩人夜半重行審看自己的集子。

只因·你恬靜的夜讀圖，孩子們認識了勇氣的來歷。

只因你的大苦大難，中華民族其將大徹大悟？！

不知道別人的感受怎樣，這些詩行貼近我此刻面對顧準遺篇的心情。

　　1972 到 1974 年，顧準以他孤獨病弱之軀拿起筆來，就「娜拉出走以後怎樣」的問題寫下這些通信和筆記的時候，我卻苟安於幹校一角，後來又回京在長期待分配中，因而自得於投閒置散，無所事事以為可以好好休息休息，從來沒想過休息之後該幹甚麼，更沒想到在同一城中，有像顧準這樣的人不知疲倦地作着嚴峻的思考。我這種庸人心態，很像我後來嘲笑過的，口口聲聲說保存陣地，但在保存着的陣地上始終不放一槍一彈的那種情形。

　　我有甚麼資格來談顧準呢？

　　滿城爭說顧準未必是好事，幾乎所有滿城爭說的人和事，到頭來都成過眼雲煙，因為趕時髦的人一來隨楜唱影，難免熱鬧一番完事。

　　而沉思的顧準，需要習於沉思、甘於沉思的人的理解，也只有好學深思並勇於探索的人能夠接近他，同他對話。

二

　　顧準從理想主義到經驗主義的精神歷程，不是一朝一夕完成的；他的思想經過身心痛苦的磨煉和淬礪。

　　人們讚許他的膽識。一般地說，人可能有膽而無識，也可能有識而無膽。而在顧準，他的膽離不開他的識，他的識離不開他的膽；膽是先導，識是基礎。古人以才、學、識並提。顧準的「識」，是把他的「才」和「學」相乘以「膽」，即絕不

自囿於權威之見的理論勇氣，敢於懷疑、敢於否定的科學批判精神。

顧準這樣說明他對哲學問題和現實問題進行探索的心路：

> 我還發現，當我越來越走向經驗主義的時候，我面對的是，把理想主義庸俗化了的教條主義。我面對它所需要的勇氣，說得再少，也不亞於我年輕時候走上革命道路所需的勇氣。這樣，我曾經有過的，失卻信仰的思想危機也就過去了。

只有敢於直面慘淡的人生，敢於正視淋漓的鮮血，才談得到通過對經驗的總結去昇華理論。假如連經驗最表層的事實都不敢去揭示甚至不敢去接觸，還侈談甚麼對真理的探求呢？當然，我在這裏還並不是說那些竭力阻撓人們面向殘酷的真實的人，因為虛偽和欺騙本來就是他們的安身立命之所。

對於歷史和現實中的問題，我們應該自省的是我們究竟有幾分勇氣面對事實？兩千多年甚至更長時間的「普遍奴隸制」的陰影是不是還籠罩着我們：為尊者諱，為長者諱，以至為流氓打手諱；不得罪於巨室，不得罪於上級，不得罪於朋友，以至不得罪於「群眾」……一個時期我們聽到不少對於「媚俗」的批評，而對源遠流長的「媚上」現象（其尤甚者則是古所謂的逢君之惡），卻似乎久久聽不到甚麼批評了，莫非這種多年的老毛病已經根治了嗎？

三

　　不是任何一種見識都堪稱智慧的。機智詭巧不等於智慧，小聰明則更等而下之。我說顧準達到了智慧的境界，是因為他有關中國的命運、人類的未來的深沉思考，在當代屬於先知先覺之列。不知道甚麼緣故，我們久久不用先知先覺這個系列概念，也不引用「以先知覺後知，以先覺覺後覺」的話了。然而在當代中國確還有先知先覺在，顧準就是這樣一個人。在幾乎有着同樣經歷的人中間，走出理想主義的圍城；他從馬克思主義的營壘中來，「冒天下之大不韙」（？），重新認識馬克思主義，下了絕對是「笨功夫」。

　　中國的東方專制主義，或者可以叫作皇權專制主義的特點，在顧準這裏得到確認。我讀到有關章節的時候，不知道為甚麼總在心裏浮現螞蟻、蜜蜂和獼猴的形象：在螞蟻王國和蜜蜂王國，蟻王和蜂王是「受命於天」的，那蟻群和蜂群奔波覓食，而蟻王和蜂王凌駕於群落之上的秩序也似乎與生俱來，亙古不變。比螞蟻和蜜蜂在生物學上進化程度更高一些的獼猴，每一群落的猴王，都是其中最強悍的公猴，經過一兩年至多三四年的任期，就要發生爭奪王位的廝鬥，一成年公猴要戰勝群落內的全部公猴和群落外企圖入群奪取王位的散猴，才能「成者為王」，獲得在猴群裏一切優先包括以強凌弱的統治權，乃至優先佔有發情母猴交配的特權（只有同時發情母猴超過四隻以上，才允許副王染指）。一個獼猴群落不過幾十隻大小猴

子，蟻群和蜂群則是成千上萬，儘管這樣，比起人類的群體來都是具體而微了；而牠們的一個共同點則是不存在理性的選擇──在人類社會生活中，在多大程度上擺脫了上述的模式，是不是可以說也正是從動物到人的進化和人類進一步文明化的重要標誌呢？

顧準論證了從中國的傳統文化中產生不了科學和民主，要確立科學和民主，必須徹底批判中國的傳統思想。即以中國傳統的政治文化來說，口頭上的儒家本來就是牧民之學，而實際政治行為更多循着申韓之道，此所以權術以至陰謀詭計充斥着自古以來的政治史，這些都能在韓非的書裏找到源流，韓非是最早對截至戰國時代為止的君主專制統馭術作總結的一人。顧準在「評法批儒」的高潮裏認為韓非在中國的歷史上沒起一點積極作用，個人道義也毫無可取，此論同樣是「冒天下之大不韙」。可惜限於當時的條件，如同其他一些論點一樣，未能充分地展開。不過，在今天的「國學」熱裏，在聽到甚麼「用儒家的主體道德思想來培養『四有』新人」等調調的時候，顧準的字裏行間彷彿吹出清新的風，蕩滌着猶如地下宮殿裏霉濕污濁的空氣。

我是顧準的晚輩，然而也是從理想主義走向經驗主義，從詩走向散文的。我缺少他那樣的理論功力，對他所提出的涉及那麼廣泛的諸多命題，不是一下子都能消化並參與深入探討的。但是我以為我能夠理解顧準，對他的精神歷程感同身受，我發現我的心和他相通，儘管在思想上我是遠遠遲到的。

四

顧準執着於他的執着，他執着的追求和探索是為了接近真理，但他從來沒有以掌握了真理自居。真理一旦被認為已經為人所掌握，尤其是為權威者所掌握，就有被絕對化的危險。

似乎是莎士比亞（William Shakespeare）留下一句名言：「世界上只有一個金科玉律，就是沒有金科玉律。」是不是同樣可以說：「世界上只有一個絕對真理，就是沒有絕對真理。」

顧準曾慨歎「馬克思的學生中未必有幾個人能夠懂得這一點」。而他，作為馬克思的學生，沒有把馬克思視為教主，把自己視為教徒，而是作為馬克思的同道和諍友，「毫不隱瞞自己的觀點」。以馬克思生前不斷修正自己觀點的風度看來，他是不會把顧準看成異己的。因此，我以為，倘若是一個與馬克思有同樣追求的人，或由這樣的人形成的群體，有甚麼理由不能容納顧準的思想以至顧準這個人呢？

1995 年 10 月 23 日

汪曾祺 (1920–1997)

汪曾祺小記

　　我先是管他叫汪曾祺同志，或曾祺同志，後來也隨着林斤瀾他們簡稱之為曾祺。晚近幾年人們多稱他汪老，我雖向來不喜歡甚麼老甚麼老地叫人，但也只好隨俗，不然顯得我不懂敬老似的。

　　現在已成古人，我們就像對待一切歷史人物那樣，逕呼其名吧。

　　汪曾祺在一份小傳裏這麼説：「1949 年以後十年我沒有寫甚麼東西，是一段空白。」

　　我卻記得這期間兩次見到他寫的東西，都引起私心裏一點驚喜。頭一回大概是 1951 年《北京文藝》創刊號或第二期，有一篇〈死信復活記〉，署名汪曾祺。寫當時一位模範女郵遞員（姓羅，十幾年後好像當過郵電部副部長）。比報上一般的新聞通訊篇幅長，而能吸引人一直看下去，郵遞員的事跡本來都是平凡的工作，真人真事更受不少限制，但是作者選取了死信復活這麼一個角度，寫得饒有興味。曾祺本人可能因為是奉命採訪，寫出來，發表了，就完成了任務，沒把它算作自己的文學作品。我在那時候眾多敍事寫人的文字裏發現它，記住它，絕不僅僅是因為我熟悉作者的名字，讀過他寫的小説。就像 1956年，蕭乾的特寫〈萬里趕羊〉一下子抓住我，不是偶然的。

這兩篇印象殊深的散文，我後來都沒有重讀過，如果説，那是因為當時觸眼多平庸之作，看到兩位老寫手筆下取材稍具匠心，便覺文采斐然，一新耳目的話，那末，1957 年 6 月《詩刊》上他的短詩《早春》，在今天看也仍是上品：

> （新綠是朦朧的，飄浮在樹杪，
> 完全不像是葉子……）
>
> 遠樹的綠色的呼吸。

詩只一句，充其量算三句。但如説起 1957 年「鳴放」時期的詩，不能不想到它。

汪曾祺的詩，又「古典」，又「現代」。讀過他早期小説的人，知道他曾經把一隻手伸向西方。只讀他十多年來新作的人，在他爐火純青的敍述中，幾乎找不到域外影響的痕跡。他針對一種似乎理直氣壯的論調，對所謂「越是民族的才越是世界的」之成説提出質疑。據報道，他説他如果寫長篇，就寫《尤利西斯》、《追憶似水年華》那樣的。然則他醞釀已久的長篇歷史小説《漢武帝》，倘若真寫出來，該是甚麼樣子呢？現在，這跟魯迅計議要寫的《唐明皇》一起成為文學史上的遺憾了。

有人説汪曾祺是最後一個士大夫，也許是指他能詩，能書，能畫，這樣的人在今天的文人裏可以説絕無僅有了。他不止一次勸年輕作家要更「有文化」，他是有資格説這個話的。

我卻寧願説他是個自由派，是五四運動以後曾經成為新文化主流的那樣的自由派。他不是前朝遺老。他是前朝遺老的對立面。他的孩子有時叫他「老頭子」，連孫女也跟着叫。親家母

說這孩子「沒大沒小」。曾祺說他覺得一個現代的、人情味的家庭，首先必須做到「沒大沒小」；父母叫人敬畏，兒女「筆管條直」，最沒有意思。他又說，兒女是屬於他們自己的，他們的現在和未來都應由他們自己來設計。「一個想用自己理想的模式來塑造自己的孩子的父親是愚蠢的，而且，可惡！」單是這一條，若擱在巴金的《家》裏，肯定是覺民、覺慧們才有的思想，不能見容於高老太爺和馮樂山那批士大夫的代表的。

《受戒》就更是異端了。只要想想 1966 年文革開始，提出了「橫掃一切牛鬼蛇神」，某地某大員竟在「黑五類」的地富反壞右之後，補充上僧、尼、道，而汪曾祺一度被調去搞的「樣板戲」之最高原則，一是派誰當主角等於讓誰佔領歷史舞台，一是戀愛婚姻劃為禁區：這篇不長的小說偏偏反其道而行，大大「美化」邊緣人物和「邊緣感情」，宜乎使某些人瞠目，即令放它一馬，也只不過視為冷盤，不能當成主菜了。

這樣的文學勇氣，與士大夫氣能相容乎？

不少朋友在追憶曾祺的文字裏，都說起他為人的隨和、恬淡，為文時也體現了心閑氣定的風格。這是不錯的。

一個大半生處於亂世的人，怎麼能做到時時處處心閑氣定？我在他的《跑警報》裏找到一點解釋：

> 他們（按指日本侵略者）不知道中國人的心理是有很大的彈性的，不那麼容易被嚇得魂不附體。我們這個民族，長期以來，生於憂患，已經很「皮實」了，對於任何猝然而來

的災難，都用一種「儒道互補」的精神對待之。這種「儒道互補」的真髓，即「不在乎」。這種「不在乎」精神，是永遠征不服的。

魯迅讓我們於陶淵明的「採菊東籬下，悠然見南山」之外，也還看到他另有不那麼「靜穆」的時候寫的不那麼「靜穆」的作品。陶淵明原是有「在乎」有「不在乎」，其「悠然」者是已「不在乎」了也。汪曾祺在〈無事此靜坐〉一文裏就自白說，「我是個比較恬淡平和的人，但有時也不免浮躁，最近就有點如我家鄉話所說『心裏長草』」云云。這是毫不矯情的大實話。當我拿起電話聽筒，聽見曾祺提高幾度音罵道「那個王八蛋……」時，直覺就是，迫得沖和淡泊如老先生這樣說話的，那「王八蛋」必定真是王八蛋無疑了。

汪曾祺有「不在乎」，亦有所「在乎」，因此他才做到有所為、有所不為。

我有一張照片，攝於 1958 年春，旁邊註明：「『反右』以後，下放之前，告別家屋，窗前留影。」因為照片中的我是微笑着的，有人質疑，問我為甚麼笑，我也說不出，只得推說賈寶玉丟了通靈寶玉那個命根子不是也還傻笑着嗎？曾祺小說裏寫一個女同志打成右派以後，「……臉上帶着一種奇怪的微笑。」曾祺說那天回到家裏，見着愛人說：定成右派了。臉上就是帶着這種奇怪的微笑的。「我也不知道我為甚麼要笑」，他說。閱世深如汪曾祺且不知其何以要笑，我還能拿出甚麼像樣的理由來呢？

曾祺的作品，不大關涉政治，這是他的審美趣味決定的。我翻看他近年出版的散文隨筆，也只找到兩處。

一是 1989 年 8 月寫的：

> 我希望政通人和，使大家能安安靜靜坐下來，想一點事，讀一點書，寫一點文章。

一是 1991 年寫的，稍長：

> 中國的知識分子是善良的。曾被打成右派的那一代人，除了已經死掉的，大多數都還在努力地工作。他們的工作的動力，一是要實證自己的價值。人活着，總得做一點事。二是對生我養我的故國未免有情。但是，要恢復對在上者的信任，甚至輕信，恢復年青時的天真的熱情，恐怕是很難了。他們對世事看淡了，看透了，對現實多多少少是疏離的。受過傷的心總是有豐的。人的心，是脆的。
>
> 這是沒有辦法的事。
>
> 為政臨民者，可不慎乎。

其實，曾祺還是既不失熱情又不失天真的。這一段不失溫柔敦厚的話就是證明。

汪曾祺去世已經一個多月了。但朋友們聚會時想到他，面前有酒想到他（一桌豪華筵席不如來一盤爆肚，喝二兩汾酒）；看到好文章想到他，看到壞文章也會想到他（他會說：可惡）；走過福州館前街，想到他彷彿還在那四層樓上，寫他的字，畫

他的畫（「亦是快事」）；想他間或漫步出胡同口，側耳聽蟬聲，走走停停，若有心事，不知是在打腹稿，還是在打量行人。

總覺得曾祺還在我們中間，不像是與我們永訣之人。但，一時關於他，人們寫的都是悼念文字了。我和他過從不密，但自以為相知不淺。見面或不見面，有話就說，直來直去，雖然所談多是不足道者。他只向我提出過問題，卻沒批駁過我，我對他沒顧忌，他對我也不設防（可能他對甚麼人都不設防吧）。

爾今爾後，我們隨時拿起汪曾祺的書來，我們仍然好像聽他娓娓而談，但我們想對他說點甚麼，卻再也看不見那認真傾聽時專注的眼神了。紀念，紀念，紀以為念：這裏記卜我的一些想法，不能講在當面了，將不謂我為背後議論乎？可惜，再也聽不到那睿智兼風趣的插話了。

1997 年 6 月 20 日

傷心人祭
—— 張若名的悲劇人生 [1]

幾年前張若名《紀德的態度》一書中文譯本由三聯書店出版，張若名的名字重新引起了注意。早在 1930 年秋，紀德本人讀到這篇中國女留學生的博士論文時，立即給作者寫信説：「由於您的勞作，我又重新意識到我的存在。」「我確信自己從來沒有被人這樣透徹地理解過。」

張若名，生於 1902 年，如果活到今天，實足 96 歲，但她終年 56 歲，已經不幸去世四十周年了。

1958 年，張若名在雲南大學改造知識分子的「交心運動」中，「受到不應有的打擊」，於 6 月 18 日投河自盡。她被劃右派的大兒子正在北方某地勞動改造，她的丈夫楊堃教授從外地趕回，沒有見到屍體，也不知道是否留下了甚麼遺言。

張若名在五四運動中，是天津覺悟社的創始人之一。1919年冬，她和周恩來、于方舟、郭隆真四位學生代表被捕，直到

---

1 張若名的愛子楊再道，是我在北京育英中學時的同學，十年動亂後恢復聯繫。他在 1957 年被劃右派，應與他母親曾把他的十餘封家信交給黨組織，誠懇要求組織「幫助、教育」他一事有關。楊再道晚年處境惡劣，但致力於為母親恢復名譽。我從他處得讀有關材料，對張若名一生的命運有了較多的了解。

次年 7 月釋放。周恩來在《警廳拘留記》中節錄過張若名記述她和郭隆真兩位女代表獄中情況的日記。

1920 年 11 月,張若名跟一百九十多名勤工儉學生一起,從上海登船赴法。1922 年,張若名、郭隆真加入趙世炎、周恩來、李富春等在巴黎組織的「中國少年共產黨」。張若名在「少共」內化名「一峰」。他們以互教互學的方式學習馬克思主義。1924 年周恩來回國時,曾把張若名根據發言提綱整理的宣傳馬克思主義的文章交給中國社會主義青年團中央,編進兩本書出版:一本《帝國主義與中國》,收入陳獨秀、張國燾、趙世炎、瞿秋白、蕭楚女、彭述之、周恩來等人文章,即以張若名的〈帝國主義淺說〉為第一篇;另一本《馬克思主義淺說》,是由她的三篇文章和任弼時的一篇合編而成的。後者由中國青年社編輯,上海書店發行,自 1925 年 3 月至 1926 年 1 月,至少再版了九次。

1924 年,任卓宣(曾用名葉青)接替周恩來任少共書記。張若名、郭隆真等常跟他發生意見分歧。任卓宣片面強調下級服從上級的組織紀律,作風粗暴,動輒罵人。郭隆真曾被他罵得痛哭流涕。張若名極為憤慨,經過痛苦的抉擇,她決定退出政治活動。22 歲的張若名,四年前因為被捕,連中學都沒有畢業,她下決心苦讀,考進里昂大學,在塞貢教授指導下,從心理學角度研究法國文學史和文藝理論,成為中國最初的女博士之一,她關於紀德和其他法國作家的論文,是中國早期法國文學研究的碩果。

張若名 1930 年與楊堃結婚,同年底回到祖國。夫婦倆先是在北平執教,1948 年春同時應雲南大學校長熊慶來之聘,去了

昆明。楊堃任社會學系教授兼系主任，若名任中文系教授，講文藝理論和世界文學史，並在外文系教法語。

不到一年，昆明和平解放。據她的長子楊再道寫的《張若名生平》說：

> 1950年，作為一個新中國的公民，張若名開始了她完全嶄新的生活。她和北方的劉清揚等老朋友恢復了通信。她覺得自己比老朋友實在是落後了一大截。她決心加速趕上。她很快就加入了中國民主同盟。她努力學習毛澤東的《在延安文藝座談會上的講話》，仔細研究周揚著的《馬克思主義與文藝》，大量閱讀馬恩列斯以及高爾基、托爾斯泰、季莫菲耶夫、尼古拉耶娃、伊瓦施欽科、施瓦盛科的著作。她要儘快編寫出完全不同於過去的新教材，要把西方唯心主義的藝術至上的文學理論，改為唯物主義的無產階級的文學理論。

> 張若名還積極投入新中國的肅反、鎮反、三反、反胡風、反右派以及教師思想改造等一系列政治運動。每次運動中，都是努力學習文件領會精神，聯繫個人思想實際，主動檢查、批判個人的舊思想，開會帶頭發言，認真寫出心得。每次都作為積極分子，受到黨政領導公開表揚。

> 張若名從1950年就開始申請重新加入中國共產黨，每年都要交上一份長長的申請書。前面屬於個人的經歷部分，當然都是差不多的。可後來的思想轉變過程，卻是越寫越長，一次比一次深刻了。用後來的語言說，就是能夠上綱上線，敢於解剖自己否定自己。她是那樣執着，那樣信心十

足，年年不批准，也年年不灰心。她還常去聽黨課，去找自己的入黨聯絡人，匯報思想情況。

直到1955年4月，周恩來、陳毅在昆明和張若名見面，從周恩來口中，她才明確地知道，她1922年在法國加入的是團，不是黨。她因一直以為自己曾經加入和退出的是中國共產黨（蔡暢1939年4月15日同美國記者韋爾斯的談話，劉清揚在回憶文章中都說，張若名在法國曾加入中國共產黨），聽了十分意外。楊堃是1923年由郭隆真介紹加入「旅歐中國共產主義青年團」的，他看清了張若名吃驚的表情，同時也感到周恩來所說的跟自己的記憶完全不同；不過他很快在心裏形成一個想法：因為退黨一向公認是性質嚴重的政治錯誤，周恩來一定是故意把若名說成退團，來減輕問題的分量，也是對她的保護吧。這當然只是楊的猜想；如果張若名當年加入的確是「中國少年共產黨」，那是等於當時國內的社會主義青年團或後來的共青團的。

很快到了1957年，正在爭取重新入黨的張若名，對黨的號召毫無保留地步步緊跟，自然也成為反右派運動的積極分子。她心愛的長子從石家莊來信，她認為流露了一些政治思想問題，便主動把十來封兒子的家信交給黨總支，以「求得黨對自己的孩子加強教育」。後來楊再道被劃右派，便是格外「加強教育」了吧。

張若名就是這樣信賴黨組織，表現出把一切獻給黨的一片忠誠。大概到1958年的「交心運動」裏，也還是這樣，「事無

不可對黨言」，向黨傾吐了自己的衷曲，但是得到的是殘酷鬥爭和無情打擊，於是，失去了活下去的力量。

我們不知道她最後的時刻是怎樣渡過的。她是怎樣「交心」，又遭受了甚麼樣的打擊，都不見具體著錄；只知道「張若名死後，雲南大學立刻召開了對她的聲討批判大會。中國民主同盟（雲南省支部？）亦隨之將她開除盟籍」。一個「五四」時期的愛國運動和婦女運動的先驅，一個馬克思主義的通俗宣傳者，一個學有專長勤懇敬業的教師，一個一心按照黨員標準改造自己的積極分子，就這樣從人間的唾罵聲中消失了。

説她死於交心？不確切。因交心而死？還是不夠確切。恐怕該説是因傷心而死的。

紀念張若名逝世四十周年，使我們想起，在反右派運動尾聲中的「交心」階段，像張若名這樣因「交心」而受到打擊的，大有人在，有些人被補劃了右派，有些人背上了記入檔案的包袱，也有的像張若名一樣痛不欲生，自己結束了自己的生命，但沒有留下遺言，或是遺言被銷毀了。這應該説，是在「大鳴大放」之後的又一次「陽謀」。

舊説有些異事「可一而不可再」，以「陽謀」論，則可一而又可再。

舊説「士可殺不可辱」，以交心運動或整個對知識分子的改造來説，則士可殺又可辱，可以辱而再殺，亦可殺而復辱。

從法律角度，人問是自殺還是他殺；但有些所謂自殺者，難道不是假手於自殺者之手的他殺麼？

1998 年 3 月 9 日

馮友蘭 (1895–1990)

解讀馮友蘭

　　對馮友蘭這樣一位學者，怎樣表述，怎樣定位？

　　大家知道，馮友蘭以中國哲學史的研究家名世。然而我們從一個沒有哲學，也沒有歷史的年代走來，我們說「思想界」，常常只是指「革命思想界」以至「革命界」，因此說到哲學，除了「實踐」、「矛盾」二論以外，只知有《大眾哲學》，不知有「貞元六書」就不足怪了。這麼說，你可以不同意，但不能不承認。

　　今天，我們可以說，教育界或思想界或知識界或學術界……有過一個馮友蘭；其實不如說：中國有個馮友蘭；二十世紀中國有個馮友蘭。他屬於中國，也屬於世界。

　　他是像魯迅、胡適、梁漱溟、馬寅初、顧準這樣的，術業有專攻而又積極關注和參與社會生活的讀書人，但又命定地帶有悲劇色彩。因為他們都屬於理想主義者。自然不同的人，所抱的理想各有不同，但都在不同程度上要在中國的現實面前碰壁。

　　我們現在一說理想主義，常常指的是外來的烏托邦。

*　《解讀馮友蘭》，海天出版社，顧問任繼愈，主編單純、曠昕；分「學者研究」、「學人紀念」、「親人回憶」、「海外回聲」四卷。

馮友蘭則要以儒家傳統的精神入世和用世。

這些具有豐富的各種不同的精神資源、思想資源的大師們，他們的悲劇所在，乃是找不到能夠把他們的理想付諸實現的社會力量。或者寄予希望的某種社會力量，最後被證明不堪倚靠，更可悲的是倚靠錯了。

結果，還是只能停留在學術著作或是政論寫作上，作為一種思潮的代表：政治思潮、社會思潮、文化思潮、學術思潮，潮漲潮落。

我們文學界的朋友，回首二十世紀，不無惆悵地說，那麼多作家、詩人來了又去了，只成為薄薄一本文學史上的名字。

但在文學領域，還是有能代表本世紀中國文學最高水平的少數傑作，至今葆有生命力，它們還活着。

在回顧本世紀中國各種思潮的運動、起伏、交鋒的時候，我們實際上是到八十年代重新發現了思想是不會因人為的禁錮就消失的。任何思潮，特別是非主流意識形態，它的存在總有它存在的理由和根據。

馮友蘭自是卓然一家。他有幸得享高壽並有後輩之助，在晚年為自己的學術生涯，作了真正意義上的總結，畫了一個完滿的句號。他一生引導讀者了解中國的哲人及他們的哲思，認識中國人的認識史和思想史，現在，他畢生對世界的認識、思考和解釋，又成了今人認識、思考和解釋的對象。

談論中國二十世紀的哲學史研究，儒家傳統在二十世紀的延續，以至校園學人的命運和心路歷程，都不能不談到作為一個知識分子類型代表人物的馮友蘭。

我們知道，凡是公眾人物、名家、聞人，也常常成為傳說人物，傳奇化了，變形了，以至誇張或歪曲了，這是連李白都所不免的。有一套像這樣的書，於學術論點之外，為我們提供從各方面了解馮友蘭「這一個」的資料，有助於我們更好地知人論世，更便於理解他的學術思想的發展和精神世界的形成。

我有一個不成熟的想法，認為馮友蘭是中學為體，馬克思主義為用。是不是這樣？好在他的著作陸續出版，可以印證，更可以討論。遺憾的是他在晚年最重要的學術成果之一，哲學史的第七卷，迄今還不能在大陸出版。我相信，甚麼時候新版哲學史得以出齊，將是中國享有了真正的思想自由和學術自由的鮮明標誌之一。

現在，這一套《解讀馮友蘭》的出版，不是為了「普及馮友蘭」，一般說來學者是難以「普及」的。但我們不僅知道中國二十世紀有個馮友蘭，而且可以從而知道馮友蘭之所以為馮友蘭，這很重要，因為正像「只有一個貝多芬」一樣，馮友蘭也只有一個啊！

應該感謝這套書的作者、編者和出版者。

1998 年 7 月 11 日

《孫越生文集》序

　　面對孫越生先生這部書的校樣，不禁百感交集。一半是悲哀，一半是欣慰。

　　八十年代初，王亞南教授的《中國官僚政治研究》再版時，是他的學生孫越生寫了序言，此書在 1948 年初版付梓前，就是由越生用毛筆過錄了一遍。半個世紀之後，越生的書，其中包括他的心血之作《官僚主義的起源和元模式》，竟只能由我，一個在他生前並不曾讀過他這一主要著作的外行人來寫序，難道還不可悲麼？

　　關於官僚政治的研究，像政治學的廣大領域一樣，在很長一段時間裏成為不言自明的禁區，越生雖是專心致志，傾注全力於此，也只能在謀衣謀食之餘，燃膏繼晷地進行，我想這多少損毀了他的健康。然而，除了在 1988 年有幾個片斷得以發表以外，只能束之書櫃。現在不斷有人提倡做學問須坐得「冷板凳」；以孫越生為例，他之能坐得冷板凳，其實是因為有一腔滾

---

* 此序當時是為《孫越生文集》一書而寫，雖已打出清樣，卻未能如願面世。直到十幾年後，才在文化界友人丁東、常大林等努力下，由福建教育出版社將文集中《官僚主義的起源和元模式》這一重點論著單行出版（策劃編輯林冠珍，責編黃姍姍、徐建新），附錄了孫越生的自傳和《幹校心蹤》；並於卷首採用此序。這本書於 2012 年 6 月發行第一版，2014 年 1 月第二次印刷。

沸的熱血；而他來自歷史面向現實的研究成果所遭的冷遇，乃是一個時代的悲哀，一個民族的悲哀。

越生像一切勤奮而誠懇的勞動者一樣，十分珍視自己的勞動。他的散文集《歷史的躊躕》和詩畫配《幹校心蹤》出版問世，他是很高興的；不過他最關心也最放心不下的是他關於官僚主義的書稿。在他久病最後入住醫院之前，也許有某種不祥的預感，他特地殷殷囑咐了妻子孫明。我們現在知道，這部關於官僚主義的研究，早在 1989 年 5 月 1 日就寫定了〈起源論〉和〈元模式論〉及後記，準備出版，後遂一擱近十年；而他原計劃續寫的第三篇〈形態論〉也只剩下草稿。

魯迅曾說，拿着故人的遺稿，就像手裏攥着一把火。至如孫越生這部幾未示人的著作，我以為其實是這位關懷人類命運的思想者留給祖國、留給世界、留給同代人和後人的一份嘔心瀝血的遺囑。越生去世已經一年了。有機會通過出版，使之結束秘而不宣的狀態，讓人們知道著者生前曾經在中外古今的歷史和現實中，對官僚主義這個人類有史以來的老弊病，做了怎樣廣泛的涉獵和深入的掘進，這是令親人和朋友欣慰，也可告慰逝者和他所念念於懷的「受官僚主義殘酷迫害致死的無數善良人們」的。

我這個先睹為快的讀者，於欣慰之中，油然生感激之情。我還不屬於「受官僚主義殘酷迫害致死」之列，而我在 1957 年所獲的罪名，一言以蔽之就是「以反官僚主義為名」來「反黨」。從那以後，官僚主義問題一直是我的一塊心病：究竟甚麼是官僚主義？官僚主義和政權、政制是甚麼樣的關係？二十

年上下求索，不得其門。權威著述語焉不詳，民間著述幾不可得。直到改正我的右派結論時，這個問題猶如在五里霧中。

記得 1952 年發起的三反運動，有反貪污、反浪費、反官僚主義三項內容，可見貪污與浪費單列，不算是官僚主義；那前後在山東等地基層還同時反官僚主義、反強迫命令，可見強迫命令也沒有納入官僚主義。習以為常的說法：官僚主義是地主資產階級政治的產物，到了共產黨執政後，就沒有了官僚主義的溫床，有的只是官僚主義微塵，因此需要洗手洗臉；至多是官僚主義的細菌，會感染「我們的肌體」，而社會主義制度是與官僚主義不相容的，「是反對官僚主義而不是保護官僚主義的」，以至最終要戰勝官僚主義的。1956 年蘇共二十大揭露對斯大林的個人迷信及其後果，接着在世界範圍展開一場大討論，其中涉及官僚主義問題，比較突出的是鐵托（Josip Broz Tito）在普拉的演說。直到中蘇決裂後的論戰文章中，中方一直把大意是社會主義制度也能夠產生官僚主義的觀點，指責為修正主義。

回憶我和一些與我相似的朋友，在 1956 年前後之所謂反對官僚主義，其實是在一個淺層次上立論的，而且基本上沿襲當時的宣傳口徑，主要針對的不是體制的官僚主義，而是個人的官僚主義，而且大體上限於「脫離群眾，脫離實際」的工作作風和生活作風。當時見諸報刊的這方面文字，包括我寫的在內，所謂官僚主義，多數往往是指革命意志衰退，對群眾疾苦漠不關心，所謂「鏽損了靈魂的悲劇」一類，實際上遠未觸及某些「進攻型」的官僚主義的皮毛。究竟是當時生活中的官僚

主義還沒有發展到後來那樣嚴重呢，還是自以為全力在反對官僚主義的我們認識落後於實際呢？

我印象深刻的一件事，是 1957 年夏天反右派正式開始前不久，周揚通過《中國青年報》召集了幾個青年作者，到中宣部座談；他最後的發言我差不多全忘了，只記得他說：「你們有些人在作品裏要反官僚主義，你們見過甚麼官僚主義！」我自問所見者窄，也許我真是沒有見識過像樣的官僚主義，甚或我目為官僚主義的，其實還算不上官僚主義？但周揚也沒說他見過的官僚主義，比我們所見更標準、更典型的官僚到底是甚麼樣子。或者，他後來談異化是對這個問題的間接回答，但圍繞異化問題的爭論很快又成禁區，我卻落了個一頭霧水依舊。

《孫越生文集》中關於官僚主義的有關論述部分，我認為是繼王亞南《中國官僚政治研究》後，我所見到的第一部最有系統的「官僚主義論」，視野更加開闊，來龍去脈分明，特別是對一些長期流行的觀點的指謬，不留情面，證諸實踐，顯示了理論的、邏輯的力量。如果將來建立「官僚主義學」，這將可視為奠基之作。

我感謝孫越生先生，若不是他在這裏的點撥，則我雖膺「以反官僚主義為名」來「反黨」的罪名，卻並不知官僚主義為何物，很對不起為此負罪的自己，也對不起就此整我的人了。

礦產在地下，則野蠻開採，文物在地下，則競相盜掘：此中有「合法戶」，也有非法戶，有「群眾」，也有幹部。於物質的資源趨之若鶩，於精神的資源棄若敝屣；有形的古董值錢，

出土而掠奪之，思想無形且不值錢，眼睜睜任其埋沒。言念及此，心中又不免浮起一片悲哀，夾雜了沒有着落的憂慮。

> 1998 年 12 月 18 日
> 中共十一屆三中全會開幕二十周年之日於北京

吳祖光是怎樣一個人
——《吳祖光：1957》序

吳祖光是個甚麼樣的人？

我從八十年代中期與祖光、鳳霞夫婦結識，談不上過從甚密，但常在公眾場合與朋友聚會上見到祖光先生，有時也到他家一敘，主要是看望行走不便的鳳霞，總能聽到祖光真誠的傾談，無論涉及個人身世，或是社會見聞，國家大事，他都不加諱飾，直抒己見，是非臧否，愛憎分明；怎麼想就怎麼說，沒有套話，不拐彎抹角，不設防，不怕得罪人，不留「後路」，真誠得近於天真，絕不像在我們這滾滾紅塵中跌打了幾十年的人。看他從年輕時就寫出的歷史題材和現實題材的戲劇，劇中顯示的現實主義深度，他原是世事洞明，對各種人物的「機心」一清二楚，然則他只是不屑於此道罷了。

看祖光的文章，跟聽他談話一樣，不費勁，一是他直來直去，用不着透過字面再去破譯；二是他凡有議論，都從人所共有的、世所通行的常情常理常識出發，往往一語中的。你就看他在 1957 年〈談戲劇工作的領導問題〉中圍繞「組織制度」說的一席話，寥寥數語，切中肯綮，這也恰恰表明他並沒有把思想納入「黨八股」的話語系統，這或許正是他的思想和文字的生命和力量所在，但也正是他在教條主義以至文化專制治下不合時宜之處吧。

　　在待人處世中，他講信義，重感情。多少年來的正義感，不因碰壁受挫而打折扣，總是同情弱者，仗義執言，抱打不平。日常樂於助人，出奇地「好說話」，來者不拒，有求必應，以致被人揩油或受人利用亦茫然不知。因此，作為一個人，吳祖光無疑是個好人，甚至近於「君子可欺以其方」的「濫好人」了。

　　作為一個中國人，一個中國的公民，吳祖光是個愛國者，也應該沒有疑義。他在 1937 年秋抗戰伊始，就寫出處女作、歌頌東北抗日義勇軍的多幕話劇《鳳凰城》，這時他是 20 周歲；1940 年他寫出《正氣歌》，以文天祥抗元的事跡鼓舞中國人投入抗日戰爭。整個四十年代他從事的寫作、編輯、導演和其他社會活動，無不是為着民族解放和社會進步的目標。這裏還不能不提到他同中國共產黨的關係。祖光在大後方的一系列劇本創作，他反對國民黨劇本審查制度，爭取創作自由的英勇行動，策應了中國共產黨向蔣介石要民主要自由的政治鬥爭。1945 年秋國共談判時期，他從王崑崙手裏拿到毛澤東《沁園春・雪》抄稿後立即經手首發，此舉為毛澤東在國民黨統治區贏得了廣泛的影響。前兩年在上海《新民晚報》席上，雜文家虞丹（蔣文捷）對祖光說，1948 年我在香港就住在你家，祖光說他可一點也記不得了，因為當時在港的中共領導人之一，也是祖光的老友夏衍等是經常把來港的同志安排到吳宅暫住的，數也數不清。1949 年吳祖光同其他許多民主人士一起來到北京，參加新中國的建設，是對中國共產黨和毛澤東的號召的響應。別的都不說了，單是祖光做主把家傳的無價之寶 —— 他父親吳景洲先生平生收藏的 241 件一級文物捐獻國家，就可見其一片無保留的赤忱了。

祖光就是一個這樣的人，無負於朋友，無負於國家，無負於人民，更無負於中國共產黨。按照黨的統一戰線序列，即使因為吳祖光當時沒有加入共產黨，不能算做同志，也應該夠得上是多年的朋友吧？即使因為吳祖光沒有「入伍」、「吃公糧」，在 1949 年以前都不算是革命者，但是「自帶乾糧」同國民黨鬥爭，上了國民黨黑名單的人，稱為「進步」人士總沒錯吧？中共領導的統一戰線，核心和主體是革命者，外圍是進步人士，在五十年代以後這都屬於擁護社會主義的範疇；而為了擴大統一戰線，還有一個比擁護社會主義更大的圈圈，叫做愛國統一戰線，意味着有些不贊成或暫時還不贊成社會主義的，例如港澳和海外的人士，只要是愛國者，贊成統一和回歸的，也在爭取和團結之列。那末，吳祖光即使不算一個社會主義者，誰能說他不是個愛國者呢？何況他在中華人民共和國成立後，即使作為中共的「諍友」提意見時，其全部意見也都是以承認共產黨領導的政權和社會主義制度為前提的，否則他何必苦口婆心地要求改進工作、改善領導呢？對於執政黨，他乃是推心置腹，「不把自己當外人」的。然而，為甚麼這樣一個好人、黨的老朋友、進步人士、愛國者，在 1957 年中國共產黨某一級組織的眼裏，就變成了十惡不赦的壞人，敵人，必欲對之實行革命和專政，「不獲全勝，決不收兵」，最後要撤職停薪，發配到北大荒監督勞動，並且幾乎非讓他妻離子散不可：這是為甚麼呢？

我們無須替吳祖光呼冤辯誣，就他個人來說，他早就以自己的歷史和現實的實踐為自己平反。然而事情涉及的不僅是他一個人的命運。我們在這裏，通過著者對個案所作實事求是的

陳述和分析，看到了使至少五十五萬人直接遭逢厄運的反右派運動的來龍去脈。

我希望這本書的讀者，各自得出自己的結論，各自吸取必要的教訓。

拿我個人來說，雖然也在 1957 年淪為「右派」，然而對於全國究竟打了多少右派，都是怎樣處分的，卻不甚了了，至於涉及全局性的問題，如運動如何決策、如何發展的種種內情，更是一無所知。我受的是第四類處分；當時對右派處理共分六類，我原以為也像過去一般常規那樣「兩頭小，中間大」，即處分嚴酷的一、二類，處分較寬的五、六類都屬少數，大量的恐是三、四兩類，撤職降級，下放勞動而已。事實上我是想得太天真了。反右開始後在 1957 年秋公佈實施了「勞動教養」條例，而從李維漢的回憶錄得知，半數以上的右派分子被送去勞動教養，也就是近三十萬人進了「大牆」。我在短期勞動後成為「摘帽右派」，並保留了北京戶口，回到原單位控制使用，這只是少數中的少數。即以勞動場合來說，我所在的渤海鹽灘雖也艱苦，比起如祖光遠戍的北大荒，也還是好過得多了。在祖光和其他深受迫害者面前，更不用說在已致死的亡靈面前，我由衷為自己曾經苟安於一隅感到歉疚。

了解情況，才能總結經驗。我是新近才知道新鳳霞曾被迫吞金自殺，她當面對劉芝明等人說過這樣的話：「既然你們這些革命幹部沒良心，不讓我活了，我新鳳霞就死給你們看。死了也不服！死了也是冤鬼呀！」猶如感天動地竇娥的絕叫，使我們好生想一想，某些革命幹部（有些曾經參加過對蔣介石國

民黨的革命），為甚麼要以人民的名義「革」人民的「命」？新鳳霞是舊社會裏生活在底層的受苦藝人，不用說了，吳祖光雖然出身於非無產階級家庭，但他在民族民主革命時期的表現，是黨的領導人周恩來充分肯定過的；劉芝明長期在解放區，或對於解放區以外情況無知，或同時在思想深處有自發的反智傾向，然而，當時領導文化部運動的還有陳克寒、錢俊瑞等一干人，黨內的高級知識分子幹部，卻都長期在國民黨統治區工作過，與那裏的知識界合作過，怎麼也會在與知識分子為敵的鬥爭中披堅執銳，沒有二話？周揚則說：「知識分子們的思想改造往往是最痛苦的，特別對你們這些從舊社會過來的舊知識分子。」周揚是從上海到陝北才告別「舊社會」的，距他說這話也不過二十年，自然，當年置身上海「舊社會」裏，大約他也不是「舊知識分子」，而是領導、利用、改造「舊知識分子」的人員吧。

周揚不僅要吳祖光「檢查思想」，還要他「交代關係」。從這裏我們可以懂得，「舊知識分子」云云，是知識分子的「原罪」，而思想言論和社會聯繫則是知識分子可惡的現行罪行。因此，一個當年在重慶少數「進步」文化人因同住形成的鬆散結合，遠遠夠不上「集會結社」的組織活動，而且是由周恩來知情、郭沫若玩笑地命名為「二流堂」的，竟成為追查的重點、定罪的憑據了。嗚呼！

沒有言論自由、出版自由、集會結社自由這些公民基本權利，這些權利雖經憲法規定，卻缺少民主和法治的制度保障，那末，吳祖光或別的任何甚麼人都會隨時被拋到冤案的中心。祖光先生晚年轉而呼籲人權，是完全可以理解的了。

　　回憶我最初得知吳祖光的名字，是 1947 年在北平，在《馬凡陀的山歌》扉頁，見到丁聰為詩人馬凡陀作的漫畫像，旁有吳祖光毛筆行書題詞曰：

　　　小丁畫了個凡陀馬／不由我就驚喜交加
　　　提起了此馬來頭大／在蜀水巴山會過他
　　　一詩成好似黑風帕／將鬼怪妖魔一把抓
　　　這書出一紙應無價／詩人筆開遍自由花

　　在結束這篇序言時，首先把這首詩還贈給作者祖光先生，並祝他健康長壽！其次，借花獻佛，將此詩轉贈本書著者陳明遠兄，並祝他身筆兩健！

1999 年 1 月 24 日

祖光鳳霞，對不起！

1998 年 4 月，新鳳霞和吳祖光一起，到祖光的老家去，她很高興，為了不負人家的期待，午宴後沒休息就應邀奮筆作畫，病發不治。祖光和鳳霞這對患難夫妻，彷彿身心一體的，一半去了，另一半也明顯地萎頓了。此後幾年間，我們看到的祖光，常是木然少語，直到屏口無言。2003 年 4 月，他也悄然而去。

年年有個 4 月，一別十來年了，雖非逢五逢十，今年該怎麼紀念他們倆？

前幾天晚上，偶然發現一個關於祖光鳳霞的電視節目，訪談穿插影視資料。難得他們沒有忘懷。先表現上世紀五十年代初這一對「才子佳人」從相識到結婚，婚後祖光怎樣幫助鳳霞學文化，鳳霞以《劉巧兒》等劇目達到她舞台生涯的盛期。接着反映病後不能登台表演了，但鳳霞卻堅持寫書，成為有數百萬字紀實作品廣受讀者歡迎的作家，令晚年祖光在寫作的數量和質量上都自歎不如。

節目不長，大婚的場面紅紅火火熱熱鬧鬧的，給人印象深刻。當時首都北京文化界的名人如老舍等紛紛來賀，連侯寶林與一干朋友抱着活雞來應「雞尾酒會」之約的噱頭，全都說到寫到拍攝到了。

　　紅紅火火熱熱鬧鬧之餘，為了鋪墊鳳霞後來的寫作吧，提到祖光教她識字書寫。我們今天作為觀眾，回想當年，還覺得這些場景透着溫馨，琴瑟和諧，比起趙明誠李清照伉儷一起品賞金石，其燕婉親昵似還勝過一籌。

　　然而，作為多少了解他們夫婦生平的朋友，總感到這份紀念缺少了一點甚麼。

　　就拿文化界的長者們來說吧，像老舍，從抗戰時在重慶結識了這個20歲就寫出話劇《鳳凰城》，不久又以《風雪夜歸人》名世的同行吳祖光，就一直關注着他，不止參加其婚禮而已。1957年的反右派鬥爭中，雖然不得不在會上表態批判祖光，但他發現祖光在下放勞改時賣到隆福寺的字畫，還是趕緊掏錢買下，送還給新鳳霞繼續收藏，並對鳳霞殷殷叮囑。

　　而鳳霞與祖光相約，一封一封寫信寄往北大荒，祖光見信一行行一字字加以校改，彷彿語文老師改作文，這才是鳳霞後來得以成為作家的基礎課。

　　按說，這些細節沒甚麼需要避諱的吧？當時文化部一副部長動員鳳霞離婚，遭到嚴詞拒絕，這涉及高官形象，或許不宜多說。但鳳霞給祖光寫信，書報平安，讓他安心接受改造，滿好的事嘛，卻只因不提反右運動，也就一筆抹掉了。

　　尤其一句鳳霞病後不能做演員，於是去寫書，我們這代人當然知道是怎麼回事，可未免顯得突兀，交代不清，又是因為不提文革，只好含混其詞了。

　　在鳳霞一生裏，文革是又一道轉折的坎兒。叫她去幹挖防空洞即所謂「人防」工程的重活兒，摔了，又得不到及時的認

真的治療，結果半身不遂。把這些令當事者本人痛苦終身、我們聽了也深感辛酸的過程，大刀闊斧地略去，好像倒是天賜鳳霞一個由演員進而成為作家的機遇了。

於是，這一個節目，就成了新鳳霞追求吳祖光，耀眼明星終成眷屬，婚前婚後幸福生活，後來告別舞台也只是因為健康關係，而這卻玉成了一對文學夫妻的軼聞彙集。把它擬之於「娛記」們寫的那些炒作演藝明星生活的花邊新聞，有甚麼兩樣？

祖光鳳霞，在你們離去多年之後，我們後死者在媒體上卻只能這樣「紀念」你們，把你們端出來娛樂、消費了一次。

真是對不起你們啊，祖光鳳霞！

祖光鳳霞，對不起！

2012 年 3 月 25 日

認識一個真實的蕭乾

　　此刻，1999 年 1 月 27 日，我們坐在一起談論蕭乾先生其文其人，我以為，這也有在文學領域裏總結二十世紀的意義，或者說是這個總結的一個不可或缺的部分吧。不管圍繞蕭乾有過些甚麼樣傳說的迷霧，各種各樣不同的看法包括成見與偏見，而無可爭辯的事實是：早在半個世紀之前，他就以三十年代文學創作和書評、編輯工作的實績，四十年代人生採訪的實錄，特別是有關二戰歐洲戰地的現場報道，進入了中國現代文學史；後者尤其具有國際影響，說起當年歐洲反法西斯的戰地記者，不能不數到中國有一個蕭乾。

　　隨後蕭乾遭到了封殺，文學史上不見了他的名字，接着是不僅對其文的封殺，進而為人身的迫害，既有精神的折磨也有軀體的摧殘。就我所知，這一切從郭沫若署名的一篇「檄文」開始。

　　那就是郭沫若寫的〈斥反動文藝〉，「1948 年 2 月 10 日脫稿」，再過幾天就將紀念它的五十一周年了。當時刊發在 3 月 1 日出版的香港「大眾文藝叢刊」第一輯《文藝的新方向》。文章聲討所謂紅黃藍白黑五種反動文藝，最後一種以蕭乾為典型，加以「妖魔化」，是這樣說的：

甚麼是黑？人們在這一色下最好請想到鴉片，而我所想舉以為代表的，便是《大公報》的蕭乾。這是標準的買辦型。自命所代表的是「貴族的芝蘭」，其實何嘗是芝蘭又何嘗是貴族！舶來商品中的阿芙蓉，帝國主義者的康伯度而已！摩登得很，真真正正月亮都只有外國的圓。高貴得很，四萬萬五千萬子民都被看成「夜哭的娃娃」。這位貴族鑽在集御用之大成的《大公報》這個大反動堡壘裏儘量發散其幽眇，微妙的毒素，而與各色的御用文士如桃紅小生，藍色監察，黃幫弟兄，白面嘍囉互通聲息，從槍眼中發出各式各樣的烏煙瘴氣。一部分人是受他麻醉着了。就和《大公報》一樣，《大公報》的蕭乾也起着這種麻醉讀者的作用，對於這種黑色反動文藝，我今天不僅想大聲疾呼，而且想代之以怒吼：

御用，御用，第三個還是御用，
今天你的元勳就是政學系的大公！
鴉片，鴉片，第三個還是鴉片，
今天你的貢煙就是《大公報》的蕭乾！

我想不須再贊一詞，今天任何一位心理健康正常的讀者，都會對這一文風文體作出恰如其分的判斷。看了此文，就知道所謂大批判並不自文革始，也不自反右派始；這不正是魯迅指為「辱罵和恐嚇不是戰鬥」的「辱罵和恐嚇」麼？魯迅還曾有「才子加流氓」之說，我們在這裏看到的，則不見才子，只見流氓了。

我當時已經屬於革命的群體，讀過蕭乾，卻是不會被他「麻醉着」了；初讀這一宏論感到「振聾發聵」，雖不免心存疑

惑，但覺得「大有來頭」，部分地被郭沫若「麻醉着」了，以致將信將疑，我想當時有不少要求革命的文學青年，大約都是類似的情況。

在此情此景之下，1949年初蕭乾作出從香港回大陸的選擇，楊剛、李純青的說服動員起了重大作用，蕭乾應是把他們當作可以信賴的朋友，聽取他們的意見的。最後拿「大主意」的自然是蕭乾自己。他思前想後當然有很深層的內容，而他後來回憶中曾說，他想起童年在北京看到的「白俄」的處境，他不願意在國外當「白華」云云，我相信這是最核心的真話。而且他看到了美國正在搞麥卡錫那一套，並不以為彼處有仙鄉；他在西方世界有所親歷，在當時《大公報》又正從事國際問題評論，不會幼稚到認為外國的月亮一定比中國的圓吧。

郭沫若這個革命左派這篇戰鬥大文的陰影一直籠罩着蕭乾。連《大公報》尚且不保，遑論一個記者，一個文人！這裏說到《大公報》，這是一個辦報者表白為民間立場，而革命左派指為「政學系」「御用」的報紙，由於它在二十世紀中國報刊史、輿論史以至政治史上的特殊地位，「千秋功罪」，是值得認真評說的。我期待着一本實事求是的《大公報史》，我認為將《大公報》歷史上特別是抗日戰爭期間和內戰期間的重要評論編輯出版，也是一件有意義的事情。

附帶說一句題外的話，關於《新路》。多少年來，蕭乾曾因他一度受邀參加這份雜誌（雖然他因遠在上海根本沒有參與具體籌劃，後來又謝絕邀約去了香港），這段歷史反覆受到審查，似乎當時受邀的一念也成了他的致命大病。此案作為蕭乾

個人的歷史問題，應該說已經澄清；然而，我以為，不來着眼替蕭乾辯誣，假設他當時參與了《新路》的實際編輯，難道就罪在不赦嗎？這本刊物由吳景超主編，錢端升負責政治欄，這兩位在 1957 年反右派運動中都劃為右派，在他們的罪狀中，創辦《新路》該是一筆歷史舊賬吧？他們的右派結論都已改正，不知道在這個問題上有沒有留下尾巴，是怎樣為《新路》定性的？我以為時至今日，我們不是從人事檔案的角度，而是從現代史的角度，應對這一份雜誌有個準確的看法。出版自由，是指不同的出版物可以發出不同的聲音。蔣介石國民黨當局批准《新路》的註冊登記，是他們還要標榜「出版自由」，然而，不久，他們還是像查封上海幾家報刊那樣，禁止《新路》辦下去了，因為他們已經虛弱得聽不了任何一點不同的聲音；在最後查封《觀察》後不久，南京政府也就垮台了。

對於《大公報》的立場，有一個至少流傳了半個多世紀的說法，叫做「小罵大幫忙」，大概就是說它雖然對國民黨也有所批評，但根本上不是要推翻國民黨的統治，而是要改善它，也就是維護它的。這個說法不知其來何自，但我猜是來自當時的革命陣營，因為我是在 1948 年聽中共地下黨的同志這樣評價的，人很年輕，顯然也是從自認為可信賴者那裏聽來的。有趣的是，蕭乾在 1957 年短時期的「鳴放」中發表了有限的文字，特別是成為批判重點的〈放心‧容忍‧人事工作〉一文，在作者，他是「七分肯定，三分批評」的，這不也正是「小罵大幫忙」嗎？怎麼就成了企圖顛覆黨的領導和社會主義制度的罪狀了呢？沒有法治，言出法隨，以言定罪，就會以隨意性代原則性，發生多重標準，朝令夕改，出爾反爾等等現象。

　　在文化專制高壓下，蕭乾的心靈也遭到扭曲，後來他回憶這段時日，對此從來不迴避也不粉飾。整個中國，在七十年代末到八十年代初，政治氣氛有了很大的轉變。蕭乾重新拿起筆來，雖已垂垂老矣，卻十分珍視生命的這一機緣，他不倦地寫作，實際也在不斷總結自己的一生。他決心像老友巴金那樣，把說真話放到作人和立言的第一位來。他說過一個故事：文革中一個人跳樓自殺，一時未死，在彌留時，卻說他是在幻覺中追趕一個反革命，不想從窗戶越出了；此人說了他一生最後一次假話，然而是為了死後不致被誣為「畏罪自殺」或「自絕於人民」。這是一個含淚的笑話。蕭乾說他在有生之年不再違心說話，即使不能說真話，但也可以沉默，而不說假話了。他說了他在思想解放中逐步解除戒備的真實心路歷程，而在他表示「感謝反右派鬥爭」時，不是「戲說」，他是設想如果不是在反右後戴上帽子，而繼續執筆寫作，那末到了文革，加以清算，他就將不是僅以「死老虎」身份陪鬥，而不會比鄧拓、吳晗、廖沫沙的遭遇更好了。以上不是原文，意思大致不差，這是我所見到的回憶錄中說到自己最坦率的真話之一。

　　而真話，當然遠遠不限於敘述個人的經歷。蕭乾在近十幾年裏，說了許多我稱之為「實質性」的真話，有些並且是有關社會政治的敏感問題，這是極其可貴的。正是因為說真話在今天也還不是完全沒有阻力，如蕭乾這樣以耄耋病弱之身，仍然密切關注世事，發出自己的真實的聲音，並不是人人都能做到的。

　　例如文革這個話題，不知為甚麼，總好像還是犯忌諱的。文革是民族的災難，如果你是中國人民的兒女，是這受難的

民族的一員，有甚麼理由為災難製造者諱？文革又可以說是國恥，也許有人認識到這一點，但是錯把「家醜不外揚」當成了「知恥近乎勇」吧？

而蕭乾是最早觸及文革話題的人之一，他在 1985 年初發表在《人民日報》的〈歐行冥想錄〉裏提出為文革死難者修建永久紀念館的建議，他是在慕尼黑參觀「納粹興亡史」展覽以後這樣說的：

> 展覽廳一進門，迎面就寫着「永勿忘記」。是的，不能忘記呀！記住，歷史才不會重演。
>
> 於是我想，十年浩劫期間，喪命於「文攻武衛」下的那些屈死者，難道就那麼白白犧牲了嗎？不該為那場史無前例的災難修個永久性的紀念館嗎？何不把那些打人的銅頭皮帶，殺人的三棱刀，「中央首長」當年那些「批示」等等實物，以及能搜集到的種種侮辱、折磨和殘害人的照片都集中起來，展覽出來，讓子孫萬代也知道一下那十年究竟是怎麼回事，好記取那血的教訓。同時也向世界宣佈：「文革」不是三五年搞上它一次，我們的確痛下了決心，要確保那樣的悲劇永不再重演。

在這裏，蕭乾早已超越了個人的遭際，他是在為民族的命運，人類的未來而思考。因為作為一個集權主義的受害者，一個愛國的、追求自由民主的知識分子，他本人已經恢復了政治名譽；這不是指的文革結束後有關單位給他改正右派結論的一紙通知書，而是他不僅以他歷史的也以他現實的實踐，為自己大體上從 1948 年郭文開始蒙受的誣枉平反了。

關於知識分子，最近，在文集之外，蕭乾還發表了非常警策的言論，他是在講「知識分子」和「讀書人」的異同時說這番話的：

> 若把國家比作一條船，船上有眾多划船手。其中，作為知識分子，就得一邊划，一邊還高瞻遠矚，留意船的走向。

> 一個國家需要成億的讀書人（包括專家學者），他們當然是靠山，是骨幹。知識分子只能是其中的少數。而且由於好多言多語，還是掌舵者不大歡迎的少數。

以五十年代而論，從胡風到 1957 年的右派，就都是一些不安於光當讀書人的生活干預者。知識分子雖然有時可能使當權者感到礙手礙腳，其實，從長遠看，對國家只會有好處。倘若依照林彪，都成了盲目的歌德派，沒有輿論，只有公告，國家勢必死氣沉沉，甚至走向滅亡。

> 百家爭鳴是盛世景象，一家獨鳴結局總不美妙。（小議知識分子問題——讀丁東的〈和友人談話〉）

這是一個中國老知識分子在世紀末語重心長的囑咐。他說：「我正以好奇的心情，巴望下一個世紀。我有信心看到中國更加強大、健康、開放。」（〈我巴望〉，1 月 15 日《北京晚報》）而這個美好的前景，不能離開中國的讀書人，更不能缺少中國知識分子的一份努力。

蕭乾先生說他當年聽傳達說陳毅在廣州宣佈知識分子（指讀書人）也是工人階級一部分時，不勝雀躍。我希望，在二十一世紀的某一天，隨着全民族文化素質的提高，智能經濟

的普及，我們將宣佈中國的工人階級、農民階級和其他社會成分，都已經成為「知識分子」的一部分，全國都是讀書人了。正如遲早有一天，我們將宣佈，中國在長時期消滅富人未能實現社會改造以後，改弦更張，終於在全國範圍「消滅」了窮人，亦即真正實現了普遍富裕一樣。那才是真正新世紀（而不僅是新的世紀紀年）的開始。

讓我們以同樣的對新世紀的「巴望」，告慰在病房裏的老人。在這部凝結了他畢生心血和智慧的文集裏，竟有那麼多的篇幅是寫於晚近二十年的。真是「為霞尚滿天」啊。這對我們剛剛六十多歲的人是極大的鼓舞，對於更年輕的讀者和作者，他思想的活躍，視野的廣闊，心胸的寬容，持論的新銳，寫作的勤奮，就是更大的挑戰了。

謝謝《蕭乾文集》的編者和出版者，讓我們從這裏認識了一個真實的蕭乾。

1999 年 1 月 26 日

為《回應韋君宜》作

「認識你自己！」這是很難的。韋君宜在飽經滄桑的暮年做到了。她是在半個多世紀的時代大背景下審視自己走過的道路，從而逐步認識自己的。

認識古代史之難，難在人物已杳；認識當代史之難，難在許多當事人或利害攸關者還在。遭受苦難的人回顧歷史而痛定思痛；製造苦難的人，難免因別人回顧歷史而觸到痛處，於是而有掩蓋歷史，諱莫如深，篡改歷史，混淆是非，甚者則欲銷贓滅口，扼殺記憶，以掩天下人耳目。

然而我們不但要回顧五十年的歷史，也要回顧百年的歷史，不但要回顧百年來我們這塊土地上的歷史，還要把中國放在世界的背景上來重新認識。中國的革命史和中國共產黨的黨史也不能離開世界背景，我們耳熟能詳的教誨：中國革命是世界革命的一部分；何況中國曾只是共產國際的一個支部！蘇聯共產黨（布爾什維克）那時被稱為「列寧斯大林黨」，中共是按照聯共的榜樣，並在聯共的幫助下建立起來的，整風中強調以《聯共（布）黨史》為中心教材，建國後重申要「以俄為師」。

而經過大半個世紀實踐的檢驗，這不是一個可稱良師的學習對象。在三十年代全世界一片反法西斯聲中，它就與另一個極權主義國家納粹德國訂立互不侵犯條約，而以犧牲弱小國家

為代價；在這之前，共產國際對德共的指示，就是打擊作為中間力量的社會民主黨，實際上大大幫助了納粹及其黨魁希特拉（Adolf Hitler）。這一姑息養奸策略的惡劣作用不下於英國首相張伯倫（Neville Chamberlain）大遭國際輿論詬病的綏靖主義。戰後蘇聯以本國利益為基準，干涉別國內政，直到武裝干預，對所謂兄弟黨如同毛澤東說的仍是以「老子黨」自居，都是人所共知的。

在對內政策方面，蘇聯這「第一個社會主義國家」，是依照階級鬥爭和暴力進行社會革命的理論建立起來的。由於強調奪取政權和在執政後以鞏固政權為第一要務，在其表現的諸多方面，竟與自古以來中外權力者尊奉的「唯權力論」一脈相承；它經常表現為「唯意志論」，也是唯依權力者的意志來行事。在這裏，國家被解釋為主要包括軍隊、警察、監獄等暴力的專政機器，國家功能是全能的，無所不管的，其目標在於變全國為一個大軍營，大勞動營。它以階級的名義行使自己的權力，階級意志通過政黨體現，儘管斯大林曾經批判過無產階級專政是「黨專政」的說法，但是從「群眾、階級、政黨、領袖」的經典理論公式出發，經常形成一定的領導集團，從而「推舉」出「最有威信的……」等等的「領袖人物」來統帥一切，階級專政也就一變而為代表一定集團的領袖的專政了。斯大林就是這樣的領袖。如果說他在國際事務中除了迷信武力以外還同時使用權術的話，在國內對人民則是赤裸裸的施行暴力的統治。大者如強行農業集體化，少數民族集體大遷徙，以及與知識分子為敵的種種舉措；他在黨內鬥爭中也是極端殘酷的，動輒置人於死地，不論是異議者，真正或假想的政敵，還是其他撞在槍口

上的冤死鬼。他所操縱的司法部門和報刊廣播，可以隨時宣佈無辜者為人民公敵。這一切都是在革命和專政的名義下進行的，革命要求打破一切舊秩序，以革命為唯一的秩序，專政更不受法律的制約；只要是為了對社會進行「革命的改造」，為了鎮壓對革命的反抗，甚麼都做得出來，此之謂為所欲為：為了目的，不擇手段，再無信義和道德可言。而在革命理想的外衣下，鼓勵告密和偽證，掩蓋、篡改並偽造歷史，一切歸結於一個偉大的目的，就是鞏固那凌駕於全民意志和利益之上的，標榜為階級權力的權力者的利益即特權。

中國共產黨在幾十年的革命歷程中，圍繞着對共產國際和蘇聯是否惟命是聽，對蘇聯模式是否原樣照搬的問題，不是沒有爭議和鬥爭的。然而由於先天的政治血緣，也由於中國社會發展階段與蘇俄革命前後同具的東方特點，要想徹底擺脫蘇聯在思想上、政治上、組織上以至體制上的影響，是根本不可能的，那在革命的嚴酷年代不僅將被視為異端，而且將被視為背叛。中國的第一代革命者，其中的先鋒分子多受過西方資本主義文明的薰陶，但他們首先受的是本土前資本主義文化的傳統教育，這也是他們能夠接受以反對資本主義相號召的蘇聯影響的內因之一。

中國共產黨的內部肅反，不是從四十年代整風運動的「搶救失足者」開始的。早在土地革命時期，中央蘇區的「反 AB 團」，鄂豫皖、洪湖以至陝北等根據地的肅反，都曾大開殺戒，現在的研究還未充分表明，這些究竟是執行共產國際指令，學習蘇聯的結果，還是中外相結合，或主要是繼承和發展了本土上農民造反和秘密會黨的傳統做法。正如中國革命內部長期對

文化、知識的貶低，對讀書人的歧視打擊這一反智傾向，究竟是從蘇聯革命經驗和「無產階級文化（拉普）派」那裏接受的影響，還是更多地來自農民成分的自發傾向——在傳統的「士農工商」向「勞農至上」的革命轉化中，「鄉里人」對「城裏人」、「泥腿子」對「油嘴子（包括讀書人）」的矛盾從沉睡到喚醒，並趨向極端。

在延安的整風運動中加上了「搶救」這一插曲，是很典型的。後來在全國規模上重演了多次的，以政治革命和思想革命為內容的群眾性運動，都以此為濫觴。「肅反」加「反智」：直到文化大革命，也未能超越這個模式。

韋君宜老人從「搶救失足者」開始她有關歷次政治運動的回憶，是符合邏輯的。她的經歷作為個案，也有概括一代人以至兩三代人的典型意義。她是三十年代中期參加共產黨領導的革命的。人們稱作紅色的三十年代，乃就全世界而言，那是在1929年大蕭條之後，在美國，羅斯福（Franklin D. Roosevelt）正以他的新政挽救着資本主義的經濟走出危機，而左傾成為西方知識分子中一個相當有力的潮流，似乎除了不斷發生危機的資本主義，只有蘇聯式社會主義是人類可以選擇的出路。在東方的半封建半殖民地中國，人們，尤其是知識分子和產業工人，輾轉於貧困的不自由的生活，又面對着日本帝國主義強敵壓境，隨時有淪為亡國奴的危險，在當時國內的政治格局中，救亡圖存的迫切要求，使人們把希望從國民黨身上轉而寄託於當時以「抗日救國」相號召的中國共產黨。

韋君宜在正式發表《思痛錄》之前，曾經出版小說《露沙的路》，我以為是自傳體小說，雖截止於1949年前，仍可與

《思痛錄》參照閱讀。在那裏，同樣表現了如她這一類型的革命者在特定歷史情境下的內心矛盾。革命要求以集體主義消滅個人主義，令每一個具體的個人歸於「階級」、「國家」、「人民」、「革命」、「集體」的共名。而像韋君宜這樣的知識分子，一方面受到黨的多年教育，另一方面也受過完整的家庭和學校教育，在二十多年中形成了自己的良知，不可避免地要以良知來審視自己和審視周圍的一切。這樣的矛盾，一直向後延續到 1949 年前後參加革命的一代。北京大學中文系女生林昭，1957 年大鳴大放中提出一個「組織性和良心的矛盾」的命題，遂被打成極右派，並在後來的日子裏，引申升級以至處死。這似是題外的話，其實並非無關。因為這樣的的悲劇涉及千百萬人，其性質也遠非個人的悲劇。

韋君宜能夠在有生之年，力疾執筆，畢竟把她的經歷、她的心路寫了出來，不止是傾訴隱痛，更意在共同搜索那使人類不能免於痛苦之源，這是一種大徹大悟大悲憫，一切良知未泯的人，應該同她一起思考。紅岩烈士何敬平詩云：「為了免除下一代的苦難，我們願把這牢底坐穿！」事實證明，光是把牢底坐穿，並不能真正免除下一代的苦難，如果不反思，不總結經驗教訓，舊的牢底坐穿了，肉體和精神還會墮入新的牢籠。只有在「認識你自己」的同時，力求認識動態中的歷史和現實，才能使我們和後代從歷史性的苦難中真正獲救。

感謝韋君宜，她在失語和喪失活動能力前，在半癱瘓狀態中，最後做了這樣一件事。她參與了也可以說率先投身於打撈和搶救歷史真相這一項有待更多的人加入的巨大工程。

　　歷史是社會的集體記憶，歷史又是多少代人苦難和血淚的紀錄。「不識廬山真面目，只緣身在此山中」，我們置身歷史中，但我們未必能對歷史有透徹骨髓的認識。現在，我們通過《思痛錄》，通過有關此書的背景，可以看到甚麼？擴而大之，我們通過幾十年的中國歷史，通過對當代中國與世界，特別是中國與蘇聯、與國際共運的關係的歷史來看，我們個人的悲歡離合、榮辱浮沉的「小歷史」，不是都寓於「大歷史」的左右進退是非功過之中嗎？

　　沒有純粹個人的歷史，也沒有純粹個人的命運。「思痛」云云，更不僅僅涉及個人的痛苦。

　　《思痛錄》還給我們一個啟示，就是要在歷史的時空中作縱橫的比較，拿我們身歷的歷史，不但同前蘇聯和東歐前社會主義國家比，而且同中國皇權專制主義統治下的古代史比，同蘇聯前身沙皇俄國的歷史比，同二十世紀的法西斯軸心國家德、意、日等極權國家比，也同二戰中組成反軸心的歐美各國比，在全人類命運的大角逐大展示中，找出其間的異同，加以鑒別，找出適於我們自己的前進道路來，掌握我們自己的命運。

　　那末，我們就不是為「思痛」而「思痛」了。我想，這一點，應該得到所有真正堅持辯證唯物主義和歷史唯物主義的人們，真正實事求是、追求真理的人們的首肯。

　　以上所云，既是因《思痛錄》，也是因《求真錄 —— 回應韋君宜》而發。後者選輯了韋君宜的朋友和讀者所寫的讀後感，也選輯了她自己發表及未發表的文字中可資參考的篇章。

這些都有助於我們了解《思痛錄》成書的經過和書中內容的時代後景。我希望讀者朋友們，能從上述更遼闊而縱深的的風雲視野來閱讀這一切，也許《思痛錄》的意義當會更加突顯出來。

1999 年 11 月 28 日

邵燕祥

話説方成

方成不好説，因為方成無所不在。

同住北京，三兩個月總會碰一次面。而打開報紙刊物，三天兩頭遇見他；他的文，他的畫。

你説他是漫畫家吧，他的雜文隨筆越寫越漂亮，這樣的集子他已經出了四種以上，我見到的有《擠出集》、《高價營養》、《方成漫筆》和《畫外餘音》。都是有文有圖，説不清是以文配圖，還是以圖配文，圖文都是旁敲側擊的筆法，兩個旁敲側擊，擱到一塊兒，不就變成當面鑼對面鼓了嗎？

我比方成小一輪還多，但我們是五十年前的老同學，在俄文夜校，一個班。現在俄文光記得字母了，方成、鍾靈可記得清清楚楚的，他們倆是班長，而且正在合作國際題材的漫畫。

後來我發現：方成不姓方，姓孫；説是中山人，祖籍也，他本人可稱老北京；他還曾想學醫，但沒考上，因為「智力測驗不合格」，你説怪不怪，當時的燕京大學醫學院，關於智力，一定另有標準，要麼就是方成的智力超標了，他們那桿秤失靈！順藤摸瓜，我發現方成學醫未成去學藥，在 1949 年以前，當過四年化工助理研究員。

這一下我明白了，方成二十八個印張合計近八百頁談幽默的學術專著（《方成談幽默》、《侯寶林的幽默》），就是用他在

化學實驗室裏的工作方法，得出了「幽默」的配方。但你只能按他的指引，分析出一些漫畫、相聲或其他笑的藝術製品的構成；若想按這配方提示的成分湊出哪怕是一小張漫畫、一小段相聲，並且讓人從心眼裏想樂，那算沒門兒。方成在這裏打了埋伏，留了一手兒！

方成早年畫「康伯」後來畫「喬大叔」等的連環漫畫，看得出德國漫畫家卜勞恩（E. O. Plauen）的影響；而近年作品，他似乎多用毛筆勾勒，乃更富有古風。有些冊頁，恍若國畫人物，如鐵拐李，題曰「神仙也有缺殘」，陳老蓮前固無此類筆墨，陳老蓮後如此創意又有幾人？

1978 年我和方成恢復聯繫，那時他已花甲，其後二十年來，他卻當得起好學不倦，讀了那麼多的書，思考了那麼多的藝術問題和社會問題；他以忙於工作為養生之道，倘不是耳背重聽，簡直也要「成精」了。——其實，他不是早就「成精」了嗎？

齊白石有衰年變法之說。於方成卻不能這麼說，他雖壽登八十，但毫無衰象，十公里以內的距離，依然騎車，「兩輪一線去如飛」，了得！拿他此時若干新作，如《米顛拜石圖》、《白居易詩意》、《愚公和智叟》等，與舊作相較，分明又已另闢蹊徑，原來早在悄悄模索創新，不叫變法，也是變法；高手從來不囿於人，亦不囿於己也。

我尤其喜歡他畫《水滸》人物和鍾馗，筆筆傳神，題詩更是點睛，如寫李逵：「忠義旗下，祖我胸懷。寧掉腦袋，不當奴才！」寫魯智深：「肉也罷，酒也罷，照樣吃喝不算啥，當和尚是假。／天不怕，地不怕，跟宋哥哥打天下，拉皇帝下馬！」

寫鍾馗：「春眠不覺曉，鼾聲驚飛鳥。人間鬼太多，鍾馗累壞了。」「世事澆漓很難說，我畫鍾馗夜巡邏。你想他是來捉鬼，還是尋鬼討酒喝？」方成老大哥，又一變而兼詩人了。

老杜有云：「庾信文章老更成，凌雲健筆意縱橫。」老邵則說，方成，方成，自也是「老更成」，一枝凌雲健筆，作畫，寫文，賦詩，諷刺與幽默，無往而不利。無不是有話要說，不吐不快，憂時憂世，化塊壘為鋒芒。畫界另一元老級的華君武先生，曾開「疑難雜症」專科，宜請當年有志學醫的方成一起來坐堂，一施針砭。

五十年前「元旦獻辭」：「將革命進行到底！」五十年後電影片名：《將愛情進行到底》。方成老兄，革命也革過了，愛情也愛過了，現在一往直前的是：「將諷刺與幽默進行到底！」

1999 年 11 月 24 日

何濟翔 (1905-2002)

《滬上法治夢》

　　《滬上法治夢》是上海司法界老人何濟翔先生的一部人生實錄。

　　這本書，連附錄不過十一二萬字，不算長。但彷彿一幅長卷，問天不語，叩地無情。讀着讀着，我心中跳出杜甫的兩句詩：「艱難苦恨繁霜鬢，潦倒新停濁酒杯。」

　　書中所述的過程其實很簡單。何濟翔 1948 年 8 月，以中國民主同盟盟員的身份，參加了上海市人民法院的工作。到 1957 年，擔任上海市第二中級人民法院民庭庭長。這一年夏季，他因同意法學家楊兆龍先生〈社會主義建設中的立法問題〉一文，特別是其中「對我國立法應有的基本認識」一節所提意見，支持有關加強立法工作，健全社會主義法制的呼籲，就在反右派運動開始以後，隨着楊兆龍被打成上海法學界第一個大右派，何濟翔也被打成右派。

　　但這件事並不像這裏說的這樣簡單和輕鬆。後來的事實證明，像文革這樣長達十年的全民浩劫，如果有完備的社會主義法制，也許就不會發生，即使發生也會在規模和時間上得到控制。甚至可以想像，如果社會主義民主得到法律的保障，連導致這些呼籲者罹難的這次反右派運動，也不可能狂飆驟起，造成那樣災難性的後果。

自然，歷史不容假設。從 1949 年中華人民共和國建立，到 1957 年的八年間，立法嚴重滯後。除了因實際的迫切需要，在 1951 年鎮反運動中頒佈《懲治反革命條例》，在 1952 年三反運動中頒佈《懲治貪污條例》，還有在 1950 年頒佈《婚姻法》以外，民法、刑法、民事和刑事訴訟法，都一直不見出台。主管政法的董必武同志也在 1956 年中共「八大」發言痛切指出：「法制不完備的現象，如果再讓它繼續存在，甚至拖得過久，無論如何，不能不說是一個嚴重問題。」

楊兆龍先生在一次座談會上說得非常清楚：

建立社會主義的民主與法制，必須要有一套基本完備的、政府與人民共同遵守的法律，作為政府（包括一般行政、公安、檢察、審判等機關）辦事及人民生活行動的依據；否則政府可以隨便行動，而一般人民卻苦於無所適從。

過去幾年來所發生的錯捕、錯押、錯判、錯執行等事故，與一般行政機關「無法可依」或「無完備精確的法可依」實際有很大的關係。

何濟翔的發言，也是從多方面論證趕快立法、及時頒佈民刑法典的必要。

結果，他們都遭到了毫無法律依據的處分。何濟翔是上海市人民法院四個受到最嚴厲處分的人之一：開除公職，實行勞動教養。

以後，何濟翔就先後被遣送到江西鉛山上海農場、馬墏採石場、彭澤芙蓉農場勞動，直到 1979 年平反，從 53 歲到 74

歲。對於這二十年的勞役生活，他也以如法律文書的簡練文筆，準確如實地作了紀錄。

由於何濟翔劃右，同楊兆龍一案有關（不過，即使沒有楊兆龍的文章和發言，何先生也難免會就立法和執法中的問題發言，也是在劫難逃的），這本書裏，也就還套着楊兆龍先生一生及其一家的遭遇，除了何濟翔的敍述外，附錄了當時向楊先生組稿後來也因此而被打成右派的《新聞日報》資深編輯陳偉斯採寫的〈楊門浩劫〉。

我與何濟翔先生素未謀面，先是從他的《獨倚樓詩詞》知其平生。他在 1958 年收容站接受「認罪服法」教育期間，步蘇東坡《念奴嬌》韻填過一首詞：

> 風淒露冷，慘蕭索、睡裏家山風物。人靜燈昏，況又是、一枕寒聲四壁。雁唳長天，蛩鳴午夜，一片心如雪。雲翻雨覆，又還幾輩雄傑。　憶昔笑語相攜，賞園林勝事，九秋花發。蟹熟橙黃，歎而今、一霎都成灰滅。有夢無憑，許身空顧影，幾絲華髮。悲懷誰訴，孤光惟有明月。

四十年後，已經年過九秩的何濟翔老人說：「這是我平生唯一的一首悲苦之詞，遠非我的本色。」我相信他的話。他在上海農場砍竹子劈篾，面對竹林居然忘個人的苦難，寫下《山居詠竹》，後四句是：「百尺凌霄嚴勁節，四時繞戶作秋聲。還將縛帚離山去，要與人間掃不平。」何濟翔正是以堅韌和樂觀度過了「艱難苦恨繁霜鬢」的坎坷生涯。

　　然而，如何對待逆境，是一個問題；他們的遭遇本身之為順為逆，為苦為甘，卻自有客觀標準在。何濟翔在 1965 年還寫過一首五律：

> 清宵幽夢至，彳亍及家門。飯熟羹猶熱，茶甘酒亦溫。
> 南窗迎曉日，北戶待餘昏。舉室皆愉悅，歡娛何可論。

　　此境多麼溫馨，但從詩題和首句看，原是《記夢》。當時從家信知道妻子得了肺病，他急於請假回去探望，但農場隊裏幹部硬是不准。他痛感失去人身自由，只能日思夜想，有一天夢見回到家中，一家團聚十分高興，醒來方知終是一夢，便寫了這首詩。似乎的確沒有一句「悲苦之詞」，但我們掩卷思之，這溫馨的夢不可悲麼？可悲的又不僅當事人而已。

2000 年 12 月 10 日

陸蘭秀：不該忘記的烈士

今年是中國共產黨成立八十周年紀念。每逢佳節倍思親，此時此刻，我們格外懷念那些流血犧牲的先烈。

在大家熟悉的名字以外，還有一個陸蘭秀。恐怕十三億中國人、六千萬中共黨員中，知道她的人並不多。然而，在非常年代死於非命的陸蘭秀烈士，實在是我們不該忘記的。

陸蘭秀，不是犧牲在北洋軍閥和蔣介石國民黨的槍彈下，也不是犧牲在日本軍國主義的屠刀下，而是像中華人民共和國第一號革命烈士證授予者，犧牲於王明路線統治時期所謂肅反的洪湖根據地領導者段德昌同志一樣，1970 年 7 月 4 日，在中國共產黨建黨四十九周年之際，被以「革命」的名義於蘇州槍殺。2000 年是她被害三十周年。

陸蘭秀生前曾經預言，「後人看了我寫的材料，一定會給我平反」。果然，1982 年 4 月 2 日，中共江蘇省委和江蘇省人民政府為陸蘭秀徹底平反，作出關於追認陸蘭秀同志為革命烈士的決定，黨齡從 1940 年入黨時算起。

陸蘭秀 1917 年生於蘇州，1940 年 4 月，在白色恐怖嚴重的武漢大學參加中國共產黨。她三次被特務追捕而不屈；抗戰勝利後，在「下關慘案」中因同國民黨特務鬥爭而被毒打致傷；1948 年，她同丈夫朱傳鈞協助第二野戰軍獲取重要軍事情報，

為解放南京作出貢獻：1949年開國大典時她是作為對建國有功者應邀參加觀禮的。

就是這樣一位同志，怎麼會被押向刑場呢？

我是直到兩年前，從《李銳詩文自選集》中為陸蘭秀傳記所寫序文，才知有陸蘭秀其人的。但傳記這本書卻一直沒有讀到。估計是印數較少，傳主又非名人，不但沒有炒作，甚至可能因忌諱文革而有意少作或不作宣傳。最近讀到江蘇省委群眾雜誌社原總編輯樂秀良同志的一篇紀念文章，使我重溫了這位可敬的烈士的遺言。

原來，1966年，文革前夕，陸蘭秀調回家鄉，任蘇州圖書館館長。

> 不久，文革禍起，她從實踐中逐步認識到這是一場完全違背馬克思主義的內亂時，便不顧個人安危，口誅筆伐，冒死進諫，受盡造反派的批鬥、關押、毆打，遍體鱗傷。她身陷囹圄，心憂黨國，三年中，在囚室、監獄寫下了十四萬多字批判文化大革命的幾十篇論文、雜文和意見書、「忠告信」，充分反映了她的理論深度、超人膽識和威武不能屈的精神。

陸蘭秀曾上書毛澤東，要求立即結束文化大革命，恢復正常社會秩序，解放全國人民。她在《告全國人民書》中，指出文化大革命「使歷史大幅度地開倒車」，「人們如果不覺悟，不奮起抵制，不採取積極的行動，這種歷史倒退，還將不斷地倒退下去，使整個國家遭到毀滅性災難」。

在批判神化領袖的論文中，陸蘭秀説：「對毛主席的指示，要分析其內容，然後決定應否接受或應否抵制」；「如果人們永遠束縛在一切緊跟毛主席、一切服從毛主席的思想枷鎖之下，人們將永遠得不到解放。」她堅持對理論和政策自由探討的權利：

> 馬克思主義不是天生神聖的東西……這種理論是隨着實踐的發展而愈益補充、完善的。所以對某些理論和政策，提出不同看法，只要是科學的探討，稱不上叛逆、反革命之類。叛逆者，是古代帝王自以為神聖，對臣民所辦的罪名。在科學探討上，從來沒有甚麼叫叛逆的。

1970 年 3 月，陸蘭秀在經受了長期野蠻專政之後，預感來日無多。她口吐鮮血，掙扎着寫下了措辭激烈的《陸蘭秀代遺書》，認定「毛澤東親自發動和領導的文化大革命，陷全國人民於水深火熱苦難深重之中，扼殺了中國的共產主義前途」，要求「凡我中國人民，中華民族兒女子孫，都應世世代代牢記這一血的沉痛教訓……永載史冊，以儆後人」。同時，她還寫了一份《意見書》和《忠告信》，要求周恩來總理接管全國政權，要求毛主席作深刻檢查，並莊嚴宣告「只有共產主義可以救中國」，顯示了她對共產主義理想的堅定信念。

陸蘭秀所有這些閃耀着真理光芒的文字都作為「罪證」扣押在案，蘇州市召開四萬人大會，悍然以「現行反革命」罪將陸蘭秀處以死刑。刑前遊街示眾，為防止陸蘭秀在大會上和遊街時有所表示，竟端下她的下頷骨，使她不能出聲。當天下午

4 時 40 分，這位堅持共產主義理想，不迷信神權、不屈從暴力的革命者，血染蘇州南郊橫山山麓。

在陸蘭秀所説的文革這一「血的教訓」中，又加上了她的鮮血。這不是文革中或幾十年來僅見的事，但如果面對着這麼多的鮮血，只能眼看着血跡隨時間的流逝而褪色，卻不能真正把這些教訓體現於思想觀念和制度建設，那末，還有甚麼面目侈談真理、正義、理想，侈談對先烈的紀念呢？

樂秀良同志説起，他是重讀了江蘇人民出版社 1993 年出版的《殷殷關山血 —— 當代女傑陸蘭秀的一生》，受到極大震撼和教育。這本書出版已經八年，怪不得書市上難得找見。在今年紀念黨八十周年誕辰時，不知能否重版或加印，若能將陸蘭秀烈士文革中所寫振聾發聵的論文刊佈，就不僅是對烈士的紀念，而且是黨風教育不可多得的教材了。

2001 年 3 月 9 日

讀阿壟最後遺書
—— 夜讀抄

　　詩人、文學評論家阿壟，本名陳亦門，又名陳守梅、S.M. 等。1955 年因「胡風反革命集團」案被捕，被毛澤東定為這個集團的「骨幹分子」，1967 年 3 月 21 日死於獄中。

　　1965 年 6 月 23 日，阿壟已病重，他以陳亦門署名寫了一封兩千多字的長信，受信人為「審訊員，並請轉達」，沒有具體的機構或人名。

　　阿壟聲明，「首先，從根本上說，『胡風反革命集團』案件，全然是人為的，虛構的，捏造的！」他說，《關於胡風反革命集團的材料》，不僅不真實，而且混淆了、顛倒了是非黑白：

> 　　材料本身的選擇、組織和利用，發表的方式，編者的「按語」，以及製造出來的整個氣氛，這樣做法，是為了一方面歪曲對方，迫害對方，另一方面則欺騙和愚弄全黨群眾和全國人民！！

　　阿壟說現在沒有必要，也沒有心情對這些「材料」作全面的詳盡的敘述和分析，只舉了兩個具體例子，要點式地指出其中明顯的矛盾。

第一個例子，我給胡風的一封信，內容是反映國民黨決心發動內戰，在「磨刀」了。

我反對的是國民黨、蔣介石，關心的是共產黨，左翼人士，就是說，為了革命利益，我才寫這封信。

但「材料」卻利用這封信的灰色的形式，當做「反對」共產黨、「支持」國民黨的東西而向人民宣告了！

這是可恥的做法，也是可悲的做法。

第二個例子，胡風回覆我的信打聽陳焯這個人的一封信。

在這封信的摘錄後面，編者作了一個「按語」，說胡風和陳焯有政治關係，現在被揭露了云云。……

如果按照編者的邏輯，胡風和陳焯果然有甚麼真正的政治關係，那胡風為甚麼不直接給陳焯去信而這樣向我打聽呢？！為甚麼在前一封信中胡風還把「陳焯」這個名字弄錯為「陳卓然」呢？！為甚麼你們所發現的「密信」不是陳焯等人的信而是像現在這樣的東西呢？！

面對並非個別的歪曲事實真相的「材料」及其「按語」（後來在法庭上走過場時的指控也就以此為依據），阿壟進入更深層的思考，這才是他所謂「單刀直入」、切中要害之處。

阿壟寫道：

人是並不厲害的，事實才是真正厲害的。因為，事實有自己的客觀邏輯，事實本身就會向世界說話。因為，事實本

身是歷史的客觀存在，它不以人們的意志為轉移，——哪怕是一個一時巧於利用了它的人的意志，對它，到最後也是全然無力的，枉然的。歷史就是這樣告訴我們的。馬克思主義就是這樣告訴我們的。國會縱火案不是已經破產了嗎？

阿壟接着寫道：

謊話的壽命是不長的。一個政黨，一向人民說謊，在道義上它就自己崩潰了。並且，欺騙這類錯誤，會發展起來，會積累起來，從數量的變化到質量的變化，從漸變到突變，通過辯證法，搬起石頭打自己的腳，自我否定。它自己將承擔自己所造成的歷史後果。要逃避這個命運是不可能的。正像想掩蓋事實真相也是不可能的一樣。

阿壟對此是經過深思熟慮的。他認定「胡風反革命集團」案件是必須拋棄的錯誤，整個案件的性質是迫害和欺騙，而他堅信真理和真相不可掩蓋，終會比謊話長久。他曾多次表白：「我可以被壓碎，但絕不可能被壓服。」

阿壟在這最後一信將要結束時說：

當然，我也從大處着眼，看光明處。但這件案件始終陰影似地存在。我還期望着又期望着，能夠像 1942 年延安魯迅藝術學院整風的結果那樣，能夠像毛主席親自解決問題那樣，最終見到真理，見到事實。只要那樣，個人吃了苦也不是毫無代價。

阿壟在羈獄十年，病重而無告的情況下，仍然把唯一的熱望寄託在中國共產黨和毛澤東身上。然而直到兩年後他瘐死

前，一無反響。誰也不知這封信轉送到哪一級政府或黨組織那裏。毛澤東生前沒能像在延安為「搶救」運動所傷害的人平反那樣，為五十年代反胡風運動所傷害的人平反，事實證明這是不可能的，只能指望他以後的繼任者明智地解決遺留問題。中共中央終於在 1988 年第三次為「胡風反革命集團」徹底平反，距阿壟逝世又過了二十一年，距阿壟此信已二十三年。距 1955 年製造這起冤案則長達三十三年了。嗚呼！

而阿壟在那樣的年代，那樣的地方，那樣的處境，在這封最後遺書中所陳述的認識，值得時人與後人深長思之。

2001 年 4 月 30 日

艾青雋語

　　許覺民先生在《文匯報・筆會》上發一短文憶艾青，提到詩人一些機智又深刻的話。

　　我和艾青私人接觸不多，在一些公眾場合，只要艾青在場，他不一定成本大套地發言，但總能聽到他幾句雋語，即使不是「妙語連珠」，也夠得上三顆五顆散亂的珠璣，迸落席間。

　　艾青是個有風趣的人。他不說教。他對甚麼事反感以至憤怒時，也直說，直說之外，還常常旁敲側擊，弦外有音，或綿裏藏針，刺他一下。

　　友朋相聚，開懷相對，艾青就更加不拘繩墨，講笑話，大家被他逗樂，他也感到高興和滿足。

　　記得五十年代，他已經遇到點麻煩了，卻還談笑自若，不知是不是借此排遣。他出了個上聯：「張佐良王佐良張良王佐」，張良王佐古人也，王佐良是英國文學研究家、詩人，張佐良不知有無其人，以此徵對，無人應答，艾青就自己對出下聯：「王八蛋雞巴蛋王八雞蛋」。眾人醒過神來，哄堂大笑。雖是粗口，在座嚴肅長者如公木、何其芳也都沒加以責備。這合乎人情，不能讓我們的詩人老是深鎖愁眉，吟哦「為甚麼我眼中常含淚水……」如果那樣的話，也許早在三十年代就「不幸短命死矣」。艾青小時候也許在私塾背過對句，後來寫現代詩，

倡導散文美，從來不講對仗。這個上聯也許是別人出的，下聯則肯定出自他的回應，我甚至懷疑艾青是面對一些讓他罵出口來的人和事，先有了這下聯，氣消以後再去配出上聯的。不過拿不出具體的根據，只能是揣測了。

從早年的《詩論》，你就知道艾青絕不信從甚麼「溫柔敦厚」的「詩教」，他目光犀利，出語亦犀利，幽默時而流於挖苦，熱諷時而近似冷嘲，得罪人亦在所不計，可以說口無遮攔，他並不像刻意為之的「語不驚人死不休」，往往隨手拈來，便成妙諦。

若在人際關係正常的承平歲月，諸如此類不過化為哈哈一笑，但在鬥得烏眼雞似的年代，「魑魅喜人過」，艾青的笑話在窺伺者那裏都叫作「怪話」，是不滿的表現，不滿即犯罪，平時的告密材料，到運動中就攤牌，變成揭發的口實，定案的根據了。

據說艾青說過：「黨內有兩部分人，一部分是專門整人的，一部分是專門挨整的。」不記得艾青是怎樣辯解的，比方他是在甚麼語境下說的，還有上下文湊起來就全面了甚麼的。我們今天看來，頂多不夠嚴謹罷了。應該說，整人的人有時也被整，被整的人有時也整人；在鐵杆地專以整人為能事的人（如康生之流，從無挨整的歷史，這是少數），和壓根兒只配挨整的人（其實不在少數，或因出身的「原罪」，或因歷史包袱，以及別的無妄之災）之間，還有一個廣大中間地帶，有時被迫或自願跟着成心整人的人湊湊趣助助威，有時又絕非自願地跟着挨整的人被「捎帶」上，等等。艾青此語被人揭出，有一句就夠了，你說有人專門整人，指的是誰，矛頭指向哪裏？！

　　據説艾青還説過：「有的人創作搞不了就搞評論，評論也搞不了就當領導。」這裏所謂領導自然指的是文藝界的領導，大家也知道指的是誰；但這樣作全稱判斷未免傷眾，不僅文藝界的大小領導都會「吃心」，連所有評論家也都打擊了。我無意替已故的大詩人艾青辯護，以他的高傲也不屑於接受後生小子代他辯護；我相信他講過這樣毫不「策略」的話，既圖一時快口，卻是全無機心，沒有戒備之心，百分之百的詩人氣質了。若是心生抵觸者具有同樣的氣質，那結果可能互罵一場了之，或是指其自高自大，一笑置之，但不然，艾青就得為這樣的話付出代價。王朔若生在艾青當時，有他的官司好吃；然而王比艾青聰明，擱在當時他多半就不瞎説了。

　　斯大林時代不斷挨批但倖免於死的大音樂家蕭斯塔科維奇（Dmitri Shostakovich），也説過類似的話，在他口授的回憶錄裏，但此書是遵照他的遺囑於他死後在蘇聯國外出版的。他在回憶他的老師、曾任彼得堡／彼得格勒／列格勒音樂學院院長至 1928 年的格拉祖諾夫（Alexander Glazunov）時追憶了這位熱愛音樂的老人的人品，在權力和利益面前令人驚奇的尊嚴和榮譽感，説他「不是因為缺乏作曲的天賦和技巧才參加社會活動的；他才華橫溢，是一位藝術大師」，作為陪襯和對比，蕭斯塔科維奇説：「只有在現在，喜歡參加會議、作出決定和指揮別人的人才是幹本職工作一無所能的人。這些廢料一旦有個一官半職，便一面吹捧自己那些沒有價值的作品，一面運用手中的一切權力去扼殺、埋葬光輝燦爛的音樂。」

　　蕭斯塔科維奇在這裏指的是赫連尼科夫（Tikhon Khrennikov），也是作曲家，從 1948 年起連任蘇聯作曲家協會

主席。我讀過他主編的《音樂欣賞教程》中譯本。後來才知道他一直等待時機要置蕭斯塔科維奇於死地。他像一條鬼影，在蕭斯塔科維奇身後緊跟了二十多年！

從詩人説到了音樂家，扯遠了。遺憾的是，艾青沒有留下一部回憶錄，哪怕是口授的。

八十年代，有一次我和幾位同事一起去看望艾青，那天他興致很好，向我們憶起他的童年，我們正聽得入神，卻被甚麼所打斷，真掃興，話頭再也撿不回來。後來我曾向高瑛建議，室內備一拍紙簿，艾青有甚麼説法，有用的，有趣的不管是對家人，對外人，及時記下來，就像愛克曼（Johann Peter Eckermann）記錄整理的《歌德談話錄》那樣，甚至涉及面更廣，比之更豐富多彩 —— 那時候我沒注意到，我所見到的那本書是節譯。

艾青用筆寫下的，我們有了，他毀棄的《大上海》原稿是不可復得了。艾青自己的「口頭文學」，即興之「作」，除了揭發材料所載以外，應該還可以從親友記憶中搜集到不少的吧，我這樣想。

2002 年 3 月 20 日

悼詩人光未然

友人來電，告訴我光年去世了。張光年，不管他有多少頭銜，在我的心中，他永遠是《黃河大合唱》、《五月的鮮花》的作者，詩人光未然。光未然在半個多世紀前，就進入了我少年時代的生活。

我是戰後長大的一代。1945 到 1949 那幾年決定了我一生的道路。詩人光未然成為我最初的文學「偶像」之一。他的詞加上星海的曲，使當時沒有到過黃河，更沒趕上參加抗日戰爭的我，一聽見「風在吼，馬在叫，黃河在咆哮……」，就像觸電一樣，熱血沸騰，彷彿接受不可抗拒的呼喚，整裝待發。

那是 1946 年，在淪陷區度過八年的漫漫長夜，一睜開眼睛，渴望了解大後方和解放區的一切。一天，意外地從《新民報》上看到了這個既活躍在大後方又曾經到過延安的詩人的名字，不是在文藝版，而是在社會新聞版；而且恰恰是一個似乎很個人性的事件：詩人光未然和黃葉綠女士在北平結婚。在這篇很可能是張恨水親自執筆的小特寫裏，尤其使我眼睛一亮的，是光未然自撰的一幅喜聯：「不怕秋風動地來，轉瞬定教黃葉綠；卻看曙色從天降，放眼何愁光未然！」此聯之佳，固然是巧妙地嵌進了新人名字，而更打動了我的，是它在我們迎接了抗日戰爭勝利歡呼「天亮了」，但很快又因國民黨的專制腐敗而失望的時候，預言了秋天後面的春天，黑暗後的光明。

　　1949 年 1 月底，解放軍進入北平。大約在 2 月上旬，我們幾所學校的新詩社團，在中法大學禮堂舉辦一次大型的詩歌朗誦會，我們熱烈鼓掌歡迎剛剛隨軍入城的三位詩人：光未然、艾青和呂劍，跟我們見慣了的教授、文人和社會人士不同，他們一列穿着灰色的棉軍裝。於是，我私心裏點醒自己，要做一個真正的詩人，我也要趕快穿上軍裝，隨軍南下。

　　在五十年代躁動不安的日子裏，我依然追蹤着一些詩人的名字，然而，光未然卻意想不到地消失了。後來，熟悉文藝界情況的人告訴我，現在光未然不再以筆名行，而是恢復了他的本名張光年。張光年同志是文學批評家，是文藝界的領導人，早在抗戰前，他就從事革命活動，抗戰期間則參與領導國民黨統治區的演劇隊，同國民黨相周旋，寫詩乃其餘事。

　　不過，我這個人，實際上缺少理論興趣，聽說詩人光未然又發表了詩作（記得有長詩《屈原》，也還有歌詞《全世界無產者聯合起來》），總要找來看，其他則不甚關心。對胡風、何其芳這樣既寫文學作品又寫評論文章的前輩們也是這樣，前者，是記住他的《為祖國而歌》和他主編的「七月詩叢」，後者，則首先是他的《畫夢錄》、《預言》、《夜歌和白天的歌》；在我看來，似乎他們的評論和其他活動才是「業餘」的。等到有一天「文學批評」的矛頭指向了我，這才驚覺我對「理論」和「批評」一類文體的漠視，可以說也屬於思想沒有改造好的表現之一，可惜有此覺悟已經晚了。

　　於是我行我素，寧願這些文學史上的人物，都以他們曾打動我的作品長存在我的記憶中。我不敢輕易用「不朽」一類的字眼談論當代的作家作品，但我不止一次在家人親友間的議論

中說過：「有一部《黃河大合唱》，一首《五月的鮮花》，光未然可以不朽了。」這不止因為詩人的歌詞借助於冼星海、閻述詩兩位譜曲而得到最廣泛的流傳（因為一時流傳而最後轉歸泯滅的作品正多，在這個意義上，許多部文學史不過是文學出版、發表或流傳史），而光未然這傳世作品之所以會真正傳世，我想是它寫出了當時中華民族的心聲，也是三十至四十年代反法西斯的人類的心聲，它是歷史的，也是現實的，我相信必將一代代地流傳下去。

我從 1978 年冬來到中國作家協會下屬單位工作，此後幾年中，見到的就不是過去遠遠看着的詩人光未然，而是文藝界的重要領導人張光年同志了。雖然直接的接觸不多，但也有一些印象較深的事。

在八十年代初，大約 1981、82 年之間吧，一位寫過些政治諷刺詩和政治抒情詩的年輕詩人 [1]，在由批判《苦戀》引起的文藝界反自由化熱潮裏，也在他們的省裏受到批判，又逐步升級，不知怎麼就陷入一椿政治案件，長期拘押。這是一起明明白白的新冤案，但由於有些當初的辦案人頂着，儘管中央領導人一再要求在 1982 年十二大以前，要將所有冤案加以清理結案，卻仍拖着不辦；成了一個本來不難解決的「老大難」。當時任中國作協黨組書記的張光年（不僅是詩人光未然了）和王蒙一起，了解了有關情況以後，報請中央干預，才使那位詩人朋

1　指詩人曲有源。

友獲釋，繼續他中斷了的歌唱。在中國作家協會的歷史上，從五十年代到七十年代（文革開始作協就「砸爛」了，全建制遷往幹校），只有把作家詩人送往監獄的紀錄，把蒙冤的作家解救出來，這也只是在 1978 年大規模平反冤假錯案之後才有的事，而在成批解決以後，解救這樣個別的新的蒙冤者，這可能還是頭一回吧。

1984 年底到 1985 年初召開的全國作家第四次代表大會（通稱作協四代會），在張光年等同志主持下，破天荒頭一次實行了民主選舉，即不是由上面決定名單強行通過，而是由與會者反覆醞釀了有差額的候選人名單後，實行無記名投票。公佈選舉結果，也是第一次按票數多少為序。張光年是得票最多的幾位之一。這次大會前後的作協工作，雖也有若干不盡如人意之處，但這次大會的確在作家中間留下了比較滿意的印象，因為它顯示了變衙門化為社會化活動和管理方式的嘗試。

誰想到，那一次大會，那一屆大會選出的領導機構，還有首當其衝的張光年同志，竟因此受到莫須有的指責和攻訐；以致幾乎整個二十世紀九十年代，耄耋之年的張光年，竟不得不為恢復那一段歷史的本來面目和應有評價，花費許多心力。這首先不是為他自己辯誣，而是堅持真理，堅持原則，堅持十一屆三中全會開創的好傳統。這時候，我彷彿又看到了光未然在黑暗年代中多次歷險而鬥志彌堅，在蠻荒，在敵後，以至在敵營中縱橫進退的身影。

在 1989 年寒冷的 12 月，正逢《黃河大合唱》誕生五十周年，我聽着那鼓舞了幾代人的歌聲，不能自已，寫了一首詩贈

給詩人光未然 —— 大家習稱的光年同志，現再抄錄如下，表示我對詩人的悼念：

縱使河清吾不見，黃河再唱兩千年。

至今邪許狂濤裏，猶有艱難上水船。

彌望嶽山歸遠夢，幾絲白髮老春蠶。

當時豪語驚天下：放眼何愁光未然！

2002 年 1 月 29 日

沈從文 (1902–1988)

沈從文百年誕辰紀念
—— 答《北京青年報》記者問

　　我和沈從文先生只見過有數的幾面。對於他的認識，主要是從他的書裏得到的，當然還有其他許多人對他的回憶，對他的研究，也使我加深了對他的理解。

　　我們當代歷史上，1949 年是一道重要的分水嶺。1949 年以前是戰爭的年代。日本投降以後，我們在淪陷區生活了八年的學生，讀到了大批重慶、桂林等大後方的書，以至中共治下的解放區的文學作品，真是一新耳目。就像文革以後的文化解禁一樣。在我們如饑似渴的閱讀當中，接觸到原來只聞其名，或只在教科書裏讀過一兩篇文章的名家名作，那種興奮，也許只有今天的追星族喜遇神往的偶像時能夠相比。

　　1946 年秋冬，我開始從天津《益世報》上讀到沈從文主編的《文學周刊》，上面有沈從文的書信、穆旦的詩、汪曾祺的小說、黃永玉的木刻。好的作品總是能激勵人的創作欲望和發表欲望，我當時是個中學生，就貿然寄稿給沈先生。有兩首詩，沒發在天津報紙上，卻在北平的《平明日報》「星期藝文」版刊出，版頭上標明是由沈從文和周定一先生主編的，周先生當時在北京大學教大一國文。

　　隨後，我在沈先生及其朋友和學生所編的副刊上陸續發表了一些詩文。1948 年年底，我在北平沙灘「中老胡同」北大教師宿舍與沈先生見過一面，我在〈負疚的懷念〉一文裏記下了那次拜訪的經過。當年他不過四十六七歲，但他在文學方面的主要傳世之作都已經完成了。因為在 1949 年後，他結束了創作和教學生涯，改做其他的事情，偶爾寫詩為文，已成餘事。轉眼間，五十多年過去，像我這樣一個不成器的作者，馬齒徒增，現年早已大大超過了那時的沈先生，想起這位老師對一個跟他兒子大小差不多的學生作者表示的期望，一方面感到如在眼前，那麼親切，一方面自然非常慚愧。

　　當年沈先生有一句話，半個多世紀了，我還是記得清清楚楚。當數到五四運動以來從事文學創作的故人時，他說：文學創作像長跑一樣，有些人跑到中途就出場了，只有堅持跑到最後的人，才能成功。現在我想，沈先生雖然後半生沒有再寫小說，但他以從事文學一樣的激情和認真的態度，來做古代文物研究，還是堅持跑到最後一息，一樣獻出了卓越的成果。看來，沈先生不管是搞文學還是搞文物，都是生死以之地幹，這不是一句「敬業精神」所能概括的。就拿文學來說，不說他有這方面的基因，他那天賦的才情（我說的是「才情」，對於文學創作來說，不可想像有「才」而無「情」，我認為真正的文學才能必定是才情），在他 20 歲以前，應該是得之於故鄉山水的氤氳，生活閱歷的滋養，他對那一片土地，那片土地上的男人女人特別是下層民眾的熟悉和熱愛，使他不能不寫出來，不吐不快地寫出來，不計成敗地寫出來；當然他也還是像一個忠實

於匠藝的工匠那樣錘煉自己的文字，斟酌自己的文體，追摹大師，慘淡經營。對生活的忠實和愛，對文學的忠實和愛，這是沈先生的眾多作品能夠超越時空而長久地像沅江沱江裏的活魚一樣水淋淋歡蹦亂跳葆有充沛生命力的秘密。

沈從文，這個又溫文、又野性的作家，又屬於湘西又屬於整個中國以至世界的作家，他的生命就寄寓在他這些既清新且斑斕（絕不像有人指的是「粉紅色」，而是令人目迷五色）的作品之中。這次紀念沈先生誕辰一百周年，全集的出版，浩大的篇幅包括了長期流傳的作品，也鈎沉了不少從未結集以至從未面世的作品，所有這些，就如在我們面前展開了一條長河，我們可以暢飲長河水，更祝願它不舍晝夜地流下去，潤澤當代的直到後代的無數焦渴的靈魂。

2002 年 12 月 25 日

憶公劉

第一次見到公劉，是四十九年前，1954年春天，在中國作協詩歌組的小會上。想像他在雲南西盟深山的哨所，某個清晨，「我推開窗子，一朵雲飛進來」，這個詩人和他的詩，也就像一朵雲帶着山風、草香和激情撲面而來，進入每一個讀者每一扇打開的窗子。

我們走到東總布胡同西口小街上分手，我望着他騎上自行車，穿軍裝的背影遠去。那時我們多年輕。這是我們結交之始。不久，就從《中國青年報》上讀到他的佤佤山組詩。我一直想，這樣一個樸厚的兄長怎麼能寫出那麼尖新的詩句。這組詩和《西盟的早晨》都收入他的新集《黎明的城》，薄薄的詩集，重重的分量。在這之前他的《邊地短歌》一集詩藝已臻成熟，但還能看到某些蘇聯詩人和外國左翼詩人的影響，至此，他那冷峻與熱烈相結合 —— 或索性説是燃燒的情思經過淬火的獨特風格開始形成。

1956年3月，盼望着在全國青年文學創作者會議上見到公劉，失望了。後來模模糊糊聽説他在由胡風案件引起的機關內部肅反運動中受到審查，怪不得報刊上也久不見他的新作。這樣，當《運楊柳的駱駝》和關於上海的兩組八行詩在《人民文學》先後發表時，我和眾多的詩歌愛好者為之歡呼。從那時到

後來，公劉總是不斷給看似熱鬧實則寂寞的詩歌界帶來一些新的禮物，新的刺激，有時是新的題材，有時是新的意象，有時是新的手法……同時，我從這些詩的發表，知道對詩人漫長的審查已經結束，他又可以放開手腳去從事創造性的表達了。

隨後一年左右時間裏，公劉除了參與電影《阿詩瑪》文學腳本的編劇，還寫了愛情詩、寓言諷刺詩以及《西湖詩稿》等懷古詩。我沒有機會跟他見面，但我以一首《憶西湖》跟他呼應；而在 1957 年初，沒等到反右派運動，就撞在了「文藝哨兵」（姚文元）的槍口上，我們的詩同被宣佈為「不良傾向」的代表。那時創作的禁區太多，文網太密了。

1958 年初，我和公劉先後從《詩刊》的點名批判裏了解到彼此的消息。1963 年夏我在太原街頭純屬偶然地「邂逅」公劉，說了幾句話，等於甚麼都沒說。口欲言而囁嚅，此情惟過來者知之吧。

又過十五年後，1978 年，公劉到中國青年出版社修改長詩《尹靈芝》，我們又得見面，並且見了跟公劉相依為命的女兒小麥。當時我和公劉都因流放在內蒙的柳萌的介紹和推薦，有詩在《草原》上發表。他一復出，就已恢復了雄渾的元氣，如《沉思》諸詩，不只篇中有警句，而且全篇稱得起「沉鬱頓挫」。

在七八十年代之交，公劉的詩如久久深潛的地火冒出地面，火山爆發的岩漿滾滾奔流，他寫的《上訪者及其家族》、《從刑場歸來》、《車過山海關》等，或寫民間疾苦，或評是非功過，呼天搶地，椎心泣血，迴腸盪氣，振聾發聵，以詩人的全生命、全意識追問歷史，震撼讀者的靈魂。

公劉才高性傲，致招天妒。1980 年 5 月他在廣西南寧因血栓發病，從此他在一生坎坷的後期又被迫與病痛作鬥爭、爭時間。二十年間，他不但寫下了以《活的紀念碑》、《重輓浮生》為代表的人生實錄，以《紙上聲》兩卷為代表的沉甸甸的血性文章，還有《南船北馬》等多卷詩作，紀行旅，抒憤懣，感時橫議，以文為詩又以詩代文，誦之作深沉的銅聲。其後有些篇章，如寫西部的組詩，我在香港《大公報》上讀到，內地似未見刊登，也沒有結集。

1993 年，在青島為文化名人故居掛牌的活動中，我和公劉躬逢其盛，談笑同遊。隨後在湘西鳳凰沈從文故居又見公劉的長篇題詞，以顏體書之，筆力充沛，神完氣足，怎麼也想不到兩年後去合肥，竟只能於醫院之中探訪。往後幾年，纏綿病榻，痛苦不堪，幸有小麥陪護左右。使我想起唐人說到初唐四傑之一——楊炯的幾句話：「杳杳深谷，森森喬木，天與之才，或鮮其祿。」一代詩人，不世出之才，生於憂患，死於憂患，讓後死者情何以堪！

聽到公劉噩耗兩天以來，心裏翻騰着對他的記憶。1978 年以前我只見過他兩面，九十年代後過從也不多，只有 1978 年後的十來年裏接觸多些，而分處南北，也很有限。但公劉的音容笑貌，又時時如在眼前，細想其實多得於他的詩文，提到某個年代就想起他的某些詩篇。公劉嘯傲歌哭於他的詩作之中，他的詩作長存於我的記憶之中。

2003 年 1 月 9 日

巴金與無政府主義
—— 李輝《百年巴金：望盡天涯路》序

　　我僅瀏覽了書稿的開頭就來寫這篇小文，違反了我一向的自律，但因有些話急於説出來，也就顧不上破例了。

　　在這裏，李輝，作為巴金生平思想和著作的研究者，終於不是從辯誣的角度，而只是如實地、毫不遮掩地寫到了巴金與無政府主義的關係。

　　巴金自己説過，他是五四運動的產兒，他又説過，他是法國大革命的產兒。他從少年時代就服膺「自由，平等，博愛」的信條。十四五歲正值五四狂飆乍起，他就以可貴的聰穎，接觸了紛繁的新思潮。他是富家子弟，但他深知其內裏，他認定所有體現了宗法禮教秩序的家庭，都是無自由無平等也無愛可言的牢籠，也正是整個社會的縮影。因此，並非為謀個人的溫飽和出路，而是出於良知，對無權無錢貧病困頓者的同情，對人壓迫人的不平，對一切非正義的憤懣，使他苦苦尋找改造社會的道路；這時他從西歐和俄國的歷史中邂逅了那些激進而忘我的革命者，邂逅了無政府主義的思想和理論。在二十世紀二十至三十年代，他身體力行地參與了無政府主義的宣傳和抗議行動。在他這裏，無政府主義，就是邁進「門檻」，為建立一個自由平等、互助互愛的社會而不惜犧牲，它是弱者的道德，也是弱者的理想，而巴金自覺地站在弱者一邊。

　　如果説「十月革命一聲炮響，送來了馬克思列寧主義」，而無政府主義傳入中國還要早些。從晚清一些志在推翻清皇朝的黨人身上，就可以找到無政府主義者的人格和行為的影響。「五四」時期，無政府主義的傳播是跟共產主義的傳播同時進行的。民國初年被軍閥政府殺害的工人運動者中，就有英勇的無政府主義信徒。在早期共產黨人中，特別是其中的知識分子，許多人都接受過無政府主義思潮，甚至可以説是從無政府主義走向革命的。不但第一代，第二代，這樣的情況直到 1949 前參加中共領導的革命的新一代中，也不鮮見。

　　如果查看三十至四十年代（主要是抗日戰爭開始前後）革命者檔案中的自述，相當數量的青年知識分子都會説到，他們是在革命文學的影響下投身革命的，其中就包括巴金的書，例如眾所周知的《家》和其他著譯。這些作品對當時社會制度人情世態的揭露和抨擊，令他們共鳴，令他們感奮，令他們要起而行，找一條對社會進行革命改造的路。但他們後來又會持批判態度説，像巴金這樣的作家，並沒能給他們指出明確的投向共產黨的革命道路（例如《家》裏的覺慧最後只是出川，曹禺《北京人》裏的瑞貞也只是搭乘火車去了遠方），而是實際生活中抗日戰爭爆發這樣的機緣，以及國共兩黨的鮮明對比，使他們認定共產黨是革命的和抗日的，別無選擇。不過連有些僅僅是為了逃婚，為了爭取婚姻自由的男女青年，受到了《家》的鼓勵，也去了延安，去了解放區，則是事實。巴金小説裏模糊的指向，與現實生活中的實體就這樣重合了。記得在文革以前，我們議論這種現象時，曾經開玩笑説，巴金給共產黨招兵買馬，該記大功！

李輝中肯地指出，經常出現在巴金早年書裏的「革命」、「信仰」、「事業」，其內涵是要從巴金寫作時的思想來認定的。沒有附加語也就沒有確指，固然是不言自明的默契，也有不得不爾的苦衷。在不同的語境，便產生各有所指的歧解，乃歷史條件的變動使然，卻不是任何人故意的誤導。

恰恰是十月革命的勝利，布爾什維克建立蘇維埃政權，使反對階級專政的俄國無政府主義者的遭遇，比革命前更加困難；十九世紀作為革命者頭上的光環，換成了二十世紀初淪為「反革命」的荊冠。在俄蘇，無政府主義者或是流亡國外，或是受到鎮壓。在中國，無政府主義則不僅於五四前後被軍閥官僚視為與共產主義「赤化」「過激」難以區分的洪水猛獸，而且隨後更陷入左右夾擊的困境，很有點像以陳獨秀為代表的托洛茨基派，不能見容於中國兩大對立政治勢力的國共兩黨。作為政治派別的無政府主義遂不復存在。作為思潮的無政府主義，1949 年前偶或散見於出版物中，1949 年後則完全絕跡。年輕人只能從《列寧在 1918》一類蘇聯影片中瞥見「無政府主義者」的漫畫像，或是在文化大革命中聽到把違背「無產階級司令部」的「戰略部署」的行動叫作「無政府主義」了。

巴金與無政府主義的歷史關係成為他一生尤其是後半生劫難的根源。在文革批鬥時封之為「反共老手」，到文革後的「清除精神污染」中，還有人揪住不放，大有必欲置諸死地而後已之勢。其實，那些氣勢洶洶的批鬥家並不知無政府主義為何物。因為幾十年來中國大陸各種版本的歷史普及讀本裏，早就從無一語及於無政府主義了。

談論巴金而不涉及無政府主義，總是讓人感到隔着一層。完全不了解無政府主義的淵源，也難對巴金其人和他的作品有比較透徹的實是求是的理解。順便說一句題外的話，對於世界範圍的無政府主義，它從十九世紀到二十世紀的理論和實踐，它在各國社會生活中曾有的影響，它與各種革命思潮和實際運動的關係，也是一切想要認真了解中國近代史和現代史的人所應該具有的背景知識。

李輝此書，在這一點上，試圖引導我們接近巴金精神世界的一個「禁區」。當然，這個禁區不是巴金自設的，相反，他幾十年來以白紙黑字的形式坦陳自己的信仰和理想，只不過他的由衷的傾訴，他掏給讀者的心，往往被歷史的煙霧遮蔽了。

李輝用他特有的散文筆調，絕不故作艱深，卻讓我們一下子接近了那幾乎被遺忘甚至被抹殺了的歷史。歷史只有拂去塵封，刮去油彩，還其本真，才顯得邏輯分明，真實可信。這樣的文字也就使人感到親切。

我願意接着讀後續的書稿。

2003 年 6 月 13 日，星期五

我是巴金的老讀者

　　巴金從他開始寫作起，包括他從事編輯、出版，一切都是為着讀者。他晚年常說的一句話，概括了他的一生，就是：「把心交給讀者」。作為一個巴金的讀者，我也是從一開始，就感到我的心被他的心點燃了。

　　我讀第一本巴金的書，是《家》。不過不是他的原著，是費新我、錢君匋合作編繪的「連環圖説」。萬葉書店出版，32開，每頁上面三分一是密密麻麻的文字，下面三分二是一幅見方的畫，不光有人物和情節，而且畫出了意境。如第一幅，夜色蒼茫裏大雪紛飛，兩個石獅守着高公館的黑漆大門，紅紙燈籠照着「國恩家慶，人壽年豐」的門聯，這時從長巷那頭，覺慧跟着覺民踏雪走來，一路還興奮地説着甚麼；最後一幅，18歲的覺慧站在沿江東下的船頭上，告別家和故鄉，隨流水流向未知的城市和未知的人群。一個完整的故事。

　　那是 1943 年，我 10 歲前後，在日本佔領的北平。我和家人們那種窒息感，跟覺慧們在家長制下渴望自由和獨立的心是相通的。

　　這本書是個中介，當時我順藤摸瓜，終於找到了巴金原著的《家》、《春》、《秋》，還有《髮的故事》、《長生塔》，後來又從老年間的舊《小説月報》看到了《滅亡》；杜大心給我的感

覺，他是魯迅小說裏的狂人和其他一些讀書人的第二代了。巴金多寫苦悶的叛逆者，特別是青年，跟我的距離更近一些。

巴金不光寫中國的事情，還寫朝鮮人、法國人，尤其是俄國人。我讀了一些俄國十九世紀的小說以後，讀到了巴金的《俄國社會運動史話》，至今保存着這本已經丟掉了封面的紙頁泛黃的老書，上面有我遇到一些生疏的詞語時查字典的紀錄。雖然著者說這是他 1927 至 1928 年間寫的，大約只是原計劃的三分之一，後來因為甚麼緣故中斷了，而為能夠出版，又改了書名，但即使如此，這本書還是給我畫出了俄國從十七世紀到十九世紀反對沙皇專制政權的，一波未平一波又起的思潮和組織行動的輪廓。

那時已經是 1947 年。如果說魯迅教給我用懷疑和批判的眼光去看待「已成之局」，那末巴金就是教我要奮不顧身地追求一個未來之世。而在現實中一個十幾歲的少年，幾乎別無選擇，就懷着浪漫主義的激情投入當時的學潮和地下活動了。自然，不僅僅是好奇和冒險，也還有對深層的政治和道德之理想的嚮往；巴金譯的，屠格涅夫（Ivan Turgenev）的《門檻》，打動我的不只是它的藝術力量，而是那義無反顧的，自我犧牲而無悔的決心。後來，我聽說陳璉（陳布雷的女兒）參加革命時也是銘記着這篇散文詩。陳璉是 1947 年秋天在北平貝滿女中教書時被捕的，我就讀的育英跟貝滿為鄰，所以印象特別深。而陳璉最終是在文革中自殺的，不知她臨死是否還曾記起了《門檻》。

在另一種意義上，1949 年是中國的一個大「門檻」。

我是在五十年代初期看到《寒夜》和《憩園》的書，但慚愧的是，我並沒有認真地閱讀。因為學習了解放區文學理論和實踐以後，自覺地改造原來的審美趣味，用「延安講話」的精神來衡量類似的作品，都與「新的人物新的世界」相隔着一個時代，格格不入了。

但即使這樣，我自己還不免流露出舊的藝術趣味，也就是所謂資產階級小資產階級的貨色，例如刊發在 1962 年 6 月號《上海文學》上的一篇〈小鬧鬧〉。不久，北戴河會議和八屆十中全會召開（就是宣佈李建彤的《劉志丹》「利用小說反黨」的那次會議），強調「千萬不能忘記階級鬥爭」，我這篇東西和同期豐子愷先生一篇寫貓的散文〈阿咪〉，都受到批判。而更尖銳的批判，則集中針對 1962 年 5 月號《上海文學》上巴金在上海市文代會上的講話，記得是反對用「棍子」和「框子」來對待文學，呼喚創作自由。最近我讀陳丹晨先生〈巴金晚年的思想〉一文，才知道毛澤東主席針鋒相對嚴厲責問：巴金要甚麼樣的自由？是要資產階級自由！上海市委書記柯慶施，人稱「毛主席的好學生」，自然要貫徹執行最高指示。當時作為柯的助手的張春橋，幾年後在文革中煊赫一時，惡狠狠地點名巴金：「不槍斃他就是落實政策了！」都是一脈相承的。直到上個世紀八十年代下半葉，還有人公開罵巴金是「民族敗類，社會渣滓」，以致巴金的家鄉出版他的文集，有一篇文章還只能「存目」。除了胡風等被投入監獄的作家以外，留在監外的作家中，巴金是承受極大壓力者之一，有時甚或是首當其衝的。

　　那曾經不得不「存目」的，就是倡議建立「文革博物館」那篇文章。巴金晚年有兩大心願，一是建立現代文學館，一是建立文革博物館，前者實現了，後者落空了。

　　而這篇文章，只是巴金《隨想錄》五卷中的一篇。他在這部晚年之作中，留下了寶貴的「心靈遺囑」，人們多有評論和闡發，數不清的讀者從中得到了啟示，我就不多說了。

　　我也是從巴金的書裏得到許多啟示的讀者，我不能不對他抱着感激的心情。我自稱他的老讀者，其實更老的讀者，恐怕是上個世紀二十至三十年代就讀他的書的一代，其中不少人也許多已不在了。但多數的讀者都止於讀其書，未必得親其聲欬，我也是這樣，我只在八十年代後期，在北京的北緯飯店見到他，跟他握過一次手。但我不覺得他陌生，他的確已經跟我相熟了六十年。他的心情，他的喜樂，他的痛苦，我以為我知道，且能理解。我從心底裏，對他說一聲謝謝。記得是契訶夫（Anton Chekhov）說過：「與其被混蛋所讚揚，不如戰死在它手裏。」我自問，自審，不屬混蛋之列，故理直氣壯地說了這些可以認為是讚揚的話。

2003 年 10 月 24 日

與友人書・談對巴金的認識

　　年前你來電話（文秀代接），談你對巴金的思考，並徵詢我的想法。……年前年後，雜事太多，遲覆為歉。

　　九十年代初，我為香港《大公報》的副刊寫了不少隨筆雜文，其中包括〈為巴金一辯〉，即為其《隨想錄》（也是在香港《大公報》首發，八十年代）因內地有人撰文藉口巴金文章文字不佳（大意），從否認《隨想錄》作為散文的文學價值切入，否定《隨想錄》在當代文學中的重大意義。我指出此論正符合一貫要打巴金、封殺巴金的保守頑固當權派的意願，「正中上懷」（也是大意）。後來我還寫過《為曹禺一辯》，大體上出於同樣的維護五四文學代表人物的衷曲。這同維護魯迅的言論，駁斥所謂「魯貨」論、「新基調」論的方向是一致的，我一直以為郁達夫雖多才子氣，名士氣，而他說的「一個民族沒有優秀人物是可悲的，有優秀人物而不知愛護，也是可悲的」（大意），確是不刊之論。

　　巴金的《家》是我的人生啟蒙讀物（不包括後來讀的《春》、《秋》、《火》），同魯迅的雜文一起助燃了我少年時代的叛逆性，從我同輩以至稍長的一代那裏，也看到巴金對他們的影響（及於行動，人生道路的選擇），可能深廣過於魯迅。那些因追求自由戀愛而離家出走的，未必由於讀子君、愛姑、祥林

嫂，而是在覺新、覺慧間以後者為榜樣。許多人竟因此走向延安。我曾説到，如調閲三四十年代參加中共領導的革命隊伍的檔案，恐不少人的思想自述中都提到巴金。但主要是《家》而非《滅亡》與《新生》。所以我為李輝一書寫的序中説，共產黨應該為巴金為它招兵買馬，給他頒發勳章，當時巴金給眾多的男女娜拉們指出了離家的路，但到哪兒去？則如曹禺《北京人》中，瑞貞不過上火車「去遙遠的地方」罷了。覺慧沿江而下，是如巴金本人一樣去上海吧。正當抗戰軍興，大批人離家，有的去「大後方」的四川，有的則北上陝北高原。巴金其實只朦朧地暗示「革命」──為「理想」而奮鬥（在《家》裏是散發傳單，辦刊物如《黎明周報》，與三四十年代城市青年一樣，學的俄國十九世紀的樣），並無確指。大家當作是指的中共了。而巴金在寫作時，心中所想或當是無政府主義的群眾性踐行吧。

我們──絕大部分中國讀者，從文學作品讀巴金，未必會聯繫他曾有過的十分明確的無政府主義立場。

在中共建立之前，民國初年，甚至清末即世紀之交，各種國外思潮湧入中國，中國的一代先行者在為民族、為社會找出路時，即已接觸到無政府主義（我沒有認真研究，大致如此）。它與馬克思主義孰先孰後，也有待歷史考證。不過，中國最早的一批接受過馬克思主義學説的人，包括成為中共建黨骨幹者，甚至毛澤東，也曾先接受無政府主義的影響。後來大約蘇俄建立十月新政權一事促使許多人改宗「蘇俄」版的馬克思列寧主義。這一股勢力挾蘇俄影響俱來，中國本來就沒有高度組織化的無政府主義者，不說「潰不成軍」，也從人自為戰（如在

基層參與工運等）而逐漸分化，星散。最老的如吳稚暉成為國民黨元老，「劉老老」式人物，另一個江亢虎，則墮落為投日的漢奸。

巴金，當然讀過巴枯寧（Mikhail Bakunin）和克魯泡特金（Peter Kropotkin）的著作，但他與國際無政府主義者的聯繫，始於留法時期，他多與法國那裏的人士有所交往。似不見與俄國的無政府主義者有何聯繫（當然，最晚從 1920 年起，列寧就以鐵腕把無政府主義者，與社會革命黨人一體視為敵人，或拘禁，或驅逐了）。

巴金是否除為文宣揚外，還參與過國內的無政府主義者的組織活動，待考。我認為這不甚重要。因為從三十年代起，巴金似已給自己定位於文學寫作和出版。無政府主義的關於社會合作友愛平等的思想，成為深藏於他心靈深處的精神追求和精神支柱——或即所謂「信仰」吧，然而他的《俄國革命運動史話》（不限於無政府主義），寫出的一部分只能以「社會運動」代「革命運動」字樣印行，後來也未繼續寫下去，然則出版空間的偪仄，亦使巴金不得不收斂其鋒芒。

我想，巴金在三十年代魯迅與左聯圍繞「兩個口號」論爭的頡頏中，傾向於魯迅，而不傾向於中共掌握的左聯，應有「無政府主義情結」的因素。左聯的實際領導人當然知道巴金的思想背景，所以巴金作為中共（通過左聯）的統戰對象，彼此基本「以禮相待」，「相安無事」，保持一種若即若離的關係。但凡涉及反抗日本侵略的活動，巴金都是參與的。

　　隨後，在八年抗戰和三年內戰中，巴金被國民黨當局視為異己（這是一貫的，巴金著譯的書在三十年代即遭禁），在文藝界和社會上對國民黨當局倒行逆施的一些抗議聲明等，巴金亦時有聯署，因此被中共視為可以爭取的中間力量──「進步人士」吧，加之他聲譽卓著，這是邀請他參加「建國」前 1949 年 7 月文代會和 9 月的新政治協商會議的緣由，他的代表性無庸置疑。

　　從 1949 到 1966 年，即所謂「十七年」，是文革前的一段時期，暫且跳過，後面再說。

　　1966 年「五‧一六」文革正式開始，至 1976 年 10 月，繼毛澤東死，江青等垮台，一般叫作「文革十年」中，巴金從一開始即被拋出，受衝擊。「拋出」者，指他任職（掛名）主席的上海作協秉承中共上海市委意旨，內外呼應，對巴金進行侮辱性揪鬥，直至呼為「黑老 K」，對全市規模的批鬥大會做電視實況轉播，大造聲勢。高潮過後，發落到幹校勞動。文革作為運動，進入「落實政策」階段時，張春橋在回答有關問題時表態說：「（對巴金）不槍斃就是落實政策了」，云云。他不僅代表「上海市革命委員會」，更代表「中央文革」，代表江青以至毛澤東。張春橋對巴金為甚麼懷着如此深仇大恨，儘管他說的不是個人意見，但言語之間的咬牙切齒，如聞其聲。大概正因張屬於毛指認的馬列主義信徒，則仇視與無政府主義有關的巴金，勢所必至，「政治正確」的必然吧。

　　江青等所謂「四人幫」垮台後，巴金乃有「解放」之感。他針對文革寫《隨想錄》，提倡「說真話」，紀念逝者，控訴文

革暴政，矛頭指向「四人幫」。我印象中他主要揭示文革期間的災難，未深入追溯到文革前，或是他適應一般宣傳口徑、出版口徑的一種寫作策略。然而有心的讀者從他對文革暴政的揭示中，仍能感到早年反對一切「專政」的餘音。

在「胡趙新政」時期，當然給巴金和其他作家提供了一定的言論空間，但也不是一帆風順。隨着國內 —— 黨內不同政治主張的消長、博弈，巴金先是在發表《隨想錄》的稿件上，遭到被刪的不快（那還是在較內地開放的香港），繼而聽到來自高層的指斥。王震一介武夫在高級黨校叱罵巴金，但他連巴金的名字都記不清，高叫，「那個姓巴的⋯⋯是搞無政府主義的」。這話傳遍中國，不可能不傳到巴金耳邊。而這一表演透露了在相應的領導層級中，議論到巴金時，首先着眼點仍是他曾經是一位真誠的無政府主義者。

而在中共執政後三十多年間，對無政府主義一直作為敵對勢力加以妖魔化的，其源蓋出於蘇聯，你看電影《列寧在 1918》中，刺殺列寧的女槍手即被刻畫成一個神經質的無政府主義者。在理論界、歷史界涉及無政府主義時，自欺欺人。直到政治宣傳的口徑，統一如此。當權者以此攻擊巴金，以為是點了他的死穴。

巴金，在號稱無產階級專政，政治上複製蘇聯一套的歷史環境中，這個「歷史問題」成了他的軟肋，成了他的心病。因為「無政府主義」被認為是列寧、斯大林及其蘇共黨的死敵，中國又向蘇共「一邊倒」，你不是來自「死敵」的營壘麼？那時的邏輯就是這樣。

到巴金晚年，他向國家圖書館捐贈書籍，向他倡議的「現代文學館」捐贈手稿及其他紀念物，其時文學館曾有人派駐他家協助整理。我聽說——只是聽說，但可靠程度很大，——巴金當時住在醫院，但十分關注此事。有一回，他忽然提問家人，他寫字枱某一個抽屜裏的材料怎麼樣了，一查，竟已被文學館一年輕人取走。巴金十分焦急，叫立即索回，於是急如星火追到北京，幸虧沒有損壞，也沒有擴散，於是歸還原處，注意保存。原來這部分材料，是巴金在運動中（或即是文革中）所寫的「檢查交代」，家人也沒有見過甚至不知情的。

我們作為局外人來看，這屬於個人的隱私。但我們揣測其中必然涉及巴金與無政府主義有關的敘述。儘管我們都會想到從這部分卷宗中，可以看到巴金就有關歷史事實的自述自辯，乃至可以理解的某些出於一時文風要求的妥協，但當有助於澄清揣測性的傳言，有助於恢復歷史原貌的努力。然而我們無權作公開這一檔案的要求。

在我的閱讀印象裏，巴金從 1949 年以來，或進一步從 1978 至 1979 年以來，直到辭世，都未曾公開為文宣佈放棄無政府主義的信仰，也沒有公開為文宣佈擁護共產黨的「專政」（不論是人民民主專政還是無產階級專政）。

回過頭再說「十七年」裏的事。

巴金及其作品作為「五四新文化運動的產兒」，在三十年代、四十年代，領文壇風騷，極一時之盛，這是治中國現代文學史者公認的。1949 年中共奪得全國政權，建立新政權。曾經追隨巴金的幾代「理想主義者」，不說棄巴金而去，也是先後投

身共產（黨領導的）革命，改宗馬克思主義，甚至在思想檢查中「清除無政府主義的影響」了。我雖不曾表示與巴金劃清界限，但也模糊感到文學上「巴金的時代」過去了。

事實上，巴金雖被委任體制內的「作協」領導職務，實際上「養起來」，作為招牌，作為牌位。不同的只是不同的幹部群眾中，有的是敷衍、利用，有的則保留着或多或少的敬重之心。

1951 年，建國初期開始的「文化建設」中，由開明書店出版一套二十卷「新文學選集」，嗣後國家出版社的人民文學出版社也為五四名家出版選集。曹禺修改劇本已是家喻戶曉，巴金對作品的取捨和某些刪改（有些是屬於常規的訂正），亦具見苦心。好在巴金各有序跋述其變遷，可資印證。

巴金因不拿工資，經濟上獨立於體制之外，故雖任職於全國性和上海市文藝團體，卻是「榮譽性」的，掛名的，位似客卿，似乎不像一般幹部那樣簽到、上班，受機構規約之制，參加必不可少的「組織生活」（黨團員之外也有頻繁的「生活檢討會」）。然即以政協委員的身份，於所謂政治待遇之外，除了開大會，日常也要經常開會，聽上級報告，對大小政策方針及施政措施表態，參與外事活動等等。

其間，在建國初期就有「抗美援朝、土改、鎮壓反革命」三大政治運動，接着是「三反、五反運動」，高教界的知識分子思想改造運動，機關團體工作人員和文教知識分子們的「忠誠老實政治自覺學習運動」（即交代和更正自己檔案中的家庭出身、階級成分、個人經歷、經濟收入、政治黨派、社會關係各項事實），還有從文藝輻射全社會的「電影《武訓傳》批判」，

「俞平伯《紅樓夢研究》批判」，「胡適思想批判」，直到 1955 年引發「肅清暗藏的反革命」（內部肅反）軒然大波的反胡風鬥爭。

我記得巴金參加了慰問團赴朝鮮前線，可能還是上海分團的副團長之類名義。當時，巴金該是像絕大多數「不明真相的群眾」一樣，相信是「美帝國主義打了第一槍」，而中國和北朝鮮屬於被侵略的正義方面。他積極參與，並寫出《我們會見了彭德懷司令員》和小說《團圓》，是出自真心實意，有作品為證。巴金在國際上，對舊俄的革命者情有獨鍾，有譯作《六人》等為證；對意大利無政府主義者薩凡蒂等二人被美國處死，曾作出激烈的反應，至少在這一點上對美國沒有好感；而韓國（朝鮮）愛國志士的壯烈犧牲，多次進入他創作的小說。這些可能在潛意識層面支持他朝鮮前線之行，志願軍年輕戰士的忘我精神使多愁善感的巴金為之感動，也多少左右了他觀察的視角。他的小說《團圓》因付拍電影（《英雄兒女》）而獲得廣泛影響，其中最動人的自然是來自生活的「向我開炮」的真實情節。至於父女戰場重逢，上海工運背景等，都是為造巧合而編織的老套。對巴金來說，寫的並非他所熟悉的生活，並未達到他自己應有水平。可悲的是，「向我開炮」的原型人物（蔣慶泉），因後來一度受傷被俘，雖選擇回歸，最後老死鄉里，從不以參戰經歷示人（直到 1981 年才取消處分，近年有當年最早採訪其英雄事跡的軍報記者重訪之於黑龍江某地，公佈了後續的故事）。這個可悲的續聞，巴老晚年未及聽到，即使聽到，也只能歎息命運無常，天道無情了。

五十年代，老舍趕寫了多部歌頌「新社會」的劇本，有的如《龍鬚溝》較成功，《西望長安》因劇情而賣座，藝術上則無

足觀；曹禺寫接收美國人辦的協和醫院，《明朗的天》，主題是反美帝「文化侵略」，成為絕對站不住腳的敗筆。等而下之某劇作家寫劇本《右派百醜圖》，形同活報鬧劇，時過境遷，形消影滅。放在這個背景中看，巴金因隨慰問團去前線，也真心要接近士兵，熟悉和寫自己不熟悉的「工農兵生活」。在構思《團圓》的故事時，或有流於公式化概念化之病，但他沒有功利之心，確在探索寫作的新路，新領域，不失其作為作家的真誠。在後來其他政治運動中，就沒有再作配合任務的嘗試了。這是他不但與跟風寫作以邀寵的作者不同，甚至也可說與老舍、曹禺多少不同之處，當然，或者因為周恩來在北京，隨時給老舍、曹禺命題或提醒，劇作家深感盛情難卻；而巴金在上海則可較為超脫的緣故。但涉及文藝界的是非敵我，表態仍是不可少的。巴金晚年特別說到他對胡風落井下石（「拋石頭」）的愧悔。他們誠然是三十年代的老朋友，同是崇敬魯迅的扶柩者。但我冒昧地斗膽發一誅心之論，即因性格、志趣的差異，早在三十年代巴金對左聯諸將不是很感興趣的同時，對左聯特別是周揚針鋒相對的胡風（不止是理論、批評還有文風），他也未必是多麼感興趣的。——其實，我以為不但巴金是如此態度，當時大多數中間派，或中右或中左的滬上文化人，恐怕在三十年代，對胡風都有同感。周恩來知道胡風這個「毛病」，似曾勸告過他；胡喬木則抓住胡風這個「毛病」，利用這個打他。——說到題外了，倉促中言，或不盡準確，你從中能得其大概吧。

巴金倖免於 1957 年的反右派鬥爭（經過和情由不詳），但不能免於 1958 年高校的「拔白旗」，以批判老師和權威為中心的教育革命和文藝革命。當時似乎萬箭齊發，印成些小冊子，

而都流散，至今歸然獨存，可資反顧的，惟有姚文元文集中批巴金的大文而已（當然，如果下功夫找，至少當時《文匯報》上會有些零金碎玉的）。

這就是前面說的，老舍、曹禺在北京周恩來身邊，不能不領寫作任務，而巴金在上海或較「超脫」。——為甚麼超脫？不為當權者所喜也——上有柯慶施，下有張春橋，他們掌控文化和宣傳，本就對巴金心存戒備，哪裏會想到讓他寫配合政治任務的大作，只是從大小會上聽匯報，看巴金有甚麼正式表態，非正式言行，作為「階級鬥爭新動向」吧。作家協會這邊有甚麼「密報」（不稱「告密」，因巴金處並無甚麼機密也），至今未聽說；而上海新聞界的「內參」，則在六十年代，就曾報道過巴金堅執阻止女兒下鄉的落後表現（再進一步，就是反對與工農兵相結合的反動表現了）。

1958 年大轟大嗡搞了巴金一番。

1962 年，用當權者的話說，則是巴金「自己跳了出來」。他在上海市文代會上的發言（不記得是否開幕詞，而如是開幕詞，由巴金自己起草，不知經人審查否，如經審查，但巴金照發，不知是審稿者右傾，還是有意的「欲擒姑縱」——「看他怎樣表演」）。其中指出了文藝界存在着「框子」和「棍子」。這個發言隨後刊於《上海文學》5 月號。不久，就招來了聲勢洶洶的聲討和圍剿。這就是文革的預演了。

按照毛澤東《在延安文藝座談會上的講話》中說的，「小資產階級的知識分子總要頑強地表現他們自己」，巴金此時，在 1957 至 1958 年後，已是分明的資產階級知識分子（「小資產階

級，夠用嗎？」毛曾這樣質問胡風）。他 1962 年的發言，是經 1958 年圍剿沉默四年後發出的聲音，我「以意逆志」，且「以己度人」，料想巴金是在 1962 年「七千人大會」之後，感受到廣州會議傳達出來的，包括周恩來、陳毅講話的鼓舞，「時而後言」的。然而在毛澤東和他的好學生柯慶施眼裏，這就是屬於階級敵人先是「裝死躺下」，接着「窺測方向，以求一逞」了吧。

這樣歷數下來，跟 1966 年開始的十年文革相銜接了。

從 1949 年到 1976 年，這二十八年，是巴金親歷的「毛澤東時代」。

其中最後十年，甚至從 1958 年圍剿算起，巴金的身份已成待決的囚犯，其中 1962 年他在上海文代會上的一鳴，已成「鬧獄」的絕唱。

至於巴金在 1949 年，為甚麼不另尋一枝之棲，彷彿坐待共產黨、解放軍的來臨呢？其實這是不成問題的問題。只要看看楊絳、蕭乾以至某些當時蔣介石派機來搶運的學者如陳垣等卻決心滯留大陸就可了然。一是巴金對台灣對蔣介石沒有興趣（就如後者對他也持敵意），二是也無處可容流亡；因此別無選擇，因此也不像陳寅恪有後來的失悔。巴金對中共可能效法蘇共，當時心理可參照魯迅對雪峰等人說過的，你們來時，當乞紅背心去掃大街，這不是魯迅的玩笑，他想必是設身處地想過，當然，他沒想到他如活到五十年代，可能有一天面臨「或是坐班房，或是一言不發」的困境。可見雖是「向來不憚以最壞的心思度人」的魯迅，其虛擬的極致也不過是「掃大街」，而不是更嚴重的摧毀尊嚴的屈辱，更未必是坐班房以至槍斃等等。巴金比魯迅溫和，帶某種程度宗教風，他敬佩十九世紀沙

俄革命黨人坐牢與赴死的壯烈，但我們也不宜責以為甚麼在專制暴政下「不做烈士」吧？

這類的責問，發之於一個已經不年輕的時評寫手。

其實，按照中共極左思維的傳統，凡被敵人逮捕坐牢的黨人，如活着出獄，就被「有罪推定」為叛徒。毛時代之前即如此，到毛時代後期，打出遍地的叛徒特務，首先是針對入過獄的昔日之「同志」的。

那位寫手曾說大陸雜文界出不了像柏楊、李敖那樣的佼佼者，就因柏、李都坐過牢。這位先生若成了甚麼雜文學會領導，為了培養他心目中的佼佼者，大概先要點名一批作者送去坐牢吧。這是玩笑，是對其邏輯前提的推論。而他確曾言之鑿鑿地指出，1949 年成名作家留在大陸的——當然包括巴金，甚至包括葉聖陶——都是他敕封的「二臣」。

二臣者，大家知道是清修明史時，對降清的明朝大臣如錢謙益等列為「二臣傳」的典故。這位先生的思路，則不但公務員，就是作家，在 1949 年也要像南明諸臣那樣追隨蔣介石以去，或者像陳布雷、戴傳賢那樣自殺以「全節」吧。

巴金早年宣揚無政府主義，曾寫政治理論文章，的確也寫得很好。後來早就不寫了，這個不寫或與蘇共剿殺無政府主義有關，與中共無關。他選擇了文學寫作和出版，五十年代中共統制出版業，剝奪了私營出版社，巴金便以文學寫作為專業，實際上寫作也很少，一方面是「奪筆」，一方面是形同「封筆」了。最初這個選擇無所謂對錯，但較適合巴金本人條件。我們知道他一生「訥於言」，不適於搞實際政治。而如果按他最初的

選擇走下去，成為以書寫和口頭宣傳甚至兼作組織工作的無政府主義者，那就是職業革命家的角色，即使他堅持一生，未遭殞滅，礙於時勢，其成就也未必趕得上他做文學的實際貢獻，這也許是個偽問題，不必討論下去。

隨着國際國內政治形勢的發展，巴金對於最初信仰的無政府主義在實際政治格局中的弱勢地位及走向和前景，應該也是做過估量的。我在前面說，從現有公開發表的材料看，巴金至死沒有表示過放棄無政府主義。但這並不意謂，他漫長一生中對無政府主義的理想色彩和實際可能，在認識上沒有發展和深化，但他沒有否定早年信仰的真誠。

1949 年，巴金的「迎接解放」，恐怕與邵某之流的「迎接解放」是不同的。他不無送葬時代的快意和歡欣，相應地有跨入毛時代一試的迎新之感，或有志忐，卻是敞開胸懷，而非深閉固拒的。因此 7 至 9 月受邀參加文代會和政協會，確實是「雙向作用」的契合。巴金重原則也重友情，文學界（首先是北京上海的）一些老友都欣然踏上新的征程，他自然樂與同行。後來在他曾合作編刊且又過從甚密的文友靳以等，在五十年代參與社會政治活動十分積極，相對來說，巴金則稍稍保持了距離。巴金年長於靳以，閱世較深，他多少明瞭自己在當權者眼中的位置和個人的角色任務。總之，他有自知之明。

一般說來，巴金是謹慎的。但既然必須發言，除了「涇渭分明」的隨大流政治表態比較簡單易行外，遇到像美共黨員法斯特在蘇共二十大後退黨一事，文藝報要巴金寫文章，就如考試，因沒有別人的成稿可以參閱，巴金雖謹慎有加，卻不能違心地過分「拔高」，於是流露了據說是惺惺相惜的溫情，遭到極

左的駁斥。當時已是 1958 年，便搞到「拔白旗」、批巴金的熱潮中去了。

即使像 1962 年在上海文代會上反譏「框子」和「棍子」的發言，也是謹慎的反抗。在今天的事後批評家看來，頂多是「跪着造反」，且連造反都談不上。誠然，當時巴金並沒有下決心決裂，那樣就走上不歸路，但如果巴金做了那樣的選擇，可能他的發言縱令不在事前取消，也將在發言過程中制止，如同八年前的 1954 年呂熒在文聯大會上說胡風不是政治問題，當即被轟下台一樣。就連這樣謹慎的失之溫和的聲音也沒有了。

現在旅美的政治學者嚴家其在八十年代後期，曾批評魯迅沒有寫過一篇點名駁斥蔣介石的文章（確實如此，遠不如郭沫若 1927 年發表過〈我所知道的蔣介石〉）。如果對魯迅了解得多一些，就知道上世紀二十至三十年代之交李立三主持中共中央工作時，在上海曾親訪（？）魯迅，要求魯迅寫一篇類似聲討蔣介石的檄文的大作。一向以「遵從前驅者的將令」自命的魯迅，這一回卻未遵命。這樣，隨後中共批判李立三的「左」的路線（攻打大城市中心城市）時，才沒有掛上魯迅。

對於魯迅沒有點名聲討蔣介石，我以為我們應有「同情的理解」。對於巴金，或亦當作如是觀。巴金很推崇赫爾岑（Alexander Herzen）的回憶錄《回憶與思考》。但赫爾岑此書是在完全不同的環境中寫出的。

寫到這裏，我想這封長信該結束了。真是泥沙俱下，請你披沙爍金吧，然即使真有個別的千慮一得，也夠不上「金」的品位吧。

　　記得似是恩格斯（Friedrich Engels）說過一句話，大意是：只能根據他做過的事，而不是（要求他做）他沒有做過的事。我是否有誤讀，有無斷章取義，現在我也說不清。對恩格斯這位勤奮的思想家和寫作者（也還曾是實踐家），有所「抽象的繼承」，應是有益無害的。

　　對巴金一生，結一總賬，他是對得起我輩後人的崇敬的。

　　然否？祝

身筆兩健！

燕祥

2014 年 1 月 5 日

常風 (1910–2002)

常風紀念

1995 年 3 月，我去太原開會，還有個私人的目的，就是拜訪常風先生。我向謝泳問山西大學的路，他說我帶你去。常風先生已經臥床很久，我和謝泳就分坐在床兩邊，那時候先生氣色還好，見我們來了挺高興的。彼此說了一些在書信裏顧不上說的話。照了相才告辭，握別的時候真有些依依不捨，不知道甚麼時候再見。其實，這是我和常風先生的第一次見面，也是最後一次見面了。

我和常風先生該說是忘年之交，他論年齡是我的父輩。我們之間的一點文字緣，是由於吳小如兄的介紹。小如於我誼兼師友。我們是 1948 年相識的，那時我 15 歲，他 26 歲，我讀中學，他雖在大學聽課，卻早已同時教書、當編輯了。我向他代沈從文先生編的《華北日報》文學周刊投稿，他又把我的一個短篇《竹結米了》轉給天津《民國日報》連載，這是寫一個農村小媳婦的生活，她的丈夫被國民黨抓了壯丁。稍後，我還寫了一篇萬把字的《送寒衣》，「十月一，送寒衣」，一個鄉下老大娘給當兵死了的兒子燒紙，──當的是國民黨的兵，死在內戰裏，──也是白髮人送黑髮人。吳小如告訴我，他替我轉給了《文學雜誌》，擬在當年年末的第六期刊登。

商務印書館出版的《文學雜誌》，在我心目中像是一座文學殿堂，不僅因為裝幀高雅典重，且翻開目錄盡是一代名家大

家，我覺得它離我很遠很遠；比如我至今記得上面有燕京大學校長陸志韋的一組「雜言五拍詩」，我現在還記得其中一句：

> 是一件百家衣，矮窗上的紙

這句詩描寫的情景我在古城裏早已見慣，但詩人在每一「拍」上都加了着重點，讓人感到這確是對新格律體的實驗，是認真的學術探討。我原來只知道這本雜誌是寫《給青年的十二封信》的學者朱光潛主編，小如說具體負責編務的是常風先生。

常風之名我早知道。在詩歌散文小說劇本之外，廢名的《談新詩》和常風的《棄餘集》是我少年時代讀來不感枯燥而能引人入勝的批評著作，是我的兩本啟蒙讀物。現在我的東西能經常風先生之手發表，不是意味着這位蒙師首肯我的作業嗎？

不知道是否也由常風先生經手，我收到了《送寒衣》一文的稿費，是決定刊用就致酬了，我記得拿到新幣金圓券二十元，用來買了一雙新鞋。可惜，由於時局的變化，《文學雜誌》停刊了。1949 年初北平和平解決，編者朱光潛、常風兩先生都留居北平；刊物雖是在上海印刷發行，但 1948 年的末期也沒得出來。

從 1949 年開始的「天翻地覆」，把所有年齡段的人都捲了進去。偶向小如問起，據說 1952 年院系調整以後，常風先生被調到山西大學，正如我所心儀的廢名先生、楊振聲先生也被調到吉林的大學裏去了。那時候我一切相信政府和黨組織，對這種大事從不多想，院系調整既是必要的，那末調動也是正常的，為了支援外省高校，需要加強地方上的師資力量嘛。

　　我在反右派鬥爭中翻船，陷入自顧不暇的境地，竟不知道常風先生也被打下去了，直到我的右派問題澄清，才聽到這個遲到的消息。二十多年過去，我的年紀比當年的先生還大了。

　　1980 年，我已經到《詩刊》工作。有一天吳小如說常風先生有信來，我從小如那裏借來一本梁實秋寄給常風的書，是他們兩位恢復通信以後，從台灣寄到太原的。書裏收了 1966 年大陸文革時期作者聽說冰心棄世以後寫的悼文，披露了冰心早年寫的一首詩《一句話》，過去沒有公開發表過。我快睹之餘，徵得冰心先生的同意，把這首鈎沉之作在《詩刊》發表了，很得愛詩和喜愛冰心的讀者歡迎。

　　我把梁氏贈書寄還常風先生，從此就跟先生有了斷斷續續的書信往還。

　　在八十年代，所謂「落實政策」之初，好像常風先生圍繞着教學活動頗忙了一陣。1952 年從北大到山大，高校裏也是運動頻繁，加上「一邊倒」的大氣候，先生所長的英美文學課，自然也無所施其教。反右一來更不用說了。只有到了改革開放的年代，人們這才真的「睜眼看世界」了，除了蘇俄以外的世界文學重新進入人們的視野。我看到了常風先生審校的《英美散文六十家》上下兩冊，遴選精當，譯筆嚴謹，[1] 我想是經過他仔細過目親手校訂的，這對古稀老人，是腦力和體力的雙重消耗啊。

1　譯者為山西大學外語系著名教授高健先生。

我不懂外文，更是外國文學的門外漢，插不上嘴。我和常風先生的通信，中心內容可以說是是懷舊。

我向先生說起，五十年代初期，我的同事裏有兩位曾是中國大學的學生；其一徐澤義（徐凌霄先生之子）還聽過常風先生的課，他對這位老師印象甚好，他跟我學先生穿着長衫的神態。這個大學 1949 年後就停辦了，但在日本佔領的八年中，相對於受敵偽嚴格控制的北京大學，由何其鞏先生主事的中國大學，和由陳垣先生主事的輔仁大學一樣，因是私立，還保持一定的獨立性，那時俞平伯先生也在中國大學任教。九十年代中，我偶見北京高校校友聯誼會轉發的材料，裏面有舊日中國大學的教師名單，不見常風，就寄給他看，才知道常風原是筆名，先生本名常鳳瑔，字鏤青。過去是以字行。他在清華讀書時，就叫常鏤青，知道他的名和字的都是老同學。後來，先生告訴我，他跟山西太原的中國大學校友會分會取得了聯繫。他還跟我說了一些幾十年前例如在清華時的舊事。我感到他十分念舊，總是以近乎詩性的感情說起多年前的師友。

有一件舊人舊事他是銘記在心的。那是關於李克異的回憶。李克異在 1937 年抗日戰爭前夕，因在先已淪陷的東北從事抗日活動，呆不下去，逃到北平。當時還不滿 18 歲，在中南海新華門東邊不遠的藝文中學就讀，他班上的國文教員就是常風先生。那時候李克異已經在報刊上發表過文藝作品，他的才華和文筆立即獲得常風的欣賞。這種師生的過從似乎時間不長，如果我記得不錯的話，李克異又一度回過東北，那時他已是中共的地下黨員，然而又呆不住，並且失掉了組織關係，重回北平。我在 1943 至 1944 年間讀到他以袁犀筆名出版的長篇小

說《貝殼》，就是他那段時期寫的。抗戰勝利後沒有了袁犀的消息，原來他和愛人姚錦上張家口去找黨了。1950 或 51 年，我在《新觀察》上看到他寫的《不朽的人》，打聽之下，才知道他隨鐵道兵上了朝鮮前線。六十年代聽說他寫了電影劇本《歸心似箭》，影片卻在多年後才開拍。1977 或 78 年，李克異在中國青年出版社改訂長篇小說《歷史的回聲》書稿時，竟在寫字枱前猝然去世。常風回憶起當年這個學生，不勝歎惋，原來常風一直關注着他的創作生命和人生道路。直到九十年代，他和李克異的妻子姚錦還有通信聯繫。

知道這段故事後，我每經西長安街原藝文中學（後改為二十八中）校址時，總會想起常風和李克異這一對師生的文學緣分。淪陷期間還有一位很優秀的青年作家畢基初，四十年代後期也曾在藝文中學執教（後來聽說他是中共地下黨員，已故），常風先生早在三十年代就離開那所中學了，所以不認識他，如恰逢其會，他們也會成為文學知己的吧。

常風先生的舊作《棄餘集》、《窺天集》，得到主編者和出版者的青睞支持，加入「脈望叢書」中重版了；經過多年動蕩不安的生活，老先生自己的存書存稿大都佚失，他的舊作，有的是姜德明兄從藏書中找出來作底本的。

常風先生在晚年寫了系列的憶舊之文，感謝謝泳在太原就近索稿，並陸續在他任職的《黃河》雜誌發表。這是一組美文，保留了若干歷史細節，並可見老一代文化人的風度。

　　常風還有一篇回憶錄，寫葉公超，[2] 老清華和西南聯大的外語系主任，新月社的重要成員，也是一代才人，但因從政做了國民黨的官，大陸文化界久已不再提起。我於 1989 年訪美回來，說在舊金山曾見到葉公超的女兒，常風先生還十分關切，也許因為他身邊有三位「千金」，都跟他共了幾十年的患難，膝下還有可以為他代筆的孫女，推己及人，對老友葉公超妻離女散的遭遇不免有所同情。還有一次，我見《北京晚報》有一篇短文，寫到四十年代末北平那一個文人圈，便剪寄給他，他斷定作者是朱光潛的大女兒朱世嘉，說「世嘉由東北調回後即住燕南園 66 號朱老家」，云云，他直到遲暮還記得當年中老胡同那一群孩子吧。

　　與他年齒相仿的老友，差不多都已先後謝世。據我所知，這些年裏住在北京的朋友，只有蕭乾（為文史館事）、吳小如（因短期講學）出差太原，去和他敍過舊，此外，就是我這個晚輩通信朋友，也是趁着上太原的機會看望了他。

　　老人晚年纏綿病榻，雖有年齒相若的夫人照應，有三個女兒侍奉在側，但內心還是寂寞的，回顧一生，思念舊友，難免時有悲涼之感襲來，這從他給我的來信可知。他是每信必覆，而他的字跡越來越難辨認了，我知道他手無力，每說不必作覆，後來他從醫院出來，有一天精神較好，打起精神給我寫信，寫到一半，終於還是口述，讓女兒給續完的，女兒還把他寫的部分「翻譯」出來。先生還要親自簽名，寫「弟常風拜

2　原載台灣《聯合文學》，是陳子善先生約稿。

上」。我不能不為之感動 ——「感動」這兩個字，殊不足以狀我的辛酸心情。後來，有一天，我又接到「山西大學常繩」的信，原來是告訴我，常風先生去了。

常風先生，許多應該知道他的人已經不知道他了，知道的也多半只知他是一位外國文學的好老師，卻不知道他還曾是一位好編輯，一位好的書評家，二十世紀三十年代的中國文學界，能夠數得上的書評家，大約也只有常風、蕭乾、李健吾三位吧。我是後來人，沒有親歷，僅憑浮光掠影的瀏覽，有此印象，如果說得不確，還請方家指正。

2003 年 8 月 7 日，立秋前夕

嚴辰 (1914–2003)·梅益 (1913–2003)

落葉之思

　　第二場雪過後，滿城落葉，幾乎所有的人行道都覆蓋了，有的掃到路邊的樹池子裏，就像給殘雪加上一層被，讓它慢慢融化，滲透，保護着乾燥土地的瘺情。

　　那曾經的夏天，繁華而熱烈，這些樹葉發出油綠的光彩，默默地起着光合作用，又如傘如蓋遮着陰涼。但終於有一天成為落葉。年年如此，代代如此。

　　今年這一年裏，像落葉一樣飄逝的人，真是何止萬千。與我有些過從的，前輩有吳祖光、李慎之，同輩有詩友公劉、孫靜軒，到了 9 月秋風起時，又有兩位跟我的人生道路緊密相關的師長去世：嚴辰和梅益。

　　五十五年前《人民文學》創刊之初，負責詩稿編審的嚴辰和呂劍，大概看了我那一兩年全部的新詩習作。我是每有所作，便寄給他們。起初不知道編者是誰，只是認為這個雜誌辦得嚴肅大方，服膺其權威；他們雖不是每稿必覆，但退稿時總是附有認真的意見，最後鈐一枚編輯部印章。其實，我只是1950 年初和 1952 年秋在那裏發過兩首詩，編輯部在我身上「投資」可謂大矣。其間，1950 年 11 月間，嚴辰給我寫信約見，我才得知這兩位耐心的編輯的姓名。那次見面，嚴辰讓我自己選編一本詩集，他審定後介紹出版，這就是華東人民出版社 1951年出的《歌唱北京城》。

　　將近三十年後，1978 年，嚴辰復出接任《詩刊》主編時，提名調我來編輯部工作，這樣，我在他直接領導下幹了幾年。他是 1984 年離休的，不久我也離開了編務崗位。那幾年的《詩刊》，可以說主要做了兩件事，一是迎接眾多被迫離開詩壇的詩人「歸來」，像穆旦的詩稿就是嚴辰從陳瘦竹教授處拿到的；一是扶持新生力量「登場」，還在舉辦「青春詩會」前，他就多次提議開闢「新人新作小輯」之類的欄目。我到《詩刊》之前，他就向我詢問過文革期間「地下詩壇」的詩人（當時我所知也很有限），後來《詩刊》最早從民辦刊物上選發舒婷、北島等的作品，跟他的開明是分不開的。

　　嚴辰生於 1914 年 12 月 11 日，「過九不過十」，1993 年這一天，我和鄒荻帆、吳家瑾到他安定門的新居，去參加他的家宴，為老人祝八十大壽，那時，夫人遠斐還在，一家三代人其樂融融，現在看那天的照片，還能感受到溫暖的氣氛，老嚴辰坐在中間，明顯地發福了。他離休後，讀書不輟，還整理出版了一本詩集《嚴辰新詩六十年》。誰知在 1997 年一場大病，就從一般的記憶力衰退發展到基本失憶的狀態。每次去看他，他還記得我，但總是問：「你還在詩刊上班嗎？」答以我早離開，一會兒，他又重複問同一個問題。不過，一次我告別時，他突然說：「你還來看我這個大傻瓜！」這表明他一點不「傻」。是的，每年新春，呂劍和我，可能還有別的人，都會收到他寄來的賀卡，地址是女兒寫的，而關鍵詞和簽名是他親筆，字跡照樣渾厚，一點也不顫抖。所以女兒嚴星跟我們約定，今年 12 月 11 日給老人過九十大壽！

　　但是沒等到這一天。

我在今年 9 月 12 日去協和醫院太平間向嚴辰告別。緊接着
9 月 13 日就聽到梅益的噩耗。

我常説，梅益是我的第一個上級。其實，我 1949 年 6 月 1
日到北平新華廣播電台（中央人民廣播電台前身）報到時，是
個小蘿蔔頭，除了一起調來的同學，應該説誰都是我的上級，
不過，在編輯部的領導中，梅益是一把手。當時的電台，加上
還在一個院裏辦公的市台，一共一百多號人，上級下級沒有隔
閡，我們這樣最基層的新來者，也能感到來自梅益的關注。這
些不多説了。

我在 1957 年在劫難逃地落入右派另冊，梅益，還有其他的
領導，都曾有意保我，但時耶命耶，畢竟還有想把我打下去的
人手，得到了當時的案例依據和體制支持。這些也不説了。只
説我在黃驊農場勞動改造的時候，1959 年 10 月，忽聽到廣播
局有兩個摘掉右派帽子的名額，其中一個是我。我，真的「改
造好了」麼？天知道。此中原委，我一直沒有打聽過。但從我
對國情的了解，我相信在討論第一批摘帽名單時，作為一把手
的梅益，他的意向會是有決定性的。

在領導層裏，在幹部和群眾之間，一個獨當一面的領導
幹部，特別是一個幹練果斷的幹部，總是會有人擁護有人反對
的。這裏的恩恩怨怨是是非非，雖説自有公論，其實很難定於
一是。從我私人的角度看，梅益於我，如同嚴辰於我，使我不
能不有知遇之感，也許這會被人譏為陳腐，但我並不諱言。拋
開這一層不説，我對梅益總的評價，也是功大於過；別的不
説，他團結有關人員，幾乎是白手起家地建成了覆蓋全國並面
向世界的廣播電台體系，又開創了我國電視事業的最初規模，

這是明擺着的，何況他還有着人格的魅力，這些不但在五十年來與他共事的人那裏得到驗證，而且，從他五十年前在南京中共代表團時聯繫過的謝蔚明、王孚慶等老記者那裏聽到了「口碑」。

梅益生於 1913 年 12 月 2 日，他沒能趕上過他的九十周歲。但去年元宵節後，我們一些「老廣播」相聚，祝賀他的九十大壽，也是「過九不過十」吧，至今展視當時的照片，梅益笑逐顏開。人越老，越珍重親情、友情，該算是一條規律。

在他們這些前輩面前，我何敢稱老，但也難逃這個規律；我發現自己比過去更加懷念多年的師友，想起他們的好處，哪怕他們已故，卻彷彿就在眼前。雖說幽明永隔，但歷久彌深的情誼應是超越死生的。

2003 年 11 月 28 日

嚴辰遺墨

　　嚴辰同志去世以後，我把他給我的一些信件檢出重讀。這些信至少也在二十多年以上了，因為從 1978 年冬我到《詩刊》，在他領導下工作，經常見面，就無須通信了。1984 年他離休，到年底我也擺脫《詩刊》編務，有時聯繫，便多用電話了。

　　前幾年，我為武漢出版社編一本《舊信重溫》，也曾收入幾封他的書信。這一封，我記得沒有收入，寫於 1950 年 12 月 4 日，用的是《人民文學》雜誌的信箋；當時嚴辰、呂劍在《人民文學》管看詩稿。那年 3 月號（總第 5 期）的刊物發表了我的《進軍喀什城》一詩。隨後大半年裏，我又寄去不少習作，均未刊出，但每件都得到認真負責、「言之有物」的退稿信。編者從不署名，只在信末加蓋一個刻着「人民文學編輯部」的長方圖章。直到 11 月間，嚴辰寫信來，約我到東總布胡同 22 號編輯部一談。那次同時見到呂劍。

　　嚴辰告訴我，他應上海一家出版社之約，要編一套詩歌叢書，知道我手頭有些詩稿，發了和沒發過的，讓我試編一個集子，寄給他看看。這是完全出乎意外的好事，我當然馬上應承，編訖就寄去請教。很快收到他的回信，我照他所提意見，也很快刪定交卷。這就是 1951 年 8 月華東人民出版社出的《歌唱北京城》。

嚴辰同志的信是這樣寫的：

燕祥同志：

　　《抗美援朝詩‧歌‧畫叢刊》第一輯已託沙鷗帶給你，並附一信，想已收到，請你繼續寄稿。二輯於六、七號集稿。

　　你的詩我們看完了，沒有時間仔細考慮，所以提不出甚麼對你有用的意見。只是直感地覺得，你受着舊詩與民歌的影響，兩者是並列的。但給人一種清新自然的感覺的，則常常是民歌與舊詩的原來近於民歌的調子，而太像舊詩的就比較陳舊，吸收舊詩中接近民歌的東西，這是可以好好嘗試的。

　　在選材方面，凡是那種生活在你較為熟悉的，就顯得容易控制，顯得親切：如果是不大熟悉的，就較為局促，較為勉強，尤其是當你企圖具體地描寫的時候，缺點也明顯。凡是可以用一般的體驗，自己能體味到的感情來掌握的，就易於成功。但在你的選材看來，寫你完全陌生的東西的還不少，比如《糧食》，較為乾癟：比如《郵工（歌）》，雖然不是自己的經驗，但那種生活、心情，則完全可以想像到的，就深邃得多。

　　二十首詩中，較喜《進軍喀什（城）》、《歌唱北京（城）》、《娘》等，形式、情調，則《馬車》、《收果實》、《山裏紅》；而《盧溝橋》、《金日成》、《白脖馬》、《糧食》、《煙囱》則較差，可以刪去。不知你以為如何。

　　你的詩和詩思，超過了你的年齡與經歷，這是才華，但願你更好地學習政治（這在詩裏是較差的），學習社會，相信一定可以寫出更成功的作品來的，敬祝

　　努力！

嚴辰・十二月四日

　　時隔五十三年來看，仍覺此信極為中肯。嚴辰深知創作甘苦，一下子就能看出我習作中弱點的由來。對詩的優劣，其眼光的銳敏，品評的確當，使我感服。自己看自己寫的東西，總有一些盲目，但只要不是木頭，一經指點，茅塞頓開。一個初學者，能得到這樣的點撥，受用不盡。同時，一個初學者，得到這樣的激勵，更是精神上的極大支持。年輕的朋友多半不知道，在我們這一代人年輕的時候，愛好文藝，業餘學習寫作，往往（甚至可以說必定）要被視為名利思想的表現，在組織生活會上不免要真誠或違心地檢討「個人主義作祟」。這時候，有人肯定了你寫的一些東西，「相信」你能寫得更好，且這樣的肯定來自老詩人，老同志，還有甚麼比這更叫人快慰的嗎？

　　我出了第一本詩集以後，就明顯地後繼無力，自己也陷入創作的苦悶。直到 1952 年 11 月，《人民文學》才發了我一首配合「中蘇友好月」的詩——《我們有這樣的邊境》。差不多又過了一年，我找到了真正屬於自己的題材和詩意，寫了《到遠方去》那一組詩，高壓線、地質隊、汽車廠……把自己的詩路拓寬，苦悶也逐漸緩解。

　　不久新的苦悶又來了。我在「學習社會」的過程中，發現我們的生活不光是春光明媚，也有苦雨泥濘，除了美，還有

醜，不再滿足於抒寫獻身建設的豪情。1956 年初夏我寫過一首仿馬雅可夫斯基（Vladimir Mayakovsky）體的《拍馬須知》。當時嚴辰已到《新觀察》當主編，一次在中山公園遇見，他問我最近寫了甚麼，我把這首諷刺詩寄去，他表示不喜歡這樣的詩，但沒多說甚麼，我懂得這是委婉的批評。我那一陣忙着響應「雙百」方針的號召，也沒多想，繼續寫這寫那，我行我素。一年多以後，到了 1957 年反右派鬥爭的高潮裏，我的這首詩和其他一些作品被指為「毒草」，回頭一想，嚴辰同志確有先見之明，幾年前他就在信裏指出過我該「更好地學習政治（這在詩裏是較差的）」，果然翻船翻在「政治」上。許多年後我才聽說，1955 年反「丁陳反黨集團」的鬥爭中，嚴辰夫人逯斐同志因與丁玲有些個人交往，曾在頤和園遊船上說過幾句同情的話，就受到黨內處分。有此眼前的鑒戒，嚴辰變得格外謹慎，加之他也許還想起延安整風（批判王實味、丁玲、艾青等）的教訓，因此 1956 年看到我的諷刺詩時，或者也想對我有所勸阻吧，只是我一意孤行，頑固不化，辜負了他善意的提醒。

多少年來，嚴辰關心我的寫作，甚至「相信」我能寫出好一點的詩來。我實在有負於這位長者的期望。我只好在後來的工作和生活中，把這份期望轉而寄託在更年輕的朋友身上了。

而在我和嚴辰的「忘年交」之始，以我們初見的 1950 年冬來說，那年我 17 歲，他不過才 36 歲，也還多麼年輕呢。

2003 年 9 月 29 日

跟着嚴辰編《詩刊》

作者按：今年是老詩人嚴辰（1914–2003）誕辰一百周年。他的生平，據我記憶，生於江蘇武進，上世紀三十年代中到上海讀書，寫詩，步入文藝界，抗戰爆發去大後方，1941年與艾青一道赴延安，後轉晉察冀；[1] 其間曾下鄉收集民歌，寫詩，從事編輯、教學等。1949年第一次文代會後參與創辦《文藝報》，並相繼在人民文學出版社、人民文學雜誌社和詩刊社任領導職務。後下放黑龍江，文革中被勒令提前退休。1977年重返北京任《詩刊》主編，1983年離休。一生遺有詩集從《生命的春天》、《晨星集》到《風雪情懷》等多種，晚年出版《嚴辰詩選》、《嚴辰詩歌六十年》。

嚴辰是五十年代初為我編發第一本詩集的前輩。今寫此文聊以紀念，同時紀念三十年前同在詩刊社的已故詩人、編輯鄒荻帆、柯岩、王燕生、雷霆、韓作榮，還有辦公室的周國卿、石含晉、張新芝、康世清和司機趙甫恩。願他們安息。

---

1 編按：晉察冀指抗日戰爭時期在山西、察哈爾和河北接壤地區建立的抗日根據地。

我進入《詩刊》的天時，地利，人和

1978 年 11 月 1 日，嚴辰同志寫信來，說調人的事已談通，讓我趕緊到廣播局文工團辦一應手續，經出版局來《詩刊》：「歡迎你！」

嚴辰要調我到《詩刊》的意向，得到新來兩位副主編鄒荻帆、柯岩的贊同，也得到正在籌備恢復中國作協的張光年、李季的支持。我正想離開廣播局，但調令來時廣播文工團壓着不理。李季找了時任廣播局副局長的李連慶，沒解決問題。柯岩說《人民日報》記者顧雷認識新到廣播局的工作組長張策，託張策幫忙，一個電話就放人了。

我以最快速度拿到各種介紹信，去虎坊路詩刊社報到。

除了嚴辰、鄒荻帆、柯岩三人臉兒熟，進門全是生面孔，卻都以友善的笑容相迎。

那是噩夢初醒、曙光微露，但遠非風和日麗而是風雲激盪的年頭，三中全會還沒開，平反冤假錯案正突破阻力進行，真理標準討論波及全國；一個似乎偶然的機緣促成了丙辰（1976）清明「天安門事件」的平反……人們滿懷希望，期待着「每天出現的太陽都是新的」。

《詩刊》剛組織了一次關於「天安門詩歌」的座談。這時籌備開一個大規模的詩歌朗誦會，為了要有足夠分量的詩作，首先找了當年跟嚴辰一道從重慶前往延安的艾青。艾青雖寄居京城，「身份」卻尚未分明，但先已在上海《文匯報》發表了封殺二十一年後的亮相之作《我們的紅旗》。艾青在詩刊社會見了才被北京市公安局釋放不久的青年工人韓志雄，他是因參與天安

門悼念活動中的表現，跟一些「同案者」一起被輿論稱為「天安門英雄」的。這次訪談後，老詩人以高漲的激情，出手了長詩《在浪尖上——給韓志雄和與他同一代的青年朋友》。

柯岩原在戲劇界，熟悉劇院的人，得知金乃千、瞿弦和等名演員、朗誦家都在磨拳擦掌。柯岩因還要看場館、跑批條，忙不過來，隨手把艾青的詩稿交我「處理」，說太長，那就意味着必須適當壓縮了。這是我此來《詩刊》後第一個任務，又面對着從小就目為先導的艾青的手稿，自然誠惶誠恐，但還是動用了我過去體制內當編輯的經驗，很快給刪節出來，又很快經幾位領導審定，交給演員去排練了。

詩刊社主辦的這次朗誦會，工人體育館座無虛席，人們像前年「四五」前在天安門廣場上，跟着每一句詩行心動神飛，卻於悲憤難抑的同時屢上了幾分勝利者的欣幸。掌聲不斷，淚水不斷。這個場地，十年前萬人大會上殘酷批鬥過彭德懷等高級幹部，以及文藝界的「黑幫」，人們記憶猶新。這天來聽朗誦的，有群眾也有領導，不過我認識的幹部不多，散場時夜涼如水，聽人喊「王子野」，我看到這位出版界的老幹部眼眶還是紅的。

由平反天安門事件觸發，進而控訴十年浩劫，「義憤出詩人」也持續地反映到《詩刊》版面上。

與此同時，柯岩從陶鑄夫人曾志那裏拿來了陶鑄遺作詩詞，立即交給作品組組長楊金亭去編選。她又出示陶斯亮懷念父親的長文〈一封沒有發出的信〉，大家讀了，無不淚下。嚴辰、鄒荻帆立即拍板：發！當時沒有人像後來那樣質疑，以為一個專業的詩刊，不同於時政性或綜合性的雜誌，為甚麼要刊

出這一篇純政治性的散文——是不是還囿於「政治第一，藝術第二」的標準？且不說大道理，單是編輯部三位領導個人的文革經歷就能回答——嚴辰曾遭屈辱的毆打，鄒荻帆右耳一下子打聾，柯岩為賀敬之被當做「黑幫」揪鬥，親自上文聯貼大字報辯誣……幾乎所有經過十年動亂的人，後來對陶鑄一家的悲劇無不感同身受。誰也離不開政治，反抗那害人政治的政治，就是符合人民利益和感情的！過去以害人的政治壓藝術不對，可也不能以藝術為名鄙棄公眾的願望和社會共同的利害啊！

我們先後找了彭德懷的侄女彭鋼，還有跟彭老總關係密切的左權將軍之女左太北，盼她們寫寫對彭老總的回憶。但她們對《詩刊》來人心存疑慮，推託婉拒。他們受騙受害太深，很難輕信陌生人。這是可以理解的。不過，假如在《詩刊》刊登陶斯亮文章後，拿給她們看，也許會打消顧忌。但那文章首發於 12 月號，我們則是 11 月間去組稿的。

於是我寫信給住在邯鄲的「小八路」劉真，請她幫忙。劉真立馬奔晉東南，重訪八路軍總部舊址，12 月 5 日趕寫出一篇情見乎辭的《哭你，彭德懷副司令員》。1979 年 1 月號刊出此文時，前面冠以毛澤東 1935 年發給彭老總電報中的四句六言詩：「山高路遠坑深，大軍縱橫馳奔。誰敢橫刀立馬，惟我彭大將軍！」詩末加註了多年前軍報編者對此詩出處的說明。我原以為這表明了毛澤東主席與「彭大將軍」間一向情深義重，完全沒想到這一來會形同反諷。我在政治上太幼稚了。不過當時讀者都從大處着眼，對這一點忽略不計。

《詩刊》總算配合了三中全會為陶鑄、彭德懷平反的示範性舉措。全社同仁（用當時一句話）可以說「心往一處想，勁往一處使」，為否定文革出了力。

這時兵分兩路，嚴辰和鄒、柯兩位一起，為在 1979 年 1 月份召開全國詩歌座談會作準備，我則接手為 1979 年組版的編務，不久，文革前老《詩刊》編輯吳家瑾也從山西調回詩刊，跟我一起負責編輯部這一級「二審」（1981 年初夏我成了副主編，主編們有輪值，她則成了「常務」）。我們想在幾位領導的既定方針下，儘量使開年一期繼續有所出新。

當時有兩個政治口號，「抓綱治國」和「撥亂反正」。前者講的「以階級鬥爭為綱」，因真理標準越辯越明，顯然失去真理性；而「撥亂反正」施之於詩刊工作，主要是針對文革中氾濫的歷史虛無主義（把文革前十七年文藝歸於一條「黑線」），嚴辰、鄒荻帆提出，縱向要繼承古典詩歌遺產，恢復五四新詩精神、左翼革命文學兩個傳統，橫向要向世界詩歌優秀遺產借鑒和學習（這一理念，也貫穿到 1979 年、1982 年先後紀念五四運動六十周年和「延安講話」四十周年的兩組座談會裏），具體落實到評論、作品兩組有計劃地組稿，開闢專欄。

我們還認為不能止於簡單的「反」五十年代之「正」。時代不同了，我們面對許多新情況新問題。我來前後，嚴辰多次反覆申說的一點，就是《詩刊》一要迎接歷次運動中被打擊迫害的詩人歸來，讓他們在刊物上亮相；二是要給年青的「詩歌種子」創造破土而出的機會，包括把處在「地下」狀態的詩作者引到「地上」來。這是嚴辰重來《詩刊》後形成的堅定想法，也化為我心目中必須完成的最高任務。

老詩人歸來亮相，詩歌新人從這裏出發

嚴辰在文革中被勒令提前退休回鄉，1977 年，李季向中宣部呈報擬請嚴辰出任《詩刊》主編，中宣部同意，並轉中組部辦理了恢復嚴辰在職幹部身份的手續。嚴辰到任後，帶動大家使詩刊適應政治形勢和任務的新變。1978 這一年的刊物，開始打破曾經一統天下的「幫腔幫調」，在政治上和藝術上力圖改變既成之局，初見成效。如白樺《我歌唱如期到來的秋天》，寫出「粉碎四人幫」時的真情實感，公劉《紅花與白花》堅持表達了對周總理的懷念，李瑛、未央以及新出現的曲有源、高伐林的詩作也饒有新意，當時「旅居」新疆的易中天（後來成為學者）和楊牧（後來曾任《星星》詩刊主編）還合寫過富有生活氣息的組詩《十月的阿吾勒》。

被長期的軟硬暴力壓下去的全民詩情，有如地火運行，1976 年清明前有過一次噴發，再次被壓下去（全國追查傳抄的天安門詩歌），隨後陸續以越來越旺之勢迸流到地面。這時詩刊社每天的來信來稿從一麻袋增加到兩麻袋，自發來稿中不乏血淚凝成的篇章。貴州作者李發模寫因出身而受迫害的敘事長詩《呼聲》，可以看做形象的《出身論》。

進入 1979 年後，有來自二十八個省市自治區的一百五十多人參加的全國詩歌座談會成功召開。這是詩人們睽隔十年甚至二十多年後第一次大規模重逢，也是重新集結詩歌隊伍的一次集體亮相。艾青、公木、蔡其矯、呂劍等老一輩詩人，五十年代湧現的公劉、孫靜軒、周良沛、胡昭等中年詩人，都曾經以作品活躍一時，卻以種種罪名沉淪多年，這回聚首一堂，共話

人的團結與詩的繁榮。這個座談會由嚴辰、鄒荻帆、柯岩共同主持，還請來胡耀邦跟大家親切座談。

事後檢點，這次會的遺憾是還有許多該來的詩人沒能來。一是像受胡風一案牽連的詩人們還沒有進入平反程序；二是有不少詩人如流沙河、梁南等長久沉於底層，失去聯繫；三是有些老詩人從 1949 年後擱筆多年，像後來稱為「九葉」的辛笛、杜運燮、鄭敏、袁可嘉、曹辛之（杭約赫）以至不久前剛剛去世的穆旦等，已幾乎為此日的詩壇所遺忘；四是老將多，中青少，詩歌新人乃大缺口。

嚴辰極重視扶植新人。我自己就是他在五十年代初從投稿中發現後「拔苗助長」的。我這次來上班之前，他就問過我，聽說文革時的「地下詩壇」有人被稱為「北京的普希金」，你知道嗎？我那時因賤民身份，與世隔絕，對「地下」的青年詩人群一個也不認識。大約 1978 年末，一天吳家瑾進門就興奮地傳告，《今天》（一本民間的油印文學刊物）張貼到詩刊大門外牆的《詩刊》（街頭版）旁邊了，裏面有的詩真不錯！很快我也從別的渠道（忘記是甚麼渠道了）得到了油印本《今天》創刊號。我們選出北島的《回答》、舒婷的《致橡樹》給嚴辰看，他也十分讚賞。於是我把舒婷《致橡樹》排進了 4 月號由鐵依甫江開頭的九首「愛情詩」中間，把北島《回答》排進了 3 月號以《清明，獻上我的祭詩》（姚振函詩，高莽插圖）為首的一組中間。二詩引起很大的轟動，甚至引起爭議不絕。然大量讀者能從並不顯著的位置發現這兩首短小的大作，足證由「樣板戲」、「鑼鼓詞」和「東風吹，戰鼓擂」主導詩風的時代即將過去了。

　　姚振函、北島們這一輯清明獻詩及連續幾期刊發的關於天安門事件題材的作品，抒情的，敍事的，政論式的，都把發自肺腑的真情跟深刻的思想融於一爐。徹底告別假大空的頌歌戰歌之所謂政治抒情詩，書寫說真話的、獨立思考的、有所反思的詩，「敢於直面慘淡的人生，敢於正視淋漓的鮮血」。那前後諸多新人新作，如張學夢《現代化和我們自己》，駱耕野《不滿》，以至部隊文藝工作者葉文福規勸首長不要濫用公權的《將軍，不能這樣做》，滿城爭說，都屬於這一類型，是作者披肝瀝膽的傾訴，即使有咄咄逼人的嚴酷批評，也蘊含着與人為善的熱忱和冷靜的思辨。接着出現的，關於烈士張志新的多首悼詩和關於劉少奇平反的詩，既適於在廣場朗誦，也適於個人默讀，因為無論是控訴，是辯護，都基於對歷史的沉思，對現實的追問，對未來的選擇，而不僅是一種亢奮情緒的宣洩了。

　　從遼寧爆出有關張志新的新聞，實際是一件舊案：四年前在那裏以極其野蠻的手段殺戮了堅守良知的女共產黨員、知識分子張志新！新聞傳出後，青年女詩人孫桂貞（伊蕾）在 1979 年 4 月 7 日晚至 8 日凌晨，用女性的筆喊出了詩的抗議：《一個死刑的判決》。北大七八屆新生，從江西來的熊光炯詩題就是：「槍口，對準了中國的良心！」

　　從學習李瑛情景交融的部隊生活抒情詩起步的軍旅詩人雷抒雁，也按捺不住，一改溫雅的節調，從一個黨員內疚的角度，寫出了如泣如訴的抒情長詩《小草在歌唱》，喚起讀者普遍的共鳴。他很快接到大量來信，其中一封寄自四川成都，對這首詩作了精準的分析和極高的評價。許久以後，才知道是胡風易名寫的。他當時還沒平反，卻已情不自禁就詩發言了。

為了紀念張志新，《詩刊》還刊發伍必端教授石版畫《臨刑前的照片》，同時配發了當時騰傳眾口的兩句箴言式的詩句：

> 她把帶血的頭顱放在生命的天平上，
> 使一切苟活者失去了重量！

因不知作者是誰，代署了「無名詩人」，後來才知道這位無名詩人乃是有膽識有文采的中年記者、詩人韓瀚。

在這之前，早春 2 月，詩歌座談會後不久，組成艾青、鄒荻帆領銜的詩人團隊，沿廣州、海南、上海、青島一線海港採風，一路新作集成《大海行》專輯，陸續刊出。這個團隊中出現一個陌生的名字：傅天琳。她當時 33、34 歲，已經有了十七年工齡，1961 年中學畢業，因出身不能升學，被分派到重慶北碚一個園藝農場勞動。小女工在栽植、灌溉、剪枝，培育甜味果實的同時，潛心讀書，在詩的園地種出了帶苦味的詩歌。嚴辰從分片編輯選出送審的一組自發來稿《血和血統》，發現了天琳的才情，了解其生平後，把詩稿交給我們編發 4 月號，同時直接寫信鼓勵她。又建議讓她跟著採風團隊沿東南海岸線走一走，開闊生活和藝術的眼界。傅天琳不虛此行，她寫了《橘子的夢》，夢見大海了。嚴辰提議以詩刊社名義請重慶有關方面考慮適當重新安排傅的工作，這樣天琳得以進了當地文化館。直到她以果園題材別具一格的詩集於 1983 年春獲全國獎。後來她的詩藝在學習和探索中有時穩紮穩打有時大幅度跨越。我們從歷年《詩刊》青年作者身上都看到這樣的足跡。

詩和詩人的路從來不是平坦的

嚴辰交給我編入 1979 年 4 月號的另一首年輕人作品，卻是另一樣的命運。詩作者寥寥，老延安文藝家張仃、陳布文的小兒子，張郎郎的弟弟。我知道郎郎七十年代曾判死刑，寥寥的遭遇不大清楚，但他以《我們無罪》一詩代言了一代人的覺醒。我理解此詩是否定文革的，自然照發不誤。這時柯岩提議讓我跟她搭王震將軍南下的專機，一起到鄰近中越邊境的南方去，我在 4 月號刊物整體由嚴辰簽發後放心了，就在 4 月 1 日成行。3 月末鄧小平剛在理論務虛會結束時作了關於「堅持四項基本原則」的講話。到桂林一下飛機，柯岩就向我嚴肅強調這一講話的重要意義，並索閱 4 月號刊物的清樣。她稍加瀏覽後指着寥寥的《我們無罪》問：「這篇稿子哪兒來的？」我如實說是嚴辰從張仃夫婦那兒拿來的吧。也許她為給嚴辰留面子，沒說撤換的話，只叫我「按四項基本原則改」！我領了作業卻難下手，它不像艾青那首長詩中有像「反對個人崇拜！」這樣赤裸裸的口號，是明顯不能在可容萬人的工人體育館當眾朗誦的。而寥寥這首詩，真實地抒發了文革中成長的年輕人對自己被耽誤的時間和生命的痛挽，對受騙上當的悔恨，這正是今天跟全黨全民一起反思，並振作起來投入新時期、擁抱新生活的思想感情基礎啊，能說是不利於「堅持黨的領導」、不利於「堅持社會主義制度」嗎？柯岩於是坐在旁邊，她口述，我落筆，刪！還好，有減無加，然後她聯繫軍用電話，由我連夜口頭傳回北京編輯部秘書組。好在不是撤換，且原詩為準樓梯式，排疏朗一些就行了。

　　經過這一次緊張操作，我佩服柯岩政治上的敏銳和堅定。她善於領會領導意圖，舉一反三。她對自己創作和經手的作品要求恰如今天所說的「正能量」，不過那時還沒形成這一概念。連「主旋律」之說（是賀敬之首提，還是馮牧首提，尚在爭議中）也還沒有提出來。當時在改革開放、解放思想的滾滾熱潮中，雖泥沙俱下，人們對主流還是有共識的。柯岩對隨後面世的《小草在歌唱》、《將軍，不能這樣做》全都認可。張志新的報道雖然在輿論提出「誰之罪」後煞車了，但因具體針對的直接責任人是文革中遼寧的當權者，一時相安無事。但葉文福的詩《將軍》，涉及部隊現實的特權，而且對號入座的似不只一二，於是時聞抗議之聲。這也通過作協傳達過來。稿子是我發的，可能社領導有意讓我迴避，我遂再未與聞其事。這個糾葛一直發展到事隔經年，1981 年 5 月《詩刊》要為中青年優秀詩作評獎，總政文化部部長劉白羽聽了甚麼消息，寫長信來，縷述《將軍》一詩的消極影響，堅決反對為之頒獎。《詩刊》與作協黨組，尤其與劉部長之間的斡旋和應對，似主要靠嚴辰和鄒荻帆出面。以詩刊社名義寫了封更長的信回覆劉部長，發出去了。我許多年後才知道是吳家瑾起草的，有理有節。正式授獎名單中保留了葉文福，但篇目換了葉的「主旋律」《祖國啊，我要燃燒》，原刊於上海《文匯月刊》，連同另一首《鳳願》，寫作日期為 1979 年 4 月 16 日、18 日，與《將軍》一詩的產生相前後。《詩刊》也轉載了，在這之前，還約請了解放軍文藝社編輯范詠戈評葉文福詩集《山戀》（1968 至 1978），文題為《面對戰士，面對生活》。編發此文用意也無非是提醒衡人要全面，切勿因一時一事一文一詩而把一個人一棍子打死。主其事的嚴

辰、鄒荻帆和大家都對因文廢人和因人廢文的慘痛教訓聞見得太多了。

後來，大約 1981 年，長春有幾個年輕人，自發結合，油印了一份「同題詩」的小冊子，名叫《眼睛》，每個人寫一首關於眼睛的詩，看誰有新意、寫得好。不幸趕上了取締「非法刊物」和「非法組織」的運動，抓起來三打兩打，有人屈打成招，編出個政治案件來，把輔導過他們的詩人、編輯曲有源咬了進去，竟演成了清查曲有源詩作的文字獄。同在長春的老詩人、《解放軍進行曲》詞作者公木和文藝界一些朋友到處呼籲依法澄清。《詩刊》刊發了人民文學出版社詩歌編輯郭寶臣《評曲有源的政治抒情詩》，告訴人們怎樣正確解讀詩歌。這些都無濟於事。最後還是通過王蒙請求當時主管政法的喬石出面過問，才使當地濫權者半推半就地網開一面，把曲有源放了出來。

於是我們知道一方面舊的冤假錯案還沒平反乾淨，一方面新的冤假錯案又在製造中。我們在刊發了為陶鑄、彭德懷平反的詩文後，又發表了邵荃麟、馮雪峰兩家的兒女寫的血淚文章，從刊發已故鄧拓、田漢等的遺詩開始，又回溯介紹三十年代詩人殷夫、胡也頻、蔣光慈、馮雪峰等的遺作，在在叫人感喟，難道中國這片土地竟如此不適合詩人的生存嗎？

嚴辰持來關露的三首詩，這位三十年代在上海以新詩《太平洋的歌聲》為人熟知的女詩人，人生之旅很長一段是在敵人的巢穴執行任務，更長一段在自己人的獄中受「審查」，晚年改用舊體抒寫情懷，如 1973 年寫的：

久不提審，疑有不測風雲

雲沉日落雁聲哀，疑有驚風暴雨來。
只要江山春色好，丹心不怯斷頭台。

歲暮放風

漫步亭（庭？）園不敢前，羨它霜葉舞翩韆。
縈回好夢無音信，風雪愁懷又一年。

按照嚴辰的意思，在刊發關露的詩之前，先以「舊譯新刊」的形式重發了署名瞿秋白譯的普希金（Alexander Pushkin）長詩名篇《茨岡》。這首詩舊說秋白沒有譯完，是錫金接着完成的。錫金這時告訴嚴辰，當年秋白去了江西，留在上海文化界工作的中共秘密黨員關露，1936年組織了中國詩人協會，她替秋白把《茨岡》一詩譯完，1938年還曾在靜安寺女青年會開了賣票的朗誦會，關露本人也參加了演出。後來出版小冊子關露不便具名，就由跟她一起搞詩歌活動的錫金代署了。1980年8月《詩刊》發表了關露的詩以後，該是我們編輯部沒考慮作者的特殊情況，只按常規寄去兩本樣刊。錫金從上海來京到香山看望她，她給他十塊錢，請他代買二十本當期刊物，錫金找遍住處附近的報攤，都沒有《詩刊》零售，匆匆來去，沒有辦成，也沒向嚴辰打個招呼。後來關露移居朝陽門內一間偪仄的小屋養病，嚴辰去探視，她也沒顧上再提這件事。1982年12月8日凌晨關露在輾轉病榻孤苦無告中去世，《詩刊》所能做的，也只是刊發了她的八首遺詩，以及嚴辰《何處寄哀思》和錫金《悼關露》二文，這是抗戰前就與關露在上海有過交集的兩位故人為她送行。關露年輕時愛文學尤其愛詩，其實不懂政治，卻以

知名作家、詩人身份深度介入了複雜而殘酷的政治鬥爭，其所遭遇的曲折坎坷以至悲慘幾乎是宿命的。這裏關於她多説了幾句，因為她身後這些年又近於被整個社會遺忘了。

然而，《詩刊》絕不是只發「遺作」的地方。即使光從1979、1980兩年的版面上看，中國至少有五代詩人正為走出不幸的宿命沉思着，歌吟着，呼號着。不説風起雲湧，也是後浪逐前浪。許多沉潛已久的名字和許多原來不見經傳的名字，紛紛化為鉛字出現。原來説呼喚老年和中年詩人歸來，嚴辰多聯繫延安和敵後根據地的，鄒荻帆多聯繫大後方的，我多聯繫五十年代出道的，這分工不期然的打亂了，比如嚴辰就從南京陳瘦竹教授處拿到了穆旦的遺詩，而健在詩人的信稿紛紛不請自來。不僅收郵件的麻包撐得越來越臟，而且先是虎坊路後是郊區小關臨時辦公地點，來訪的詩友蹤跡不斷。特別要感激作品組，他們使編輯部成了詩人接待站，談詩興起，到了飯時，王燕生、雷霆、韓作榮、寇宗鄂們就移師小飯館，當然不讓作者做東。那時沒有招待費一説，慚愧我雖在社裏多少管點事，竟也沒想到這一層。我比較古板，不擅交遊，社裏有人管我叫「五十年代人」，也不知是褒是貶。

最近我從學者劉福春處借來一堆老刊物，本想把那一陣亮相的詩人一一點名，難了，當時版面上所見作者名單，恍若一部大陸新詩史的縮影，甚至比一般新詩史還全！其中除了已故的之外，數一數（用今天的説法）從二十世紀「〇〇後」到「五〇後」，凡活躍過的詩人一時都露過面（蕭三還是十九世紀九十年代生人），有的一直執筆到新世紀。還有當時活躍的畫家、木刻家和詩評家，把《詩刊》打扮得圖文並茂，「議論」風生！

而且，已經可以遙望到，「六〇後」們也快來了。

這是嚴辰、鄒荻帆、柯岩帶領下，整個詩刊社一起幹出來的成績，打破了「沒有詩歌」的死局。尤其始料不及的是，因轉發了北島、舒婷「自發刊物」上的詩，以其迥異於幫腔幫調的題材與風格，帶來一陣清新的風，越刮越大，不難想像，不止吹皺一池春水了。

或明或暗地流傳着物議，曰《詩刊》辦成「右派刊物」了。也許出於萬無一失的策略考慮，把矛頭集中到，「邵某人不離開，詩刊辦不好！」這種流言在基層飛，也向上層飛，企圖影響決策。我知道這不是針對我個人的，何況今天不是 1957 年了，不為所動，付之一笑。聽說在我來《詩刊》之前，有人就指着拙作《中國又有了詩歌》中的一句「我要唱人民的悲歡，革命的恩仇！」說「他有甚麼資格唱人民的悲歡、革命的恩仇！」這類話語習慣由來久矣，只是連同打小報告的陋習，並沒隨着文革的結束而結束。有趣的是，柯岩告訴我，社裏某人向其「王任重叔叔」（王時任中宣部長）控告說，《詩刊》邵某搞極左迫害她！王部長問老賀，有這事嗎？據說老賀給解釋了。幸虧賀敬之對《詩刊》門兒清，還給我擋過另外一回事：我經手發過廣州軍區詩人柯原一首詩，那裏一位也寫詩的創作幹部寫信給賀部長，說柯原在詩裏罵他，柯岩問我怎麼回事，我猜他們之間可能在運動裏有些齟齬，我怎麼了解彼時彼地的背景，只能就詩論詩；若不接來信，不知內情，誰能看出柯原詩裏有甚麼派性？後來由賀、柯直接回信，又讓我發了上告者一首同樣長短但跟文革不沾邊的詩了事。

　　我悟到，所有的詩和詩人，以及詩歌刊物，都不可能有一條寬直平坦的「涅瓦大街」。我心坦然，說甚麼左派右派，最要緊的是正派！

爭議：我們需要甚麼樣的詩歌？
我們把詩歌引到哪裏去？

　　從 1979 年下半年往 1980 年走，除了黃永玉《天安門紀事》、劉祖慈《為高舉和不高舉的手臂歌唱 —— 獻給五屆人大三次會議的頌歌》、姜文岩《遇羅克之歌》、張志民《假如魯迅還活着》等外，版面上的「宏大抒情」漸少，更多是歷史和現實的細節、詩人身體和精神的痛癢，通過詩的坩堝凝煉和昇華的，更具個人特色的成品。如林希《無名河》、昌耀《大山的囚徒》、林子《給她》、流沙河《故園六詠（選四）》、曾卓《有贈》、《懸崖上的樹》、陳敬容《老去的是時間》、郭路生（食指）《我的最後的北京》（原題《這是四點零八分的北京》），以及胡風的舊作《小草對陽光這樣說》、《雪花對土地這樣說》…… 如果說這些篇精品列入現代中國詩經典之林而無愧，應該不算誇張吧？

　　在解放思想的大題目下，尺度稍有放寬，詩的題材、風格、手法上就呈現多樣化的嘗試。這在當時難免遇到質疑。像對艾青《綠》「好像綠色的墨水瓶倒翻了／到處是綠的……」泛化到一切山河草木都是綠墨水染成，有讀者表示不理解，解釋開就行了。而對言之成理，持之有故的質疑，就沒有這麼簡單。

《詩刊》1980年1月號發表了杜運燮《秋》一詩（後來作者應約寫了《我心目中的一個秋天》，就此詩作了平實的闡釋）。不久，收到廣州詩人、作家章明寫於2月5日的一篇《令人氣悶的「朦朧」》，與上述的低級質疑不同，涉及詩歌審美的多視角，多層次，以及營造詩歌意象時的通感，詩歌語言所允許的某些合理變異等理論問題。當然，就章文引為例證的李小雨詩來說，小雨只寫了南海之夜一顆椰子落入海水訇然有聲的感覺，問題在於一種感覺能否構成一首獨立的詩，質疑者追求詩的意義，關於「意義」也是值得討論的。然因章明主要針對杜運燮《秋》提出看不懂，「令人氣悶」，「看不懂」就成了問題的癥結。在當時新詩讀者中，這樣的反應也有其代表性。編輯部十分重視，認為有必要展開討論，決定由吳家瑾和評論組負責全力組織。鑒於長期缺少正常的文藝評論，歷次運動，特別是不久前的文革把評論變成打人的大棒，記憶猶新，因此，社領導從嚴辰起一直關注這一討論，認為要做好準備，慎重從事，在見刊前的組稿過程中，先開一段討論會，讓各方參與者把個人意見充分表達，論點交鋒，說理為上，不怕尖銳，不搞罵仗。當時請了十幾位中青年詩歌評論家，有教師，有編輯，以章明文章為引子，討論由熱烈而激烈，有時唇槍舌劍，面紅耳赤。不過最要緊的是堅持了各抒己見，卻不作結論。幾個月後，8月號首發了章明的文章，同時發了曉鳴（老詩人鄭敏教授）寫的《詩的深淺與讀詩的難易》，也是一家之言。以後每期刊發討論稿時，都是大體上不同意見一半對一半（當然在討論中也並非截然兩家，見解也不免互有滲透）。表明編輯部組織討論不求定於一是。

　　與此同時，以大量青年為主的詩歌作者已經迫不及待地湧上前來，其中在題材、風格、手法上不乏突破，甚至出現獨具特色的鮮明主題。我在 1979 年初說北島冷峻，舒婷溫婉，同樣顯示了詩人的風骨；這時眾多的青年詩人一一敞開自己的胸懷，盡力唱出自己的詩情，五光十色，目不暇接。

　　在讀者和論者中，自會有一些人對當時某些「新」詩感到「不順眼」、「不順心」。《詩刊》在理論一線開展討論是一方面，另一方面，我們要為年輕的弄潮兒鼓勁，不僅是把「地下」詩人引上地面的問題了。人們經常提到 1980 年 10 月號的《青春詩會》，其實在那之前，已經多次隆重地推出新人。

　　這年 4 月，《新人新作小輯》推出了張學夢、孫武軍、高伐林、才樹蓮、顧城、王小妮、周濤、韋黎明、張廓、夢河、李發模、聶鑫森、傅天琳、鄧海南十五人的作品。嚴辰《寫在新人新作小輯前面》，用詩一樣的話語贊許有加，寄託厚望，代表了鄒荻帆、柯岩，也代表了整個編輯部的心情。

　　8 月，《春筍集》推出了楊煉、舒婷、王小妮、北島、梅紹靜、徐小鶴、陳所巨七人的作品。

　　10 月，《青春詩會》登場，這是一次有十幾人參加約半個月的改稿會展出的成果。嚴辰、鄒荻帆、柯岩都曾親自輔導，編輯部同仁熱心參與，王燕生做了繁重煩瑣的組織工作。專輯以梁小斌《雪白的牆》、《中國，我的鑰匙丟了》打頭，第一次露面的還有帶來《紀念碑》的江河。舒婷、王小妮和徐敬亞、葉延濱等，則已多次在包括《詩刊》在內的多家刊物上發表過作品了。關於這次詩會，人們也多次追述過，不贅。

　　緊接著，11 月還編發了一次《青年作者七人集》，這都與《安徽文學》三十位新人詩作的專輯遙相呼應。1981 年春夏，繼中國作協第一屆優秀新詩（集）評獎揭曉，詩刊社主辦的全國中青年優秀詩歌獎也頒發了。在那以後兩三年間，除了 1984 年 10 月我離開《詩刊》前又編發了一期《無名詩人專號》以外，沒有再以青年作品的名目開專欄，因為中青年已佔了作者的絕大多數。福建當地關於舒婷作品的討論開展了一年多，起始火力甚猛，連舒婷的《祖國，我親愛的祖國》，也被說成不像一個流水線上的女工應該寫出的詩。這一標誌性的事件，或許是以舒婷獲獎而告終。

　　廣大的詩歌新人，包括一部分探索「現代詩」有先鋒傾向者（他們往往跟許多青年詩人一起被呼為「朦朧詩人」，我總感到像「朦朧詩」這個約定俗成的命名一樣不大切題），在八十年代初就這樣登上中國的文學舞台。北大教授謝冕 1980 年 5 月在南寧一次會上作了以《在新的崛起面前》為題的發言，為這一詩歌現象歡呼促進。我當時在雲南，聽說公劉在會上犯病，乃寫《雲南云》寄贈他以表慰問。

　　「事情正在起變化」。到了 1980 年秋天，柯岩作為王震隨行人員去新疆走了一趟，回來言語間帶來一股緊張的氣氛。當時正值波蘭發生團結工會事件，我也風聞黨中央對此密切關注，好像陳雲、胡喬木還有甚麼指示傳達下來，不久又責成鄧力群起草取締「非法組織」和「非法出版物」的文件（可能就是 1981 年中央七號和九號文件）。在這樣的語境，柯岩說「看來還是要依靠老同志，年輕人靠不住」，我以為是說還是要靠王震、胡喬木、鄧力群這樣的老同志掌舵。但她責問「你又發了

多少朦朧詩」（我當時隨手翻找出 12 月號上一首全無政治內容的短詩，趙健雄《新月》，説一彎新月像白玉鈎，鈎起了「姑娘的希冀，孩子的夢囈」云云，柯岩卻説「不夠朦朧」，我説那就沒有了），我想，「朦朧詩」再怎麼流行，也沒法跟瓦文薩（Lech Walesa）相提並論吧。這次在我心裏留下一個謎。

我模糊地感到柯岩在大氣候下提高了警惕和戒備心，隨時在捕捉戰機，要為保衛社會主義詩歌方向而鬥爭。這時她忽然提起一篇孫紹振的退稿〈新的美學原則的崛起〉，叫評論組告訴作者還要刊登，請他再寄回來。在這之前，孫紹振發過一篇〈給藝術的革新者更自由的空氣〉。已退的稿子本來是進一步闡釋他的詩歌革新主張。孫紹振果然寄回他的定稿，稿末註明寫作時間為「一九八〇，十，二十一——一九八一，一，三十一」。1981 年 3 月號《詩刊》上加了按語刊發，之前已經先在全編輯部當作「反面教材」，據此檢查稿件，進行內部整肅。按語中說的期待「展開討論」，跟半年多前大異其趣，成了期待「批判」的同義語。4 月號評論版頭條就發了程代熙有備而來的批孫文章。謝冕文是「第一個崛起」，孫紹振文就是「第二個崛起」了。徐敬亞趕末班車，在甘肅《當代文藝思潮》發表了〈崛起的詩群〉，是為「第三個崛起」，是稍後的事。

柯岩分析詩壇形勢時，常問到某個詩作者、評論者「是不是造反派」，她從文革期間就深憎造反派，我們都知道並理解。編輯部裏不是甚麼人都能幫她破解疑問。有一次，柯岩忽然對我説：你去告訴袁鷹，不要那麼重用徐剛，那是個造反派！我説，干涉《人民日報》的內政不大好吧？過幾天她又問，你告訴袁鷹了嗎？我説，電話裏説不清，還沒找到機會面見袁鷹。

她說，你告訴他，這是詩刊社對他的建議。我說，最好你代表詩刊社跟袁鷹同志說，你們不是很熟嗎？她反問：你跟他不是也很熟嗎？我後來勉為其難地對袁鷹轉述了這件事，袁鷹滿臉無奈，沒說甚麼。

沒想到轉回詩刊社裏，在一次主編會上，柯岩說葛洛曾向她提出，要求「詩刊」支援《人民文學》一位詩編輯。會上還沒有展開像樣的商議，柯岩即提出把韓作榮調去。在座的嚴辰、鄒荻帆和我都感意外，一時不知從何說起。韓作榮出身黑龍江海林農家，刻苦讀書，又有悟性，參軍後學詩，進步很快。相識後給我的印象是正派，耿直，對嚴辰、鄒荻帆和他在部隊時的上級李瑛等老詩人都很尊重。柯岩見我們對調走韓作榮表現猶疑，隨即又擺出了若干理由，如她聽誰匯報說，韓在作品組辦公室發了些甚麼不該發的議論；他跟詩友徐剛、葉文福過從密切；是韓作榮引進了葉文福那首惹麻煩的《將軍》詩，等等。就這樣，韓作榮就「支援」了《人民文學》。會下嚴辰曾對我說，韓作榮人很老實，工作積極，也有水平，放走對《詩刊》很可惜。（邵按：葉文福〈追懷葛洛〉一文提到 1982 年某天，他去老戰友韓作榮家，得知作榮「遇到了一個過不去的難題」——與一位來頭很大的上級、詩刊副主編發生爭吵，吵得「到了在詩刊社沒法呆的地步了」。以致作榮說「就是下地獄也不在這裏呆了」。於是他陪作榮一起去找葛洛幫忙。把作榮調到了人民文學社。此說可參考。）

二十多年後作榮在《人民文學》主編任上退休。可惜天不假年，不久就以六十多歲早逝，令人痛惜。對他的人格與文格，詩人們和文學界同仁無不深深肯定。

直到三十年後，這一次我認真翻看了 1983 年 10 月重慶詩歌討論會後各期刊物，才在 12 月號有關「高舉社會主義詩歌的旗幟」的二十六頁篇幅中，從柯岩會議期間在西南師院的長篇講話，找到以下一段話可算當時沒找到的謎底：

> 前些時，外面有一種誤傳，說是《詩刊》捧起了十七顆新星，現在又來罵他們了。首先聲明，我們從沒有把他們認作「新星」，並且至今也不是罵他們。只是在 1980 年，《詩刊》召開了一個「青春詩會」，選了一些當時湧現出來的，寫詩有希望的青年來學習。坦白地說，是想加以「引導」的。
> ⋯⋯
> 遺憾的是，在會議中途他們中的一些人就拒絕接受我們的「引導」了。在許多老詩人熱情洋溢地給他們講詩時，有人卻在下面遞條子，說這些老詩人「該死了」，「早該死了」⋯⋯在會外就被「崛起」者們「引導」了去。而這一切，我們當時是不知道的。我們的過錯是，知道了之後，沒有繼續做他們的工作，也沒有採取甚麼有力的措施。這是我們的失職，是應該引以為訓的。

> 至於後來，有的人被「引導」至咒罵揚子江是「屍布」，埋怨自動化「流水線」消失了「自我」，則是我們完全不能同意的了。

> 但不贊同也不是一棍子打死，而是要繼續做工作，來重慶開會，就是工作，會後還要寫文章，交談，討論⋯⋯都是工作，批評「崛起」論，也無非是想把走入歧途的青年同志拉回來，投到人民的懷抱中來。

至於每個人走甚麼路，怎麼走？每個人有自己選擇的權利，我依稀記得，1980 年就聽說在青年作者改稿會時，有人聽老詩人講話不專心，私下傳條子，對賀敬之的某些詩作有所不敬，說「讓他的詩給害苦了」等，是極而言之的牢騷話，柯岩有耳報神，可能很快就知道了。但似乎沒人說甚麼老一輩該死的話。當時，貴州詩人黃翔散發一本油印詩歌小冊子，發刊詞特指老詩人艾青「顫巍巍地走在前面」云云，引申出對老一輩的咒詛（還因來件寄到詩刊社，信封上要求轉給艾青，王燕生熱心隨其他信件等送到艾青家，為此還受到誤會）。柯岩可能把兩件事記混了。但她從那時就對舒婷等人不滿，一改原先熱情支持、保護的態度。（邵按：最近又聽說，當年有一次孫紹振在北京一個大學開講座，曾提到學詩經歷，說過類似讓賀敬之、郭小川的詩風給害苦了之類的話，並聞柯岩亦在座聽講。其時當在《詩刊》評論組為「朦朧詩」組織不同意見諸家開班研討前後，則似應在「青春詩會」之前，更在評論組受命向孫討還退稿之前。此說亦可參考。）

有了波蘭事件和相應的雷厲風行禁絕非法報刊、非法組織的大背景（落實到詩歌界，主要是一些青年自印的小詩冊，以及他們的小詩社都消隱了），又發現了青年詩人的「不馴」言行（特別是謝冕主編的《詩探索》在「青春詩會」會期中請了一些與會者寫了簡短詩觀和感言，如顧城說「不能再做螺絲釘了」等）這些小背景，柯岩重提北島文革後期寫的《回答》詩中的「我 —— 不 —— 相 —— 信」，指為消解「三信」，違反四項基本原則的嚴重問題，確實大大提高了我們的認識。

　　到了 1983 年 6、7 月間，作協宣佈嚴辰離休，由鄒荻帆接任主編。艾青開玩笑說：等荻帆退了，就由柯岩接任主編。這時好像柯岩已經增補為作協書記處書記，分管《詩刊》，就像後來高洪波任職的格局一樣。

　　這年 9 月，快過節了，柯岩通知我，準備「十‧一」期間去重慶開會。原來夏末柯在北戴河創作之家（或大連黑石礁別墅），向重慶作協一位姓王的成員（記得好像是先寫詩後寫小說的一位作家）表達了作協希望到那裏開一個詩歌討論會的意向，經王同志溝通成功。10 月 2 日，柯岩偕作協另一領導也是詩人的朱子奇飛重慶，我和作品組組長楊金亭奉派隨行（主編鄒荻帆到新疆石河子參加楊牧張羅的詩會去了，吳家瑾留下看家）。到那裏，連夜組成由中國作協朱子奇、柯岩和重慶市文聯（或作協？）方敬、楊山組成的領導小組，10 月 3 日如期開會。朱子奇宣讀了題為《高舉社會主義詩歌的旗幟》的主題發言代開幕詞，記得柯岩帶去了幾位北京評論界人士如程代熙的〈給徐敬亞的公開信〉等文章也在會上宣讀，接着像一切會議的程序似的，就此展開表態。與會的北京來客，詩人雷抒雁從總體上否定了北島的《白日夢》，逐字逐句嚴詞批判，指出其要害是違反四項基本原則。《解放軍文藝》資深編輯、也寫過不少詩歌的紀鵬，則主要針對舒婷的詩說了自己否定性的讀後感。這些重量級的發言，使參會的詩友們茅塞頓開，但因傾盆大雨來得突然，許多人一時反應不過來，表態似乎沒達到預期高度。這樣開了兩天或三天的會，最後一天下午將要通過連夜趕出來的「會議紀要」（這也成了後來新華社報道的藍本）。我在午後宣讀

這一會議文件前也發了一次言，當然從任何一個意義上，都沒有記錄到這個「紀要」的價值。

會後，柯岩、朱子奇、楊金亭和個別外地詩友，在重慶主人邀請下乘船下三峽，我因身體不適匆匆獨自回京。柯岩回京後，在首都劇場召開一次隆重的報告會，向首都詩歌和文藝界傳達重慶詩歌討論會的精神，這一精神基本上已由新華社電訊播發全國，又在《詩刊》連續宣傳了幾期。

這年10月中旬吧，中共中央二中全會公報發佈，開展清除污染運動，我恍然大悟，重慶這次會不大，意義可不小，它得了中央最新決策的先機，以批判詩歌界謝冕、孫紹振、徐敬亞的「三個崛起」謬說開路，為文化戰線的「清污」立下頭功。我得廁身其間，與有榮焉。

中國作協黨組副書記、書記處常務書記馮牧，作為我尊敬的文學理論批評家，平常跟我直接接觸不多。我回京後有一天突然打電話來，頭一句話好像不是對我説的，或是正在與甚麼人交談，冷古丁冒出一句，「事前也不跟我們打個招呼」，然後對我説：「重慶的會有錄音嗎？」我説重慶文聯有錄音，他説你讓方敬同志給我複製一套來，就把電話掛了。我想這是領導交辦的正常工作，隨即打電話給方敬，我以前雖不認識他，但1949年前就讀過他的詩，後來又知道他是何其芳的同鄉和姻親，對他有種親切感；但沒想到我電話裏轉達了馮牧的要求之後，他稍停幾秒鐘，冷冷的公事公辦地説，馮牧認識我，叫他直接打電話給我！於是我發覺自己又幹了一件天真的傻事。

由此我意識到自己處境的尷尬，何苦陷入領導層的夾板當中去？由此萌生退志。

獨自反省，我在《詩刊》業務工作中，有不少不及一一備述的差錯和遺憾，但六年來跟着嚴辰、鄒荻帆、前期的柯岩，以及作協有關領導，大體上還了我許過的願，實現了參與把中老年詩人從遮蔽中接引歸來，把「地下」的詩人和更多青年作者推到陽光下的初衷；嚴辰 1978 年懇切地要我來跟他「同甘共苦」，我從五十年代得沐師恩，終得近距離共事一場，同歷小小風雨，也是「五百年修得同船渡」的緣分，堪以為慰了。

1984 年秋，我以「惹不起，躲得起」的犬儒心態，決心跳出是非之地，乃向作協黨組書記唐達成「請長假」，不再參加和過問《詩刊》的編務。用門羅的典故，我是「逃離」詩壇，遁入獨自寫雜文的生涯。而我注意到，嚴辰仍對詩歌情有獨鍾，他直到 1988 年還親自點名編了第三套「詩人叢書」，而在他主編的第二套叢書中，原有昌耀一本，但有關出版社以「看不懂」為由退稿，嚴辰也無可如何。不然的話，這將是昌耀的第一本詩集。

十幾年後，收到方敬老寄贈我新出詩集的簽名本，我喜出望外。不論何時何地，友誼和善意都比惱人的記憶更長久。

2014 年 10 月 3 日

回首往事記梅益

我在中秋節頭一天，星期三的下午，去北京醫院病房看望梅益。聽到我輕聲呼喚「梅益同志」，他已只能微微睜開失神的眼睛，又閉上了。我第一個直覺：一個人就這樣走過了他的一生。

聽說他每天上午還有一會兒清醒，精神好些。尹綺華就在中秋當天早晨帶着他們的兒女前去，這是最後的團圓吧，大家心裏明白。

中秋兩天後，傳來梅益去世的消息。我勸慰尹綺華說，按中國老說法，年登九秩，是該點紅蠟燭的「喜喪」了。我不會說話，這樣說，對當事的親人，可能顯得殘酷。但我從心裏覺得，梅益一輩子活得太累了：少年負笈異鄉，從此以國為家，由北平至上海，至蘇北，至南京，至延安，在 1949 年即他 36 歲以前，先是投身左聯，繼而加入中國共產黨，在艱苦備嘗的地下工作條件下，亦編亦譯，奔走鬥爭，戰後大家只知他是中共駐南京代表團的發言人，其實那時他還身兼新華社南京分社社長，並廣交朋友，保護、解救受迫害的革命者和民主人士，保護由於各種原因失去組織聯繫的黨員；1949 年後的十七年，在建設對內對外整個廣播體系和開創電視事業的繁巨工作中，他可謂殫精竭慮，緊張勞碌，長時間就住在辦公室，入夜還要處理白天未完的事務，終審聯播節目稿，等最後新聞播出才休

息；直到 1966 年，他被迫離開了廣播局工作崗位為止。文革結束，他已病殘，但他以傴僂之身，又工作了十多年。他好像一個只知工作、不知疲倦的人。

如此高壽，太累了，該休息，或者說安息了吧。

很快我就看到了老記者謝蔚明、劉衡的紀念文章。我想我也該寫點甚麼。從我 1949 年 6 月 1 日到北平新華廣播電台報到，知道梅益是編輯部的領導起，已經五十四年了。他長我二十歲，無論依老傳統或新傳統，他都是我這個「知青」的前輩。我跟他沒有密切的過從，但在我一直有知遇之感。1957 年反右派鬥爭中，支部擴大會已經開始對我的批判，梅益因要隨團訪蘇去慶祝十月革命四十周年，臨行，讓胡若木給我捎了個口信，我體會那意思是怕我沒經過這樣的風雨，而尋了短見甚麼的。1958 年，我劃右下放勞改了，秋冬之際，文秀從鄉下回來，偶遇梅益，他問「小邵怎麼樣」，文秀答了「還好」，又說起她想不通，這時梅益亦莊亦諧地說了一句，「說不定我哪天也會成右派的」，固然意在寬慰，卻是出自真心，對那時不正常的政治生活，置身於「從來天意高難問」之境，怕也不免心懷悚懼吧。

在反右派之後，一步緊似一步，連周恩來也當面聽到指桑罵槐，說「右派的進攻，把我們一些同志拋到了和右派差不多的地方，只剩了五十米」云云，梅益當然聽到這話，自不能不驚心。抗戰初期，梅益從 1937 年 12 月，在上海先後負責中共地下黨組織主辦的《譯報》、《每日譯報》的編輯，又創辦或與人合辦《華美周刊》、《譯報周刊》、《求知文叢》和《上海一

日》，進行了有力的抗日宣傳，當時就是周恩來任中共中央南局書記，分管上海的工作，對梅益的工作給予充分的肯定。

也許正是因此，抗戰剛一勝利，1945 年 9 月，梅益就奉中央指令由蘇北返回上海，負責籌辦《新華日報》；1946 年初，到南京梅園新村，在周恩來直接領導下工作。

1949 年後，梅益是參加政務院（後改稱國務院）例會的。他在編輯部所傳達，除了來自中宣部和胡喬木的以外，多是周恩來的話，有些毛澤東的意見，也是經由周恩來轉述的。廣播事業局是政務院直屬單位，周恩來又管得十分具體，我記得有個假日晚上我在宿舍，梅益找我替他趕抄一份要求為發射台撥款的急件，就是他寫給總理的報告。

在可能是由社科院印發的《梅益同志生平》中，特別提到了「（1949 年）10 月 1 日，中央人民政府成立，他在天安門城樓主持了盛況轉播工作」。據我所知，從那以後，每年「五一」、「十一」天安門廣場的閱兵式或群眾遊行實況轉播，梅益都要親自過問、定稿，採編由楊兆麟（後加上楊丹）負全責，播音則以齊越為主，女聲先後有丁一嵐、潘捷參加。在電視開播之前，這是與慶典同步把實況告知聽眾的唯一媒介和渠道。

但在 1962 年的「十一」，毛澤東在城樓上看着齊越他們面對麥克風播音，竟也「浮想聯翩」，忽然對周恩來說：「如果有人搞政變，只要他們一廣播就成了。」這真是一聲霹靂。周恩來心領神會，立即採取了一系列可以讓毛主席稍稍安心的措施。

三十年後，回顧當時，毛澤東並非一時心血來潮；一方面，中蘇兩黨的論戰方酣，在毛的心目中，赫魯曉夫的「現代

修正主義」在中國黨內黨外也不是沒有市場的，另一方面，中國的宮廷政變史不絕書，近年非洲等地政變不斷，有的只費少量兵力，竟是以控制電台，發佈政變命令，而一舉翻天的。此時毛澤東已有「政變情結」，擔心「變生不測」，「禍起蕭牆」。三年後林彪在「五一八」會上大講「政變經」，蓋於此揣摩有日矣。

周恩來調來個軍政委丁萊夫到廣播局任政委，黨組書記，取代梅益為一把手。廣播局隨之仿軍隊建制設立政治部，在對內、對外兩部即中央台、國際台分設政治協理員，在廣播文工團總團分團分設政委。那時「四清」（社會主義教育）運動伊始，時行說「三分之一的基層政權已經不在我們手裏」，從上到下大造奪權輿論，廣播局雖並非基層，是中央國家機關，卻也已大有奪權之勢。在「政治掛帥」的體制和氛圍下，一切業務、行政工作服從於政治，業務、行政人員便須聽命於政工人員；從這時起，原來廣播電台以宣傳業務為中心的格局改變了，加上某些政工人員對宣傳、對人事的不適當干預，開始形成這兩部分人之間的隔閡與矛盾。

在原有的業務、行政人員中，也包括兩部分：一是「進城」前陝北（新華廣播電）台的老廣播，和「進城」初期從青年學生中吸收的新廣播；還有一部分則是 1952 至 1953 年間幾個大區撤銷後從大區台調來的負責幹部，其中不少是在地方台獨當一面的，到了北京，部分以副職作了安排，卻也還有些一時安插不開，於職務、級別、住房及各項待遇，多有不能盡如人意者。於是有的便把不滿集中到梅益身上。這樣，在實行政委制之前，機關裏就已添上原中央台和原地方台幹部之間的矛盾，

裏面還套着新老幹部以至知識分子和工農幹部的矛盾，不過或隱或顯，時隱時顯罷了。

文革風暴一起，丁萊夫主持在全局和各部口都成立了文化革命小組，由政治部系統掌握，緊跟中央文革小組的部署發動攻勢，梅益自然首當其衝，因為他不但是在廣播戰線執行了所謂「十七年黑線」即「反革命修正主義路線」的罪魁禍首，還是遠在上海左聯時期所謂「三十年代文藝黑線」的參與者，積累了大量有待清算的反黨反社會主義反毛澤東思想的罪行，大字報公佈了他審定的稿件，竟不止一次刪去了頌揚毛澤東主席和毛澤東思想的疊床架屋的套話，實在「罪該萬死」。緊接着在全局首先是中央台、國際台、電視台的編輯部門和文工團大抓「梅益黑幫」。機關內部原有的矛盾，在這場史無前例的政治運動中，充分暴露並惡性發展，形成勢不兩立的兩股力量（甚至擴大為兩派群眾的對立），而在若干年後冷靜地看，矛盾的雙方，無非一部分是以政工幹部和一向突出政治的人為主，一部分則以「知識分子成堆」的編播人員為主，自然屬於資產階級範疇，後者長期在梅益領導之下，被視為梅益的群眾基礎，而在梅益領導下感到「不得志」或「不得意」的人們，也就自然歸附到對立面去了。

在當時的氣候下，只要是批鬥梅益，無論怎麼說，怎麼做，都是「符合革命大方向的」。毛澤東「八一八」檢閱紅衛兵，流風所及，在社會上的「紅色恐怖」同時，1966 年 8 月 23 日早晨一上班，廣播局就舉行了對「梅益黑幫」的第一次武鬥。大家記得，導致老舍自殺的那一場大批鬥，也發生在這天早晨。廣播局東小院的一幕，可能既是呼應社會潮流，又是貫

徹領導意圖。就從這一天起，政治部開設了「政（治）訓（練）隊」，對廣播局梅益以次的幹部員工一百人左右實施圈禁，宣佈《對無產階級專政對象的十條規定》，儼然監獄一般。每次全局的批鬥會，梅益都是頭號鬥爭對象。大家印象很深的是，梅益對他經手終審的稿件，他怎麼修改的，都記得清清楚楚；這不光是記憶力好，而且因為他真是用心。不過，我記得有一次，有人氣勢洶洶質問他，為甚麼要辦農場生產基地，他竟答道：「為了復辟資本主義。」質問者為之語塞，我不禁心中暗笑（後來我也遇到這類質問，說「你搞翻案是甚麼性質的問題」，我就答「是嚴重的反革命政治事件」，收到同樣的效果）。梅益不但要應對局內大會小會的批鬥，到工人體育場等萬人大會上接受跨行業的批鬥，會下還要寫交代材料，參加勞動。他本來有「鵝掌瘋」，那年冬天露天幹活，掌心全裂了。四個月後，年底因運動態勢的某些變化，政訓隊解散，被關的人暫時回家。梅益卻沒有這麼輕鬆，兩派群眾組織都要表示自己忠於「無產階級司令部」，那就得無休止地狠鬥「走資派」。梅益充當了「革命群眾」及其後面操縱者「捍衛毛主席革命路線」練拳的沙包。1968 年軍管小組進駐以後，又成立了規模更大的專政隊，其中有第一次關過的那些「黑幫」，還有陸續「揪出來」的所謂走資派、叛徒、特務，以及被梅益「招降納叛」「網羅包庇」的「牛鬼蛇神」，而且連丁萊夫，還有一些前此頗為活躍的政工幹部也進來了。梅益自然仍是首惡。新一屆的專政隊是「走讀」的，梅益和另外六七人則仍在專家樓裏「隔離」實即羈押。每天定時由監管人員領出列隊到大食堂吃飯。這樣的屈辱持續了兩三年。然後，到河南淮陽幹校，所謂邊勞動，邊交代，接受改

造。但對他説來，比起圈在小屋裏，也許已是一定程度的解放了吧。

《梅益同志生平》中，只有幾句話——「『文化大革命』期間，梅益同志受到極不公正的待遇，被遣送到『五·七』幹校『勞動改造』，身體遭受重創」，三十多字籠統一筆帶過，故我在這裏多説幾句文革期間的情形當作補充。

走出八寶山，在 9 月秋風中，我又一次想，一個人，就這樣走完了他一生的道路。今天，除了親故，大概只有研究歷史的人才關心梅益曾置身其間的上海左聯、南京和談那一段歷史了；且如劉衡所説梅益不大拋頭露面（記得 1954 年組織第一個廣播代表團，訪問莫斯科電台學習蘇聯經驗，他就沒參加，而是留下，把各部門出訪成員負責審稿的任務一總承擔起來），似乎連廣播電視系統的年輕人對他也已陌生。不過，過去以至今天許多《鋼鐵是怎樣煉成的》（*How the Steel was Tempered*）一書的讀者，多還記得譯者的名字是梅益。今年是奧斯特洛夫斯基（Nikolai Ostrovsky）誕生百年紀念，他應該把小他十歲的梅益看作異域知己吧。據説，梅益晚年曾應友人之請，抄錄了書中主角保爾·柯察金那一段撼人心靈的話：「人的生命是可寶貴的，它於我們只有一次而已。一個人的生命應該這樣度過，當他回首往事時，……」當梅益用發抖的手寫下這些字的時候，他想到了甚麼？他的心情會是平靜的嗎？他回顧意氣風發的早年，坎坷顛躓的中途，以至雖有餘勇可賈畢竟暮色逼人的晚歲，他感到累了嗎？他有怎樣的感慨，都帶到另一個世界去了？

2003 年 10 月 17 日

梅益：大歷史中留下的足跡和背影

梅益去世，即屆十周年（2003，9–2013，9），再過幾個月，便是他的百歲冥誕（1914，1–2014，1）。

我在這裏，直呼其名，不用敬稱，不稱同志，也不稱先生，更不稱梅老，因為他已成古人。他已經進入歷史。我們應該像對待所有古人、所有的歷史人物一樣，不帶感情也不懷偏見地看他，客觀公正地評價他。

在現行體制下，除了家人、同學、親友以外，同事關係中無非上級、同級和下級。曾經領導過他，受到他敬重的老上級，大概都已不在，多數且先他而去；與他並肩戰鬥和工作過的同級，情況相彷彿；今天還能念及他的，主要是曾作過他的下級、學生的，也已年登耄耋的人，還有一部分則是一般讀者。在一個人逝世十年之後，如非奉旨紀念，人們還能念道的人，總有被人念道的理由。

傳統之所謂「立德，立功，立言」，是今天常說的「宏大敘事」，而且限於今人所指的「公眾人物」。這對梅益倒也是適用的。在這個框架內，無疑他的得分不僅是及格，還會評為優秀。梅益 30 歲出頭時，接觸並翻譯了蘇聯小說《鋼鐵是怎樣煉成的》以後，就把自己定位為參與「世界上最壯麗的事業——為人類的解放而鬥爭」，落實到具體的時間、地點、人，那便是

他「整個生命和全部精力」都獻給了中國共產黨 —— 因為中國共產黨宣佈，不僅要「解放全中國」，而且要「解放全人類」。

從上世紀二十年代以至文革前後，有像梅益這樣人生歷程的好幾代人，何止千千萬萬！因此梅益是有類型代表性的。這一型人，在很長的歷史時期以至終此一生，其心目中的人民和祖國，都是由黨來代表的，他們相信只要執行了黨的方針政策，乃至只是執行了某一級黨組織的一項具體指令，都是必然符合民族和人民的整體利益的。在統一思想，統一意志，統一行動，統一紀律的要求之下，他們以黨的思想為思想，甚至以黨的領袖人物的思想為思想，有時知其然而不知其所以然，有時有所質疑卻仍然在組織上服從（「政治上犯錯誤是認識問題，組織上犯錯誤是立場問題」，「理解的執行，不理解的也要執行，在執行中加深理解」）。一旦上級指錯了路，依然會大隊人馬，甚至全黨一致地「指到哪裏，打到哪裏」。一個普通黨員，哪怕是擔負局部一定責任的黨員，失去獨立思考和申辯的權利以後，也就只剩下被組織和紀律裹脅而去的份了。

往上數一代兩代，往後數兩代三代，包括梅益本人在內，在中共奪取全國政權之前和之後，在日益突顯的左傾路線及由此發動的政治運動中，極少有身為共產黨員而沒有跟着錯誤地整過人的。我曾在為吳象同志回憶錄《好人一生不平安》寫的序言中說，除非一直處於挨整地位，那末即使沒有直接整人，也都舉過手喊過口號助威的，這是體制使然。毛澤東提倡過「反潮流」，但在他乾綱獨斷的歲月，安徽省省長張愷帆1959年解散無為縣公共食堂的反潮流壯舉，不是轉眼就被毛澤東撤職查辦了嗎？毛澤東提倡「捨得一身剮，敢把皇帝拉下馬」的豪

言，也只是為他打倒別人（例如劉少奇）製造輿論，換個人試試，不就成了反黨反社會主義嗎？

同樣是執行錯誤的指令，也還有各種不同情況，事後也有不同的態度的。以梅益為例，他晚年回首，在廣播局有三塊心病：「1957 年『反右派』運動中，上面對於把多少人定為『右派』是規定了一定指標的，雖然廣播局劃為『右派』的人數並未達到指標的要求，但事實證明這些人都被錯劃了。」（梅益自述《八十年來家國》）另外，1952 年「三反運動」中，按中央決定「對機關幹部中的黨員以及中層幹部中留用的原國民黨人員進行登記、審查和處理」，不合格或有問題的人開除黨籍，撤銷職務，發給安置費遣散；1960 至 1961 年大饑荒時，要求政府各部門精簡機構，廣播局完成了指標 3000 人中的 2000 多人，到廣西、安徽、四川三省安置。梅益說這三件事處理起來相當棘手，因為每一件都涉及很多人，處理不當的例子也是不少的。當時憑藉運動聲勢的威懾，也借助於黨在五十年代的信用積存和統治優勢，絕大多數的處理對象都服貼順從。然則梅益所說的棘手，並不在於技術和事務層面，而是心理層面的。

在反右派中，梅益為人詬病的，一般並不是對廣播局內打出若干「右派」一事要負領導責任，因為人們知道這是運動的需要，每次政治運動都要打倒一部分人，甚至規定為 5%，只能多，不能少，誰輪上算誰倒霉，一個人或一小撮人改變不了中國共產黨的決策，只能視為宿命。但廣播局 1958 年夏天「反右補課」中，端出一個以副局長溫濟澤為首的「溫、鄒（曉青）、張（紀明）反黨小集團」，卻被人目為梅益爭權奪利的表現。事過半個世紀後，我們可以說，無論從推理或實際來看，梅益

跟溫濟之間都沒有使梅益必欲趁運動之機置溫濟澤於死地的私怨，鄒張更不用說了。事情據說緣起於當年 5 月「鳴放」初始階段，時任中宣部副部長的周揚，在一次會上指示對外廣播也可以播出已被看出問題的「鳴放」言論。廣播局對外部的人參會回來，向主管對外廣播的副局長溫濟澤匯報，溫以為不可，不能照辦，因為報紙刊物能在事後「消毒」，而廣播聽眾不一定連續收聽，一次播出隨風而逝，事後所謂「消毒」無法落實。溫的這一意見，不知經過甚麼渠道，反饋到周揚那裏，便概括為溫濟澤說「周揚的指示是錯誤的」這樣一句話，更演繹為溫濟澤藉故反對周揚。然而這一點似乎並未寫入溫濟澤劃為「右派」的定案材料，材料中的重點放到了溫企圖「自立門戶」，擺脫黨的領導，鬧分散主義，這頂大帽子下面的事實，卻是溫曾與時任中共中央聯絡部副部長的王力交換意見，認為對外廣播的領導關係轉接到中聯部，更便於中央統一管理，云云。平心而論，即使領導關係這樣變動了，北京台對外廣播也仍然是歸中共中央領導，說不上甚麼分散主義，更說不上反黨；而且，溫某也還是在另一個部委領導下負責對外廣播，並不因而「升官」。但在群眾性的批判大會上，所以就此掀起軒然大波，也無非是基於共產黨的幹部無權對「大事」發表任何個人意見的習慣定勢罷了。

上世紀七八十年代之交，梅益和溫濟澤在胡喬木的安排下，同到胡領導的中國社科院共事，不知梅益曾否就此向溫口頭道歉，但這對溫濟澤來說已不重要了。

那時，我也在廣播局工作，梅、溫二局長都是我的領導，他們器重我，我也尊重他們。由我所在的黨支部書記發動的對

我的內查外調，所整理的我的「反黨」材料，也基本上與我在
電台的工作無關，主要指向我的業餘寫作。梅益隨毛澤東為首
的代表團赴蘇參加「十月革命」四十周年慶典前夕，留下話叫
部門領導胡若木來看看我，實際是怕我在已經開始的開會圍剿
中禁受不起。我心領了他的關照。而在他出國期間，副局長溫
濟澤代他主持廣播局工作。我所在的支部不斷向機關黨委施加
壓力，要求儘快審批對我的右派定性，壓力最後集中到溫濟澤
處。溫曾去找時任中宣部文藝處處長的林默涵，向他討教。林
說《中國青年報》文藝部主任吳一鏗的材料也壓在他手裏（吳
是年輕時從四川來到延安，並在延安成長起來的文化幹部），想
保她，故拖延未批。溫濟澤也想繼續拖一下，期待或有轉機。
不料不久林默涵就告訴他，吳一鏗保不住了。溫遂也在報批件
上無奈地簽下自己的名字。有人問如果梅益不出國，他是否能
繼續保我。我想也難。因為在一個全國性的大運動裏，上下左
右需要平衡，同樣的「罪狀」，左鄰右舍劃了右派，你挺一時可
以，老挺下去，必然會有人上告，招來上級干預。以「延安五
老」之一、時任人民大學校長吳玉章的資望，也不能保住教師
謝韜不劃胡風分子，學生林希翎不劃右派。吳一鏗終於難逃一
劫，我也一樣。運動的發動者和決策者其實明知這種因「矯枉
必須過正」而來的運動總要過火的大勢所趨，過去每次運動後
都搞一次甄別，就是計入日程的補救之道。然而反右派一役，
毛澤東偏偏鐵了心，發話不搞甄別，一切只能待他死後再說了
（也許毛澤東也明知這次運動打出的「右派」全是大轟大嗡的結
果，經不起甄別）。

廣播局對外部日語廣播負責人吳克泰，是親歷台灣「二·二八」起義的中共秘密黨員，1949年春來北平參加首屆全國青年代表大會後，由廖承志（時在建國前，廖任中共中央廣播事業管理處處長）留他在廣播電台。當年就有台盟內部的人誣指吳還有跟他一道從台灣同來電台的葉紀東為「暗殺團」成員，北京市公安局據此前來要拘捕他，梅益讓保衛處告訴他們，吳克泰等是台灣來的，由中央分配到我們這裏工作，我們沒有發現他們有甚麼問題，你們如要審查，可報請中央，由公安部派人來處理。後來便沒有下文，吳克泰被保下來。八年後的1957，對外部有關支部要劃吳克泰為右派，梅益認為根據不足，未予批准。由於吳克泰一案的審批不存在與其他單位其他人「平衡」的要求，梅益就在自己能做主的職權範圍內，一肩擔當了。

反右派後，有一件事可以説明梅益的真實心境。我當時已經戴着右派帽子下放農場勞改，1958年秋後，有一天在從廣播局宿舍到辦公樓的路上，梅益遇見謝文秀，就問「小邵怎麼樣」，謝答「還好」，梅益以他帶着濃重廣東鄉音的話説：「説不定哪天我也會成右派的。」這句話謝文秀牢牢銘記了五十多年。黨內生活的不正常，黨內鬥爭的殘酷無情，並不自五十年代或反右鬥爭始。梅益雖未經過三十年代江西蘇區的肅反、反AB團鬥爭，也沒經過延安的整風、審幹和「搶救失足者」，在華中解放區參加的整風審幹相對比較和緩（當然也把一個軍隊幹部亂咬的揭發材料，存入梅益的檔案了），但在以階級鬥爭為家常便飯的形勢下，人的命運、人的定位的變幻無常，已經成為一種常態，不知自己哪天會遭遇飛來橫禍，與其説是梅益的過敏

反應，毋寧説是他一種有備無患的預見。又過八年到了 1966 年夏，果真一語成讖，不幸而言中。

通觀幾十年的歷史，對於包括梅益在內的許多老幹部，不免會抱有一種同情的理解。

梅益從黨內生活經驗產生的不祥預感，確實不是沒有根據的，還在全國規模的文革爆發之前就應驗了。1962 年秋，著名的八屆十中全會上，毛澤東大反「翻案風、單幹風、黑暗風」，提出要年年講、月月講、天天講的社會主義時期基本路線，「千萬不要忘記階級鬥爭」，並在這個會上借小説《劉志丹》又打出一個反黨集團。這還不夠，他擔心「變生不測」，發生政變，他的預防措施，頭一記就落在擔心個人命運隨時可能「變生不測」的梅益頭上。當年 10 月 1 日，正舉行例行國慶閲兵典禮，梅益在天安門城樓上主持實況廣播。毛澤東指着他們對周恩來説，你們要管廣播電台。電台怎麼樣？不要出問題。廣播電台一廣播，全中國和全世界都能夠聽到，而我們在這裏講話沒有人聽得見。他還説，伊拉克政變主要靠兩手，一手是抓坦克兵團，一手是抓廣播電台，結果政變就成功了。——以上的最高指示，未加引號，屬間接引用，是從梅益的回憶錄裏抄來，因為舍此沒有書面出處（不知《周恩來年表》是否涉及，手頭無此書可查）。想來梅益或也只是聽到周恩來的口頭傳達。倘若不是周恩來直接向他傳達，那末以他與周一貫的關係，便更印證了他自己忖度的，「中央不再信任我了」。

毛澤東關於「要管廣播電台」的指示，周恩來交給北京軍區司令員楊成武辦。楊將 63 軍政委丁萊夫調任廣播局黨組第一書記，率百名軍隊幹部進駐廣播局。梅益遂成為黨組第二書

記兼局長，實際降為第二把手。在一把手大權獨攬的現行體制下，當然意味着梅益所受的信任打了折扣，當事人意識到這一點，是正常的反應，並不是無端的鬧情緒。

其實梅益有所不知，——只因他 2002 年大去，若再過一兩年兩三年，他就會看到人們於黨史鈎沉中發現的有關原地下黨人員的「降級安排，控制使用，就地消化，逐步淘汰」方針。與過去中共關於地下黨要「蔭蔽精幹，長期埋伏，積蓄力量，以待時機」的工作方針互相映照，「新十六字訣」標誌了兔死狗烹的政策指向，在實際政治中是實用主義，在政治道德上則是道義淪喪。這個方針政策的精神，不僅針對原屬潛伏於敵佔區的秘密黨員，也施之於黨外的統一戰線工作對象，已經被 1949 年以後的歷史所一一證明了。

在對這個「（關於地下黨）新十六字訣」的解讀中，有人強調其矛頭指向四十年代後期地下黨主要從青年學生和知識分子中吸收的新黨員，這種看法流於表面了。實際上這一方針的提出，有深遠的背景，乃是長期來黨內宗派主義的繼續。

在中共歷史上，知識分子與工農，新幹部與老幹部，地方幹部與軍隊幹部，乃至延伸至非黨員與黨員之間的關係，從差異到矛盾，從矛盾到鬥爭，構成了黨內鬥爭（並也往往不免延伸到黨外）的主要內容；而出發點和結局，則總是知識分子、新幹部、地方幹部和非黨員比工農幹部、老幹部、軍隊幹部和黨員幹部要矮一頭，後者才是毛澤東在《矛盾論》中點出的矛盾的主導方面。這些矛盾和鬥爭，從黨中央的領導機關在城市而黨的軍隊則駐在農村根據地時就已經日益顯露。白區「丟掉百分之百」以後，軍隊勢力因而突出。隨着時局變易，出現山

頭。在「長征」北撤的歷史敍述中，就開始突出中央紅軍（其他幾路則或以敗績或以「分裂」為陪襯），在抗日戰爭階段，突出八路軍（新四軍也成了陪襯）。在武裝軍事鬥爭和隱蔽戰線鬥爭二者間，更是突出前者，甚至着意貶低後者。滬劇《蘆蕩火種》改編為京劇《沙家浜》過程中，因原劇以地下交通站（阿慶嫂的春來茶館）為中心場景，遭到毛澤東的批評，指定要突出和加強軍隊（郭建光）一條線，就反映了這一指導思想。這不簡單是一齣戲哪怕是貴為「樣板戲」的立意問題。翻翻黨史就知道，所謂白區工作的代表，本來無可爭議的應該是周恩來，而並非像延安整風運動後所作《關於若干歷史問題的決議》中所說的劉少奇；不過當時運動中毛澤東倚重了劉少奇作為批判周恩來（與王明的教條主義對應的經驗主義）的主力，才把那一段歷史在決議中改寫了。但如果周恩來僅有白區秘密工作（不僅參與中央領導，而且主持特科）的經驗和資望，對毛澤東來說並不足畏，而周恰恰曾因共產國際的提名推薦而輔助蔣介石創辦黃埔軍校，在國共兩支軍隊中都有他器重的學員成為骨幹將領；是他參與領導的「八一」南昌起義而不是毛澤東參與領導的秋收起義成為共產黨建軍的標誌，紅軍北撤後留在江南的官兵抗戰初期組成新四軍，周恩來曾往視察，新四軍固然與中央函電頻頻，但與時任中共南方局負責人的周恩來關係更近。

　　檢索梅益的「八十年來家國」，他 1930 年 17 歲到北平，1934 年加入北方左聯，不久因聯絡人被捕，出走上海，在上海左聯的組織領導下工作和寫作。1937 年 8 月加入中國共產黨。「八・一三」日本侵入上海後，黨決定他留在「孤島」，繼續抗日鬥爭。他和夏衍一起籌辦了《譯報》（被封後改名《每日譯

報》出版），隨後在文化戰線的抗日宣傳和團結工作上，不但發揮高度的刻苦精神，而且魄力與靈活兼具。大概正是這些開拓性的表現，得到了上級組織包括周恩來的青睞吧。1945年日本無條件投降，中共中央一度決定近期在上海舉行武裝起義（或是借鑒了1927年周恩來領導上海三次武裝起義先例的構想），任命華中局城工部部長劉長勝為首任上海市長，並派梅益一同返滬。後來撤銷了這一決定，梅益仍被留在上海，在複雜的政治形勢下抓緊時機進行宣傳和統戰。直到1946年夏，他的安全受到威脅，6月，時任中共代表團團長的周恩來把他調到南京梅園新村，任新華社南京分社社長，同時擔任代表團發言人。這個發言人可不僅是定期召開記者招待會，發佈消息而已。近半年的時間，梅益在周恩來直接領導下工作。1946年秋國共和平談判破裂，周恩來遄返延安，梅益則留守南京，協助董必武善後，以迄1947年3月撤退，行前他設法突破國民黨的層層監控，將代表團的《告別聲明》交由《南京人報》發表。

1949年後，陝北新華廣播電台成為政務院（後改國務院）直屬的中央廣播事業局 —— 中央人民廣播電台，梅益列席每周例行的政務會議，在周恩來和梅益之間，從此開始十餘年密切的領導關係。廣播宣傳業務接受中宣部和政務院雙重領導，而周恩來時予點撥，還在1949年「七一」北京先農壇慶祝大會，風雨突然來襲，天津《大公報》著名記者彭子岡的特寫中，形容場內群眾紛紛張傘，如同滿場長出一片彩色的蘑菇。周恩來讀後，指出在如此莊嚴的場合這樣的比喻不妥。1952年天安門慶祝「五一」的盛會後，周恩來在政務會議上表揚天津《大公報》的特寫，記者劉克林儘量避免了節慶套話，他引用不久前

訪華的智利共產黨員詩人聶魯達寫中國遊行的詩句，把一面面紅旗比作一瓣瓣玫瑰花，顯得別開生面，讓讀者眼睛一亮。前後三年間對《大公報》上文章的兩次評點，不一定是有意以後來的表揚呼應過去的批評（也不排除這一點，周恩來一向用心縝密周到），而至少表明周對這一暫仍保存的民營報紙是關心的，雖然早年抗戰和內戰期間，雙方有過不止一次的抵牾。

而在五六十年代廣播局的工作日程中，除了宣傳業務外，還有一個重大的領域，即無線電廣播科技的研究和發展，國內廣播網的建立，對外廣播發射基地的建設和發射功率的提高，電視台的建立、開播和彩色電視機的試製與批量生產。所有這些，每一件都經過梅益親筆向周恩來報批。其間我先後住在麻花胡同宿舍時，就曾入夜被梅益喚到他家，叫我幫助抄寫向周恩來報批的文書，他是緊趕慢趕，要連夜派通訊員送到中南海西花廳的。如果可用「宵旰憂勞」形容作為一國領導人的周恩來，梅益也可以說是白天黑夜「連軸轉」，他每天是在辦公室簽發了十點半「晚間新聞」才回家加班的。

周恩來不會擔心梅益會搞甚麼政變，或被甚麼政變者利用。作為黨中央主要領導人之一的周恩來，不可能對他這一老助手產生不信任感。但在宗派主義者的眼光中，像梅益這樣長期受到周恩來重用，工作中互相默契從無齟齬的高級幹部，就會認定是「周的人」。不知道梅益對此有無感覺，但周恩來從來十分自覺地堅守上下級之間工作關係的正常規範，這既是他政治道德的底線，也是他緣於鬥爭經驗的避嫌。人們知道，越是周所看重的幹部，尤其是身邊和周圍的幹部，他要求得越是嚴格，待遇、提拔越要靠後，外交部的喬冠華正是耐不住這一

點，在文革後期的特定形勢下，竟不惜積極參與對周恩來的誣陷性批判，以示劃清界限而求升遷。

梅益在軍方派來政委，抓權（實際是不叫奪權的奪權）統管廣播局之後，用梅益自己的話說，「覺得中央不再信任我了」。但他從來沒有找人申說。這讓我們想起了後來文革中，郭沫若的兒子郭世英陷身於非法關押，面臨生命的威脅，于立群叫郭沫若利用陪同周恩來接見外賓的機會，向周反映，以求援手，但郭沫若考慮再三，沒有開口。郭世英墜樓而死，自殺他殺不明。現在人們說起這件事，往往從親子之情的人性角度對郭有所責備，但忽略了另一面，就是郭審時度勢，深知周當時處境艱難，不願再以此相擾，這是他與周締交四十年的患難情深，衷心的擁戴和保護，也是一種人情倫理的可貴體現吧，只是由此失去愛子獲救的可能機遇，令人痛心。

梅益感到自己失去信任而不申說，除了可能有不讓周恩來為難的考慮以外，還有一個因素，即他身上「殘存」着士大夫式——「舊」知識分子式的「傲骨」。

梅益十幾歲去北平闖蕩，沒錢交學費，在圖書館自學，到大學旁聽，結識了一些朋友。曾在北師大操場上聽魯迅先生演講時，遇到了同鄉、同學陳辛人。當時大家都在尋找革命組織。梅益建議組織一個「中國論壇讀者會」，但陳辛人沒有興趣，因此沒有實現。許多年後，梅益說：「我發覺陳辛人看不起我，從那以後我再也沒去找過他。」年輕的梅益很在意別人是否看得起他，自尊心不分幼稚或老練，這大概是「傲骨」的初級形態。

1942 年梅益初到解放區時，當地組織配發給他一匹馬，梅益當時打的收條，寫道：「收到沒有馬鞍的馬一匹。」這是五十年代初他在廣播局一次全體大會上講的，為甚麼講起，已記不清，可能是現身說法，檢討自己當年的知識分子優越感和政治上的幼稚之類；也可能是強調行政技術工作要為編播服務，編播部門也要體諒行政技術幹部，加強團結。總之當時梅益該是把這一舊事當作負面事例的。然而，我們恰恰也從這裏看到，早年梅益該是本能地敏感到這一匹沒有馬鞍的馬的背後，是有關人員對像他這樣一個來自大城市的知識分子幹部的某種歧視，至少是很不重視；或許是他從其他方面產生這一感覺之後，寫這個收條借題發揮。而這，正是毛澤東同年遠在延安的整風報告中諄諄告誡必須打掉的「知識分子架子」。人們說，「不可有傲氣，但不可無傲骨。」梅益的收條，究竟是傲氣還是傲骨？橫豎在應予「打掉」之列就是了。

1972 年梅益正在河南淮陽幹校接受勞改，周恩來決定中央機關尚未「解放」的高級幹部一律回京進行體檢。梅益得以返京。後來就留在家裏治療冠心病。有一位文革中被打倒的領導幹部給毛澤東寫信，經毛批示獲得「解放」。他把信給梅益看，出於好意，建議梅益也照樣給毛寫封信。但梅不願違背自己做人的原則，沒有這樣做。這就是他身上的「傲骨」起作用了。他有很強的自尊心，而絕不摧眉折腰，趨炎附勢，這也就可以解釋，為甚麼當江青炙手可熱時索取廣播局珍藏的譚鑫培老唱片梅益不給，江青要 80 盤進口磁帶，梅益硬是叫她付外匯，江青七次來廣播局，梅益都沒見她（以致這些成為梅益文革中的第一個罪名），絕非偶然，更不僅僅是因為看不起江青的為人了。

文革後，周恩來已不在。梅益的新工作，還是由老領導廖承志、胡喬木等安排的。梅益在八十年代，做了很多建設性的工作，但其間適逢「清除精神污染」和「反對資產階級自由化」兩次不叫運動的運動。雖然最後由於胡耀邦、趙紫陽的努力，及時叫停，極大地控制了負面影響的範圍，但仍對首當其衝的人有所傷害。作為社科院主要的實職當權者之一，梅益自亦不能辭其責。

事發於文革之後，又有歷次政治運動的慘痛教訓，梅益雖然也注意留有餘地，為甚麼還是認真地執行胡喬木的有關指令呢？這除了烙印到心靈深處的組織紀律觀念外，還有他對胡喬木的某種近於迷信的崇拜心理，或加上「士為知己者用」的舊意識殘餘。梅益在 1948 年夏到新華社總社任職之初，時任新華社社長的胡喬木，調集社內負責宣傳業務的中層以上幹部若干人到中共中央所在地西柏坡，同他一起審稿發稿，梅益也在其中。梅後來回憶那一段生活，類似業務集訓，胡每天終審後向大家一一解釋、講評，形同把着手教，這裏除了文字推敲的功夫，更重要的是傳授了宣傳策略，建立了工作秩序，正如他通過為毛澤東整理和潤色文稿的過程，實際同毛一道開創了「新華體」一樣。這是胡對「黨文化」建設的一大貢獻。經過差不多八個月，中共中央進入北平，這些集訓的參加者多成了黨的文化宣傳單位的負責人。在胡喬木這一頗有預見性的活動當中，梅益自認是業務上深深受益者，並感到胡喬木的親和力。在後來的幾十年間，梅對胡是佩服的，胡對梅也是關注的。鄧小平稱胡為「黨內第一枝筆」，並從而原諒了他在文革後期「批鄧反擊右傾翻案風」中的隨風倒。胡喬木人極聰明，且亦好學。曾在中央政治研究室工作過的林澗青這樣表述：「所有中央

委員讀的書，加起來不如他多；他的口袋裏，也同時揣着一打綱領。」胡對文化界的情況，幾代老文化人，心裏有一本賬，對他們的分量是掂量清楚的。五十年代對劉尊棋和蕭乾等的提名使用，尤其在八十年代技巧地「說服」了無意出山的「老同學」錢鍾書掛名副院長，以光社科院的門楣，更是廣為人知的。韋君宜、王蒙的追悼文章，都在難免吐露微詞的同時，如實地肯定了胡的某些好處。胡也曾關注過老部下曾彥修，授意他主持出版國外社科名著，只是由於政治氣候變化，胡翻臉不認賬，諉過於人，這才惹惱了曾彥修，到忍無可忍時把前因後果的真相披露出來。

梅益和胡喬木之間，則一直保持了應說是良好的上下合作關係。

梅益和他的眾多同代人，都多少受過傳統教育，有資中筠先生所說的「家國情懷」。但他們要報效祖國，服務人民，卻是以黨為中介的。這類似舊時代士大夫忠於社稷，是以朝廷為中介一樣。那時儒家讀書人意識中的國運民命，國務民生，歸根結底是「聖明天子事」，要想「登斯民於衽席」，離不開「致君堯舜上」。當代黨的老幹部，吃的是百姓公糧，財政撥款，口頭禪則是「為黨工作」，在邏輯上有甚麼兩樣？

因此在黨的評價體系中，如本文開始所說，梅益從入黨前的左聯時期，就已將自己納入中國共產黨領導的軌道，入黨之後，無論是抗戰前後上海秘密活動時期，四十年代往來於解放區和上海時期，南京梅園新村時期，進北京城從事廣播電視工作的十七年，以至文化大革命中被打倒，以及其後復出的二十多年，他都無負於中國共產黨；直到臨終，他清廉自守，奮發

精進，除了文革十年外，絕對沒有「虛度年華」，沒有「碌碌無為」，在不同時期黨的路線下，完成了各種各樣的任務。在這個意義上，他也可以稱為「古典的共產黨人」了吧？

從歷史的高度來看，中共是在理論準備不足的情況下建黨的，從意識形態到組織形態都曾發生過這樣那樣的偏差，其間左傾路線曾給中華民族廣大國民造成重大災害。因此對每一黨員的評價也不能離開當時當地環境中黨的路線政策背景。梅益的一生主要從事意識形態工作，其中的得失，如同他眾多的老同志、老朋友、老同行，包括鄧拓、范長江、吳冷西、胡績偉等一樣，需要跟黨在不同時期整個文化宣傳工作及其近期與遠期的效果一起，接受實踐的檢驗，讓歷史來做結論。

而晚輩如我，以現有的材料和認知，也仍然可以從梅益一生的足跡，對他在例如抗日戰爭時期反對日本帝國主義的鬥爭，做出無保留的肯定；對他在黨的路線基本正確時期執行黨的任務，乃至黨的路線政策發生偏差時，曾有的建設性言行或一定程度上對偏差以至錯誤的抵制和緩解，也是應該肯定的（後者如文革中揭批梅益「三反」罪行時所指，他審閱廣播新聞稿，大量刪除了頌揚毛和毛思想等穿靴戴帽的套話，甚至疊床架屋的「語錄」，其實本意也是為了反對對毛思想宣傳中的庸俗化，是為了使這一宣傳獲得更好的效果，但在特定條件下，也是需要膽識的）。至於像在廣播電視技術設施方面的基本建設，作為工業化現代化國家工程的一部分，其所付出的努力應予肯定，似乎不該有甚麼爭議。

梅益 1942 年進入解放區之前，各類寫作曾是他主要的工作內容（早年文學寫作多少帶有謀生性質），並在極端困窘中完

成了《鋼鐵是怎樣煉成的》一書的中譯書稿。而後來因職務關係，他的貢獻以事功為主。現在我們能夠看到的他的文字遺存不多。其實也有搜集不力的因素。比如上海孤島時期，梅益主編《譯報》（《每日譯報》）和《美華周刊》時以多樣筆名寫作的政論，以及他和王任叔、林淡秋、馮賓符、姜椿芳、揚帆、潘蕙田等分別用筆名或不具名（如社論）寫作的文章，還有例如內戰時期姚溱以「秦上校」筆名發表的軍事述評，當時影響深廣，而似乎至今未得結集，更未得到新聞史學者的重視和研究，這是頗為遺憾的。五十年代梅益也偶有所作，如他應邀在東歐某國駐華使館的華語公報上，發表過前往訪問的遊記，語言乾淨，視角不俗，不落八股窠臼，可惜這類作品大都散佚了。

> 2013 年 8 月 21 日，成稿後發現今天原是
> 農曆七月十五中元節，祭祀逝者之日也

牧惠 (1928-2004)

相見恨晚 相別恨早

　　不管你願不願意接受，牧惠在 6 月 8 日下午意外地離去了。10 日我打電話證實了這個噩耗，以後幾天我的心都是恍恍惚惚的，牧惠的音容笑貌就在眼前。我是 5 日回到家裏的，瀏覽了些離家期間的報刊，看到牧惠一篇談趙樹理時涉及張恨水的文章，有些不同的想法，在 6 日或 7 日打電話給他，說我想寫篇短文跟他商榷，他連說「好啊，好啊」……怎麼才過一兩天，人就遽然沒了？

　　我大約是在二十世紀八十年代中葉才跟他相識，那時他已經和嚴秀、藍翎、舒展、章明等許多朋友健筆縱橫於文革後新時期雜文的「戰場」上，——請原諒我用這個老套的詞，——在對「歌德與缺德」論、雜文「新基調」論等的論戰中，在反駁對《醜陋的中國人》的圍剿中，表現了驍勇的戰鬥力，——請原諒我又一次使用了這個老詞。牧惠不愧為戰士，正像他在四十年代後期為了追求建立一個自由民主富強的新中國，毅然走出中山大學的校門，參加了粵中縱隊去打游擊一樣。經過五十年代至七十年代的政治運動，他不僅是作為「漏網」之魚，且是對國內政治生活有了新的認知，便又一次披掛上陣，向文革餘風，向妨礙改革開放的現象，向違反群眾民主要求的做法和輿論，直陳他的觀點和他的義憤。

1988 年 5 月，人民日報文藝部、新觀察雜誌社和貴陽日報社聯合舉辦了「花溪（雜文）筆會」。在那次會上朝夕相處，我從愛其文進而近其人。到今天也有十五六年了。

我不知道「單位」對他的「悼詞」會怎麼評價他；在我的心目中，他是今天已經少見的一類人：一個說真話的朋友，不擇對象、不耍心計、不設防，有時達到天真的的程度，甚至連所謂「合理的謊話」也不會說。一個時時刻刻把別人放在前面，把心掏給別人，「古道熱腸」的人，以致由於輕信，不止一次遇到「欺以其方」的小人利用他的善意，騙取他的幫助或直接向他騙錢而得逞。一個在文字上不免會宣傳一些超越「時宜」的觀點，而在待人接物上卻遵守着前革命時期和革命時期成文和不成文的老規矩中——那些克己和利人的部分，做起來十分自然，毫不勉強。

他是這樣勤奮，筆戰不輟。我故意不說「筆耕」，而說筆戰，不是我特別喜愛這類帶着軍事色彩的用語，而實在是因為牧惠一旦找準了鬥爭的大方向，就會一往無前，連續作戰，連發炮彈，如此執着又如此決絕。凡是他的讀者都會傾聽到他的罵陣和戰叫，感受到他的熱血沸騰。

當我讀着牧惠關於文史方面的著作的時候，總要想起這原是他的老本行，他的專業，如他不寫時感雜文，而繼續他的例如明清小說研究，以他的孜孜不倦，學風踏實，必有所成，甚至更大的成就。但他寧肯以他駕輕就熟之筆，去寫對《水滸》、《聊齋》的「歪批」「戲說」，直到嘔心瀝血。審視這個在生活中，除了游泳以外可說不大習於遊樂的牧惠，他的這些何嘗是遊戲文章？

　　我不想在這裏具體評價他一生的工作，他在雜文和文史研究方面的勞績。我只是把他的一生看作尋求真理的一生，他的筆墨記錄了他對真理的探索。

　　真理，曾經是一個被自詡為真理佔有者們搞得混亂不堪的話題，可謂：真理，真理，多少假理和歪理假汝之名以行！蘇聯時期有個《真理報》，打的還不就是真理的幌子！「真理」一詞在俄文中是「ПРАВДА」，又作「實話」解，可見不說實話，哪來真理？

　　有一位寫雜文的朋友侯志川，在一篇文章裏，說到某些威權人士曾是所謂「句句是真理」，從而「一句頂一萬句」，慨歎雜文作者是「一萬句頂一句」。我以為，「一句頂一萬句」的借重於權力，借重於權力的未必就是真理，時過境遷，才見真偽。普通人，普通作者的話，自然也不會「句句是真理」，且因為人微言輕，說話沒分量，有時披肝瀝膽的話，說一千道一萬也不能引起廣泛注意，如春風之過馬耳，是頗令人寒心的；但且不說「實踐是檢驗真理的唯一標準」，也還套用一句經典作家的話，聽音樂需要有「音樂的耳朵」，然則聽真理也需要有「真理的耳朵」；只要你講的是真理，不愁遇不到「真理的耳朵」。

　　那文革中碰不得的名言，所謂「一句頂一萬句」，意思自然在吹捧威權人物的「句句是真理」，但它頂得的「一萬句」是指誰的？似乎交代不清。如果說頂得那同一個威權人物的「一萬句」吧，好像說把雄文多卷壓縮到萬分之一的篇幅就夠了，雖也符合吹拍者提倡「語錄」體的韜略，但這不分明是在太歲頭上動土？說不過去。那末，就是說，他那「一句」的真理性，頂得一般人——普通人口頭或筆下的「一萬句」吧，可是問題

又來了，這一萬句裏有沒有真理？有幾句？如果有一到兩句，不是就足與那「一句」相抗衡？如果必須一萬句加在一起才構成真理，真理豈是靠「碼字」搭積木堆成，或流幾個鐘頭的口水淌成？如果「一萬句」裏既不含有一句兩句真理，也不因積少成多變成真理，那「一句頂一萬句」的「一句」，頂得的不過是一萬句的廢話、空話、套話，這「一句」又可貴在哪裏，而且，它還算得上真理麼？

「一句頂一萬句」的真理論，其實邏輯不通，纏夾不清，只是從來沒人跟它認真討論過，它也是不許討論的，因此才得統治中國達七八年甚至流毒更久。

牧惠以大半生尋求真理，尋到了嗎？我想，在他的四十幾本書裏，自然不可能「句句是真理」，但可以看到他尋求真理的足跡；而且他確實宣揚了真理，自然也不能說全是他頭一個發現的，但也總有一些是他最先說出來的吧。如果按照上述的思路，問在牧惠的書中有多少「句」真理，這提問雖然極不科學，卻不妨作個算術遊戲：他的四十多本著作，以每本平均二十萬字計，除去述而不作的部分和編選重出的部分，可得六七百萬字；不知當年說「一句頂一萬句」時是以一個逗號算一句還是一個句號算一句，我們姑且從嚴，一個句號算一句，平均每五十字一個句號，則總計也有十多萬句，如果他也能「句句是真理」，一生講了十多萬句真理，那當然好；即使按「一萬句頂一句」的比例算，畢生著作作中有十幾句堪稱真理，只要不跟自己講的別的話相抵銷，也就足以令人欣慰；何況如牧惠其人，一是一，二是二，於他講的「十幾句真理」之

外，那十幾萬句，總不會都是歪理謬說，或甚麼也不是的淡話吧。這樣說來，作為真理追求者的牧惠，似亦可以無憾矣。

痛感有憾的是我們讀者，親朋故舊。在我，得一牧惠式的兄長，是十幾年來一幸事。然而，他實際上年紀並不算大，現在平均年齡普遍提升，比起八九十歲的健者，他還不過是七十六齡方入老境不久的人，而我們再也看不到他的新作，想跟他商榷也無從聽到迴響了。

相見恨晚，相別恨早：這個世界充滿了遺憾，這也是遺憾之一吧。

2004 年 6 月 14 日

綠原的詩
── 給「綠原詩歌創作研討會」的賀信

尊敬的綠原先生，
主席先生和與會的朋友們：

　　請研討會接受一個詩歌同行的祝賀，請綠原先生接受一個後來者真誠的敬禮。

　　我出生和生長的古城，在日本侵略下淪陷了八年。我知道綠原之名很晚，是在戰後的 1947 年，我是一個初中二年級學生的時候，──從「七月詩叢」第一輯，隨後從《希望》和《泥土》等文學期刊，結識了綠原和他的詩友們。在我當時的習作裏，有一首題為《童話》的詩，寫得很幼稚，綠原如果看到，一定不會承認這來自他最早的影響，但是我卻不能不承認，這是我對他的最早的模仿。

　　我接着讀到了綠原在《童話》以後的詩，例如《你是誰？》其中有些哲理的段落我並沒看懂，但是詩人對自由的呼喚，反內戰、反饑餓的叫喊，我懂得並且由衷地共鳴。「五・二○」運動後有一次詩歌集會上，有朗誦這首長詩片斷的節目，我因為遇到別的急事沒能參加，曾經久久地感到遺憾。

　　假如我記得不錯的話，北大的學生詩人李瑛曾經寫過一篇〈綠原論〉，和他的一篇〈鄭敏論〉先後發表在天津《益世報》

的《文學周刊》，周刊是沈從文先生編的，某種程度上帶有同仁刊物的性質。沈先生曾經告訴我，他在復員回北平以後，在北大發現了兩位文學上很有希望的學生，一是吳小如，一是李瑛。不過，我想，他發表李瑛關於綠原的詩論，不僅是因為這份師生關係，應該說也表明他具有的文學眼光和寬容胸懷。

三十多年之後，我在《白色花》一書的讀後感裏說，中國現代的自由詩，到 1949 年在國民黨統治區成熟，而這個高度是以綠原為代表的。雖是我作為一個新詩讀者和習作者的一孔之見，但是從閱讀和比較所得，不屬於庸俗的捧場。

在這次研討會上，我相信將對綠原先生的詩歌創作（也許還涉及他的詩論和詩歌翻譯），對他的終身成就及在文學史上的地位做出實事求是的、公允的評價。這是嚴肅的學術研究，我不能多所置喙。這裏，在祝賀和致敬之餘，首先我想為我在 1955 年 6 月發表在《人民日報》的的一首配合反胡風運動的政治諷刺詩《就在同一個時間》（詩中對綠原先生和眾多所謂胡風分子做了誣衊傷害），再一次向綠原與別的已故和健在的受害者，表示由衷的道歉。

然後，請允許我聊天式地說兩件記憶中沉澱的舊事，這可能是當時已經被捕的綠原聽都沒聽說過的。

一件事，在 1983 年結集出版的《人之詩》裏，有一首寫於 1953 年的《沿着中南海的紅牆走》，一開頭就說：

> 沿着中南海的紅牆走，
> 我的腳步總是很慢很輕，
> 我總想在這一帶多逗留一會兒，
> 我總是一面走，一面傾聽。

不是因為別的，是因為「那裏面有一顆偉大的心臟……和我的心臟相連」，這樣的詩情，過來人都是可以理解的。然而，過來人（還有認真研究過史料的人）都會記得，有一家刊物在反胡風和肅反運動中，竟把這首詩拿出來坐實所謂綠原是「美蔣特務」的誣陷，把詩人在紅牆下的「逗留」和「傾聽」，硬說成特務的鬼祟行徑。此說如能成立，那末智利詩人聶魯達（Pablo Neruda）在長詩《讓那伐木者醒來》中寫的，深夜克里姆林有一個窗口還亮着燈，斯大林正在室內銜着煙斗徘徊、思考，就憑這個，詩人也應該被蘇聯打成國際間諜。斯大林「肅反擴大化」所沒做到的，我們這裏做到了。今天年輕的讀者會以為匪夷所思，殊不知這樣的邏輯和文風，乃是當時所謂文藝批評的主流，滔滔者天下皆是也。這種大批判在文化心理上的遺毒，至今也不能説是完全埋葬了，這才是最可怕的。

第二件事，回憶起來，該是在 1955 年春，《文藝報》已經選印了胡風的「意見書」並號召「討論（實際是批判）」之後，但還在《人民日報》公佈胡風等的信件，命名「反革命小集團」之前。作家協會詩歌組在東總布胡同開會談詩。會上有一位詩人提起綠原在《人民文學》雜誌發表了一首寫節日逛公園的詩，據説詩中有一句，説公園裏「人比樹多」，他以質疑的口吻，認為這表現了一種反社會的情緒。一句詩提到這樣的原則高度（這是當時的説法，後來到了文革，才有「上綱上線」之説），在場的人都怔住了，這個話題沒有繼續下去。與會的人多半都已不在，也不知當時的紀錄是否還在檔案中保存，但當時作協創作委員會擔任詩歌組幹事的白婉清女士健在，她如記得，可以證明。手頭沒有老雜誌，文革後結集時這首詩未見收入，但

我想，詩人對於節日中公園「人比樹多」的抒發，顯然來自直覺，這樣的直覺，人人會有，於我們並不陌生；在今天，如果理智地引申，可以展開為環境、生態、城市綠地以及城市適宜居住的各項標準等問題，恐怕怎麼也跟「反社會」掛不上鈎的。某詩人這樣提問題，我想，聯繫當時的法制與人權狀況，倒是把「有罪推定」運用到文藝閱讀、詩歌欣賞的領域來了。這種可怕的現象，今後還會不斷發生嗎？

請原諒，我在今天這樣的場合，重說起這些使人不快的往事，對於詩人綠原，大概更像是揭傷疤的行為。不過，在我們呼籲健康的、正常的文學批評，健康的、正常的輿論環境，健康的、正常的社會政治生活，以及健康的、正常的人際關係時，讓我們都像綠原在半個世紀以前關於伽利略（Galileo Galilei）的詩中寫的那樣，在真理面前，堅持「人的標準」吧。

謝謝大家。

2005 年 5 月 5 日

「風雨回眸」嚴文井

嚴文井談趙樹理

　　《風雨回眸》可能是文井先生最後一本書，1999年武漢出版社版，為曾卓先生主編的「跋涉者文叢」第一輯的第一種。書中有一篇〈趙樹理在北京胡同裏〉，記他與趙樹理的相識、共事、交往，包括老趙就農民的疾苦和農村經濟問題向中央寫了一封長信而挨批的大事，更多是從日常生活見性情，把老趙的才情、寂寞、愛好、執着、憨厚都寫出來了。也記了一件難以想像的事：

　　　　1953年夏天有個黃昏，我聽見老趙唉聲歎氣從院子裏經過，嗓門特大，情況顯然異常。等我趕出去，他已經左右開弓，自己打起自己的耳光來。我跟隨他到了他那間北屋，問他發生了甚麼事，他不回答，一邊自打耳光，一邊哭出聲來：「兒子呵！爸爸對不起你。只怪你爸爸不爭氣，沒有面子……」

　　　　原來他是為兒子上學的事生氣。這年秋天，北京市可以容許學生住宿的重點小學「育才」小學有兩個名額分配給「作協」。當時「作協」該入學的孩子不少，暗中競爭很激烈。老趙也為自己那個男孩爭取過。讓孩子住了校，自己可以省

很多事。好像那時他還沒有把全家搬到北京來，沒有管家務管孩子。競爭的結果，老趙自然歸於失敗者的行列中。許多話，老趙又不願意明說，在氣頭上，他就採取了農村婦女通行的那種自我發洩方式。

在同一篇回憶文章裏，文井提供了當時的一些背景。1953年，他和老趙同時遷入東總布胡同 46 號（現在叫 60 號），因過去是製醬作坊，人稱「大醬缸」。文井說，（二十世紀）五十年代初的老趙，在北京以至全國，早已是大名鼎鼎的人物了。想不到他在「大醬缸」裏卻算不上個老幾。他在作協沒有官職，級別不高；他又不會利用他的藝術成就為自己製造聲勢，更不會昂着腦袋對人擺架子。他是個地地道道的「土特產」。不講究包裝的「土特產」可以令人受用，卻不受人尊重。這是當年「大醬缸」裏的一貫「行情」。

文井說，當時作協的「官兒們」一般都是三十年代在上海或北京薰陶過的可以稱之為「洋」的有來歷的人物，土頭土腦的老趙只不過是一個「鄉巴佬」，從沒有見過大世面；任他的作品在讀者中如何吃香，本人在「大醬缸」還只能算一個「二等公民」，沒有甚麼發言權。他絕對當不上「作家官兒」，對人發號施令。在「46 號」第三進院子北屋給他分配了一間房子，這已經算是特殊待遇了。

我在上世紀五六十年代不在作協系統工作，無論平時或運動時期，我看作協都限於場面上的人和事，文井先生對那時作協環境和人際關係的描繪，有點出我意外，但再一想，只是我少見多怪。

老趙在兒子上學這事上不如意，但六十年代他讓女兒不升學而去學理髮，卻曾受到表揚。當時號召中小學畢業生參加生產勞動，馬烽寫的《韓梅梅》，不但登報，還選入課本，就是寫一個小學女生投筆養豬的故事。女兒當然要聽爸爸的，老趙為甚麼不讓女兒接着上學，是單純的響應號召，還是也認為（體力）勞動至上，抑或有感於某些圈子裏人際關係之難處，希望女兒另尋一塊天地？

巴金又不一樣，他大約希望孩子升學。六十年代某一年，新華社《內部參考》中有一條上海記者寫的消息，說巴金阻攔女兒下鄉云云。巴金自己怕是不知道的。

隨手寫到這裏，忽然想起「可憐天下父母心」這句詩，不知坐實巴金頑固堅持資產階級立場的這件事，後來在文革中的批鬥會上是否也曾提出這，不過，巴金「罪行」太多，這一條算不上了吧？

《散花》中的小寓言

嚴文井先生《風雨回眸》一書中，有《散花》一題，標明是「創作札記」，24 則，都很短小。我看其中有幾條鳥言獸語，像是寓言體裁。

文井書中有兩篇談到寓言。他說，近代好的文學作品，無論是甚麼樣式，都越來越具有寓言的色彩。如海明威（Ernest Miller Hemingway）的《老人與海》、卡夫卡（Franz Kafka）的《城堡》都是小說，而又都可以當作寓言來看；梅特林克

（Maurice Maeterlinck）的戲劇《青鳥》，既可以說是童話，也可以當成寓言；魯迅的《野草》集裏，所有的那些名篇，幾乎都既是好的散文詩，又是精彩的寓言。

我只把鳥言獸語的當作寓言，是太膚淺也太狹隘了。文井用形象的比喻來表明寓言的特點：「寓言是一個怪物，當它朝你走過來的時候，分明是一個故事，生動活潑；而當它轉身要走開的時候，卻突然變成了一個哲理，嚴肅認真。」

文井在《略談寓言 —— 致周冰冰》和《關於寓言的寓言 —— 序金江〈寓言百篇〉》中，對寓言講了許多十分警策的見解，不及備引。只引一條：

> 許多短小的古典寓言，就像一把把小刀，好的寓言就像鋒利的小刀。而刀具有雙重性，既是有用而又總是一種危險的東西。即使是手術刀，如果醫生不高明，也是可能讓病人受不必要的痛苦甚至致命的。所以，寓言並不那麼好寫。對有些事物，應該給以致命的一擊；對有些事物，則要開刀動手術，目的是為治病救人。如何分辨，如何掌握，也許能說上千條萬條，或許還要多。我可沒有這樣的學問和這樣的經驗。

那末，我們就來看看文井先生的實踐。在《散花》24 則中，有的直抒己見，有的是「夢中的一個鏡頭」，有的照抄新聞，看來確是「創作札記」，是創作的素材或思考的線索，而不是創作成品。這裏面，我讀到十來條鳥言獸語（又是從這個淺層次來認定），我想該是寓言的粗坯了 —— 但我看，就這寥寥數語，好像也就夠了，還需要再怎麼加工呢？這裏抄下幾則：

三

膽小的老兔子臨終時要做一件勇敢的事，就是講心裏話。他小心翼翼地對小兔子講狼是我們的敵人。隨後又問：「狼在不在附近？」

四

大王讓被虜來的武士（他一生所痛恨的）在被折磨得精疲力竭之後，去參加比劍，為了殺死他。

沒料想武士竟然勝利，大王還是不算他勝利。

五

老虎暴虐，狼和兔子都抱怨，不敢說。

老虎死了，兔子向狼去說老虎的暴虐，狼又不讓。

狼用老虎的皮蒙在身上，在百獸中更暴虐。

六

狗打架，打敗了的狗找貓出氣。

八

獅子撲向他的打手熊和狼，不管他們為他殺死了多少小獸。

比起伊索（Aesop）、拉方丹（Jean de La Fontaine）、克雷洛夫（Ivan Krylov）的寓言，這些似嫌短了一些，但我們先秦諸子的寓言不都是三言兩語，有的並且縮略為四字的成語嗎？

就在《散花》中也有並非鳥言獸語的寓言：

在一個魔鬼統治的奇怪的地方，真理老人也被迫説謊了。

他被折磨得疲憊不堪，狼狽不堪。

「我們正是不需要你。」

文井先生這些札記，有幾則註明寫於 1980 年某月某日，多數未署年月，大概也都是八十年代初所記。

文井先生走了，留下優美的童話，耐讀的散文，但他留下的寓言作品太少了。只有像他那樣睿智的筆才能寫出好寓言啊！

2005 年 7 月 29 日

「胡風學」研究的一本新書
── 讀路莘《三十萬言三十年》

又一本關於胡風的書寫出了。在「胡風學」的書目上又增添了一部追憶兼研究性的著作。

我說「胡風學」，不是玩笑話，在像胡風和他的朋友，以及他並不識面的同案者的生死命運面前，是不允許開玩笑的。

我在少年時代是胡風所編「七月詩叢」詩人群的讀者和小學生，僥倖沒有在 1955 年反胡風的運動中受到牽扯。但兩年後的反右派鬥爭中，掌控批判鬥爭的支部書記，還是不忘在聲討我的罪行時加上一條：向人推薦「胡風反革命集團骨幹分子」路翎的《初雪》和《窪地上的「戰役」》。

歷次政治運動有一個為發動者和領導者始料不及的後果，就是使原來曾對他們深信不疑（至少是多信少疑）的人們，對他們所指的鬥爭和專政對象，不像從前那麼同仇敵愾了，在某種情況下還會產生「同是天涯淪落人，相逢何必曾相識」的感覺，甚至「涸轍之鮒，相濡以沫」的感情。從主流意識形態的思路看，這當然是抗拒改造，堅持反動立場 ── 這種立場決定了反動的思想感情云云；然而換一個角度看，這不正是毛澤東早年提醒幹部要防止的「為淵驅魚，為叢驅雀」效應嗎？何況根據「存在決定意識」的唯物主義原理，你把一個人推到敵方，

打下底層，再麻木的人也要重新考量一下原先對人對事的認知吧。總之，到了文革期間，我以「老右派」的身份遭到所在支部文革小組揪鬥時，對專政隊內的「牛鬼蛇神」包括「現行反革命」在內，便毫無異己感而只有同情，視為跟我一樣的人，多半還是好人，頂多是所謂「犯錯誤的好人」罷了。

文革結束後，我的右派問題得到澄清，我格外關注的是胡風一案的平反。然而在整個八十年代，我的認識限於這是一起株連甚廣的文字獄，莫須有的冤案錯案，1988 年寫的《有感於胡風案件的平反》，以至九十年代就《我與胡風》這一專集寫的讀後感，雖也提出一些應該吸取的經驗教訓，卻還是停留在為胡風及其同案者辯誣。即使如《有個集團又何妨》，也只是在爭取兌現集會結社的權利上立論。

後來有了林賢治著名的長文，而且隨着時間既久，當事人和知情人披露的資訊越多，相關的討論便也更加深入。不再僅僅把胡風當作一位蒙冤受屈的「苦主」，而是把所謂胡風問題，當作一個思想事件和政治事件，放到一段歷史的背景下考察，它不僅涉及二十世紀三四十年代的左翼文學運動史，也涉及中共各個時期在文化、統戰特別是知識分子工作方面的歷史。1949 年中共在全國執政以後，以群眾性的政治運動（或政治性的群眾運動）方式治國，包括從思想上、政治上、組織上處理文化界、教育界、學術界的問題。發端於 1954 年而鋪開於 1955 年的公開全面反胡風鬥爭，在五十年代政治史上具有里程碑的意義。有關的跨學科研究，實際上已經存續多年，有鑑於此，我以為不妨命名為「胡風學」。

在 1955 年全面反胡風之前，於全面推進新解放區土改和大張旗鼓地鎮壓反革命同時，已經以朝鮮戰爭為由頭，在倡導「反美，仇美，蔑美」，批判「崇美，恐美、媚美」的口號下，揭開了高校知識分子思想改造的序幕，要求教授們一一反省自己的政治思想和學術思想，與「美帝國主義」劃清界限，交代與在美國及其他國外、境外的社會關係（首先是與各種政府、黨派、組織的關係，其次是與在外的親屬、朋友、師生等的關係）；同時發動過對電影《清宮秘史》和《武訓傳》的批判，特別是後者，聲勢較猛，觸及較廣，震動較大。另外在文學界也頗展開了一些不無殺傷力的批判。但在執事者看來，大概都認為「收效甚微」（這是六十年代「兩個批示」中的話了），於是總在尋找「戰機」。周揚說過文學評論家應該是黨在文學戰線上的「哨兵」。周揚忽略了的，被另一個「尖兵」江青發現了。接着，就是圍繞俞平伯《紅樓夢研究》的批判引發的對胡適和胡風的批判。

這只是在知識界開展鬥爭的動向。在 1949 至 1955 的六年間，毛澤東運籌帷幄，繼轟轟烈烈的「三反」「五反」運動，「打退了資產階級的猖狂進攻」之後，並已在黨內鬥爭中穩操勝券，既批判了劉少奇的「和平民主新階段」論，以提前進入向社會主義過渡時期的總路線否定了 1949 年新政協通過的《共同綱領》；也打擊了以反對劉少奇的右傾為名的「高（崗）饒（漱石）反黨聯盟」。打順了手，又在 1955 年 4 月在黨內打出一個「潘（漢年）揚（帆）反黨集團」。

當時正在乘勝擴展鬥爭成果，計劃要從文化界、知識界突破，原定在 1955 這一年裏開展對「二胡」「二梁」的批判，「二

胡」是胡適和胡風,「二梁」是梁漱溟和梁思成;打一個以辯證唯物主義反對資產階級唯心主義的戰役,來樹立毛澤東思想在意識形態領域的權威。臨戰形勢發生突變,遂集中優勢兵力猛攻胡風,對「二梁」的批判暫時擱置,連對胡適的批判也不了了之,交給學術界草草收尾,讓人民出版社出了八本批判文集完事。

看來,因為找到把胡風從思想、學術問題升級為政治、組織問題的口實,胡風和他所辦刊物的作者群長期以來只有一個「宗派主義」的帽子,現在三天兩晚上就從「小集團」變成「集團」,從「反黨集團」變成「反革命集團」。這一形勢的急轉直下,不僅震懾了整個知識界,而且吸引了全國人民的目光,果然比批判一個遠在美國的胡適 —— 儘管他過去是文化教育界享有盛望的執牛耳者 —— 政治效果要大得多。據說這個反革命集團的黨羽已經遍及黨政軍和工廠學校各個部門,而其成員竟都是國民黨的「殘渣餘孽」,於是開動了國內所有的宣傳機器,加上各級黨政工青婦團體的表態,分別組織幹部群眾投入「學習」,其煽情的程度,使對於這真正只是「一小撮」的文人的鬥爭,彷彿當年蘇聯反對「托洛茨基－季諾維耶夫反黨聯盟」的熾烈嚴重架勢。

1955 年 5 月 13 日,中共中央機關報《人民日報》發表了包括毛澤東親筆所寫若干按語的《關於胡風反革命集團的材料》(第三批),5 月 16 日就開始對所謂胡風分子們分批逮捕。很快,反胡風的鬥爭進一步轉為在全國機關團體學校和企事業單位內部「肅清暗藏的反革命分子」的鬥爭,簡稱內部肅反或肅反,以區別於建國初期的「鎮(壓)反(革命)」。兩年以後,

在反右派鬥爭中，針對有人對這一運動的批評，一方面把批評者定罪為否定肅反，打成右派，一方面竭力為肅反辯護，但能夠計入肅反運動成績的，絕大部分也不過是把當事人參加新政權工作之初交代過的歷史情況翻騰一遍，重新調查一番而已。

但不管怎麼說，從反胡風到肅反，這是一場「火熱的鬥爭」。它調動並釋放了 1949 年以來蘊積既久、蓄勢待發的，主要是在文化界、知識界鞏固領導權鬥爭的潛在能量。它動用了過去在老解放區、近年在新解放區行之有效的一套政治運動操作程序，訓練並檢閱了原有的和新集結的運動積極分子隊伍。以「反右傾」和反對溫情主義開路，提倡大膽懷疑，鼓勵揭發告密，形成人人自危的心理局面，然後以所謂「排隊」、「摸底」為依據，進行有罪推定，實施非法關押，即名為「隔離審查」的私設公堂，通過「疲勞審訊」等體力和精神折磨，指供誘供，達到「逼，供，信」的目的。

所有這一切，都是以革命的名義實行的。在「以武裝的革命反對武裝的反革命」（斯大林語）勝利之後，專政便是革命暴力在國內和平環境下的繼續。胡風和他的朋友們曾經是革命的動力 —— 至少是同路人，在革命成功後淪為專政的對象，這在他們是沒有精神準備的悲劇。然而，即使事情不發生在他們身上，也會發生在別人身上，不久以後的反右派鬥爭、四清運動，更不必說文化大革命，成千上萬的事例證明了這一點。其實，這不僅是中國現象，也是世界現象。革命要吃掉它的兒子，而且隨時擯棄它的同路人。在胡風誕辰百年時，我為《三十萬言書》單行本寫的讀後感〈不可避免的沉重閱讀〉一

文，就從胡風與中共關係這一視角出發，力圖從胡風和中共兩個方面來闡明後來不幸事態的必然性。

早在上世紀八十年代，為爭取胡風問題的徹底平反，人們已經反覆指出，胡風作為一個政治上擁護中共領導的人，他的思想也不可能是反體制的，他的文藝思想因為繼承了五四運動和魯迅精神的餘緒，自然不會與毛澤東的延安講話完全合拍，但從他的學術立場和具體觀點看，他也仍然屬於左派，或者可說是類似盧卡契（György Lukács）那樣的馬克思主義內部的一個學派吧。然而在中國這塊土地上，乾綱獨斷的傳統加上列寧斯大林黨的思想文化體制影響，當然不能見容。如列寧（Vladimir Lenin）所說，無產階級專政的政權是不與別人分享的，意識形態方面自然也不例外。在文革預期「大樹特樹毛澤東思想的絕對權威」的十多年前，反胡風就表現為這樣一次練兵。

反胡風這一思想和政治事件，既是四十年代以來特別是1949年以來文藝界鬥爭的必然歸趨，也是四十年代以來在延安、重慶、香港等地貫徹中共改造知識分子思想和開展思想戰線鬥爭一系列方針政策的繼續。不僅此也，反胡風和由此發生的肅反，更成為嗣後各項政治運動直到文化大革命的重要樣板。

這樣一次承先啟後的運動，最主要的特徵是它的非法理和非道德性。

列寧曾經宣佈無產階級專政是不受法律制約的，毛澤東更有「無法無天」的名言。本來，五十年代中國的法制就極不健全，憲法不過是沒有操作性的一紙空文，沒有刑法，只有一本《婚姻法》。政法委員會主任董必武在1956年中共「八大」會上

呼籲建立和健全法制，成了沒有響應和下文的空谷足音。沒有法制，何由法治？只有人治，就是黨治，首先是領袖人物一人拍板、一言九鼎之「治」。可以以私人書信斷章取義當作罪證，可以由毛澤東信筆批示給人定罪，就如所謂綠原為「中美合作所特務」的罪名，只見諸毛的按語，事後不久即由公安部專案組查明並無此事，但中央肅反十人領導小組的羅瑞卿（公安部長）、陸定一（中宣部長）卻怕拂逆「聖意」，不敢向毛報告，決定維持原案。至於由黨委機關隨意決定關押、逮捕，即使移交法院，也仍按黨委決定（長官意志）辦案，人們已見怪不怪；十年後對胡風、阿壠的所謂「依法審判」，更是這樣一場自欺欺人的做戲。法律云乎哉？法治云乎哉？

　　作為調整人際關係和社會秩序規範的倫理、道德，絕大部分是人類文明得以承續的普世道德觀念，由於強調革命是與傳統觀念的徹底決裂，在以「革命是最大的道德」一類教條的面前，幾乎掃地以盡。不必上溯到《湖南農民運動考察報告》列舉的現象，單是 1949 年後的各項政治運動中，「以階級鬥爭為綱」，按階級、路線以至政策劃分陣線、營壘，「親不親，階級分」，從而否定任何親情、友情和正常健康的人情，全都歸之為「資產階級的」人道主義、人性論，輕者也是溫情主義；所謂「對敵狠，對己和」似乎全面合理，但在提高階級警惕性的口號下，事實證明不斷要從「己」中找出「敵」來，喚起大家的「階級仇恨」，不僅劃清界限，而且「大義滅親」，這樣才算經得起革命的考驗，才符合革命的道德。形勢逼人，如此土壤只能培育奴顏媚骨或滿口假話。至於政治人物不講政治道德，無論在運動中還是日常狀態，更是習以為常。而「統治階級的文化就

是統治的文化」，統治階級的道德也就是統治的道德，整個社會的道德「滑坡」，源頭就在於以革命的名義對道德的踐踏。

胡風本人，「胡風反革命集團」有關的人們，還有歷次政治運動中無辜的受害者，都是法律和道德缺席的時代犧牲。讓我們記住他們的生死教訓，永遠告別這樣的時代。

2006 年 10 月 9 日

讀《周思聰與友人書》
── 夜讀抄

　　這一百四十二封長短不一的信，都是畫家周思聰從 1980 年到九十年代初期寫給摯友馬文蔚的。周思聰死於 57 歲，短短一生特別是成年以後艱難的生存，使她在 40 歲出頭就說出了「我無論如何不想長壽，能活 60 歲就謝天謝地了」這樣感傷的話，誰料竟一語成讖。她永遠沒有假期，直到死才得休假。

　　周思聰是一個沉默寡言的人，她是在中年（卻不幸成為她的晚年）結交了馬文蔚這個從未向她索過畫的朋友，也許因為是同齡人，更多的是心有靈犀的同氣相求，成為無話不談的知音，同住京門，但見面不易，她們便在信箋上互相傾訴和傾聽。

　　馬文蔚珍存的周思聰來信，在八十年代前期最為集中，1983 年有三十一封，1982 年竟有四十封，那時周思聰雖也疲勞苦惱，有一次快一個月了，無法動筆，還要面對牆上一大堆索畫的條子，而「無數件瑣事像許多磚塊，團團圍住。有老人、孩子和病號拖住，不忍逃走」，但她自己還沒被病魔纏住。後來類風濕鬧得手指僵直，渾身疼痛，雪上加霜，她就不止於精神的掙扎了。

　　然而，周思聰正像我們在她的畫作中體會到的，她執着地熱愛生活。患病後有一年二月，她在信上寫：「春天又悄悄向我

們走近了。這回能留駐幾天麼？或許。」接着她寫：「有人説，人生就是匆匆忙忙向墓地奔去。我不想這樣生活。」

她想要的是甚麼樣的生活呢？反正不是她每天寢饋其間的生活。對後者，她在信裏留下這樣率真的描述：

> 生活是多麼奇特又捉弄人，人們真是可笑，活在世間忙忙碌碌，憑着小聰明，得名又喪格，自我感覺那麼好，還有人願為其犧牲，而又有人懷着大智大勇進了棺材，於是另一些人假惺惺哀悼之後，又興致勃勃去幹害人的勾當去了。懷着鬼胎，又彼此文明地招呼着。只有孩子做不出，可他們將會長大。
>
> 我自己也弄不懂，有時覺得周圍的一切都美好，有時又覺得那麼糟，好像四季的輪迴，我的心境反覆無常。有時覺得一切都無所謂，有時又是那麼在乎。

這些袒陳可以説是「原生態」的，不同於一切學習會上的發言和一切表態的套話（這些她不會説）。這反映出她靈魂中真實的矛盾。

她靈魂中的矛盾緣於真實生活中的矛盾。她在八十年代初到涼山去，看到了跟畫報上一味「載歌載舞」全然不同的彝族同胞的生活。離開後，她説，她的魂依然在涼山飄蕩，就在那低低的雲層和黑色的山巒之間。白天想着他們，夢裏也想着。

> 我必須試着畫了。當我靜下來回味的時候，似乎才開始有些理解他們了。理解那死去的阿芝，理解那孩子的痛苦的眼睛，理解那天地之間陰鬱的色彩。

想像不到的是她的思路一轉：

> 他們都是天生的詩人，他們愚昧、迷信，有時樣子還使
> 人害怕，他們過着和畜牲一般無二的日子。但他們是詩人。
> 他們日復一日平淡無奇的生活，他們的目光，他們踏在山路
> 上的足跡，都是詩，質樸無華的詩。

請彝族的朋友不要挑剔畫家急不擇言的冒犯，這個畫家這時是
陷入了詩的思維，她的悲憫情懷卻也讓她接近了詩的真諦：

> 詩不會在那漂亮的衛生間裏，也不在那照相機前的扭捏
> 作態裏，那裏是一片空虛啊。

> 歡樂很容易被遺忘，而痛苦就必然畫下一個痕跡，永
> 遠留下了。在我還是「單純得透明」的年紀時，有人曾批判
> 我「有陰暗的心理」，當時我嚇壞了。難道我是怪物？可是
> 這「陰暗的心理」總使我看到那些不該看的陰暗面，……越
> 是看到我的國家的苦難，我越是愛她，離不開她。

大概正是因此，她蔑視偽善，嘲笑那被稱為「扛鼎之作」
的「馬屁畫」。也正是因此，她對羅中立的油畫《父親》的看
法，就跟一些人不同。她在一個美協會上聽到不少擔任地方領
導的理事指責《父親》，說「醜化了社會主義農民」，「手上黑
黢黢，這種愁苦的形象，還拿到巴黎展出，給中國農民抹黑。」
而周思聰說，

> 我看了《父親》以後，發現感動我的，正是那些「抹黑」
> 的描寫。飽經辛酸的皺紋，含愁的善良的眼睛，污穢的手，
> 那代表貧困的粗瓷碗……這一切使我想到我的祖國，災難

重重，至今她仍然貧窮落後，但她畢竟是我的祖國，我的父親。我不會因為他手黑而感到羞恥，我知道，那是因為他剛剛還在泥土中滾爬，為子孫操勞。這樣的父親為甚麼就沒有資格到巴黎？……那些口口聲聲不忘本的人，因為要那可憐的面子，可以捨棄藝術的真實。這就是「為政治服務」吧，可憐的政治。

無論如何，我關心的總是現實，最感興趣的還是現代人的想法。

她沒有說到，在當時一堆不僅是為了「面子」的理由下，畫家羅中立還不得不為「父親」在耳根別上一段筆頭。正像更早兩年對首都機場一幅西雙版納壁畫爭議不休，最後為傣家的浴女掛上帷裙而告終。過來人都記得，這樣橫加干涉的鬧劇不一而足。周思聰也記下兩筆。其一是舉辦德國表現主義版畫展覽。開幕後，民族宮黨委發現有不少裸體，立即召開緊急會，但也想不出甚麼可行的對策，又不敢撕毀合同，十分尷尬。當時美術公司做的維納斯石膏像，也被公安局查詢，說是要採取措施。不僅此也，徐悲鴻紀念館開幕，主管單位文物局領導也發現有不少裸體素描，當即下令這部分不能公開展出。美術界力爭的結果，讓步改為「背面及側面的」可展，「正面的」無論如何不得展，云云。「他們分不清甚麼是藝術，甚麼是黃色。」在後來的歲月裏，還是請出了毛澤東有關模特兒的一條語錄，才平息了營營之聲的。

這樣令人啼笑皆非的事情也降臨到周思聰的頭上。她畫了兩個背柴的彝族婦女，日暮靠在山路邊休息，隨手題字「日出

而作，日入而息」，一個畫刊的編輯拿走了，下功夫查出了此語的出處，發現後面還有一句是「帝力於我何有哉？」按他們的解釋是「皇帝也拿自己沒辦法」，於是令她改題目。周思聰說：「我只寫了八個字，為甚麼給我多添七個？即便我也引了後面的一句，那我的理解是：我們靠自己終日辛苦勞作，不靠神仙皇帝，這難道不正是《國際歌》中的思想嗎？」對這種捕風捉影的神經過敏，她只覺得可笑，「這種聰明的文字獄遊戲，不知何時才能被人們感到厭煩。」

這是 1982 年底的事。在那之前，她在吉林出版第一本畫冊就引起一場風波，出版局的領導和一些「搞政治的」不同意發行，理由是最後關於上訪者的幾幅畫是「暴露」的，另外一些人體習作和稍有變形的畫也成了問題。在編輯力爭下，官方通知全省新華書店：將《盧沉周思聰作品選集》跟《赫魯曉夫執政的年代》一起，「因故改為內部發行」，原訂數改為寄售處理，發到當年年底為止，售餘部分退回出版社 —— 是寧肯經濟賠賬，也要限制發行的了。周思聰不止一次在信裏說她有不少事弄不明白，但她這時說了一句無可置疑的明白話：「中國果真像一條巨龍，龍頭稍微一偏，龍尾就不知要擺到哪裏去了。」

周思聰對這類涉及自己的事看得很開，而且當時她認為這只是地方上一些做法，她把這個通知複印一份，交給她十分信任的北京畫院院長劉迅，由他去向有關方面反映，「事情到此告一段落」，她說。

從她寫給馬文蔚的「私房話」裏，看得出她從心眼裏討厭甚麼，就是足以銷蝕生命和靈魂的本真的一切。「人們總喜歡錦上添花，而不喜歡雪裏送炭。這種熱鬧，我毫無興趣。」她厭

煩老生常談、表面文章，更不願為這些耗去寶貴的時間。「時間的財富，你是自己掌握着，而我則被別人毫無顧忌地抓去扔掉，眼睜睜要變窮人了。」「我來到世界上，總算是做了自己高興做的事，人到老年，歲月所剩無幾，都會十分珍惜」，但，她認為一個人一定不要吝惜「發呆遐想的時間」，「人生中發呆是必不可少的」，我想她指的「發呆」，應該就是獨處中的省思，而她作為藝術家，還要有足夠的時空任感情在想像中馳騁。需要寂寞，耐得寂寞；需要寧靜，內心的和環境的：「在噪音之中，花都不願開，更何況人？」

在寧靜中，她靜觀，她沉思，都近於物我兩忘的境界。「好幾天了，窗外一台打夯機不斷地敲打地面，貓似乎對此有特殊興趣，每次一開始打夯，她必跳到窗台上觀看，神情專注，長時間守在那裏不動。」她不是一樣專注地觀看那隻貓麼？「外面的雨下個不停。真不知天上何以有這麼多水傾瀉下來。雨中的一切都變得那麼呆滯，只有幾隻勇敢的鳥穿梭般飛來飛去，不知究竟為了甚麼。」她又移情於飛鳥了。「這裏氣候涼爽，北京正值中秋。如果當傍晚時，有微風吹拂你們的窗簾，那便是我的問候。」只要給她片刻的安寧，她的畫意中便能生出詩情。

周思聰自剖說，「我有點像出家人，總想生活在內心世界之中。似乎一切都將化為繪畫語言，有時覺得一切都無所謂，有時又覺得甚麼都那麼閃光、引人入勝。」她說，「我覺得自己不能像正常人那樣思考，常與人格格不入。」也許是這樣的，我替她舉一個例：

> 現在是清晨，車窗外已經是一派南國景色。夜裏下過雨了，土地滋潤，紅綠分明。朝暉映在一簇簇農舍的白牆上，

輕柔、舒暢。路上挑擔的、背包的農民匆匆去趕早市。車廂裏忙亂起來了。

請注意下面的場景：

> 對面坐的一位年輕母親在奶她的小兒。就是這個嬰兒昨夜不時啼哭，聲音甜甜的，令人神往。有人發出怨聲，示意那母親，他妨礙了別人的睡眠，我倒很喜歡聽。這個小罪魁現在正美美的吮吸着乳汁，玩着自己的小腳丫。

對待一個嬰兒夜哭的態度，區別了「正常人」和周思聰的不同，這應該不僅僅因為她是一位母親，我以為。

有人說她孤僻，其實她只是耿介，不善隨波逐流，當然更不會同流合污。她的是非之心少受功利的干擾。因此，在過了「單純得透明」的年紀之後，她還能幾乎是憑直覺來明辨一些複雜的現象。

如關於魯迅，她對馬文蔚說：

> 對魯迅我與你看法有些不同。我以為他的作品藝術感染力極強，他恰恰不能做政治家。他偏激，他搞不得政治。他又太仁慈，搞政治準倒霉。他說是橫眉冷對，其實他最不善冷眼。他筆下的人物攝人魂魄。他的文筆平中見奇，最具中國民族的風度。我以為近幾十年中，由於政治需要才把他的政治傾向極力誇大，這很遺憾。

她對一些文學作品也有感覺式的批評，卻往往自有其透闢之處。如說：

《尋訪畫兒韓》文筆的確很好，對老北京也夠熟識了。看後，我進而又想到，大概此小說頗符合目前的「精神」，因而上了《人民日報》。其中有，「連國家主席都挨整了，我們還算甚麼」之類的說法，毫無怨言，而不是像有些作品那樣總是耿耿於懷，不想痛痛快快「向前看」，是不？

她也並不總是落落寡合。大約在 1985 年夏，她參加深圳美術節後說，

> 美術節的全體工作人員都是小青年，效率之高，令人羨佩。此次美術節的宗旨是團結、交流、探索，憑着他們清醒的頭腦判斷，邀請的畫家都是搞藝術的人，其中沒有勾心鬥角熱心權術的角色，大家心情舒暢，交談真摯。所談問題觸到深處，收益不淺。

如果邀她參與的社會活動，都是這樣圍繞着她魂牽夢縈的美術，當然不會使她厭煩，而且會留下美好的回憶。可惜往往事與願違。例如，也是一次講課之旅，但到了縣城就陷入重圍：

> 衙門裏的風氣，令人生厭。「招待畫家」，大擺宴席、陪客如雲、庸俗吹捧、言之無物，酒足飯飽、伸手索畫。招待當然是公家出錢，畫卻落入私囊。這個部長、那個局長、那個館長、這個所長……本來我打算給這個偏僻地區美術界同行們留下幾幅畫，卻不能如願。據說給了這些「長」們，對畫畫的同行們更有益，「長」們因此或許可以高抬貴手。然而我卻對此十分懷疑。

為甚麼懷疑？這從周思聰向馬文蔚推薦一位中學美術教師的信上可知：

> 二十年來，差不多美育是個空白。許多人，特別是青年，還包括不少領導幹部，差不多都是「美盲」，不懂得甚麼是美、甚麼是醜。

> 這位普通教員卻有一個抱負：要經他手培養出一百名考入美術院校的學生。據說他已經培養了這樣的學生五十多名，還在為實現他的目標努力着。他的休息時間都交給了孩子們，經常帶學生外出寫生參觀。這倒是個「平中見奇」的人物，你認為他是否有些意義，在當前？

後來她又在一封信裏補充說此人是八十中的美術教師趙存理。不知馬文蔚當時所在的傳媒是否採訪了這位趙老師，更不知可敬的趙老師是否實現了他的願望？

馬文蔚在序言中把周思聰這些信叫做「沉默者的心語」，我卻願說，對於陌生的讀者，這是一個正直的知識分子的遺囑。她厭惡說教，她更不說教別人。然而我們從這裏認識了一個人，口吻如女中學生，卻風骨凜然，我們再也不會忘記她。

2007 年 1 月 20 日

蔡其矯 (1918–2007)

無題

　　我遲遲沒有給電話地址簿上的「蔡其矯」畫上黑框，因為我幾乎不相信他已經不在了。

　　我聽到他去世的消息，就想起他在 70 歲時寫的：「苦苦等待新的命運，不知老之將至。」那是 1988 年，從那以後的十五年來，他果然是「惟把虔誠獻給詩，難以傳達的則用沉默表示」！

　　這個蔡其矯，這個蔡詩人，這個老蔡，他真的是至死都「不知老之將至」，在別人早就自知「老之已至」的年齡。他去世的第三天，我在廈門，打開《廈門日報》，就見年月女士編的「海燕」副刊上一大幅照片，是 2006 年 5 月詩人在鼓浪嶼露天大型詩歌朗誦會上，正昂首誦詩，一臉陽光，一襲紅衫，雖然微皺眉頭，哪裏有絲毫老態！

　　不過，這大約是被詩情和群情所鼓舞，乃作天鵝之歌了。去年 10 月在北京友誼賓館的研討會上見他時，他確已不如前些年的矯健，讓人覺得只有左右扶着他才更穩妥。

　　從 1983 年到 1998 年，我住在虎坊路。很長一段時間，老蔡每到北京，從他住的大雅寶胡同或東堂子胡同騎車來西城，到我們樓裏看望陳企霞夫婦，總要順便到我家裏小坐。九十年代中騎車被撞，傷了脊骨，才不再騎車了。此後，他雖痊可，

但漸漸發胖，有時坐長了，就打起盹來。不過只要一睜眼，一說話，露出人們慣見的飽含魅力的笑容，就還是透出朝氣和童心的那個蔡其矯了。

生老病死，人生之常。然而像老蔡這樣與衰老無緣，怎麼能跟「寂滅」聯繫起來呢。

我跟老蔡可以說是忘年之交。一是照習慣說，相差十五歲該算是兩代人，再則跟他相處，真的會忘記彼此的年歲：他待人平易隨和，使你忘記了他是「長輩」，有時甚至不免開些沒大沒小的玩笑，而在他面前，自然也沒有自覺老大的理由，倒是讓他給「薰」年輕了似的。

其實，我和他的交往很晚，知其名也很遲。1949 年以前，選有「解放區」詩作的書刊上，不曾見過他的名字。上世紀五十年代初期，主要是推廣延安講話後文學作品的「中國人民文藝叢書」中也沒有收入過他的詩作，如詩選《佃戶林》盡是民歌體的工農作品。大約在 1951 或 1952 年，我才從一篇手抄稿讀到了他的《兵車在急雨中前進》：原來晉察冀邊區還有這樣的詩人，這樣的詩風！我也就明白了，儘管他寫的是軍事生活的場景，這樣的作品卻不可能作為「工農兵文學」的樣品推出 —— 甚至像《肉搏》這樣在抗日戰爭的血與火中產生的，曾在抗日根據地得獎的詩作，都被遮蔽了多年 —— 我也是多年以後才「發現」了這首詩！

這一歷史現象，不能不說是因對詩歌源流問題上的糊塗認識，導致對文學「萌芽狀態」不恰當的推重，也造成文學認知上的誤解和評價上的混亂。

　　我在這裏不想多談這個方面，涉及文學發生學和文藝美學的話題，也是我的學力所不勝任的。

　　五十年代詩集出版的數量有限，我記得蔡其矯的《回聲集》、《回聲續集》和《濤聲集》在 1957 年前一面世，我都是第一時間購得，但報刊上不見任何反響，顯然在文學界領導和評論家們那裏，是視為非主流的。回憶我當時的直覺，其有異於主流者，也是後來一以貫之的，一是題材上較之當時一般作品顯得寬闊，且不單「反映現實」，還有內心真情的披露；二是詩人能把每一個詞彙安放在最適合它的地方，詞語組合氤氳出詩意的過程和結果都是和諧的，文字運用的熟練，也得歸功於他對語言的感覺精細入微。沒有對母語的熱愛是不能達到這個境界的。

　　1957 年 6 月初的端午節，詩刊社在歐美同學會原址開茶會，在會上見到了詩人蔡其矯。大家半戲謔地稱他為「大海詩人」。因為他剛在 5 月下旬出版的《詩刊》上發表一首長詩《大海》，寫的不是大自然的海洋，而是以大海為比興獻給斯大林的一首頌歌，寫於同年 2 月，即赫魯曉夫揭發斯大林個人迷信及其後果的一周年，卻完全符合中國主流意識形態對斯大林「功大於過」的評價口徑。

　　蔡其矯晚年編輯「詩歌回廊」時，仍然將它收入，但未循例以寫作時間為序，而是附在《人生系列・霧中的漢水》一冊之末，既表明了他今天對斯大林改取批判態度，又表現了不為己諱的勇氣。

　　由於主體和客體等方面的原因，人對複雜的社會歷史現象的認識，是一個不斷深化的過程。

　　經歷了動盪的 1957 年，他在年底時寫出了《霧中的漢水》和《川江號子》這樣的詩，為個人的寫作掀開新的一頁。而《大海》可以說是他告別斯大林時代的最後的輓歌了。

　　文革結束，十一屆三中全會閉幕不久，1979 年 1 月，在北京的全國詩歌座談會上，一百多位、幾代的詩人久別重逢，還有些從未晤面的朋友也親切相見，正所謂舊雨新知，濟濟一堂。正在福州的老蔡得到通知，趕回家鄉圍阪取了冬衣，匆匆北上。

　　那次會上，胡耀邦跟大家見面，講了話，要大家思想解放，寫出好詩。

　　應該說，老蔡的思想比一般人解放得早。從文革時流放閩西的八年，他就以疏離主流的心態寫着明知無法公開發表的詩，並以詩會友，結識了上山下鄉知識青年中的許多新詩愛好者，其中有舒婷和她的朋友們。接着，他在 1978 年《今天》創刊之前，就跟北島、芒克等有了交往，並支持他們這一群體的文學活動。年輕的詩人從他身上感受到對詩、對自由的強烈執着的愛與追求。

　　從 1979 年起，他除了以更加自由的意志寫作外，還一度廢寢忘食地編輯《榕樹》文學叢刊。他好像有用之不盡的精力，向他約稿，有求必應，向他請教，有問必答。記得有一次我提了一個問題，他特意抄引了一大段雨果（Victor Hugo）的話來作答，讓我感動（可惜一時找不到，但我曾注意保存，總有一天會翻出來）。他以真心對人，故他在幾代寫詩的人中都有可以信賴的朋友。我每次到他家去，常可以遇到年青的詩人。他青春的心是有吸引力的。

　　1983 年夏，我在青海路上，跟同行的安徽詩人劉祖慈相約，秋天騎自行車走皖南，完全自助，循着李白的腳印，遍遊池州、南陵、當塗、宣城、黃山。還說好徵求老蔡意見，看他願不願同行，結果一拍即合，蔡詩人立馬同意。不料變生不測，到 9 月末，幾近成行時，我忽奉命要去重慶參加一個會（就是以「高舉社會主義詩歌旗幟」相號召，對舒婷、北島以至謝冕等進行缺席審判的那個所謂「討論會」），我去不成了，眼睜睜看着劉祖慈和蔡其矯欣然就道。

　　我覺得老蔡已經寫得夠多了，他卻直到晚年還有宏大的寫作心願。我知道他對鄭和產生了濃厚的興趣，這興趣來自他由衷地關注海洋，關注與海洋有關的一切。我便給他寄去一些有關的資料，才知道他已經做了相當充分的準備，是要寫一部長詩的吧，正像他把自己對大海、對漁民的感情投射在媽祖身上一樣，看來，他把他對大海遠洋嚮往的胸懷，乃至與世界各民族交通友好的願望，將都寄託到鄭和身上。這部作品可能最後沒有完成，也就無法問鄭和是否能承擔得起了。

　　回首近三十年的往事，我又重看了蔡詩人早年給我的信。

　　我於 1978 年 11 月（或 10 月下旬）到《詩刊》工作。那時只想做兩件事，一是讓長期沉埋的老詩人「出土」，一是把「地下」的年青詩人群引到「地上」。我給蔡其矯寫了一信，告訴他我對某詩的一些想法，主要是希望他能先拿可以免於爭議的作品來「亮相」。他在 1979 年 1 月 3 日回信說：「在某些方面我很缺乏自知之明。《地下……》大約因有不少愛情字句，而且是自己的，就不免會受攻擊吧？這樣的詩，我有不少，都難拿出。這一回也是考慮不周，但給你看是不怕的。」後來，發表了他的長詩《玉華洞》，各方面反響很好。

他在 1979 年新年前夕，「寫下這樣幾句祝願」：

> 像宇宙一樣敞開的心
> 普通勞動者的太陽
> 穿過正在消散的雲層
> 瞠視着自己創造的神像。
>
> 每一根戰慄的心弦
> 都迴響着過去的悲傷，
> 謊言的詩已斷喪
> 真理的歌聲多麼響亮！
>
> 人民拒絕黑暗的王國
> 也拒絕對貧窮歌唱，
> 心因為流血而更鮮紅
> 眼睛注視着未來的希望。

最後結句寫道：「讓霸主、官主都消逝／上升吧，民主的太陽！」像「民主」這樣的詞彙，作為褒義詞，當時人們已感陌生，因在文革初起，「自由民主」就成了「資產階級的遮羞布」，到文革後期，則大張旗鼓地號召打倒「資產階級民主派」了；而詩人在這裏把「民主」和「官主」對舉，確有新意，也讓讀者一醒耳目。這首新年祝願是寫在信裏的，我不知道後來是否寫定發表過。

誰說詩人蔡其矯不問政治？他在這裏，而且不止在這裏，披肝瀝膽地宣佈了自己的政治態度。

2007 年 3 月 5 日深夜

讀李慎之先生的私人卷宗

　　李慎之先生離開我們五年了。對人的紀念，莫過於了解他的生平和思想。有幸讀到他自己保存的部分卷宗，主要是他在1957年及其後若干年間的「檢查」「交代」草稿或副本。如聞其聲——雖是在特殊年代語境中的文字，我仍然從中聽到了他的真聲音。

　　我歷來遇到歷次政治運動中的「運動員」，絕少問他們的「案情」，對於他們的書面檢討，我也無意寓目。因為我知道，就是「那麼回事」，在同樣機制下的產出，幾乎是千篇一律：實情與偽證雜糅，真心與違心交用，甚至捕風捉影，無中生有，迫於利害的考慮，檢討就是一種程度不同的妥協。我自己重複過不止一次的伎倆，過來人誰不熟悉？

　　這回讀李慎之的材料，我卻又彷彿更接近了他的深心。在這些作為被批判者、被整肅者寫的材料當中，保存了他對自己原始思想狀態的清醒描述，使我找到了他晚年思想的源流。我設身處地，發現他所做的這些陳述，以他一貫維護個人尊嚴的自覺看來，不像是僅僅為了迎合權力者的指供誘供，以求「過關」而已。他一方面確也是出於共產黨員的組織紀律性，一切如實地提供組織審查，情願接受這「審查」的後果；另一方面則不排除更深遠的用心，就是「立此存照」，留待歷史的公論。正如李秀成被俘後的自述，瞿秋白犧牲前的《多餘的話》，他

們心目中的真正讀者並不是收卷的人；也正如布哈林（Nikolai Bukharin）的遺囑標明是《寫給未來一代的黨的領導人》；李慎之應該是希望他的真實的思想得到有朝一日的人們的理解。因此他的自述是從容的，並不是氣急敗壞地給自己頭上「扣屎盆子」，以求儘快獲得「寬大處理」。

1957 年反右派時，李慎之是新華通訊社總社國際部負責人之一。對他的揭發和批判開始得較晚。從他 9 月 10、11 兩天在國際部大會上的檢討報告看，他檢討了「資產階級民主思想」，除對整風、反右等運動的看法外，其他具體問題，只要看看各節的小標題就可以略知大概：

1. 兩黨制如何起制約作用；

2. 黨管哪些，應該領導哪些，不該領導哪些：如何領導？

3. 黨群關係，以黨代政、黨政不分問題；

4. 歧路與悲；

5. 中國（共產）黨有無犯錯誤的危險；

6. （對斯大林）個人崇拜與蘇聯制度的關係。

再看他一篇「向黨、向人民請罪」的未定稿（刊於新華總社機關內部《前進報》11 月 4 日第 4 版），其中涉及劃他右派所據的「右派言行」，如：

> 運動初期在國際部壁報上，提出「只有大膽地放，才能解決問題」；

推薦《人民日報》上卜無忌（後來知是鄧拓）署名雜文〈廢棄「庸人政治」〉（按：鄧文是從成語「天下本無事，庸人自擾之」引申立論的），反對黨的政治思想工作；

在《新聞業務》上發表〈試揭一個矛盾〉，懷疑新聞服從政治的原則，實際上攻擊新聞工作是「愚民政策」，要求絕對的「新聞自由」；

曾經覺得（土改中）打地主不文明，就是「民主革命中的表現也不徹底」的證明；

認為「黨政不分」，「以黨代政」；

此外，歷次運動中不積極，怕過頭，怕傷人；誇大副作用，而要求穩健，云云。

經過五十年的風風雨雨，我們對上述這些條條，應該不難知道它「是怎麼回事」，從而判斷其是非。

歷次政治運動是按照中國特色運作的。儘管世界法治國家通例是一罪不二罰，但在我們這裏則是「新賬老賬一起算」，所謂有「前科」，當然要翻老賬，何況還有出身、教育背景之類的「原罪」！於是在反右派鬥爭中劃為右派分子的李慎之，在八年之後的 1965 年，還要寫《關於服罪問題的檢查》，早從 1962 年中共八屆十中全會批判彭德懷的「翻案風」，就已經開始對原已打倒的對象進行新一輪的打擊了。李慎之自不例外。他是個多思又健談的人，難免授人以柄，或用革命陣營中的話說，是讓人抓住小辮子。

　　其實，李慎之在 1957 年反右派鬥爭中的認罪，已經達到他這個人所能承認的「罪行」的極致。總不能讓他像侯寶林文革中在幹校認罪時説的「我企圖發動第三次世界大戰」吧？

　　李慎之這樣儒雅地表達了他對當年所犯錯誤的認識：

> 我在 1956 至 57 年間，資產階級政治思想的惡性發展，已達到對「蘇維埃社會主義」的上層建築全面懷疑、全盤否定的程度。我從設想一個「沒有斯大林的錯誤的社會主義」，「沒有匈牙利事件的社會主義」出發，對黨的領導，對無產階級專政，對社會主義的政治制度以至新聞政策、幹部政策作了全面的、系統的、根本性的攻擊。

就是説，他承認他是就國家政治的根本制度進行思考和建言的，不是僅就幹部作風、幹群關係的一般負面表現，做一些枝枝節節的批評。他的認罪也不是所謂「大帽子底下開小差」，都有具體的內容，他説：

> 我誣衊黨的權力太大會使社會主義國家成為極權國家，由階級專政成為一人專政，黨會成為既得利益集團，社會主義會退化為國家資本主義。我希望黨「自遠於以黨代政」，「以不領導代替領導」，「以少領導代替多領導」，要求「以社會力量從外部來制約黨」。我要求實行「大民主」，「全民的民主」，「直接民主」，社會主義的政權要歸「全民所有」，希望開發（放）「學術自由」，「新聞自由」和「幹部自由市場」，我希望黨向資產階級民主學習，效法資產階級的三權分立，議會民主，文官制度，出氣洞等等，還要求以專家路線來補充群眾路線，我把這稱之為「兩條線通天」。

　　李慎之這些思想固然是在國際部小範圍的同志間講過,「啟發」他們想「大問題」,有的並寫成短文、牆報,但最全面的一次則是在毛澤東派他的秘書林克前來徵求意見時表述的。其後不久,毛澤東在一次講話中對包括李慎之在內的幾位中共黨員幹部所說的「大民主」作了批駁。

　　在歷次政治運動中,對批判鬥爭對象「欲加之罪」或欲加重其罪時,總是指責他們是「有綱領、有計劃、有步驟」地反黨,然而大半都沒有甚麼事實根據。而在李慎之這裏,他的政治思想帶有綱領性,他所發揮的那些條條,互相貫通,「加起來就是一個完整的政治宣言」。

　　在 1965 年 11 月 12 日《關於服罪問題的檢查》中,他坦白地承認這一點,並且以第三人稱批判了他自己的這些綱領性政見。

　　他說,第一,這些條條決不是在社會主義制度內部探討如何「改良」的意見,而是一套完整的修正主義綱領,在當時就是資產階級右派的綱領。它的基礎是否認社會主義社會有階級、有階級鬥爭,而以普遍人性,以人性天然就有善有惡,永遠都有善有惡為立論的前提。它要求肯定,而且固定個人的權利義務,而否定人的思想改造的可能性。第二,這些條條的作者決不是一個有共產主義理想的人,如果他有理想的話,他的理想也只是「抽象的民主自由」。他提出這些意見的動機決不是要促進共產主義的實現,也不是如他自己所說的要「使社會主義千秋萬世」,而是要使資產階級式的「民主」國家千秋萬世。他充其量有使國家「長治久安」的願望,而決沒有不斷革命的理想。

李慎之這樣概括他的罪行說：

> 提出這樣一系列主張的人，曾經自稱對這些主張苦苦「思索」的人決不是在鳴放期間偶然失足的，也決不是認為自己的意見還不肯定，只是在「探討」「研究」的人，因為他久已完全肯定「斯大林式的社會主義」應當否定，而資產階級的民主自由才是「永恆的理想」。他的「尚待探討」「研究」的只是實行這種民主的具體方法、步驟與時間而已。

我們可以看到，在李慎之筆下，凡是在交代他的「右派思想言行」，也就是回溯或闡發他曾有的主張時，都是用的自己的語言，而在對之進行檢討批判時，用的則是流行的政治語言，例如把民主、自由，都加上「資產階級」這一類定語，或用了當時揭批「現代修正主義」赫魯曉夫「全民黨」「全民國家」時的習慣用語。

李慎之承認的罪行，就是他認為至少為了中國的長治久安，也必須實行民主政治，使公民在享有各項自由權利的基礎上來履行義務。

李慎之服從了共產黨給予的處分，但從黨組織要求他檢查「服罪」問題來看，他之不服罪一定是形諸言表的。他在運動中只是「從階級分析上去領會批判的正確性」，就是說從「階級分析」看，所戴的帽子都是戴得上的。但是從另一方面看，他說，「我所要求的是要黨承認我——根本是一個好人。」這並不意味着李慎之持道德史觀，只是說他要求一切要循常情常理。可冷酷的現實，是他被視為「敵我矛盾」之屬，自視為「好人」更進而要求黨視之為「好人」，這就叫作「鬧翻案」。

而到了「三年困難時期」，總路線、大躍進、人民公社等「三面紅旗」打不下去了，七千人大會上提出了「三分天災，七分人禍」的問題。李慎之說他在 1962 年一度「幻想平反」，是由於他「誣衊黨在反右鬥爭以及以後犯了左的錯誤」，「感到『反右擴大化』與『反右有副作用』，需要『糾偏』，『甄別平反』」，同時也是因為對「改造生活」的長期性和艱苦性沒有精神準備，要求恢復精神尊嚴的情緒與日俱增。

看來，李慎之的「不服罪是一個歷史事實」。因為，只有按照主流意識形態的語言體系，才能順理成章地入「己」以罪；然而，李慎之又不是沒有自己的頭腦，能夠讓別人牽着自己的思想走的人。所以，在「服罪」與「不服罪」之間，他只能打着思想的秋千，盪來盪去。於是，我們就看到了他的矛盾，他的痛苦，他的悖論和他的尷尬。人們要挖他的思想根子，他除了照運動中的老例檢討「個人主義」以外，還從思想上反省了兩點：

一是「階級鬥爭觀念薄弱」。對階級鬥爭的厭倦，甚至使他在 1958 年，一度「衷心地擁護三面紅旗，擁護實現共產主義，在我的靈魂深處也是因為我渴望階級鬥爭快快過去。我以為超英趕美建設社會主義是可以不要經過階級鬥爭而完成的，而到那時候我的問題也就自動解決了。」

二是所謂「形而上學」。他說，

> 我當年所以會有那麼多的反動思想，還把它當作好東西，是因為我腦袋裏有許多被我認為是萬古不變的「真善美」的標準，這些標準在「民主革命完成」以後受到了破壞，因

此就使我感到許多東西都不對頭，不惜挺身而出，做一個保衛這些東西的「勇士」。一直到反右以後，雖然我的政治思想受到了毀滅性的批判，但是我的人道主義、人性論之類的思想，我對文化藝術的標準還沒有從根本上觸動。八年以來，中國的社會主義革命逐步深入，已充分告訴了我，所有一切我過去認為「真善美」的東西無一不與三千年的私有制有聯繫，一概都要從根本上加以否定。而我自己也從社會生活的改變中體會到，這些東西在新社會已無存在的根據。

李慎之在不無悲傷地面對這一切時，他已經感應到名為無產階級文化大革命的災難山雨欲來。

在新的更具毀滅性的災難之前，一個右派分子的「服罪」與「不服罪」，似乎已經無關緊要；李慎之在這份《關於服罪問題的檢查》上自註：「未通過」。他也未必還在乎它的通過還是不通過了吧。

這一份我在這裏着重用來舉例的老材料，連同卷宗中的其他材料，是具有文獻性的史料，應該加以研究。

在上世紀五十年代後中國思想的荒原上，曾經遊蕩過怎樣的思想者的背影！？

2008 年 4 月 10 日

報周有光先生書

有光先生：您好！

　　賜件拜讀。學者龐暘的網文〈周有光先生的「雙文化」論〉，對您的理念作了簡練的概括。兩年前讀您的《學思集》，乃至有關各篇早在九十年代的《群言》雜誌刊出時，就曾為您的真知灼見折服。

　　最值得感謝的，是您以平實的言語，講了一個關係人類命運當然也包括中國命運的大問題，深入淺出，舉重若輕。這是從歷史的制高點上，以俯瞰世界的大視野，對東西方文化，對國際現代文化和民族傳統文化關係的「指點」，這裏沒有不痛不癢的套話，也沒有故作艱深，更沒有故作驚人之語，但對於像我這樣的人，是頗有說服力的。

　　您說，在全球化時代，世界各國都進入國際現代文化和地區傳統文化的「雙文化」時代。您指出，世界各地的傳統文化，相互接觸，相互吸收，其中有普遍價值的部分融入全人類「共創，共有，共享」的國際現代文化；同時，各地傳統文化依舊存在，但是要不斷進行自我完善。我想，那些真心誠意愛護傳統文化，而並非藉口傳統文化鼓吹狹隘民族主義的朋友們，對此也會贊同的。

　　您又舉諾貝爾科學獎獲得者雖然西方學者居多數，但東方學者（華人、日本人、印度人等）也榜上有名為例，說明現代文化是全球化的文化，任何人、任何國家都可以參加進去，做出創造，共同利用。因此把現代文化說成是西方文化是不正確的，說成是美國文化，更加不正確。您且說，國際現代文化的精髓是科學，既包括自然科學，也包括社會科學；而科學不分民族，不分階級，不分國家和地區。您這話在有的人那裏卻會碰壁，他們繼承四五十年前指自由民主是「資產階級的遮羞布」的論調，說不要把「西方價值觀念」尊為人類普遍價值。您對此或不陌生，您以 103 歲高齡，親見過清末民初某些大佬一邊並不拒絕電燈、汽車等來自「奇技淫巧」的「物質文明」，一邊卻大談「精神文明還是咱們的好」……對於今之發此讜論的人和事，您自然會付諸一笑，一百年雲煙過眼，這個調調不猶在耳邊乎！

　　我因心臟「搭橋」遵醫囑休養，住在鄉下時多，回城始見來示，遲覆為歉。從我的治病保健來看，手術靠的是西醫，術後調理則以中醫為主。這不也體現了您所說的「雙文化」？

　　如有指示，通過我的電郵信箱——……就快得多了。

　　立冬已屆，祈多珍攝。健康長壽是禱。

　　　　　　　　　　邵燕祥　二○○八年十一月五日

【附】關於周有光先生「雙文化」論點的一些說明

周有光先生是在人類發展的背景上闡述「雙文化」的。公元前 1000 年之前，地球上有七個文化搖籃。其中有六個（尼羅河的埃及聖書字文化，兩河流域的蘇美爾丁字頭文化，克里特島的米諾斯文化，小亞細亞的赫梯文化，阿拉伯半島的米那文化，印度河流域的早期文化），分佈在地中海東部到波斯灣以東，它們是西方文化的搖籃群。而黃河流域的中國漢字文化，處在遙遠的東亞，被無法攀越的喜馬拉雅山脈隔開，它是東方的文化搖籃。

到現代，歐亞大陸四個文化區（西歐、西亞、南亞、東亞）都發生了巨大變化。變化最大的是西歐文化，它擴大到美洲，成為「西方文化」。相對於「西方文化」，西亞、南亞和東亞的文化統稱為「東方文化」。「西方文化」傳播到整個世界，區域文化擴大為國際文化。

周有光先生指出，西方文化中一系列方興未艾的發明和創造，改變了人類的生活。西方文化發展成為國際文化的主流，也就是國際文化的現代文化。國際文化是全人類的共同創造、由全人類共同利用，它不是封閉的，而是開放的，任何個人或國家都可以參加進去，發揮自己的創造才能，從國際文化的客人變為國際文化的主人。

周有光先生說，今天的個人和國家已經不自覺地普遍進入了雙文化時代。拿個人的「食衣住行衞教娛」為例。食：中菜和西菜。衣：中服和西裝。住：四合院和公寓樓。行：汽車和馬車。衞：中醫和西醫。教：學校和私塾。娛：圖畫、音樂、

舞蹈、小説、戲劇，中西合璧，彼此模仿。人們説，在電視裏看京戲是「寓中於西」。東方的城市生活一天也離不開來源於西方的交通設備、通訊設備和各種各樣的電器設備。

周有光先生説，「大清帝國」改名「中華民國」、又改名「中華人民共和國」，這就是宣告中國雙文化時代的開始。「中華」屬於中國文化，「民國」和「人民共和國」屬於西方文化。「中學為體，西學為用」是雙文化。「一國兩制」是雙文化。大學裏傳統文化課程很少，西方學術課程很多，這是「向外傾斜」的雙文化。

周有光先生説，文化像水，不斷從高處流向低處。又説，要使落後趕上先進，必須研究雙文化的策略。有渾渾噩噩的雙文化，有航向明確的雙文化。

周有光先生指出，文化不僅有地域的傳播，更重要的是有歷史的發展。任何文化都是逐步發展和演進的。人類走出了原始生活之後，就開始思考人與人的關係和人與自然的關係這兩大問題。人與人的關係的探索發展為道德和法律。人與自然的關係的探索發展為自然科學和技術。

周有光先生説：西方文化的歷史發展最為典型。它從「中世紀」走向「現代」，經歷了文藝復興、宗教革命、產業革命、民主革命；政教合一改為政教分離，強迫信教改為信教自由，君主專制改為全民選舉，貴族教育改為平民教育；創造鐵路、汽車、輪船、飛機，發展能源，改進電信，使地球大大縮小；自然哲學和社會哲學發展為自然科學和社會科學。

　　周有光先生說，現在世界上並存着各種不同的文化，不僅形式不同，而且水平迥異。這樣，就發生所謂價值觀的摩擦。價值觀實際就是對「人與人」和「人與自然」的解釋。例如：上帝可不可以批評，婦女要不要解放，政治能不能民主。在多層次的文化世界中，文化的衝突和文化的融合將在「矛盾和統一」的辯證規律中繼續波動。

　　以上主要引自〈雙文化與雙語言〉一文（見《學思集——周有光文化論稿》）。周老有關人類文化的思考，遠不止這一篇，而散見本書和《百歲新稿》，如關於物質文明和精神文明，文化的新陳代謝，科學的一元性，關於西化，關於儒學，關於宗教等，頗多鞭辟入裏之論，都可參看。

2008 年 11 月 8 日

周有光《百歲所思》代序

從周有光一句話說起

周有光先生有一句話，我一下就記住了：孔子說，登東山而小魯，登泰山而小天下；今天應該說：登喜馬拉雅山而小東亞，登月球而小地球。順理成章，理所當然啊，這是甚麼樣的高度，甚麼樣的視野，甚麼樣的胸懷！這也正是在新舊世紀之交有光先生一再提醒我們的，過去是從中國看世界，現在要學會從世界看中國；然則我們就不僅背靠身後的歷史，而且面向開放的未來！

慚愧得很，對於像周有光先生這樣從上世紀初至今碩果僅存的百歲老人，我竟是到他八九十歲之際才知其名的。今天，在他退出經濟界實際運作和相關教學生涯近六十年之後，又在他卸下從事三十多年的語文工作職務近四分之一世紀之後，我們從他近年出版的《朝聞道集》等著作中，看到了一個活躍在當代思想前沿的啟蒙者的身影。我好像是被「倒逼」着去追溯他過去的足跡，他的生平，他怎樣「在85歲那一年，離開辦公室，回到家中一間小書屋，看報、看書、寫雜文」，他自己把這些「文化散文」、「思想隨筆」統稱為雜文，讓我這個雜文作者得引為同道，感到莫大的鼓舞。而他經過超越其專業的閱讀，

謝絕了包括政協委員一類的社會活動，沉潛於中外政治經濟文化以至歷史的書籍，又及時從互聯網採集最新的信息，最後化為若干關係千萬人命運重大問題上獨具慧眼的觀點。此中凝聚了這一位耄耋老人多少日夜的心血和思考！

這本書所收主要是老人百歲前後之作，而兼收的零篇作品，最早是 1985 年〈美國歸來話家常〉、1987 年〈漫談「西化」〉，以及 1989 年初的〈兩訪新加坡〉和〈科學的一元性 ——紀念五四運動七十周年〉，從中已可看到後來一些觀點的端倪。而先生最可貴的思想貢獻則似主要見於九十年代，直到本世紀初形成文思泉湧之勢，多半首發於《群言》雜誌，正是資深編輯葉稚珊女士主持編務的時候吧，我也是在那前後才於瀏覽有關周有光夫人張允和女士的報道同時，特別注意或曰「發現」了周有光這一枝健筆老而彌堅的鋒芒。

老人在詼諧和調侃的〈新陋室銘〉裏有句，「喜聽鄰居的收音機送來音樂，愛看素不相識的朋友寄來文章。」這該是朝陽門內後拐棒胡同居民樓的生活寫實。從這裏除了從郵遞員接收的，也有老人親自寫信封郵寄發出的可貴的資訊。從權威的數據網上下載的，如各國 GDP 的實際情況、排序等等，不斷隨着網上的更新而更新，他是真心與朋友共享的。當然，不止這些，他還會寄來已發表和未發表的新作，徵求意見。有光先生很看重一位熱情的讀者龐暘女士對他文章的認真思考，曾把她寫的介紹「雙文化論」的網文下載寄我。我後來把就此寫給周老的信，以〈報周有光先生書〉為題刊發在《文匯報・筆會》，加註介紹了先生有關的主要觀點。現在我又應約給龐暘女士為百花社選編的周老百歲前後重要短文代表作寫序，深感這是

「同聲相應，同氣相求」的文字緣、思想緣，是很使人欣慰的；或略不同於完全黑暗時代的「相濡以沫」，而借用古詩「嚶其鳴矣，求其友聲」，總是差可比擬的吧。周有光先生現在所擁有的「友聲」中，我想「素不相識的朋友」在數量上已遠遠超過他曾有的老友，以及有緣謀面親炙的後生朋友，而且還將會不斷增加的吧。

周有光先生以他百年滄桑的親歷，以他中西貫通的識見，在「博學之，審問之，慎思之，明辨之」基礎上奠定順天應人的樂觀信念，是有強大生命力和感染力的。

老人雖已在今春封筆，但他饋贈給讀者的十五卷文集，以及這一晚年之作的選本等，將把他對中國前途、人類前途堅定的樂觀信念播灑世間。

2013 年 7 月 23 日

【附】在長安俱樂部祝賀周老茶壽暨「中國的啟蒙與知識分子的責任」座談會上的簡短發言

我最早知道周有光先生對世界大勢，對國際國內問題的發言，是在民盟中央辦的《群言》雜誌。

周有光先生把八十年代新啟蒙這一脈保存持續下來，功不可沒。我們將來如果回顧這一段中國啟蒙運動的歷史，應該記住這個。周有光先生是我們當代難得的智者、仁者和勇者。看網絡上的一些訪問，先生以很平和的心態和語態陳述他對這個

世界上下五千年和縱橫千萬里的認識，應該說是很尖銳的，很勇敢的，不是我們現在所謂體制內知識分子或其他甚麼人都能達到這樣明澈的認知，並能夠和敢於這樣坦然陳述出來的。

因此，談到今天中國的啟蒙和知識分子的責任，套一句我們說慣的老話，真得向周老學習，不但在最根本的問題上學習，在技術層面上也要學習，首先是寫短文章。我們一般知識分子，既是啟蒙者，也是被啟蒙者，推己及人，放眼看節奏十分緊張的現實生活裏，大量都不是每天能讀長達幾千字、幾萬字大文章的人。我們看一看周老這幾年出的書，除了語言學著作之外，可以說篇篇都是啟蒙教材，是如何認識當代世界、認識我們中國和世界未來的啟蒙教材；是關於人類如何從神權、君權走向民權，如何從神學、玄學走向科學的啟蒙教材。過去我們喜歡說這叫大手筆、小文章，我們需要確有學理和專業價值但面對小眾之作，但是我們也需要甚至更需要像周老這樣的人，站在當代思潮的制高點上，卻能面對更多的讀者，突破了語言和專業的障礙。

我是一個曾經長時期在主流話語體系當中沉睡不醒的人，我接觸到周老的文章，還有從七十年代末到八十年代很多學者放下架子寫的短文章，接受了一些基本理念的啟蒙。我是這樣一步一步覺悟過來的，當然現在還處於覺悟過程當中。如果說啟蒙就是理性之光的照射，相信我的思想和靈魂深處還有許多角落沒有得到光照，但是我願意繼續接受新的啟蒙。在自己被啟蒙的同時，如果時有所思，思有所得，能夠勉力寫出來，對一些同樣不是深閉固拒的讀者有所啟發，那也是我所樂意的，

只要我的健康允許。像我這個年紀，比周老小近三十歲，但也開始耳聾眼花，實在是不爭氣。

不多說了，把我前年給周老賀歲的兩首七律讀一下，因為是打油詩，並不晦澀艱深，就不逐句解釋了。只是表達我一番心意，對周老這樣一位熱心啟蒙的前驅學人的敬意：

第一首：

> 百歲猶欣放眼寬，羊皮貝葉好同參。虛詭早破良知在，數據頻更天網傳（天網指互聯網）。文化溯源如指掌，菁華融匯望團圞。潮來海上生明月，萬里誰人不樂觀？

這個「樂觀」不是說樂觀悲觀的樂觀，是誰不願意看「海上生明月」這樣的風光呢？也就是說我們人類共同的精神文明和文化價值觀，乃是我們共同仰望以至伸手可及的。這豈不是「萬里共嬋娟」！

第二首：

> 昔謂常懷千歲憂，問公何獨不知愁。天傾煉石誇多彩，路遠奔波敢自囚（即豈敢自囚）。行也有知歸理性，莫之能禦是潮流。世間價值紛紛說，日月高懸在上頭。

就是說我們的踐行以理性為指導。早在國內爭論普世價值之前，周老就發表他的雙文化論，講得非常清楚，周老好幾年前就講了世界共同文化和民族文化的關係，講了這一套東方的、西方的文化價值觀，一套裏面還有好幾套。對此，周老有一個非常清醒的觀點，談到科學沒有國界，這個科學不但包括自然

科學，也包括社會科學。而我們現在居然還有一些掛着社會科學招牌的機構和它的所謂專家學者在高唱反調，可笑而又可悲，這些人在周老面前將何以自處，讓他們自己考慮吧。下面我再把最近寫的四句打油詩念一下。

前面唸的兩首雖云打油，其實比較正經，是賀歲詩，2011年底在周老生日之前，在新年之前寫了，送給他看的。最近又寫了四句，確為打油詩，還沒好意思送給他看：「三世混茫指顧中，」佛教指過去、現在、未來叫三世，周老也指點過去、未來、現在，那末我們，首先是我，「後生何以對先生？——唯一後來居上處，我比壽星耳更聾」。

謝謝。

2013 年 1 月 12 日

我心目中的林斤瀾

　　人們都記得林斤瀾的笑臉，還有那笑聲：「哈哈哈哈」，一經汪曾祺寫出，大家印象相同。據說他臨去時表情安詳，也是含笑而逝。一直到老，雙眼皮大眼睛，圓和臉，笑模樣千古常存，這成為他的典型形象。

　　然而，斤瀾像任何人一樣，不能成天滿臉堆笑，他不是隨時都酒逢知己，酒酣耳熱，或議論風生，心曠神怡，笑逐顏開，「哈哈哈哈」。

　　在他獨處的時候，在他沉思的時候，在他與朋友談心，質疑某些人情世態的時候，他不笑，他的臉上甚至罩着一層愁雲。他睜着兩眼盯着你，要傾聽你的意見，你會發現，他一雙嚴肅的眼睛上面，兩眉不是舒展的，微皺着。

　　這時你想，他是仁者，但不是好好先生，不是和稀泥的。他胸中有憂患，他因憂患而思索。

　　他沒有當過權，沒有整過人。整人往往與當權有關。人當了權，就容易膨脹，因膨脹而整人，整不聽話的人，整自己認為「異己」的人。當了權的人，「官身不自由」，有時不想整人也得整人，即所謂執行上級指示，不過執行指示而整人的，也因人性不同而各有不同表現。當然，整人的也難免挨整，那是另一個問題。

老林之不整人，我以為不是因為沒有當權的關係。我甚至相信，他縱令當了權也不會整人，更不會往死裏整人。這是我幾十年的經驗告訴我的。同時，經驗也告訴我，正是因此，他就註定不會當權，而註定他會是挨整的，註定他會同情無端挨整的人，以及一罪二罰、小罪重罰的人。

我知斤瀾之名，是從 1957 年初在《人民文學》（或《新觀察》）上讀到他寫的《台灣姑娘》始。以後每有新作，一定要瀏覽的，只是他惜墨如金。不過偶有一兩篇發表，每每令人難忘。我現在忘記了那個短篇的題目，但一開篇，就寫山村中響起了釘棺木的丁丁聲，我彷彿身臨其境，不但聽到了一聲聲斧斤沉重，而且聞到了山中林木的潮氣和鋸末苦澀的香味。應該是在上世紀六十年代初的事。就是說，1949 年後，十年間大陸的文學作品中，我敢肯定沒有人寫過這樣的細節。

當時聽說斤瀾是中共黨員，卻不知道，這個抗戰初期入黨的少年，抗戰勝利後被黨組織派去台灣，但從台灣歸來後，卻一直未能接上黨的關係。從五十年代到七十年代，斤瀾並無黨籍。過來人都知道，在那極端的年代，一個「脫黨分子」，其政治地位遠遠低於從未入黨的普通群眾，實際上等於「審查對象」，說白了，就是「懷疑對象」，在「革命警惕性」的名義下大膽懷疑，可以懷疑你是叛徒，也可以懷疑你是特務。

我當時不在北京市文聯，不知斤瀾的具體處境。但我知道，他曾經到雲南邊境傣族地區去，那時叫體驗生活，總之也觀察，也採訪，比一般的旅遊要深入些。回來以後，想不到他卻落下個要偷越國境叛逃的嫌疑。原來是他在當地月夜，走下竹樓散步，被同行的人告發了。由於他當時的政治身份，加上

「革命警惕性」深入人心，再加上劃一的思維方式，告發者的有罪推定——認為他所謂散步，正是為偷越國境「踩點」——似乎也合乎邏輯，儘管今天回頭看像是一則笑話。

當時北京市文聯的領導，在處理這樣的告發時，沒有把這可怕的笑話鬧大，看來還是採取了慎重態度的。若是擱在 1958 年以前，就很難逆料。因為那時主持文聯事務的田家（這裏不得不點出他的名字，不然別的負責人都要吃他的「掛落」）整人不遺餘力，且採取很多不光彩的手段（後來他回到陝南某地，文革中卻被整死了，願他安息）。也許市文聯繼任的幹部們以他為鑒，做事得以穩當些。

我和斤瀾甚麼時候結識，已經記不清楚。但記得文革以後的頭一面，似乎是在一對作家朋友結合的家宴上。當在 1978 年夏秋，正是窒息了十年二十年的朋友們重又緩過氣來的年月。我跟斤瀾從那前後有了些過從。我曾到他幸福大街的家中去過，那時我輩家中都沒有電話，無法預約，不止一次撞過鎖。但斤瀾在他家門口掛着紙筆，請來訪者留言，這是替別人想得周到的。

也許因為我和他走得不是特別密切，他並沒向我傾訴過文革以至文革以前的個人遭遇。我向來以文會友，更從來沒有對朋友進行「政審」的習慣，也就從來沒問過。比如有的朋友淪為右派，二十年後重逢，我從不打聽你是甚麼「罪名」，不願觸動陳年的傷疤，何況「欲加之罪，何患無辭」，甚麼罪名還不一樣！？

斤瀾對世事看得很透，所以他沒有一般人尤其是年輕人的峻急。這可不是說他沒有是非。對於政治文化和社會生活領域

登峰造極的暴政惡政，他在《十年十癔》一類作品當中立場鮮明，判明善惡，悲天憫人。

斤瀾在所謂文壇上處於邊緣，人與文俱如此。文革以前，他不趕浪頭，如果說不僅是因為對藝術的持守，也還因為身份的緣故，不免謹言慎行（但像在小說開頭大寫釘棺材，則在當時政治文化氣氛下，又確是大膽之舉）。那末到文革之後，大家高呼解放之際，也該放開了吧？他仍然不趕「浪頭」。那時候人們都說，一個汪曾祺，一個林斤瀾，他們的小說不管寫得多好，也是冷盤小菜，即成不了「主菜」，在刊物版面上，「上不了頭二條」。汪也好，林也好，對此當然心知肚明，卻也甘之如飴。他們的藝術自覺和相應的自信，比大夥兒前行了一大步。

有一次，在涿縣桃園賓館開一個文藝方面的會（不是九十年代初那有名的「涿州會議」），主要讓搞評論和編輯的來，就文藝和政治關係等問題統一思想，統一步調，也有少數作家列席，其中就有林斤瀾。輪到他發言，他慢條斯理地說：我們現在一談文學，老是談文學的外部關係，是不是也應該多談一點文學的內部關係？……一言出口，大出主持會議的官員意外，有些慣於聽套話的人，也滿臉吃驚，這個問題提得好不陌生。會議休息時還有人交頭接耳，好像林斤瀾是個外行人闖進來說了些外行話：文學還有甚麼「內部關係」？

那次會，斤瀾是由北京市文聯（作協）提名參加的，做了這樣不合時宜的發言以後，這類會就不怎麼找他了。

我曾說斤瀾終其一生是寂寞的，不是指他少在官方的會議上拋頭露面，那正是他求之不得的。但他在文體實驗上曲高

和寡，那才是需要有坐冷板凳的堅忍不拔才行，所謂寂寞自不待言。

　　他默默地寫他的短篇小說，再加上晚年寫些散文隨筆，煮他的字，煉他的意，每個字每個意思都不是輕易下筆的。長篇大論發表自己的藝術主張，不是他的性格；偶有流露，多是在評論別人的作品時。但他不是不想理論問題，有時大概想得很苦。他聽到所謂「零度寫作」的論調，跟他的文學觀念相悖，你可以看到他緊皺眉頭，質疑寫作怎麼可能在個人感情處於「零度」，無動於衷時實現，他的表情告訴你甚麼叫「百思不得其解」。我對這類問題不較真，不鑽研，也不拿來「自苦」，因此我也難以助斤瀾一「思」之力。斤瀾有些年輕的朋友，或許能破他獨自苦思的寂寞吧。

　　最大的寂寞，是不被理解。斤瀾也是常人，自也有「被人懂（理解）」的需要。但人所共知，在現實生活中，不是任何正常和正當的需要都能得到滿足。斤瀾晚年對《矮凳橋風情》比較滿意。然而這一點不為人們留意。於是，人們好意地提到他的「代表作」，總還是說《台灣姑娘》怎樣怎樣。就是對《矮凳橋風情》沒有異議如汪曾祺這樣的老友，堪稱知己了吧，他對作品本身是完全肯定的，偏偏對這組小說的題目中的「風情」二字不以為然，但沒把意見說透，斤瀾一直耿耿於懷。我自以為旁觀者清，汪老想必是聯想到了「王婆貪賄說風情」，甚至無名氏的《北極風情畫》，而斤瀾想的卻是「鄉風民情」，兩下裏思路滿「擰」了。

　　其實，這點沒溝通還是小事，不至於大寂寞。而一切的探索都屬於「征人早發」，不可能肩摩踵接，難免會踽踽獨行。

沒有人叫好助興還在其次，難免還會受到菲薄和冷落。有些曾經是先鋒的作者，我說的是真曾作為先鋒存在的，不是「假先鋒」，卻也耐不住寂寞，「還俗」了。斤瀾從不以先鋒自居，他只是默默地走自己認定的路，不是為了證明自己「走對」了（這個「走對」的思路猶如追求「政治正確」），而是忠於自己的文學觀念和藝術理想，抵抗各樣來自權力的、世俗的壓力和誘惑，從而義無反顧地，「一意孤行」地走自己的路。直到他生命的終點。

斤瀾沒能走完的這條路，是沒有終點的路。

2009 年 5 月 19 日

冰心諍言　一片冰心

　　冰心離開我們十一年了。但甚麼時候想起她，都好像就在我們的身邊。不僅僅是作為文學家而存在，彷彿她就是我們的母親，我們的祖母。

　　其實我們最早讀到的冰心作品，往往也是她最早的作品：散文詩《繁星》、《春水》的短章，還是她在北京讀貝滿女中時所作（有名的通訊體散文〈寄小讀者〉則是不久後去美國留學時的作品了）。她就是在貝滿女中參加了 1919 年的五四運動。當年她還即時寫了有關的新聞報道。五四運動，無論是作為提倡「科學與民主」的新文化運動，還是作為外交抗議的愛國政治運動，冰心都無愧為站在第一線的參與者。熱愛祖國，期望祖國成為民主與科學之邦，這是貫穿她一生的心志。1989 年春夏，她乘輪椅去天安門，說：「學生愛國，我愛學生！」也正是從她慈愛的心底發出的正直的聲音。

　　冰心的愛國是無須證明的。她作為中國共產黨的朋友以至諍友，也是無須證明的。如果要找證明人的話，周恩來可以第一個出來作證。1949 年中共在奪取了全國政權，建立中華人民共和國的時候，冰心正跟她的丈夫吳文藻一起滯留東京，他們毫不猶疑地作出了回大陸的選擇。周恩來周到地安排了他們的工作。

　　記得當時有一位同為民主人士的老詩人，抗戰期間也在大後方，曾對冰心所受的禮遇嘖有煩言，大意說，冰心在重慶時還與宋美齡常有交往，連髮型都是「仿宋」的。不知者不怪，他不知道冰心是受周恩來也就是共產黨的委託，在山城陪都那樣複雜的形勢下，冒着「深入虎穴」的政治風險呢。在幾乎是不可抗拒的反右派鬥爭中，吳文藻先生被劃為「右派」，周恩來無力加以保護，卻還對他們夫婦親切勸慰。

　　反右派鬥爭，使原先的民主黨派、民主人士遭受嚴重打擊，幾乎全軍覆沒，冰心眾多熟人、朋友紛紛淪為異類。然後又是文革的暴力，直到肉體消滅。冰心自己以古稀之年，也被發配到所謂幹校去以體力勞動贖罪。而到了八十年代，各民主黨派恢復活動後，已經不復當年向蔣介石政權要民主時的氣概。因此冰心在聽到重又強調「肝膽相照，榮辱與共」、「長期共存，互相監督」的說法時，不勝感慨的說：「一個沒有肝，一個沒有膽，怎麼互相監督？」

　　這是語重心長的話，這才是真正肝膽照人之言。我勸以「怪話」視之的同志先生們好生想一想，這簡單的一句話裏，蘊含着多少深厚的歷史內容，多少深刻的經驗教訓！

　　冰心老人的性格是溫柔敦厚的類型，與她接觸得多的朋友，都在她面前有如坐春風之感。但這不排除老人有時也會出語凌厲。比如面對日益嚴重的腐敗、特權等消極現象，面對這些現象似乎積重難返，而執政者看來無所作為至少是措施不力，冰心曾對在座的中共黨員說：「你們中國共產黨是不是也該有一個『革命委員會』呀？」這裏說的不是文革中作為各級政

權機構的「革（命）委（員）會」，而是民主黨派之一的「中國國民黨革命委員會」的那個「革命委員會」。這裏再次請同志先生們不要急於光火，不要責備老人有「分裂黨」之嫌。她一個黨外人士，沒有分裂黨以至顛覆國家政權的力量。她這是一句玩笑話，又不僅是一句玩笑話，這是以玩笑話形式說出的一句諍言，是中國共產黨的諍友才說得出的肺腑之言。推其本意，不過是說共產黨必須面對自己的癰疽，痛下針砭，該吃藥的吃藥，該開刀的開刀，也就是只有自己革自己的命，即經過自身的改革，才能保持真正的改革的領導權，才能真正把改革進行到底。

如果不是寄望之深，說得不會有如此之痛切。冰心講這句話，有十多年了。黨組織的狀況究竟比那時好了呢，還是有些弊病甚至已成錮疾？這是我們要好好捫心自問的。

十七屆四中全會提出「常懷憂黨之心，恪盡興黨之責」，是對中共黨員的要求。已故的冰心老人不是黨員，卻早已先黨之憂而憂，先一般黨員和許多黨員幹部之憂而憂，這是她憂國憂民勢所必至的思路。

就我所聞，把冰心老人一片冰心的諍言公諸讀者，作為對老人 110 歲誕辰的紀念。

2010 年 10 月 31 日

牛漢 (1922–2013)

牛漢：當代詩人第一

我今天沒有做發言的準備，就是來祝賀牛漢，一個是出版了五卷詩文集，一個是 87 歲大壽。

接到這個會議通知，想起很多事情，在我走向社會、走向人生的路上，牛漢起了一個很重要的作用：橋樑作用。1949 年 5 月，我正在河北正定華北大學一部（短期的政治訓練班）學習，準備南下。當時的北平新華廣播電台編輯部原是新華社的口頭廣播部，剛分出來不久，人力不足，需要補充一些年輕學生，於是他們就到華北大學調檔，找人。當時牛漢就在華大，在成仿吾的領導下工作。他提供了若干檔案。新華台（柳蔭同志）從中選了七個人（應是經過牛漢負責「政審」的吧），到正定找我們個別談話、「面試」，通過以後我就沒有南下，而是回了北平。1949 年 6 月 1 號到廣播電台報到，10 月 1 日後改稱中央人民廣播電台。我在那裏一直幹到 1958 年成為右派，然後摘帽子回來，1978 年離開廣播電台，三十年！我中青年長期跟廣播電台發生關係，就源於牛漢經手提供的檔案中有我，我也不知道是好事是壞事？如果他沒有提檔，我就跟着大家南下了，經雞公山下武漢，去廣州，我們那批人加入了「四野」。有個同學還在打海南島的時候犧牲了。健在的同學們後來星散各地。參軍以後的知識青年，說的不好聽點，是既需要又戒備，稍有風吹草動，就清查清理。我有一個很好的同學，就是翻譯家魏

荒弩教授的親弟弟魏紹嶸，先在廣州部隊，還搞文字工作，本來還寫詩，又寫小說，最後在文革當中被鬥，自殺了。魏荒弩家裏連他的照片都沒有，最後還是在我們一群同學的照片裏找到他的留影！

這說的是我和我的同學。今天是要說牛漢。當時調檔的事我不知道，後來才聽說的。我最早知道牛漢恐怕是 1951 年，「五十年代出版社」的「現實詩叢」，有徐放、賀敬之他們，也有你（指牛漢）的一本吧。印象更深的是，當時《人民日報》的文藝副刊——《人民文藝》發了一首詩，是牛漢的《窗口》，寫得有力度。這大概是牛漢 1949 年以後「跋涉」的最初成果之一。

我跟牛漢的相識，是在 1955 年的春天，就是你們被捕的前夕。在東總布胡同作協詩歌組開會，開會的間隙，坐在沙發上牛漢跟我打招呼，我沒想到那一招呼以後再互相招呼，就到了七十年代末了。我記得當時剛看到牛漢一首詩，是在《人民文學》上發的，叫《歌唱我們的西郊》，在他的詩裏不算最好的，不過我當時就住在西郊，讀來親切。廣播電台宿舍就在西郊，我不知道你已經搬到西郊離我們不遠的鐵道部宿舍了。那個時候他還是滿懷熱情的歌頌我們的新中國，包括新北京、新西郊、新房子，這些年來，每逢我走過路邊蓋房子的工地，我總會想，牛漢大概不會再寫詩歌唱我們的東郊、東二環、東三環了。

牛漢給我們貢獻了一個詩世界，叫做「跋涉與夢遊」，我記得劉再復的話，用他的話說，跋涉的是外宇宙，夢遊的是內宇宙。牛漢的跋涉從鄂爾多斯、中原大地、上海、監獄、戰場，

然後以五十年代中期胡風事件、六十年代文革作為區隔，到七十年代，進入幹校以後，基本上都是以夢遊為詩了，天上、地下，夢裏、夢外，都留下牛漢的腳印，前兩卷詩就是他的腳印，這些詩確實也可以借用綠原集子的名字：人之歌。不管是前期的還是後期的作品，都體現了牛漢的人格，這裏呢，我覺得第二卷 830 頁《無題》就很有意思，他站在中國南海邊，頭頂長天，面朝大海，身後是高山，「我並不覺得自己渺小，我是一個人」，這就是道人所未道。我看很多人寫大海，寫相比之下自己的渺小；牛漢不說這個小話，我記得有一次，有一個寫詩以「大我」來標榜的人，他跟牛漢很熟，他不滿牛漢批評他假大空，借着開玩笑，說牛漢「自高自大」，牛漢，你怎麼回答的呢，「我就是自高自大，我 1 米 9！」我覺得在我們這個詩人群體裏，包括五四以來的詩人，80 後，90 後，我不知道還有幾位詩人是 1 米 9 以上，像牛漢這樣的。當然，這一半年，牛漢稍顯老態，坐在那兒打打瞌睡，但是他真是我們中國詩人的傑出代表，從身高也代表了，男子漢的，陽剛的，硬骨頭的，這樣的詩人，當代詩人第一！「此刻，在我心中有一首詩如熱血沸騰」；「是大詩如大海，是長詩如長天，是縱拔的詩如高山，是飛翔的詩如歌唱的海鷗」，我覺得他的詩像他「自高自大」的宣揚，是當之無愧的。

我要踏着牛漢的大腳印走，跟着你跋涉，「苦苦跋涉」，我希望跟着你的路能夠逐漸平坦一點（但很難說跟着你夢遊），我們希望能像你那樣，用理性、用熱情、用幻想、用夢想寫出我們的詩來。

今天早上我十點出發，從郊區密雲過來，一路上，冬景蕭瑟，草木凋零，雖是上午也沒有薄弱的陽光。我覺得這個世界

特別像艾青的《在北方》，也像牛漢早期的《鄂爾多斯》那樣寒凝大地。但是我從牛漢的詩裏能感到溫暖。北方大地給牛漢提供的背景用一個甚麼詞來形容呢，就是莽蒼蒼，這的確是江南風光所不能替代的，這樣的「莽蒼蒼」，到後期的《夢遊》詩句裏就色彩豐富了，而且應當說後期的詩更凝練更純粹，寫得既蒼茫又溫暖，總之，牛漢的詩裏有蒼茫，有疼痛，有溫暖，有夢想，有信念，特別是他的信念也包括很強很強的自信，我這樣一個缺乏自信的人希望可以從你那兒借點光借點火。我就說到這兒吧。

【附記】這是2010年11月29日在牛漢文集首發座談會上的發言，據錄音紀錄稿，有個別字句的刪改。第三人稱雜以第二人稱，是即興講話時，有時轉而面向牛漢的緣故。

羅孚：一個悲劇的存在

讀羅海雷《我的父親羅孚》，他說這是「一個報人、『間諜』和作家的故事」，我以為這個故事說的是一個左派文人的悲劇宿命。

海雷是從一個大的歷史的背景上書寫「這一個」，於是我們看到抗日戰爭時期民族救亡夾雜着國共黨爭，看到當時桂林、重慶和五十至八十年代香港的政治文化景觀，而作為「這一個」的羅孚怎樣從一個基於理想追隨中共的愛國熱血青年，進而在出色的新聞工作同時，成為中共在香港搞「統戰」的活躍人物，而正當成績突顯之際，卻完全意外地淪為「改革開放後第一宗中美間諜案」的獨家主角，誘捕到北京判刑十年！

這是中國歷史上無數悲劇的重演，又有此時此案的特色。

這是從屈原時就已有之的「忠而見疑」的傳統悲劇。君臣之間，天生便有隔膜，君主疑心生暗鬼，總是猜忌臣僕懷有二心。現在沒有名義上的君臣，但上下級之間，層層約束，環環相扣，哪個環節發生阻滯，下情不能上達，更不必說有人「撥亂其間」，搞小動作，都會造成或加深懷疑以至誤解。天真的人，以為自己一心為公，忠心耿耿，遵紀守法，馴順有加，不知道已陷入「三人成虎」的怪圈。做了多少工作，有多少功勞都沒有用，要整你時就是要整你。

這又是古來士大夫「憂讒畏譏」的傳統悲劇。這四個字是范仲淹寫在《岳陽樓記》裏的。當時的「讒」和「譏」，有不少還是當着皇帝面對當事人的指責，不全是「密折」即小報告（或稱告密），然共同點是不實之詞。不實之詞一旦蒙蔽上聰，後果可以致命。所從何來？有的是出於僵化的成見偏見，有的出於人性弱點的嫉妒之心，還有其他導致同僚間傾軋的因素，如派系的、部門的利益驅使，都會令個別人成為犧牲。這也往往是做事越多，「問題」越多了。

這種種因人治而發生的負面人際關係，又由於繼續訴諸人治而無法治環境和法律機制的調節，不可避免地釀成新的悲劇。毛澤東舞文弄墨，為胡風與友人間的信件寫按語，望文生義，加封詩人綠原為所謂中美合作所特務，對此，當時公安部在兩三個月內就已查清，並無其事。但匯報到十人領導小組的組長陸定一（中宣部長）、羅瑞卿（公安部長）處，他們卻以毛澤東已有批示為理由，不再上報澄清，要求所有人閉嘴，「（綠原）特務說」就一直沿襲下來。至於多次喧傳一時的大案，卻只秘密審判（即使形式上公開，也限制旁聽，且操控程序，形同表演），不准請律師辯護，也不准本人自辯。凡此，都是中國法治狀況的現實，至今未獲根本改變。司法不獨立，聽命於黨委和長官意志，乃至某級領導人的一個批示或只是口頭指示，都要堅守不渝。關人放人，罪名和刑期，總之決定當事人命運的，不是法治秩序，而是有權者的權力和某種政治需要罷了。

這些悲劇的因素自古而然，再加上當下的兩個特定情況：

一是中共長期閉關鎖國，由革命警惕性發展為畸形的防範戒備以至排外仇外心理，所謂「海（境）外關係」，曾使多少愛

國歸僑、歸國留學生長期蒙冤，如「特嫌」等政治帽子不一而足，連十大元帥之一的彭德懷，都因與蘇聯元帥級人物的一次閑談，而引來「裏通外國」的指控！至於把收音機和一般照相機視同間諜用品，則更加表明某些有權者的嚴重無知 —— 無知而有權，加倍的可怕！

二是涉及「統戰」工作，這是與情報工作相鄰的敏感領域。在香港搞統戰，更可謂「出入華洋之界，徙倚敵我之間」，危險系數當然倍增。北京雖有保密法規，但長期秘密工作的傳統，導致保密擴大化的思想和實踐，至今仍在持續。許多一般性的黨務和行政，尚且暗箱操作（直到最表層的，如中共中央所屬各部門，辦公樓門前都不設牌匾），何況所謂保密部門或單位，這就使有關政務業務缺乏必要的監督，有了錯失難以及時糾正。

這些大小環境、內外條件加在一起，而羅孚正一度糾纏在漩渦的中心。在這個意義上，其陷身於罪也，幾乎是「難免」甚至必然的。

海雷把他父親走過的路，包括一步步走向被捕、判刑和軟禁之路，用展示背景及所能找到的間接證據的方式，使我們得以逼近真相。雖然他引而不發，讓我們自己作結論，但不懷偏見的人，尤其是經歷過毛澤東時代的過來人，都有到處樹敵，人人自危，時時可成「反革命」的經驗（也就是巴金所說的「常識」吧），都可以認為，這是大可以彌補當局在法治程序中的缺失或「留白」的了。如果確認這是一樁冤案，則有此一書，也可算是由子女出面代行的「自我平反」了。

然而，我以為，海雷此書的意義不僅在於為乃父辯誣即「自我平反」，而在於他以羅孚「這一個」為中心，以從「不黨，

不賣，不私，不盲」到被中共接管的《大公報》為主線，寫出了特定時期中國左派知識分子的曲折道路，也寫出了中共在「白區」特別是在香港「統戰」工作的冰山一角，這些都有超出個人傳記的歷史價值。

中國左派文人，或說追隨中共的幾代知識分子，在羅孚身上照鑒了自己的命運。可以叫作悲劇的命運。羅孚沒有經歷延安整風、審幹和「搶救」，也因身在香港而躲過了內地接連不斷的政治運動，但他終於也還是不能免於大陸知識分子（包括從事保密性工作的黨員幹部在內）人人在劫難逃的一課，在他則是 1982 年由所謂「審查」開始的一劫 —— 用劉少奇或其他正統中共黨人的話說，就是「黨內鬥爭的考驗和鍛煉」吧。但這回的「考驗和鍛煉」鬧大了，是把「黨內鬥爭」擴大成「（中美）國際鬥爭」了。而對於羅孚，一經開始，就無所謂結束，不僅因為後來沒有一個正式的了斷，生活中還有拂之不去的陰影；而且因為悲劇已經鑄成，那傷害是終身的，無法挽回的。

如何使這樣的悲劇不再在下一代中國知識分子身上重演！？

這還是個問題。

附帶說一句：平心而論，面向世界製造這樣一起莫須有的「間諜」案，不僅對當事者羅孚及其家庭造成傷害，而且也損害了中共在香港政治文化兩界中的政治影響，損害了當時中共在港「統戰」工作初步打開的良好局面。這樣一個大張旗鼓的「反帝」行動，最後悄然化為內部運作，缺少一個必要的公開的政治交代，這如同它的最初策劃一樣，也是帶有悲劇性的選擇。像這樣應該總結經驗教訓卻故意淡化的事例，數不勝數，涉

及黨對歷史、對公眾、對當事人也對黨組織自己是否負責的問題，——一個政黨在政治上示人以不負責任的形象，如何取信於人，會導致甚麼樣的的後果！？

2011 年 8 月 23 日寫於北京，45 年前的今天，
在中央廣播事業局首次被指為「（梅益）黑幫」，
遭到「紅八月」第一輪的肉體凌辱。

詩酒忘年懷羅孚

　　我長期住在北京，羅孚長期在南方活動；1949 年後大陸很難看到境外報刊，我在 1957 年反右派鬥爭成為異類以後，更不敢問津了，跟大家一樣於香港也是很隔膜的，故不知羅孚其人。那時候，一般人看境外的報刊，就如聽境外的廣播叫「收聽敵台」一樣，是可以定罪，至少要批鬥的。

　　1982 年，羅孚被縶事件，以一條簡訊的形式刊登在內地報上的新聞版，似乎用的是羅承勛的原名，也沒有引起我格外注意。當時我已到詩刊社工作，每期有兩頁版面發表舊體詩。因電台老同志顧文華的關係，同在港的老報人、詩人、雜文家、小說家高旅有了信稿往還。後來高旅推薦他的老友聶紺弩的詩來，忘記為甚麼，他又給我留下「史復」的通訊處。於是我跟從未謀面的史復先生也有了書信聯繫。這都是 1984 年底以前的事。因為在那年底，我就向中國作協「請長假」，不再參與詩刊編務了。

　　不過我知道了，有一個以老詩人、老革命又是「老反革命」聶紺弩為中心，加上香港高旅、北京史復的鐵三角。忘了甚麼時候我發現這位史復又名「史林安」。直到學林出版社出版了羅孚編註的聶紺弩詩，我終於得知，史復、史林安都是羅孚的化名。——羅孚其人這才開始在我的視野浮現了。

離開詩刊後，兀自寫我的雜文隨筆。我不善交遊，又要避嫌（當時有人懷疑我拉攏中青年詩人，妄圖顛覆某新詩大佬在文學史上的地位，云云），因此躲進小樓，深居簡出，實行「惹不起咱躲得起」的犬儒哲學。直到有一次偶遇楊憲益，他知道我跟他令妹南京楊苡很熟，讓我有空到百萬莊他家去玩，這樣我遂走進了一個既遠離多事的新詩界，而又盡是北京文化人的圈子。

「百萬莊中酒正釅」，可能就是在楊宅跟羅孚見的第一面。這是緣分，聊天緣？翰墨緣？詩酒緣？

在憲益家，茶總是沏好一大壺，但那茶是聊備一格卻不能喝的，尤其不能代酒。一進門，主人就問你喝甚麼，白酒還是威士忌？他是以酒當茶待客的。話題常也不免從問他又寫了甚麼打油詩開始，即所謂「莫談國是談詩事，酒酣不覺漏遲遲」。檢閱我的詩稿，與羅孚有關的打油詩，數量竟僅次於我與誼兼師友的吳小如的唱和。

這也許由於羅孚一再表示過對我之「打油」的興趣。年近古稀的老報人不但博聞多識，且對諸多事物都表現出好奇和探究的願望。他向我索取打油詩的手稿，後來寫了挺長的文章來揄揚，這就是他署名程雪野的〈燕山詩話〉之一節。

人的相聚是有氣場的。楊憲益跟我們這個圈的交往，當然首先基於他的人格魅力，多少也與他打油詩的感召有關。我記得有一年隨霍松林、畢朔望諸老赴常德詩社筆會，那一陣子，因為大家天天談詩，寫詩，我也被感染得一天不落，是平生得詩最多的時段。憲益這個圈子也是出詩的地方，或更準確的說，出打油詩的地方。

百萬莊外文局宿舍的這戶楊家，1990 年後，年輕人來得少了，小說家們少了，多的是六七十歲以至七八十歲以上人，一個個談鋒甚健，天花亂墜，我在其中還是「小」字輩，常常感到恍如走進了《世說新語》的言語吐屬一門，雋言妙語，不勝撷拾。羅孚身在其中，一襲洋裝的紳士派，開口卻成了一身書卷氣的真名士，是書生本色，又經過幾十年的風雨，應該承認在讀書人的眼中，他也像其他老人一樣，是能吸引人聽他款談，願與相交的。在我們這些大陸人的感覺中，他雖曾為大報老總，並沒有一點官氣，有的是使讀書人親近的書生氣。我想他在香港的文化界，左中右各方面都有朋友者或亦以此吧。

羅孚從謫居北京十一年回到港島後，寫過《北京十年》，歷數他接觸過的此間主要是文化界的朋友 —— 當然不限於我所親歷的這個小小的圈子。他的採訪面和交遊面比我廣得多，所遇自也不少是《世說新語》中人，擴而大之，他有時也猶如走進了《儒林外史》吧。他的書生氣使他適於在這樣的天地裏邀遊，一旦步入《官場現形記》或《二十年目睹之怪現狀》，怕就缺乏手段，縱有招架之功，卻無還手之力了。他在地下工作中的老領導廖承志，那時友好地稱他為「羅秀才」，但諺云「秀才遇見兵，有理講不清」，殆為一定形勢下的宿命乎！？

話說遠了，扯回來。我知道羅孚也寫舊體詩，但不輕易示人。我希望他的家人能在他的存稿中找到他的詩，不但有舊體，應該還有早年的新詩。

我讀羅孚文章，每到酣暢處，就想，他寫得這麼多，這麼快，面這麼寬，觀察這麼細緻，應該得益於記者出身。但有些做記者時間長了，提筆就來的是「通用」文字，沒有感情色彩，

更沒有個人色彩，那就無足觀矣。羅孚有舊學根柢，筆下常有意在言外處，讀來有嚼頭，回味有餘甘。他既是報人，又是閱歷豐富且好學深思的作家。他本是讀書種子，少年投身報業，長期在《大公》、《文匯》這樣的文章淵藪薰出來，抗戰勝利後不久轉移到香港，雖加入中共，但並沒在解放區或大陸的新聞機關幹過，他辦報面對的讀者主要不是黨的幹部，報紙的任務不是代表上級黨委向下屬的幹部群眾指導工作和生產活動。因此天然地少「公家」氣，報紙出來要走市場，一副官樣文章賣給誰看？我在大陸見習過幾年新聞工作，看了羅孚的文字，就悚然驚覺，我至今也還沒完全擺脫「新華體」的影響。新華體者，並不專指當年新華社的電訊，而是泛指板起面孔「口吐鉛字」，殘存着 1942 年延安整風就「反對黨八股」一直沒反乾淨的流風餘緒。但近來偶看境外例如香港的媒體上，有時也出現類似的品種了，是我沒想到的，恐怕也是羅孚沒想到的，不過，他也用不着想這些了。

我倒是希望我們大陸上寫雜文隨筆的朋友們，也能像一般讀者那樣，撥冗一讀羅孚的文章。這要感謝中央編譯出版社出版了羅孚的七卷文集。文集經著者授權，而且據編者說明，有些文章經作者改訂，有些則由出版方「受作者委託作了修訂」包括「刪節了部分內容」。不知香港讀者怎樣理解，反正我輩大陸讀者都知道這是怎麼一回事。不管怎麼說，還是要感謝出版社，他們畢竟把七卷大作捧到讀者面前。不過，我近來因為好像也到了「近黃昏」時，常不免想，一個作者晚年寫東西或編集子，有幾分像是留遺囑，如果這份遺囑是自己一字一字寫就，卻有高人來指點，這裏不妥，那裏宜刪，即使老人首肯，那心裏的滋味好受麼？話又扯遠了，打住。

　　　向一位纏綿病榻的長者，再侈談「遙祝健康」，好像成為諷刺了，那就遙寄一片懷念之情吧。

2014 年 3 月 10 日，北京

【燕祥7月10日附筆】四個月前聽説羅孚老人病危，寫此文以寄懷念，不到兩個月後，老人就在5月2日去世，享年93歲。只能祝他安息了。

再說羅孚

關於羅孚，話是說不完的。就如人們常說的，「說不完的誰誰誰」，羅孚亦若是。

一個人，活到九十多歲，時間跨兩個世紀，空間跨南方陸港，而活動於上層建築領域，曾倚徙華洋之界，出入「敵」「我」之間，羈京多年，又返港島，生平不可謂沒有一點傳奇性了。然而你若親見他，卻絕不像個張揚的風雲人物，他是如此平易的一介書生，和藹親切，謙恭有禮。所謂文質彬彬，在古代叫君子，在外國叫紳士，在中國當代叫有教養的人。

作為一位老報人，羅孚從抗戰時期到八十年代，從桂林、重慶到香港，參與並主持名報如《大公》、《新晚》，團結、依靠報館內外的作者，贏得廣大讀者。倡議連載新武俠小說，從而推出梁羽生、金庸等傑出作手，並通過約稿促進了大陸與港島間的文化交流（他保留的周作人來信等文獻已經捐給中國現代文學館收藏）。

作為中共一員，羅孚不負使命，為新政權在港島廣交朋友，溝通各界，取得人所共見的影響。而在軟禁北京的近十一年中，仍不廢筆耕，既寫了不少關於香港的人文舊憶，又寫了大量有助於港島讀者了解內地的散文通訊和隨筆小品。他和高旅一起把聶紺弩的奇詩介紹到內地，他搜羅輯佚完成的《聶紺

駑詩全編》為後來侯井天先生所做更完備的全編會校會註會評本打了前站。

作為一位散文隨筆作家，羅孚留下大量出色的作品。不同於一般所謂報人文字，一般的花邊專欄。因有思想文化底蘊，而絕無八股腔，他筆下這些是真正的文章，理路分明，且富作者個性；既具文學性，又有可讀性（本來這兩者並不互相排斥）；雖是紀事而決非流水賬，於思辨議論中筆鋒常帶感情。仍可見出報人職業性格的，即他的話題，包括歷史話題，多與現實密切相關或遙遙呼應，而他的眼光，用人們今天的說法，是極具穿透力，評價過去，每有人所不及見的見地，涉筆未然，往往不期然地成為預言。羅孚作品讀得多了，你會發現在其散文隨筆小品中隱藏着一個政論家的身影，雖然盡力保持低調。

今天的讀者除非研究人員，都不會讀到他舊日主編的報紙和副刊了。今天的讀者尤其不會去翻陳年卷宗，考察他當年執行「統戰」任務中的功過了。塵埃落定之後，我卻要學着羅孚當年的名文名言「你一定要讀董橋」，說：「你也要讀讀羅孚！」我不說一定要讀，甚至可換更緩和的語氣，只說「你不妨讀讀羅孚」，因為我知道今天的讀者尤其是年輕的讀者，最煩人說「你要」、「一定要」、「必須」和「應該」，這些會激發逆反心理。

2011 年底，為羅孚先生九秩晉二祝壽，我寫的一束韻語中，涉及他生命中的北京時期，以及有關這一時期的寫作：

> 名姓從來不值錢，羅孚忽變史林安。柳蘇（按：這一筆名取義於曾遭貶謫的柳宗元、蘇軾）流落千秋痛，行到燕山亦偶然。

　　體驗生活語近奢，半是囚徒半作家。磨難磨人兼磨墨，筆瀉珠璣氣自華。

　　百年日月競穿梭，九十流光一掃過。定庵詩句隨園筆，南冠文事未蹉跎。

　　要讀羅孚，首先是讀他在北京所寫關於北京和香港，還有離京回港後回憶北京的文字，這些作品中的文化信息（從歷史角度看就是史料價值），都是無可代替的。這在羅孚整個寫作生涯中，也是極重要的一部分。當然，如果說是流囚生活使他有了這些收穫，好像是歌頌苦難，殘酷而矯情，但若刪除這一大段，於他，於陸港兩方的當代散文，都會出現一塊遺憾的空白。然則我們就不能不感念羅孚本人在異乎尋常的際遇中，安之若素，我行我素，保持着從容執筆的寫作狀態，這難道是人人容易做到的嗎！？

　　老人臥病有年，但他仍然關心朋友，關心文事。前年夏天他還來信，贈我《雙照樓詩詞》最新箋註全本，垂問我對那些詩的看法，真顯出了文人本色。今春三月，聽說他病情危重，我寫了〈詩酒忘年懷羅孚〉一文寄去，家人該唸給他聽了。沒想到這麼快傳來他去世的消息。一時讀到些朋友們的悼文，使我想起再前幾年我讀羅海雷寫的乃父傳略後，最直接的反應就是：羅孚──一個悲劇的存在。現在大家追憶故人，草木同悲，我卻想掉轉話頭，請大家在回顧他走過的道路時，更珍重他遺留給我們的豐厚的作品，這是他的另一種存在方式。

　　我建議「你不妨讀讀羅孚」，這其實不是向專業人士講的，寫散文、研究散文以至從事文學史報刊史的朋友如不讀羅孚，

無疑是個缺欠；而一般讀者不讀羅孚，無論在香港，在內地，都是閱讀眼界缺了一個角，是錯失了一個知識和審美的機緣，少了一份文化情趣的分享。

大家讀了羅孚的《燕山詩話》，想必希望看到羅孚自己的詩詞。但正因他的低調，他的詩詞，過去只因行文的需要捎帶着有所徵引，似乎沒有單獨刊發過。據羅海雷說，他正從父親的遺物裏清點詩詞的散稿，已得近百首之譜。中央編譯出版社預告的《羅孚文集八種》，已經一次出了七種，待出的就是《羅孚詩選》這一種了，我期待着，相信懷着這樣期待的不止我一個。

我是在羅孚先生滯居北京十一年的中後期與他相識的。現在回憶他，對他的印象，多半已經分不清哪些來自朋友的介紹，哪些來自相互的晤談，哪些來自讀他的文字了。比如有一個揮之不去的小鏡頭，究竟是他親口說的，還是別人傳的，早就失記，只記得──他在北京時，有一天樓上一家小孩兒到他處串門，天真的孩子說：「爺爺，我們家的電視，老看你在家幹事兒！」那時候羅孚還沒有發表作品的權利，更沒有在電視台上鏡的權利，在家裏幹點甚麼事兒大概總是可以的，我想，如果看到他一天有大半天坐在書桌前安安靜靜地讀書、寫作，也就不擔心老人家出甚麼安全事故了吧。

2014 年 5 月 20 日

孫靜軒 (1930–2003)

一九六三年的邂逅

　　1963 年冬天，我有機會到重慶，這是「反右」以來除了下放農村和勞改農場以外第一次乘火車「到遠方去」。寶成線迤邐過秦嶺、大巴山，俯望峽谷間嘉陵江的碧水，幾乎忘記了自己的特殊身份，萌生一般人旅行的好奇和愜意。

　　我所在的劇團帶着三個劇目：曹禺的《北京人》、蘇聯戰時題材的《花園》，還有根據胡正同名小說《汾水長流》改編的現代劇，到南方巡演。沒給我分配具體任務，但開始時我總是每晚跟班，在後台搭把手甚麼的。這樣把《北京人》的情節（本來沒甚麼起伏跌宕的情節）和台詞（的確耐捉摸、有回味）都看熟了。

　　有一天，演出正在進行。有誰告訴我，有人找。抬頭，那人就在眼前。後台光線暗，來人又黑又瘦，一下懵住了，甚麼人？聽他用不大的聲音說：「我是靜軒。」啊，孫靜軒！你怎麼來到這裏啦，我忘記他「反右」前就在重慶工作了。

　　我們最後一次見面，清清楚楚是 1957 年 1 月底，在北京西四羊市大街外文局宿舍院徐遲家裏，靜軒說了一句話，我印象很深，大意說他發現，寫作就是要把好寫得更好，把壞寫得更壞。許多年後，我想他這是對毛澤東延安講話裏提倡「六個『更』」的「活學活用」（文藝作品反映的生活要「比普通的實際

生活更高，更強烈，更有集中性，更典型，更理想因此就更帶普遍性」)。

當時靜軒已經發表了他的《海洋抒情詩》系列，在青年讀者中受到歡迎，大家管他叫「海洋詩人」。文藝界也流傳着他的「佳話」。例如在中央文學講習所，他和山東老鄉又是戰爭期間著名「孩子詩人」的苗得雨住同一房間，説老苗床邊掛的是中國詩聖詩仙的名篇佳句，孫靜軒床邊貼的卻是普希金和惠特曼（Walt Whitman）的畫像。兩位山東漢子為了詩歌觀點，經常辯論到面紅耳赤，甚至——用今天的話説是「肢體接觸」，還得勞老大哥詩人張志民來調解糾紛。我沒進過文學講習所，這些都是耳食之言。

不過，那晚從徐遲家集合走到西四同和居，赴《詩刊》的邀宴，靜軒一直表現得文質彬彬。主編臧克家講了創刊前後種種，特別是毛澤東召見的來龍去脈。大家都很興奮，誰也不像要「反黨反社會主義」的樣子。

不到半年，當時在座的，老詩人呂劍、唐祈，年青一代的公劉、梁南、靜軒和我，不期都以「反黨反社會主義」之名落網了。

然後各自西東，彼此沒有聯繫。一是自顧不暇，再也是為避嫌。胡風他們一些詩友間的關係不是審查個沒完沒了，連他們的讀者也要交代所受的影響嗎？「反黨聯盟」、「反革命小集團」，殷鑒不遠，誰不退避三舍？正如蘇俄女作家利季姬‧丘可夫斯卡婭（Lydia Chukovskaya）説的：「恐懼像一堵牆，把具有同樣感受的人一一隔開」。

大饑荒後期，1962 年，一度傳出要對劃右派的人進行「甄別」的小道消息，秋天北戴河又強調「千萬不要忘記階級鬥爭」，把幻想撲滅了。加上台灣叫嚷要「反攻大陸」，國內政治空氣好像越來越緊張了。

我不認為劇團的領導和同事們在監視我，這個集體在我最困難的時候接納了我，平常我跟上上下下老同志和年青同志都處得很和諧。因為在我來此這段時期，沒搞政治運動，而且我真的是「規規矩矩」，沒有「亂說亂動」。宿舍同一單元住的居民小組長老大媽也沒報告我有甚麼「異動」「敵情」（這是許多年後得知的）。但我是過來人，深知「提高革命警惕性」的訓練和濡染，在以階級鬥爭為綱的年月裏的邏輯必然。這使我在冷不防面對孫靜軒的意外到訪時，稍稍遲疑了片刻。

靜軒大概看出了我的一點猶疑和尷尬，也因為後台光線的確使人壓抑，他說：「出去走走吧。」

我卻毫不遲疑的說：「就在這兒吧。」我拉他在個道具箱上坐下。

演職員們來往穿梭，並不注意我們兩人，但我仍然感到處在眾目睽睽之下。

在這裏能談甚麼呢？

如果走出去，不管在江邊，在路上，在茶館，顯然我們會互道別後的種種。我會講講自己怎麼在「林教頭刺配滄州道」的滄縣、黃驊挖河修渠種水稻，而他則會向我述說他怎樣押送農村，「歷時四載，燒過窯，打過漁，當過伐木工和炊事員，幾次大難不死」，剛剛回到社會上；甚至也許還會講起他後來在

《這裏，沒有女人》、《黑色》中傾訴的別樣的生活。而我為甚麼一瞬間，幾乎是本能地謝絕他的邀約，把他挽留在這個黑糊糊的後台，這個絕不適合縱情長談的場合？

「水深波浪闊，無使蛟龍得。」在孤獨又困厄的日子裏，曾經多少次念叨杜甫懷念李白的詩，「世人皆欲殺」，「魑魅喜人過」，佻想着「何時一樽酒，重與細論文」……

但真正的詩友來到身邊，下意識地感到，不能兩人單獨外出，因為歷次運動的教訓銘刻在心，事事處處要有證明人，當急風暴雨來臨時，會逼問你每一次跟朋友的會見（反動政治串連），每一次談了些甚麼（反動思想交流），有甚麼密謀策劃（反動組織活動）。

於是我們坐在那裏，有一搭無一搭地找話說，盡是些可說可不說的淡話，或者偶爾傾聽一下前台的劇情。更多是沉默無言。但難得一見，戀戀不捨，又不忍匆匆道別。就這樣坐到散場。

十幾年後的 1979 年 2 月，他來京開過詩歌座談會後，以《霧重慶》為題，追記其事贈我，但他把 1963 年記成了 1962 年，就是他剛剛結束勞改的年份了：

> 長途跋涉，風塵僕僕，各自走過坎坷的路 / 我和你不期而遇，在這遙遠的山城的街頭 / 南方的冬天，本來不該寒冷 / 但此時卻寒風凜冽，瀰漫着大霧 / 不遠就是溫泉，該去洗一洗風塵 / 但溫泉屬於別人 / 你我只能默默地廝守在沒有燈光的幕後 / 挨肩坐在長凳上，相對無言 / 聽那遲緩而沉悶的汾水長流 / 好緩慢的汾水河彷彿流了四分之一個世紀 / 等待在

陰冷裏，你我緊握着冰冷的手 / 呵，一場戲總算閉幕了 / 你
和我飛奔而去 / 去聽那擂鼓般的波浪，看大江滾滾奔流⋯⋯

這最後的兩句，當然是詩人孫靜軒浪漫的暢想。因為那晚
我們也還是黯然地默默分手了。

寫過這首贈詩以後不久，他就跟艾青、鄒荻帆等一起，有
一次沿着南方海岸線的遠行。不僅在象徵的意義上，而且以後
來二十幾年的作品證明，海洋詩人從而重獲了詩的生命，藝術
生命。

在最後的二十幾年裏，他不復以青春年華率真倜儻的姿態
出現，而回首檢點了自己的一生，也重新審視了這個擾攘的世
界。1993 年《人血不是水》一詩中，他反思了四十多年前一次
親自執行死刑的感受：

我真後悔那天不該舉起槍 / 從背後朝那個青年射擊 / 儘
管我閉上眼睛雙手顫抖 / 還是打掉了他的一隻耳朵 / 我永遠
記得 / 他最後一次回過頭 / 用一雙恐懼而又哀怨的眼睛望着
我⋯⋯

他在詩裏說，從此，他常常做噩夢，夢中的靈魂不停地哭泣；
他在生活中，也不止一次對友人說起，這一令他懺悔終生的經
歷，讓他重新認識歷史，並且皈依人道和正義。

2011 年元旦，我收到了花城出版社出版的，由劉福春代編
的《孫靜軒詩選》，我就想為他寫一點甚麼。這個童年在饑寒中
度過，8 歲開始流亡，12 歲當兵的詩人，一生的經歷豐富而曲
折，對歷史和現實也有自己的觀察和思考，並見之於筆下的詩

歌。有關孫靜軒對當代詩歌的貢獻，除了林賢治、石天河，以及牛漢、昌耀有過一些相應的評價外，我以為還缺少足夠的恰如其分的估計。這方面我也無力作出中肯的評論，只寫下多年前兩隻涸轍之鮒的一次邂逅，以為紀念。

2011 年 12 月 28 日

願舒展夫婦安息

　　2012 年 9 月 25 日，星期二，與董寧文於南大宿舍楊苡老太太家邂逅。近午，他接到海南伍立楊短信，謂舒展凌晨去世，上午即火化。後來王春瑜也從北京傳來這一噩耗。當時想，事出突然，楊再玲（舒展的夫人）一定難過又疲憊，不要為了慰問，説些空話，反成干擾，就連電話都沒打。

　　一連幾天，總想，為甚麼那麼快就火化了呢？一定是舒展生前有言，一切從簡，不要再累生者參加告別儀式，索性一燒了事吧。這符合他的性格。

　　然而還是惦記着楊再玲。舒展「反右」後戴上政治帽子，勞改幾年，於 1960 至 1961 年頃發配黑龍江安達市。當時我所在單位也有人下放安達。這個地圖上有標誌的小站，背後就是地圖上沒畫出的，似乎還有幾分保密的大慶油田。對中國那段大歷史來説這是個可紀念的地方，對舒展來説，可紀念的則是他在那裏找到了白頭偕老的楊再玲。詳細的情況我也不知道，我們劫後重逢的日子，大家早已過了互相交換隱私的青春年華。但接觸中感到再玲是一個賢妻良母型的婦女，在單位工作認真負責而幹練，在家裏更沒的説了。

　　10 月 8 日，回到北京，想想要跟再玲説的話很多，電話裏説不清楚，我失聰，接聽電話也難。於是坐下來手寫了一封信。有三四頁，我親自投入郵筒，那是 10 月 11 日，星期四。

過了幾天，我讓文秀打電話給再玲，想在我們下鄉前約定星期一上午去她處，她說她要去單位辦事，於是說好另約時間見面。只是問到我的長信，她竟沒收到。──記得有報道說，在北京發平信沒有寄達的達到百分之三十（？），難道我的信也歸入這百分之三十了嗎？

以後，打過幾次電話，都沒人接，我們想，楊再玲可能住到兒子家去了。直到春節假期裏，才找到舒展、楊再玲的次子楊大勇。他告訴我們，媽媽已經在 1 月 24 日去世了。

他說，他母親致命的是肺癌；他父親腦溢血猝死之前，也已查出了肺癌。大概他們怕朋友擔心，並沒告訴友人們。我不記得舒展有吸煙史，那末這個惡疾該主要還是得之於大氣污染了。大慶的大氣？北京的大氣？向誰追問？怎麼查實？即使查實，又有誰來負責呢！？

而舒展，自從多年前動了腎臟移植手術後，病後的調理，首先是解決「排異」問題，除了藥物，還得多方注意調理，這繁重的任務不僅勞力，而且勞心，就落在楊再玲的肩膀上了。不知肺癌的發現，他們兩人是同時，還是有先有後，但總之，再玲沒有因自己也患大病而放鬆對舒展的護理、照顧，甚至可能多少耽擱了自己的治療。回過頭想想，舒展去世後，我們找不到她，大概她這時才抓緊看病、醫治、上醫院。我們怎麼就沒想到這一點呢！我們印象裏她這裏裏外外一把手，彷彿還在中年，她的確比舒展小十一二歲，但這時，她畢竟也已經年過古稀了啊。──再玲終年 71 歲。

算一算，從寒露到冬至，兩人的大去，相距不過百日的樣子，這一對歷盡苦難的伴侶，終於相偕到另一個世界去了。

按照出版計劃，北京和吉林的兩家出版社，將在今年年初面世的兩套雜文叢書裏，各含一本舒展的自選集。我原想等他的書出來，寫一點重讀的心得，書遲遲未出，不知甚麼緣故。將來，有心的讀者在讀舒展文章的時候，千萬不可忘記在他那酣暢淋漓的文字背後，有一位名叫楊再玲的可尊敬的婦女的鼓勵和支持，他才有可能那麼大氣磅礴又鞭辟入裏，可謂理直氣壯。

願舒展安息，願楊再玲安息，這一對苦難中結合的夫婦，人生的苦難終於到頭了。

2013 年 2 月 16 日

悠悠六十五年間
—— 追懷恩師周定一

前年年底我收到郵局寄來的《周定一文集》，扉頁上有藍筆簽題：「燕祥同志　定一 2012，12」，看來老人手不抖，保持了往日的筆姿。後記是三位子女在春天寫的，說父親今年 99 歲，體力漸弱，所以文集的整理是他們代做的。

可不是嗎，從我和定一先生最初見面，已經六十五年。當時我們的年齡加在一起才 50 歲！

定一先生曾回憶說：

> 在《平明日報》的友人蕭離，蕭鳳夫婦要在這報上安排一個星期文藝專欄，請沈從文先生主編，約我做具體的編選工作，取名《星期藝文》。

> 連一個燒餅的價格都以十萬元計不斷「翻番」的那種年月，微少得可憐的稿費已不起任何「刺激」稿源的作用。但北平究竟是「文化城」吧，辦幾期之後，投稿就漸漸多了起來。沈先生自己也寫，常以《廢郵存底》為題。廢名、吳曉鈴這些師友也一再供稿。投寄詩作最多的是邵燕祥，而且每每是長詩，感情充沛，才華橫溢，並處處見到現實批評精神和明朗的進步立場。我想，有必要去拜訪一下這位熱心的作者了，於是按來稿地址找到東單附近的一條胡同。見面之

下，我深為驚異，原來他那時還是個十四五歲的中學生。還有位散文作者于是之，大約就是日後話劇界的這位名演員，算來他那時也很年輕。(《沈從文先生瑣記》)

這樣，我才知道這位整整比我「先生」二十年的、三十四五歲的周定一老師，在北京大學教「大一國文」，我第一次聽說他家鄉的縣名，是炎帝陵所在的湖南酃縣。我也向他報告了我的簡歷，真的是簡歷，太簡單了。只不過隱瞞了我已加入中共地下黨的外圍組織。還說了些讀過甚麼書之類的事吧，已經忘記。

到 1947 年秋冬，這個標明「沈從文、周定一主編」的《星期藝文》已經出了一年，我並不是每期都看到，因為沒有訂閱《平明日報》，多是在圖書館或街頭報欄瀏覽的。最近有人從這份專刊上發掘出林徽因的佚詩，那一期當時就沒見過。

定一先生到船板胡同我家來，應該是在 1948 年春節後，陽曆二三月間的一個星期日。當時我的幾首詩：《失去譬喻的人們》、《偶感》、《橘頌》、《病》，已經由他經手先後刊發了。

這幾首詩都是 1947 年 4 月在古城春日大風沙中寫的。還在 5 月投身反饑餓反內戰運動之前，其中「失去譬喻的人們」不點名的指向發動內戰的權力者，「詩中譴責了權力者把戰爭、流血和死亡強加給無權的民眾身上」：

　　　我們在偉大的號召下走上戰場，/ 你們碰杯而又握手，/ 碰碎我們底生命，/ 握緊我們底自由，/ 然而，我們沒有詛咒。

　　你們永遠將可愛的教訓，/嚴厲地頒賜給我們，/目的，目的！手段，手段！/我們像沙門聽高僧講道，/都虔誠地背誦着，刻在耳翼上，/將那神聖而公道的教義。

　　你們創造了正義與公道的破壞，/副產了更深重的苦痛與懵懂。/你們又把這得意的藝術品加了佐料，/送給該毀滅的愚蠢的我們。

　　這首雖然真誠但嫌粗糙的詩刊於 1947 年 9 月 28 日，是我第一次在正式報刊上發表詩作，按習慣該叫「處女作」吧。幾首詩最初都是寄給沈從文先生，沈先生轉給周先生的。由此開始，我受到鼓勵，不歇手地寫詩及其他體裁，在 1948 年有了個課餘寫作的小高潮，小花期。正是在這個意義上，我稱沈從文和周定一兩位為恩師。這年夏天我躍級投考大學時，也報考了北京大學中文系，想做他們的及門弟子，只是沒被北大錄取，頗有一點遺憾。

　　定一先生枉顧我家後，我也想我有必要回拜。又是一個星期天，我到東單乘電車到西單下來，往南走到宣武門迤西順城街，到了北大四院 —— 北洋時期的國會，現在新華社大院。按地址找到東側的口字樓三十號，敲門無人應，就在院裏徘徊。星期天下午，靜謐無人，我在重門深鎖的大禮堂前久久佇立，遙想當年這裏人聲鼎沸，爭議不休，互相指責以至開打，民間相聲裏留下一句歇後語：「議員飛墨盒 —— 不贊成」，特別是演出過曹錕賄選的可恥一幕。有人接受了賄賂，出賣了人格，當然也有的議員並未受賄，卻在這鍋湯裏沾了一身臭氣。如今一切都過去了，會場內外一片寂靜。

　　這樣想着，回到口字樓，恰逢周定一先生從外邊回來，手裏提着新買的書。他沒想到我會來，連忙把我讓進屋。我看他買的書裏，有一本巴金譯的王爾德（Oscar Wilde）《安樂王子集》（*The Happy Prince*），是文化生活社那種素面上黑地白字大標題的譯著版本。他的妻小這時在老家，他一個人，休息日除了看朋友就是逛書店了。因而說起北平的電車，他說坐電車在長安街上走，有時感到像去外縣似的。我想他也像我一樣，時時生活在聯想、臆想和捉摸感覺之中。那時我不知道他的專業本是語言學，且已寫出很受同行重視的論文。只知道他和沈從文先生教「大一國文」的分工，沈先生講現代文學，他講古代文學和批閱作文。而他不但在讀現代的文學作品，還不斷的寫詩。他拿給我看一首新作，寫得很美，幾十年來我一直記得其中一句：「我打開今年第一扇南窗」，我當時就真的走到他的南窗前，那裏正輝耀着下午兩三點鐘的冬日陽光。許多年後，我從西南聯大的詩選中重讀了這首題為《窗外桃花》的全詩：

> 家鄉的門外小河有座小島，
> 我曾向人說歸去要種滿桃花。
> 於是夢中幾度花開花謝，
> 醒來向朝雲書一筆顏色。
> 記起古代詩人畫出的一個世界，
> 他的桃源是忘言的悲哀。
> 古城自有風沙中的春信，
> 我打開今年第一扇南窗。

定一先生可能 1935 年一入北大就聽過廢名的課了。他的詩有廢名風，特別是《題廢名先生詩集〈水邊〉》，也只有八句：

「這一卷詩無端使我悲哀，
我從此了解嫦娥的襟懷。
太太寂寞了所以飛上了天，
而地球是一顆真實的思念。」
「那兒是你歸去的妝台？
應珍惜的是這雨中的粉黛。」
有人一笑帶走了詩，
大海夜夜是月亮的鏡子。

最後點睛的一句是神話，是童話，又是詩，可置於張若虛《春江花月夜》和張九齡「海上生明月，天涯共此時」的名篇左右。

定一先生後來不寫詩了，他的詩也不囿於廢名的影響。比如《南湖短歌》、《遷客夢》、《信》和《一滴雨水的來歷》那樣的境界和意蘊，卻是廢名不曾涉足的。

這回翻閱定一先生的詩作，看到「南窗」那首後署「1948年 3 月 15 日」，然則我該就是在隨後的那個星期天前往拜謁的。在那之前的 3 月 13 日，先生還寫了一首《電車》：

電車穿過西長安街，
黃昏的人語，相悅的燈火。
我打量車中一張張陌生的臉，
信賴車軌的絕對安全。
有人談着報館工人都罷了工，

我擔心歷史今天裂一條縫。
靜對着窗外緩緩的生命之流，
我愛搭電車是這上燈的時候。

這讓我想起他向我談起坐電車的感受。這感受的深處，其實是在擾攘生活和陌生人群中難言的寂寞。後來四五月間他去看「法源寺丁香」，「遊萬牲園感其凋敝」，都有短詩留下，也是對寂寞和孤獨的排遣吧。

我頭一年 10 月寫的一篇散文式的〈窗花〉，寄給了定一先生，第一人稱，但是虛構的，這一點不符合一般散文的通例。但其中一個打狼的主要情節，又是有所依據的。這天我帶來了劉白羽的小冊子《延安風光》，香港出版，其中有一小節〈一個村長打狼的故事〉，我是把它敷衍成篇的，加上了我對陝甘寧邊區的想像（不過，其中把當時邊區村民寫為熟讀魯迅小說，知道祥林嫂有阿毛被狼叼走，則應屬「虛構過度」）。該是像定一先生批改同學們作文似的，我這篇作文得到認可，在 3 月底就刊出了。

之後不到一年，定一先生就寫出了《北平解放軍入城》，這打破了他的寂寞和孤獨。大家都捲入天翻地覆的大變動中。我到電台工作後，把通訊處告訴了他。1951 年春天，先生寫信給我，說他家眷來了。他夫人何顯華先生，我讀過其寫湖南鄉居生活散文，樸實而有情致，定一先生問在電台能不能找到她合適的文字工作。當時，中央台正籌備對少兒廣播節目，我找了少兒部主任孟啟予，她說現在正缺人手，但機關裏除了留用人員享受工薪制外，新來者都按參加革命工作論，只能是剛剛由

供給制改行的包乾制。我向定一先生面陳，他們兒女還小，想增加一份收入貼補家用，包乾制的月收入顯得太薄了。這件事未成。

那時定一先生已經從北大教職調到語言研究所，他參加了草創，忙得很，直到 1955 年，有一天丁一嵐（鄧拓夫人）代表中央台參加關於漢語規範化的相關會議回來，説她在會上遇見了周定一，周向她問起我。我想，定一先生一定向她説了我的好話，而丁一嵐同志一定也向他説了我的好話。

我知道定一先生全力主持着《中國語文》的編務，我也以為天下承平，大家各自安居樂業。我萬萬沒想到，早在 1952 年，他在鐵道部當工程師的父親忽從北京「失蹤」，到年底，他一位時任湖南省委幹部的早年同學和同鄉寫長信來說，他的老父已在 8 月初病死於鄝縣公安局看守所（四十年後才知是遭人陷害，被秘密挾持回鄉。沉冤終得昭雪）。定一先生痛定之後，只用一句「解放，也意味着從舊社會過來的知識分子思想和感情上的煉獄」帶過。

文革以後，我跟李銳同志結識，有一次他説起在定一先生處說到我，原來他在抗戰前於武漢大學讀書時就跟周定一有交往，到北京仍有過從。定一先生也向我説起李銳，幾十年前名叫李厚生。1949 年初，「老友李厚生隨解放大軍自東北來北平，承見訪，欣然長談。談及文藝，向我索詩一看」，臨行從詩冊上帶走了定一先生 1941 年在昆明寫的一首六十行的《友情》。這一對朋友的重逢，一可見對青春和友誼的珍視，一可見在戰火猶熾的日子還不忘文學與詩的書生痴氣。匆匆一見，

李銳就南下去湖南任職了。那時誰也不會預見到定一先生的老父竟遭政治陷害綁架以致瘐死，更不會料到李銳一陷冤獄二十年。定一先生之所謂知識分子的煉獄，竟是不堪承受而必須承受的。

我在 1957 年反右運動中翻船，主動中斷了與一切親朋好友的聯繫。文革後雖然「回到人間」，但蹉跎多年，一事無成，愧見師友。直到有了幾本自以為比較像樣的書出來，我才向定一先生投贈，得到他一如既往的鼓勵。九十年代中，得到他相贈的《紅樓夢語言詞典》，這部凝聚了他和鍾兆華先生蓽路藍縷和銖積寸累之功（後來又有白維國先生加入），十年辛苦不尋常的心血之作，從語言學角度切入，對《紅樓夢》的語言做了細緻的梳理。我曾見日本有《字源》之典，實際是古典名著的詞彙總集；又聽說蘇俄編有《普希金詞典》，一直盼望中國也有對古典詩人和作家詞彙的研究成果，現在這部詞典，收詞 25,000 條，全書 250 萬字，堪稱巨著，而它在語言學（詞彙史，語法史）研究上的歷史意義，更有待充分的估價。

定一先生這一重要學術成就，是《周定一文集》沒有反映出來的，但恰恰是在定一先生所遺書籍中，我最感親切的，所以不憚詞費，多說幾句。先生其他語言學方面的論文及其意義，「隔行如隔山」，不容我置喙了。

2003 年，我參加社科院語言所祝賀定一先生九十大壽的座談會。那時先生身心清健。我記得他說了一個笑話，某年為一位耄耋老人祝壽，大家援例祝以長命百歲，沒想到老人不悅，意若曰你們開出年限，此時已距 100 歲不遠，豈不是倒計時了

嗎？定一先生點出了一般老人從樂生到「戀棧」的心理，透露了淡定曠達的心胸。不過，我們仍然願以「茶壽」相期相頌，大家一笑。

前年底收到定一先生贈書，我立即回一封信，相約過了年假以後去拜望他。誰知年後不久，接到哲嗣伯昆、仲炎打來的電話，定一先生大去了。我深以未在老人最後的日子裏再見一面為憾。不過，據說老人在年前剛好慶了百年大壽，家人團聚一堂，融融泄泄，這倒是多少令人欣慰了。

2014 年 3 月 15 日

面對《路翎全集》的雜感

1989 年 9 月 1 日，我開始寫不準備發表的札記，編了號，第〇〇一號標題《惜曇花》：

> 今天進了陽曆 9 月，北京的最好的季節。張愛玲說過的，「清如水，明如鏡」的秋天。除了照例早午晚來去鳴笛的警車稍稍破壞了這秋天的清明的氣氛，風從窗紗吹進來涼涼的，太陽曬在身上暖暖的，再過幾天就是白露了。

> 張愛玲寫秋天「清如水，明如鏡」這句話在 1944 年 9 月。她最好的創作季節，也只不過是 1943 至 1945 那兩三年吧。當時在上海有她，在大後方的四川有路翎，在淪陷的古城北京有袁犀即李克異，年紀相仿，都以中長篇顯露了自己的才華。這三位最有希望成為大家的二十多歲的小說家，不久都因各各不同的政治原因擱筆，該說是十分可惜的。中國的土地上，曇花太多了；中國的天空上，流星太多了。

> 這三個被遺忘了的中國四十年代的小說家，其實是很值得研究一下的；至少在鳥瞰那一時期中國文學的人，不該對他們視而不見。……

把這三位現代小說史上的名家相提並論是否恰當，學者們可以研究。而我認為的路翎本是可以成為大家的，這個看法至今沒有改變。

　　我在抗日戰爭的八年中，住在淪陷的北平，路翎的名字是直到 1947 年前後才知道的。那時我開始癡迷於「七月詩叢」第一輯，傾心於那些詩人的作品，也記住了他們的名字（包括日本反戰同盟的綠川英子女士），也逐漸熟知他們的友人路翎的名字，記得曾瀏覽《饑餓的郭素娥》，籠統的印象是，中國出了一個左拉（Émile Zola）！這樣的印象是否準確，當然也可以討論。那時讀小說的興趣集中到了解放區的作品上，對大後方的小說忽略了，以致《財主的兒女們》是直到 1955 年反胡風後趕着補看的。

　　那已經在拜讀路翎新作《初雪》和《窪地上的「戰役」》之後。上世紀五十年代初，經常讀到的新小說，每每給人「公式化、概念化」的感覺，那是文壇上不但從蔣管區來的而且從解放區來的有識之士都已經發現的弊病；這時候，路翎從朝鮮戰場歸來，帶回兩篇小說，確實是一派清新。直到「反右」當中，在我的諸多罪狀之外，威嚴的支部書記還加上一條——邵某曾到處向人推薦《窪地上的「戰役」》。

　　我所以不厭其煩地縷述這些瑣碎的流水賬，因為讀者和作者的關係就是通過作品形成的「神交」，最好的境界是「心有靈犀一點通」，所謂心弦有共振；大量的中間狀態可能是過目即忘，或偶作談資；至於最不濟的，則是讀者感到「語言乏味，面目可憎」，那就只有棄書而走了。

　　反胡風運動標誌着中國讀書界自由閱讀史的徹底中斷。

　　七十年代末到八十年代，是知識分子廣泛捲入「初讀」和「重讀」的時代。坦白地說，是由於「反右」後陷入異類的處境，使我對先我們罹難的胡風和他的文學朋友們，產生一種近

於同病相憐的感情，我熱衷於了解胡風事件的前因後果，有關的人事牽連，還有相關作者的新舊作品，並且寫一些讀後感。但關於路翎，我卻寫得很少。一則因為我着重點還在詩人與詩，二則我以為路翎是一個相對巨大的存在，不可以「隨筆」待之。但我還是用隨筆的形式，寫了〈《路翎小說選》評點〉三則，那是在 1986 年四川文藝出版社出了《路翎小說選》之後，忘記是應哪個刊物約稿，後來收入羅飛（杭行）主編、寧夏人民出版社一套叢書中的《熱話冷說集》裏。

再就是上引我八十年代末的札記，認為路翎在四十年代中展現的勢頭，已經預示他可望成為大家。這個勢頭卻不幸被歷史的黑手攔腰斬斷，成為文學界、讀書界永遠的遺憾之一。

這就是在閱讀領域我和路翎的一份看似淺淺卻也是深深的文字緣。

在現實生活中，我有緣從 1983 年起成為路翎在北京虎坊橋的鄰居。牛漢每每騎自行車來看望路翎，然後多半到我處小坐。不過，我跟路翎的直接接觸，開始於工作關係，就是為他送詩稿校樣。他的詩稿不是我約的，應該是鄒荻帆直接或間接向他索要，或是他寫出後直接或間接交給鄒荻帆，然後由在《詩刊》值班的我處理的。我沒聽說過路翎寫詩，第一眼看他的詩，就被詩中一股也是清新之氣抓住，「詩人者，不失其赤子之心者也」，不但是不失其赤子之心，而且不失其赤子之目，在這裏詩人用其沒有被混亂的世相弄昏的眼光看世界。具體的篇目記不清了，這回翻看對他小說的評點，裏面提到：「近讀路翎寫一個學鋼琴的小女孩的故事（《人民文學》1987 年 1、2 期合刊），細膩清新，使我想到幾年前他的詩《一年級的小學生》，

他是熱愛孩子的。」我在這兒又一次用了「清新」這個詞，表達作為一個讀者不期而遇的驚喜。其實他的詩並不限於寫孩子，記得好像還有寫「掃街」的題材，其本事來自他出獄後，回到朝陽門外芳草地的蝸居，一方面繼續接受街道上監督管制，一方面也還是為了每個月廿五塊錢的糊口之資，不得不每天凌晨幹掃街的活兒，但他的詩並不落套，不帶傾訴苦情的意味，所以有關「斯文掃地」的觀感只是了解內情的人的詩外聯想，據我不十分確切的記憶，詩人是把掃街的勞動抽象化了，我猜，或許是他在幹活時自我營造的幻覺，既昇華了一件形而下的懲罰性勞役，又賦予了自我安慰的色彩？

後來我知道，路翎寫出這些篇幅不大，極具艾青所謂「散文美」的純口語體的自由詩時，正是他重拾長篇小說卻不成功的時候。他的創作遇到了生死存亡的危機——而且直到最後也沒能擺脫這個危機。但我以為他的可能為數不多的小詩，寫得確很自由的小自由詩，卻在危機之外。一是可能他恰恰在寫長篇不能盡如心意的間隙，處於放鬆的狀態下寫這些詩以為調劑的，心態遂得以自由，二是他寫這些類似素描以及（攝影）抓拍之作，因心態自由，也就擺脫了鄭重其事恢復以寫實手法結構長篇時糾纏腦際的那些「三突出」之類的干擾。這次聽說全集將出版，我一直惦念着，是不是把路翎晚年寫的詩也收進來了？

我也是後來才知道，那一段時間，甚至不止一段時間，而是他因胡風案得到平反，也被恢復名譽之後的整個晚年，路翎都在苦苦地寫作，但他的精神狀態和寫作狀態，都不可能重返青春了。那樣一個天才，那樣一個富有實力和潛力，又滿懷創

造激情的作家，竟成了一個力不從心的「碼字」者，困惑地活着在不斷失敗再失敗的循環當中，這本身就是一個巨大的悲劇。

我當時不知其詳，只知道路翎處於憂鬱自閉的狀態，曾想怎樣才能讓他走出書房，散散心，正好 1985 年春夏之交，《中國旅遊報》副刊要組織一些作者去武夷山一遊，有姜德明、徐民和、盛祖宏等，我徵得編輯部的同意，上門請路翎考慮，能否和我們同行，他和夫人余明英以他身體不太好和還有些事情要做辭謝了。許多年後，我想，如果當時我腦筋活絡一點，再商之於報社，破例請路翎夫婦一起參與，也許能打破他們的顧慮，使這個動議不致落空。可這已是馬後炮了。再想一想，路翎在長達二十五年的冤獄之後，雖獲名義上的自由，實際上還困於自己的「心獄」（主要是被迫改造的「洗腦」），又從早到晚，幽處斗室，幾乎是要按既定的清規戒律來爬格子，又怎麼能恢復昔日的創作狀態呢！？

面對《路翎全集》的出版，既為作者和他的親人高興，路翎的作品終於有了一個遲到的總匯，不枉他孜孜矻矻平生的嘔心瀝血；同時又感到心酸，為路翎，也為他同樣曾經落入陷阱的朋友，以及有着類似命運，從那個時代過來的文學同人。

往者已矣。新的一代又一代走上前來了，路翎式的命運會帶給你們甚麼樣的思考？你們似乎走上了與前人不同的道路，但你們真的掌握了自己的命運嗎？在你們迎來的時代，你們能夠開闢出真正的而不是幻覺的自由創作的空間嗎！？

2014 年 5 月 23 日

曾彥修：政治道德的典範

非常之時乃見非常之人，非常之人乃有非常之舉。

曾彥修先生在上世紀五十年代後期自上而下的所謂反右派鬥爭中，身為所在單位 [1] 一把手，又兼「反右五人領導小組」負責人，不肯違心傷及無辜，又為避免領導班子整體陷入「反黨集團」的險境，挺身而出，自報「右派」，並説服其他領導成員，即此上報。從而淪為「反黨反社會主義」的罪人。至今人們憶及他的大義凜然，不免如孫中山悼劉揆一詩，喟歎「誰與斯人慷慨同」？！

日常生活中，有人溺水，非親非故的路人不假思索，入水相救，有的救起人來，自己卻付出生命代價。這是出自良知的見義勇為，符合中外古今普適的道德標準。在我們的宣傳中，對這樣的現象，特別是涉及中外軍民關係（如羅盛教）、軍事訓練（如王杰）的典型表彰中，譽為「把死的危險留給自己，把生的希望讓給他人」（是從「把困難留給自己，把方便讓給他人」的口號而來），人們都是認同的，這是與常情常理一致的道德共識。

1　曾彥修 1957 年時任人民出版社社長兼總編輯。

　　當年曾彥修身歷的是政治運動，共產黨員、領導幹部的身份使他成為名副其實的「政治人」。檢驗政治人在政治生活中的道德表現，屬於政治道德的範疇。

　　曾彥修近六十年前特定環境中可稱特立獨行，他在共產黨員們所最珍視的「政治生命」即將毀於一旦的時刻，做出捨己救人、自我犧牲的選擇，即此一舉，堪稱政治道德的典範。

　　了解曾彥修的人，知道早在延安整風運動中「搶救失足者」一役，年輕的他被迫從眾承認莫須有的「特務」罪名時，就堅守一條底線：縱然屈打成招，也要獨自擔當，絕不亂咬別人。1957 年他的選擇不是偶然的。

　　誠然，一代領袖曾經提倡「抵制錯誤領導」、「反潮流精神」乃至「捨得一身剮，敢把皇帝拉下馬」。但人們或許不盡明白，這些擲地有聲的經典名言，有它特定的語境，上下文關聯，適用時段的背景，尤其是適用對象，不是人人可得而效法的。眾多幹部隨侍日久，洞悉此中機理，所以絕少有人「冒傻氣」，去「抵制」上面來的即使是明顯的錯誤指令，而照章辦事則萬無一失；一般幹部也絕不會響應「反潮流」號召，人盡皆知順流而下最安全；他們更沒有拉皇帝下馬的野心，為甚麼要找「一身剮」的不自在？

　　曾彥修當時想必不存「反潮流」的自覺意識，也沒達到自覺「抵制錯誤領導」的原則高度，他只是從個人和小集體領導班子的困境出發，謀求擺脫之道。一方面是可能被運動傷害的無辜者和「輕罪（一般性過失或「問題」）重判者」，一方面是頂頭上司文化部主管出版負責人的咄咄逼人和蓄勢待發。曾彥修立足於這一現實，在良知（這是一般為人道德的基礎）和為

人道德（這是政治道德的基礎）驅策下，權衡怎樣以損失最少的個人付出（他認定他個人的安危比起眾人的安危來是相對微小的），來換取其他同志的政治安全。於是他決心甘冒喪失政治生命的風險做出自己的選擇。這個選擇不是感情用事，不是率爾決定，而有他一貫言行所聽命的心理基礎，包括傳統的仁義道德觀念，也包括作為共產黨員要為人民的利益不惜犧牲一切的誓言——多少人把這樣的誓言當作套話，置諸腦後，而曾彥修是認真的。在關鍵的節點上他做到了。因此他在「五人小組」會上「自劃右派」之舉使滿座震驚、愕然無言，此議的提出，無異於古今中外的死士為自己的信仰、理想和理念（政治的，也是道德的）毅然走向刑場。

歷史地看，曾彥修這位飽經近百年滄桑的老人，其言，其行，其政治和道德心理的發展，與他的生活特別是政治經歷長期互動，有變與不變，有堅守也有突破，在各個時段，有不同的表徵，體現了歷史的限定，也就是所謂歷史局限性。然而他在 1957 年這一堪稱政治道德的典範之壯舉，將載入史冊，彪炳於人心是無疑的。

這裏有必要申明一點，紀念老人，相應時段的歷史是繞不開的。曾彥修的表現在那特殊的時空，應是所謂異數。我稱之為政治道德的典範，典範的意義，既在於表而出之，對往者有所臧否和惕勵，更是期望先生之風有助於未來。異數未必是異端，但總是「木秀於林」，有與眾不同之處，不可責之於當時的眾人。每個過來人，出身經歷不同，文化教養各異，歷史的烙印或深或淺，在那特殊的年代中，能像曾彥修那樣中夜捫心自問，「微覺平生未整人」的，不說絕無僅有，數量也不很多。

一些黨員幹部不同程度地參與過革命隊伍的內鬥，無論積極自覺、消極被動或違心介入，都是大潮席捲下幾近於身不由己，難以置身事外的。其中不僅有窮追猛打斬草除根的打手——劊子手式人物，也有奉命狙擊卻將槍口抬高了一公分的天良未泯之人。所以，我在十年浩劫結束後，曾說一般地執行了整人路線和政策者，只要不是格外加碼的，都應給予理解和諒解，對「運動」積極分子中基本屬於認識問題和「私字一閃念」的，也不要輕易斷為壞人。毛澤東不是也還說過「改了就好」以示寬大的話嗎？

若干年過去，有不少遭受政治迫害的倖存者，自覺反省，悟到在全民範圍從上而下的政治運動及身之際，自己同樣有出自「個人迷信」積習的配合。這種立足於歷史反思嚴格自察的「悟道」之言，當然更不能責之於人人。至於曾有不同整人經歷者，在例如張志新、林昭的血跡前有所觸動，或在如曾彥修這樣的鏡鑒前，發現自己道德上的瑕疵，都是值得歡迎的。固然，八十年代有學者主張「全民懺悔」，乃是書生之見，因為懺悔屬於道德範疇，應是自願，不可強求。九十年代一位青年挑戰一不無才華的「文革失足者」，因為對方力圖掩蓋自己的陰暗面，不惜撒謊來塗改歷史真相，引起公憤。但叫板要他懺悔，卻使人想起「十年」中流行的「勒令認罪」，跡近「即以其人之道還治其人之身」的傳統（這句廣泛傳播的名言，其實早已遠離朱熹的原意，壓根兒就被賦予「新義」了），帶有「強迫自願」的性質了。其實只要不再文過飾非就好。還曾有些人一反只說「過五關，斬六將」的光榮，不提「走麥城」的失敗，只說自己「走麥城」（被群眾衝擊），不說自己「過關斬將」（不同時期整

群眾也整同僚），但「群眾的眼睛是雪亮的」，天視自我民視，天者歷史也，長遠地看，歷史的評審總是公正的。

我以這篇小文紀念曾彥修先生──或如我輩雜文作者慣稱的嚴秀同志，連帶說了些零碎的感想。最要緊的是突出他在政治道德方面的典範性。

然而直面現實，現在人人喊打的腐敗現象，公權私有，侵掠民權，官商一體，可以說是國家肌體上的癰疽和病灶，無一不標誌着政治道德的普遍敗壞。

因此，我感到，無論個體或群體的政治人，以犧牲政治道德來求「政治正確」，那就是不正確又不道德的了。

當然，就反腐敗講政治道德，這還只是就政治道德表現於經濟領域的問題來看。至於更宏觀地全方位地考量政治道德的歷史和現狀，就不是我的視野和能力所及了。

我的知識結構是殘缺的，多年來囿於主流話語，改革開放後仍然補課不力，對國內外的文化積累和思潮動向，其實都很隔膜。現在重提中國傳統文化，我多年來也是「厚今薄古」，結果昧於知今更昧於知古，不知古更不足以深刻地知今。隨看隨丟的雜書，倒是沒少過目，真正的元典所讀不多。瀏覽之間，粗知孟子說過「民為貴，社稷次之，君為輕」，卻往往被視為只達到「民本主義」的高度，離現代「民主」觀念遠得很云云，似乎不足道也；孟子遊說各國，如與梁惠王等議政，許多是從政治道德立論的；至於他說，殺一不辜而得天下，「仁者不為」，更可以視為政治道德的底線，因為五霸七雄爭來爭去，不惜勞民傷財，興師動眾，兵戎相見，陷百姓於水火，無非為了

爭奪更高更大的治權，以我們今天當作貶義詞的「稱王稱霸」為最高目標。孟子企圖以儒家士人心目中作為道德模範的「仁者」說動他們，不要與民爭利，更不要為害平民，無異於對牛彈琴、與虎謀皮，也是孟夫子的「書生之見」吧。

然而今天已是兩千多年後的二十一世紀，隨着人類整體由野蠻向文明的演進，國際社會呼喚交往和共處的通例和規則，於是從中國古代的「兩國交兵，不斬來使」，到經過世界大戰形成的戰爭中「優待俘虜」的要求，不但成為文明國家的共識，並且形成以人道主義為基本前提的國際公約，違反者應受世界輿論的譴責乃至國際法庭的起訴。在在表明，政治道德在全球引起重視。中國講「民無信不立」，在國與國的關係中，那些出爾反爾，毫無信義可言的國家尤其某些一意孤行的政府首腦，早已遭到中外民眾的厭惡和唾棄。外交往來中的政治道德，已經具有普適的規範性。

所見有限，不憚詞費地贅述幾句，是想呼籲術業有專攻的人文學者，特別是歷史學、政治學、社會學、心理學的專家和相關從業者，能夠注意就政治道德做深度研究，使之從「話題」成為「課題」，從學術的角度提升我們讀者的認知，也間接「倒逼」現實中政治道德水平的提升。在逐步改變「無法無天」而推動法治建設的艱難前行同時，力求也改變不同層級政治人違反政治道德，至少是對政治道德重視不夠的現狀。歷史無數次證明，一個國家乃至國際社會，政治道德的缺失，絕非太平之兆，而總是與社會失序相伴隨。政治是「道」，道德也是「道」，中國傳統儒家文化把「邦有道」，「天下有道」，懸為可與終極的「天下為公」並提的理想境界。即使不說這在一定程度上取決於

政治道德的實現程度，卻也不能不承認一個社會的治亂跟政治道德有互為表裏、互為因果的關係，至少不是全不相干的吧。

多半是憑直覺，作此一知半解的街談巷議，惟望有心人鑒定。

2015 年 5 月 7 日

不該遺忘的吳伯簫
──《吳伯簫年譜》讀後

　　我第一次見到心儀的散文家吳伯簫，大約是 1980 年春夏，他到虎坊橋南的詩刊社來，在老主編嚴辰的辦公室。嚴辰叫我過去，介紹這是吳伯簫，我一看，是跟嚴辰一樣的藹然長者。年紀看來與嚴辰相仿，卻一樣精神。其實嚴辰生於 1914 年，他生於 1906 年，比嚴辰年長八歲，一算，他竟比我大着二十七歲！只是因為他還擔任着人民教育出版社的領導工作，竟不覺他已經年逾古稀了。

　　在嚴辰同志面前，我一向口無遮攔，這回見了他的老戰友吳伯簫同志，我也大大咧咧地說：「我 10 歲的時候就知道您的名字啦！」他有些意外，我說：「當時在淪陷區北平，有一家雜誌叫《吾友》，登了〈燈籠篇〉，我看了喜歡，就把作者吳伯簫記住了。沒想到，過了一兩期，他們又發啟事，說這篇作品抄自吳伯簫著《羽書集》，為此向讀者致歉。」我卻沒告訴吳老，幾年以後，我在一篇散文習作寫到鄉村夜行打着燈籠，並非親身體驗，就是從他這篇文章裏借用的。

　　而直到文革後花城重印了《羽書》一集，我才得見全書，也才知道原書名沒有「集」字，原文題目也沒有「篇」字。

這回看子張編的年譜，吳伯簫 1980 年 5 月 10 日寫了〈《羽書》飛去〉一文，提到《吾友》這件事，也許他不是從我這裏頭一次聽說，但他或是因我提起這舊事，忍不住寫了此文，說：

> 再一件不愉快的事，是在敵偽侵佔北平的時候，在北平的文藝刊物上用我的名字發表收入《羽書》的文章。搞這種伎倆的人也許窮極無聊只是為了賺點稿費，實際上那卻是硬把人往糞坑裏推的行為。這種怪事是解放以後才聽說的，聽了令人哭笑不得⋯⋯

關於《吾友》，多說兩句。這是當時我讀中學的哥哥每期必買的一份綜合性周刊（或半月刊），面對青年，以知識性為主。樸素無華，封面紙與內文同，騎馬釘裝訂，定價比較便宜。每期開篇有一國際時評，主要評述歐洲戰場，後面中英文對照欄中，連載林語堂〈吾國與吾民〉。偶爾發表文學性作品，所以〈燈籠篇〉格外顯眼。從來沒有漢奸文章。我還記得此刊主編是顧湛、冷儀夫婦，我也從沒想過他們會是漢奸，抗戰勝利自然停刊，主編隱身，再沒聽說過。但也沒聽說國民黨當局曾把他們當作漢奸處理，更沒想過他們會用一篇抄襲來的一位作家早年的優美作品，竟是有意對抗日作家搞污名化的陰謀。

當然，時當延安整風審幹高潮，作家本人恰身陷「特嫌」冤案，數千里外淪陷區發生此事，正與國民黨統治區忽然流傳吳伯簫已被共產黨整死的謠言，難免讓人聯想，當事人後來產生「陰謀論」的猜度，也是可以理解的。

我在很長時段裏，揣測那位冒名抄襲的人不過是個想混點稿費的人，而我更願意想像他是個愛好文藝的年輕人，對這篇文章愛不忍釋，喜不自勝，隨手抄了一遍，索性寄出去，與編者和讀者分享。

不過，看了子張編的年譜，我發現自己的想法「很傻很天真」。因為據年譜記載，1949 年吳伯簫在文代會上見到巴金，巴金說起，文化生活社在上海孤島出版《羽書》後，就按王統照所留吳伯簫濟南地址寄發了稿酬，並收到了具名吳伯簫的回信，信上還問訊加印的稿費（？）等情。

又據年譜載，抗戰勝利前夕，淪陷區作家張金壽在上海《雜誌》五月號發表〈北行日記〉，說前不久在濟南遇到「事變前文藝界鼎鼎大名的吳伯簫先生」，據他描述：

> 吳先生兩條腿壞了，勉強蹭着走，遠一點路便不行。他苦得很，最近正欲賣書，文人到賣書的程度，可以想見其如何貧困。吳先生言語甚為淒慘，他說，「我如果不死，我們還會見得到的」，這是我們告辭時的末一句話。他的肺病程度甚重，且又貧窮，療養談不到，所以好起來是頗費時日的。他現在住在他弟弟家，仍不時寫文章，往上海的《文潮》，山東的《中國青年》，北平的《吾友》發表，真是苦不堪言。

這樣，遂坐實了冒名吳伯簫抄襲吳氏戰前舊文投稿《吾友》的便是此人，他還用吳伯簫的名義在別處投稿，會客，他這一謀生手段雖不足取，但看來別有苦衷在，不像有政治意圖，而多半是着眼於鈔票。這個殘疾者兼病人日子夠慘的，卻有一定的

文學鑒賞力，又有對文壇名人的一些了解，於是選中了早已遠走高飛的吳伯簫。至於他怎麼得到巴金寄到真吳伯簫舊地址的匯款通知，而《吾友》怎麼發現這個以吳伯簫名義投稿的人屬於抄襲（可能了解到吳早就離開了濟南），事後是否追回了稿費，以至這位冒名者的殘疾是否與這次戰局有關，這些恐怕將是永遠的謎團了。

而由吳伯簫收入《羽書》中的〈燈籠〉一文引發的這個話題，追究起來，竟有這麼一串不為人知的故事。既可見年譜編纂者調查的細緻與苦辛，更說明世界上的事情是複雜的。

《羽書》是吳伯簫第一本結集的散文，其中無疑濃縮着他的鄉情和童年記憶。他在 1935 年送王統照先生由濟南去上海時，把整理出的書稿，請先生到那個全國的出版中心探一探路。隨後「七七」變起，全國動蕩，吳伯簫帶領一隊學生投入抗日鬥爭，又輾轉南北，奔赴延安。戎馬倥傯中哪裏還顧得上那小小一疊稿紙，他也許想像着已經像老舍當年的一個長篇在「一・二八」日本轟炸商務印書館時一樣付之一炬了。不料，1941 年在延安，中共中央所在地的楊家嶺山谷裏，他讀到上海《宇宙風》雜誌上王統照為《羽書》所作的序。原來這本他的處女作已在 1941 年 5 月就由巴金的文化生活社出版了。真是「海內存知己」啊。

今天重讀當年前輩王統照的序，其中不但對吳伯簫的少作有中肯的評價，而且就他在戰火中寫的通訊，更有積極的展望。王先生說：「伯簫好寫散文，其風格微與何其芳、李廣田二位相近，對於字句間頗費心思」，說伯簫：

數在前方盡文人的義務，奔走，勞苦，出入艱難，當然很少從容把筆的餘暇。然而在《大公報》我讀到他的文藝通訊，不但見出他的生活的充實，而字裏行間又生動又沉着，絕沒有閑言贅語，以及輕逸的玄思、怊悵的感懷。可是也沒有誇張，浮躁，居心硬造形象以合時代八股的格調。

伯簫好用思，好鍛煉文字，兩年間四方流蕩，擴大了觀察與經驗的範圍，他的新作定另有一番面目。

說吳伯簫「對於字句間頗費心思」，「好鍛煉文字」，是不錯的。何其芳早年好把古典辭藻引進筆下，吳伯簫卻要用口語豐富文章的表現力，如「唫燈書」可能是家鄉方言，卻勝似說熟了的「挑燈夜讀」之格式化，他又把我們慣說的「十冬臘月」寫成「石凍臘月」，不也是別出心裁的創意？

從少時起，直到晚年以語文教育為業，他畢生都一字不苟；絕不許他主編的文學教科書有一個錯別字，有一處語法錯誤。而少作於何、李之間，他更近於「地之子」的山東老鄉李廣田，卻較廣田多了幾分韻致。比之「五四」第一代前賢，則他的文風平實質樸，眼睛向下，不唯美，不炫技，屬於葉聖陶、夏丏尊、豐子愷一路。他 1934 年評論頭一年的文學，重點提出茅盾的《子夜》寫了城市民族資產階級的敗落，王統照的《山雨》寫了中國農村的破產，概括稱 1933 年為「子夜山雨季」，足見其胸懷和眼光。他忠於自己的真實感受，早期多了一點閑愁，戰爭中多了哀傷憤懣，都是自然流露，並無為文造情。到延安後，他採訪太行寫的通訊雖是全新的題材，卻保持了他一貫的散文風格。在延安寫大生產，寫英模的通訊，是職

務寫作，他仍然是認真而求實的。他在〈無花果——我與散文〉
中說：

> 行軍到張家口，寫〈出發點〉，打發了留戀延安的熾烈
> 感情，剛在《晉察冀日報》上發表，就有人成段朗誦，影響
> 還好。但對地方人事美化絕對了。

請注意這一句「對地方人事美化絕對了」，看似隨口謙遜之
詞，卻顯示了曾有的自省，像是國文老師對學生作文的批語，
惟無功利之心的人有此胸襟的坦白。

這樣一位恂恂君子，卻在 1943 年延安整風運動中以「重
大特嫌」被捕。正是「君子可欺以其方」吧，由工作問題而思
想問題而政治問題，逐步升級，逼得老實人割喉、撞頭，想一
死了之。事後所謂平反卻還不作結論，留了尾巴。日本投降，
前往東北開闢工作，參與接管和創辦新型大學，主持校政過程
中，他以自己的言傳身教打破了新區群眾對共產黨的疑懼，以
自己的形象擴大了共產黨在成百成千青年中的影響，這從他得
到「老媽媽」的諢號可見一斑。

整風以後的二十年，吳伯簫孜孜矻矻，獻身教育。1966 年
起又遭批鬥，1968 年仍被「隔離審查」，1969 年去鳳陽幹校勞
動，1972 年，66 歲時得回北京等待分配工作。1973 年參與恢
復在運動中撤銷的人民教育出版社。但年尾年頭，就遭逢了從
「批林批孔」進而「評法批儒」的「戰略部署」。此時吳伯簫已
患冠心病。但雪上加霜，先是編選教材時，《詩選》中不許選李
白，據說姚文元認為李白不是「法家」云云；緊接着，一晚上

有人來，傳達當晚六點鐘的電話指令，為批判毒草《中國古代文學作品選》，「你翻翻這兩本書，提出批判重點，明天早晨寫出書面意見！」這個任務欺人太甚，吳伯簫一口氣咽不下去，乾脆回答：「不幹！」這是一座沉默的火山的突然迸發，導致了老人冠心病發作。

幸虧兩年後結束了所謂史無前例的「大革命」，以及相應的「大批判」、「批倒鬥臭」等惡行。十億人民得以喘息。吳老也贏得了最後幾年相對舒心的日子。

讀這本《吳伯簫年譜》，正像它的副題「編年事輯：1906–1982」，恍如讀了一部繁簡有度的吳伯簫傳記，隨着年光的轉換，吳老一生的滄桑盡在讀者的眼前心底一一掠過。沉浸在一派生死榮辱、悲歡離合的氣氛當中，竟不能自拔，不知何以終篇。

2016 年 11 月 1–2 日

丁聰百年
——紀念會上的發言

其實我要說的就是三句話：

一，「小丁」終於成為百歲老人了；

二，好好欣賞小丁的畫；

三，儘量接近漫畫背後的丁聰先生、丁聰同志。

解釋一下這三句話。以下為了避免羅嗦，不叫先生，也不叫同志，直呼丁聰其名。

第一句，丁聰 100 歲了。是實足，不是虛歲；從 1916 到 2016，真正的跨世紀。他的前半生和後半生，好劃分：前半生從少年學畫，經過整個三十、四十年代的內憂外患，畫筆在手，鋒芒畢露；後半生從一開始投入《讀書》雜誌的創辦起，就重操舊業，寶刀不老，老當益壯。中間曾有二十年斷裂（他在奉命「重新做人」，就是說他已經屬於「非人」）。回頭一看，他的漫畫人生，留下多少寶貴的精神財富啊，可他除了希望多吃肉、少吃菜以外，對物質生活幾乎沒有甚麼奢求；除了見書就買，間或也買些工藝品小玩藝兒以至假古董以外，更幾乎不知道怎麼花錢。但他真是自奉甚儉，或像很多宣傳家老說但多半做不到的「只知奉獻，不知索取」。他沒宣言卻做到了，確實是「只問耕耘，不問收穫」，——漫畫，是他生於斯，長於

斯，浸沉於斯的精神家園，他的一畝三分地兒，位置不在桃花源裏，而在滾滾紅塵中，但入塵不染，清濁分明，憎愛判然。

「天下誰人不識丁」？只要是讀書看報的人，誰不知道有個丁聰？

2004 年春天在楓涇，丁聰 88 歲，說「行年八八猶稱小，天下誰人不識丁？」我們是勸慰丁聰，你一輩子以心換心，走到哪兒都有朋友。但真要「識丁」，可沒有認識一橫一豎的「丁」字那麼容易。

所以有我今天要講的第二句話，「好好欣賞小丁的畫」（不光指狹義的「漫畫」，而且包括他文學作品插圖一類的作品）。大家知道，紀念一位作家，最好是讀他的書；那麼紀念一位畫家，離開他的畫，「吾不知其可也」，他的思想，他的感情，都注入了畫作之中，不識其畫，也就無以知其人。所以才有這次的丁聰百年展，還將有一系列的紀念展。不是把故人送進歷史博物館完事，我們也要「普及丁聰」。

我們一般的讀者，包括熱愛丁聰的朋友，看到丁聰後三十年的作品較多。取景於日常生活，「小處着筆」的較多。但若看他四十年代一些大作，如著名反映現實的彩色長卷，簡直突破了漫畫的樊籬，進入史詩的境界。好漢要提當年勇，那是「大處着眼，大處着筆」的。

大處也罷，小處也罷，丁聰着筆從來不離現實，昨日的現實已歸入歷史，今天的現實將成為明日的歷史。丁聰的畫筆也就成了：史筆。我說丁聰「興亡入畫鬼神驚」，大凡丁聰筆下歌頌和肯定的，都是「興」的氣象，而他控訴、批判的，就是亡國以至亡天下的表現或朕兆。這在他 1949 年前的作品中已經得

到充分的印證。甚至後來他在北大荒畫的《老頭上工圖》，畫的是二十世紀偉大的詩人、文章家聶紺弩以老病之年被迫勞改，扛着鐵鍬上工去，儘管難友中的「老聶」寵辱皆忘，幽默依然，但客觀上是非顛倒，揚惡懲善，難道不正是十年浩劫亡國亡天下的寫照麼！？

在所有的畫作裏，雖沒有畫家的身形，但必有畫家的態度，而且不得作假的。

不過，畫裏作者的態度，還不等於畫的背後站着的拿着畫筆的作者本身，所以還有我要說的第三句話：「儘量接近漫畫背後的丁聰先生、丁聰同志」。

生活中的這位丁聰先生、丁聰同志，真的像一個天真的孩子，不枉稱為「小」丁。誇張點說，他整個就是個安徒生童話《皇帝的新衣》裏那個喊出「他沒穿衣裳」的孩子，這你就知道他為甚麼有了他的 1957 年。後來若干年如果不是有夫人沈峻守在身邊，不知道他會喊出多少句這樣的真相和真理（自然是在他眼界之內的）。

王國維說：「詩人者，不失其赤子之心者也。」現在有赤子之心的詩人日見其少，但不失其赤子之心的畫家，丁聰算是突出的一個。到老不失其赤子之心，能用孩子樣的眼睛看世界，但是又像一個智者那樣洞察世道人心，不是不知人情世故，而是眼裏不揉砂子。他畫陳四益筆下的「古裝詩文」，古今映照得恰到好處，兩人默契得天衣無縫。

本來人的性格，有時往往是多面的組合，而像丁聰那樣又像孩子樣純真善良，又犀燃燭照古往今來的鬼蜮世界，這樣的矛盾的統一，近於奇跡，是上帝有意的安排吧。吳祖光也是

這樣的類型，看他的劇本，那些劇中人的甚麼流氓手腕他不懂啊？不懂哪寫得出來？但他，我們可愛的祖光，永遠那麼老實厚道，一次又一次敗給大小流氓之手。

我們可愛的丁聰也一樣。老實厚道，當年那麼多紅極一時的女演員，防別人，都不防他。知道他可靠，值得信任，信賴。

他為人隨和，但不是沒有準主意，比方他父親叫他跟着畫國畫，但他愛上漫畫，一輩子不改其業。

人老實，甚至有時訥於言，但偏偏極富幽默感，更慣於逆向思維，具有批判意識，這也都是矛盾的統一。他從細微處揪住了現實的小辮子，就不放手，把它反覆諷刺個底兒掉。他畫的各式各樣大小官僚，從形、神兩面刻畫入微，鞭辟入裏。他揭示矛盾，寄託着自己的臧否愛惡，不是為了搞笑，所以他的諷刺與幽默絕不流於油滑。

2009 年，丁聰離去，我寫了幾首打油詩送行。其中一首說：

> 都道丁聰性格綿，常開笑口一年年。豈知向晚潮來急，每對青冥怒問天。

我們有了不少寫丁聰生平的好文章，我希望能看到丁聰的畫傳。丁聰的漫畫，傳神，傳各類典型之神。我希望界內的朋友，能以畫筆傳丁聰之神。這是我今天來這裏時抱着的希望。

謝謝大家。

2016 年 11 月 22 日，丙申猴年

楊振聲先生的佚文：
〈致不知姓名的先生〉

致不知姓名的先生

編者

先生：

您用「打入地獄」的英文字眼和氣憤的語氣（我還可以說幾乎是使人心驚膽破的），原意自然是侮辱的成分多於責備；但是，先生，我誠心誠意的在這裏表示我的感謝：咒罵往往比讚美更是出自關切，雖然您的不具名和那顯而易見的不耐煩似乎矢口否認這個「軟軟的」情分。

像您這樣肯坦率表明對某篇文章不滿的讀者，使一個刊物（知）所警惕，使它時時刻刻提醒自己，更努力尊重自己，更謹慎的選擇稿件；這樣的讀者，是它最可貴的朋友。先生，假如您不嫌厭煩，我願意重說一遍，您擲上來的輕蔑和因而泛起的慚愧，已經在幸獲哲友的歡欣下全部淹沒。

---

* 〈致不知姓名的先生〉原刊於 1948 年 2 月 29 日北平《經世日報・文藝周刊》第 86 期。

從您的筆法看來，雖然您的性子那麼猛烈，您一定是位能夠了解別人的人，只要您願意。我不妨先談一談編輯這樣一個小小周刊的技術問題。擺在您面前的，只是六千字的篇幅，每星期又僅出一次，照理似乎應該可以專印最上選的作品，我想您一定這樣想。先生，事實上困難多得很。富人的金錢能吸引更多的金錢，而窮人有數的幾文又卻永遠着了魔似的往外跑，惡性循環的結果是窮人越來越窮。先生，因了社會上這個需求（假定文藝的存在證明人家需要它），一期期稿子發出去，都是經過一番辛（苦）的。隨便舉個例子，您就可以明白了：短篇小說分期刊載，誰都知道不是上乘辦法我也恨，但是這一期就有「待續」——您說難道我做自己厭恨的事情是心甘情願的？

生活的重擔究竟使（人）多寫還是少寫，我一直不能確定，但是從一般的情形看來，至少它是壓住了許多寫文章人的心情。編輯這個周刊，取文向來不論派別或色彩，最歡迎的是投來的稿子，但是真正能歸入「文藝」類別的文章，實在少得使人難過。

您指責的那位寫短詩的先生，在本刊已是第三次發表作品，想來您不是不知道。這一次，詩確是弱了一點，我承認（並且當時我還無可奈何的覺得對不起另一位頗為愛護本刊的詩人）。可是，不知道您起初看到他的短詩的時候，有沒有我第一次接到他投來稿子時候的印象：並不是完善的藝術品，但是作者還能夠用短短的幾句表現出一個意念，一個感觸，或是一個情緒。新詩，目前正在一個最可怕的一切尚未成形的混亂階段。妥貼穩當韻味動人的像林徽因先生的詩，

似乎不是毛手毛腳的後起者在這個嘈雜無比的時代裏可能追上去模擬的；結實有力氣勢吸人的像穆旦先生的詩，確實用他的巧妙教了我們「誠實是最好的策略」，但是它本身彷彿還欠了那完工的一筆：跳過許多步，試看風靡一時的馬凡陀山歌，它實在代人出一口厭氣，讀了心裏舒服，但是拿來當作藝術品看，恐怕連作者原來也沒有這個意思。這是我隨意提出幾位一時想到的寫詩的人，根據我讀過的幾首詩寫一點點印象，不過要借了他們迥然相異的形式和風格，說明現代詩一方面沒有大家遵守的格律，另一方面還沒有大家既能尊崇又願跟隨並且有能力學習的一個或數個詩人，一種或數種詩。拋棄了古來的傳統，又沒有當代的標準，我想這正是一個泥土石塊一齊傾下去的奠基的「過渡」時期。這位寫短詩的先生，他確實還缺乏修煉，更重要的是往往不入深處，偶然還有近乎粗陋的地方，但是我認為他的短詩，枯是枯，還有生命成長，還有一點力（「有一點力量就是好的了，」聞家駟先生說得不錯）。我認為，他如果獲得鼓勵和練習，可能有些成就。先生，我請您再看一遍以前的和這一次的，把您的尺度稍稍放寬一點再估估價。

話說回到刊物來，我有個意見。先生，假如這個小小周刊辦不好，第一個該罵的人自然是我，編輯的人，但是第二個該罵的，就是您，因為您有眼光有主見，卻不願意屈尊給我們更多的幫助？您為甚麼不賜稿子給我們？

我們希望能知道您的名字和通信地址，可以每期寄單張給您，獲得您的意見。假若您還是寧可隱名，您的批評也還是歡迎，如願發表，寫成篇章，不論褒貶，一定儘量登載。

説明

一

這一封公開信，是 1948 年北平一家日報——《經世日報》的「文藝周刊」編者寫的，實際上是對那位匿名來信者——「不知姓名的先生」的答辯。匿名先生出口霸蠻，但從他能用英文詛咒「打入地獄」云云，可知並不是所謂粗人。面對來勢兇猛的辱罵，看我們的編者氣度從容，語態委婉，而說事說理，滴水不漏，卻冷靜得沒有一絲火氣，好像面帶與人為善的微笑，無論當時或今天的讀者大概都會信服其誠，而今天的讀者更會問：「答辯的文字還能這樣寫？」因為我們久已不見這樣的文風了。

這是一種高貴的文風，細心的讀者會從字裏行間感到它帶着英國隨筆（essay）的味道，優雅中透着幽默。從而問，這位編者是不是口裏銜着煙斗寫的？

如果不拘泥於對編者先生所辯護的那個年輕詩作者一節，就會發現此文的眼界頗為闊大，議論所及，竟旰衡「五四」以來新詩發展的全局，在舉例中對穆旦和馬凡陀這樣影響突出的詩家，竟也不吝直言其短。而扶挾後進，寄託着厚望。

這種風度，這種胸懷，承襲着 1919 至 1948 年三十年間「五四」新文化的文脈。看看他描繪新詩創作現狀說，「我想這正是一個泥土石塊一齊傾下去的奠基的過渡時期」，這個「奠基」的形象比喻多麼貼切啊！

即使單就編者與作者、編者與讀者（包括罵上門來的持異議者）的關係和所持態度來說，也啟示我們該好生想想。

二

　　我保存了這篇署名「編者」的文章。

　　為甚麼保存？因為文中為之辯護的那個年輕作者就是我。

　　1947年秋，沈從文、周定一主編的《平明日報．星期藝文》連續刊出我的詩。這是我的新詩習作面世之始。這鼓舞我繼續像寫日記、手記一樣大量寫了分行的思緒。年末一時興起，抄了幾十首短詩（「一個意念，一個感觸，或是一個情緒」），總題《長短句選錄》，投寄給北平《經世日報．文藝周刊》，這家周刊標明「楊振聲主編」，地址為「北京大學圖書館」。

　　在那之前，我最先是逕向沈從文先生投稿，後來跟周定一先生接上頭，但我不能總向一家「傾盆」，於是又投寄楊振聲先生。當時是初中二年級的學生，見聞有限，只知道楊先生是跟沈從文一樣的西南聯大教授，更是首先回北平為北京大學回遷打先鋒的總負責人，也聽說他早年寫過「五四」後第一個長篇《玉君》，但沒讀過。卻根本不知道他既是五四文學的先進，更是教育界的前輩，二十多年裏任過多家大學的教授、文學院長、校長。他復員北歸後，平津多家大報邀請他開辦文藝專刊，他行政事務纏身，哪裏顧得上？於是轉請沈從文、馮至等先生分擔，他只管了北平的《經世日報》這一家（這就是1951年高校「知識分子思想改造運動」中他被指為「學閥」，並說他和沈從文「壟斷了平津的文藝副刊」的緣故）。

　　我寄給東城沙灘北大圖書館轉楊振聲先生的稿子，很快就見報了。先後在1948年1月4日、2月1日、2月22日，分三次發表，共計45首，佔了不少版面。最後一次詩中，就有那首現在偶爾被人提起的：

從地獄出來／便不再有恐懼，／如擯絕了天堂／也便永遠不回去。

——要這一股／倔強勁。

大概正是這 2 月 22 日第三次刊出我的一批習作，惹惱了那位「不知姓名的先生」，使他忍無可忍了。從這一天起，到 2 月 29 日刊出編者答覆的公開信，只一周間完成了挑戰——應戰的一個回合，足見雙方都是即時反應，十分迅捷。

後來，那位罵架的先生偃旗息鼓。再無下文。

3 月 21 日，《經世日報·文藝周刊》又發了我一篇故事新編體的散文〈灩澦堆〉；同一版還發了由五首「十四行體」（sonnet）組成的《也許》一詩，署名華滋，比我的的作品成熟得多了。這樣的版面安排，我以為頗具匠心；對前事是一個呼應，一種平衡；對我個人，則既有鼓勵又有鞭策，或者兼有撫慰和壓驚的用意？

三

我的習作在此面世不久，就收到樣刊（是另印的單張），以及稿費。有經辦人附筆署名金隄，我在平津兩地報刊上見過他的譯文和譯詩，還有英美文學的研究文章。從周定一先生處聽說金隄是北大外語系的英文助教。我想他該是作為主編楊振聲的助手；許多年後，聽馮至先生說，當時曾協助楊先生處理編務的還有跟金隄在外語系同事的袁可嘉。不過，那時只有金隄跟我聯繫過，雖然一直沒見過面，十分遺憾。

2009 年，金隄先生在美逝世，我讀到他生前友好們的紀念文字，不禁憶起六十年前往事，特別是使我感念不已的那篇署名「編者」的文章，我說我猜此信是金隄所寫，「因為楊振聲先生的文風不是這樣的」。現在看來，這句話是說得過於武斷了。

所以武斷，是因為「想當然」。多年來我是怎麼「想」的呢？我幾乎沒有讀到過楊振聲先生的甚麼文章。從報上看到他是北大和北平文教界知名人士，新聞人物，上層會議和社會活動有他的身影，大學師生群眾性集會上他也經常發聲，包括聯署支持學生運動的聲明。以我後來的經驗框套，像他這樣的高年、高位，活躍在場面上，又忙於行政工作，哪裏能親自看稿，安心撰文，所謂主編，必定只是掛名的，有金隄這樣的助手，就是證明。

一個當年十幾歲的後生小子，揣度一位生於清末，又長期從事教育行政的老先生，潛意識裏就認為，像〈致不知姓名的先生〉這樣遊刃有餘的俏皮文章，不可能出於他的筆下。而年輕一輩如金隄，熟諳英語文學，能替他捉刀應對，是順理成章的。

我還曾把這一猜想寫進別的回憶文章。直到 2016 年 2 月，在《我死過，我倖存，我作證》（作家出版社，2016 年 7 月）加按語說明：

> 近讀 2015 年版《楊振聲年譜》，列入〈致不知姓名的先生〉為 1948 年初所作。乃知楊振聲先生雖將日常編務瑣事委託門生，但並非不加過問，如現在某些名人之「掛名」然。

四

我的説明寫到這裏，好像已把事情澄清。但還不能就此結束。

因為，楊振聲先生身後出版的「選集」，多沒有收入〈致不知姓名的先生〉一文。我見所及，只有《年譜》掛了這麼一筆。

2016 年 4 月，我通過楊振聲先生哲嗣楊起先生（已故地質學家，中國工程科學院院士）的夫人王榮禧女士，找到《楊振聲年譜》（學苑出版社，2015 年 10 月）的著者季培剛，就有關問題向他請教。

4 月 18 日我在火車上接到季培剛先生短信，他發來「文藝周刊」上楊振聲作品目錄，七篇署名文章計有：

〈拜訪〉：「文藝周刊」第一期，1946，8，18
〈批評〉：二期，46，8，25
〈被批評〉：四期，46，9，8
〈書房的窗子〉：五期，46，9，15
〈詩與近代生活〉：八期，46，10，6
〈鄰居〉：十二期，46，11，3
〈拜年〉：二十五期，47，2，2
以上七篇收入 1987 版楊氏選集。

另有二篇，一為〈編者小白〉，三十五期，47，4，30；一為〈致不知姓名的先生〉（署名編者）。八十六期，48，2，

29

因知年譜著者從「選集」讀到楊振聲在所編周刊上的七篇署名文章，可能未見到選集未收之文。我便將〈致不知姓名的先生〉給他發去。

季培剛4月20日覆我，基本上肯定此文出自楊振聲手筆：

非常感謝您，讓我得以見到這篇〈致不知姓名的先生〉。

讀過以後，感覺很可能是出自楊振聲先生手筆，畢竟沒有直接署名，所以也只能是推斷。

別人回憶或評價楊先生時，說他談話總是溫和、含蓄、風趣、娓娓道來，讓人如沐春風。他的文章也是如此，特別那些散文隨筆、文藝和教育評論一類，大都是這種風格，即便批評也是風度翩翩，有理說理，絕不露鋒，很紳士，不會有火藥味。

文章中反覆提到「我」，實際在一定程度上已亮出了身份，我看到的那份《經世日報》「文藝周刊」標題（刊頭）欄中署著「楊振聲主編」，沒有其他人的名字。這篇文章雖然署名「編者」，而沒署名「楊振聲」，大約是因為他這篇文字得以「編者」的身份，而不是以個人身份來談的。

楊振聲先生的文章，從沒有半文半白的文辭，他對白話文駕輕就熟，這篇也是一樣。而我見到的那篇《經世日報》「文藝周刊」的〈編者小白〉，文字不多，是一個「按語」性質的文字說明，其中半文半白的文辭不少，甚至表述的都不那麼通暢，這不是楊先生的風格，可以斷定是出自他人之手。

楊振聲先生對中國新文學的認識很透徹，把握得很到位，對於小說、散文、詩歌等不同文體的新文學的進展，向來了然於心，他其他的文藝評論中也往往談到這些問題。這篇文中，對當時您的詩作給予了非常中肯、貼切的評價，當時其他年輕編者不一定能做得到或做得好。

另外，楊振聲先生在北大上學的時候，最初就是英文系，後來改到國文系。從美國留學回國後，還曾任中山大學英吉利語言文學系的的教授，在中文系也講過外國文學，特別在英國文學方面學養很深，他的文章常常是透着英倫風調的。

季培剛的「推斷」，實際上回答了我最初揣測為金隄代筆的可憐的依據。由於這篇公開信，純然白話，又浸潤着英國隨筆的筆調，於是無端地認定不可能是像楊振聲這樣的老學者所為。只能説明我對楊老那一代人的隔膜，他雖生於十九世紀末，但於五四運動發生當年的 1919 年從北大畢業時，已經是參與《新潮》創刊和編輯的第一代五四學人；更不用説他在哥倫比亞、康奈爾和哈佛大學研究院進修心理學、教育學的學歷。

把這些擱在一邊，看看《年譜》中引用的片斷文字，如 1946 年寫的〈鄰居〉：

抗戰後回到北平，滿想租所房子，安靜工作。可是稍為可住的房子，都被強有力者佔領了，你只能住住學校的共同宿舍。人家孩子吵鬧是在你自己的院子裏，人家的笑語是在你自己的屋子裏。一切分不開，聲音尤其是一家。你終日在雜音中游泳，在不斷的聲浪中掙扎着拯救你那將溺的理想。

　　這不是在一片白話（而不是言、文混雜夾生）中顯示了散文的功力？

　　再看看楊振聲 1947 年 10 月 31 日寫給在昆明的女兒楊蔚夫婦的信中，談他「生活在每一分鐘裏」的人生哲理：

> ……我們最大的敵人是自尋煩惱。想來苦惱已多，不必自尋；應當想法解放自己，不作苦惱的目標才是。比如窮吧，有個和尚説過：「老僧去年貧無立錐地，今年貧得錐也無。」我想這最妙；錐子都沒有了，還要那立錐之地幹甚麼？其餘一切，也都可如此看。

> 最近大家又多為將來不可知的命運煩惱，這在如此時代，情過且過所不免。但我想，如果那個命運不可避免，想也無用。現在的苦惱替代不了將來，只是把將來的再加上現在的，使苦惱更多更長罷了。我的看法，是生活在每一分鐘裏。就使下一點鐘有災難，從現在到下一點鐘，到底還有一個鐘頭。我還要看書看畫，玩山玩水，不使這個鐘頭白過了。這個看法，我想麗兒一定喜歡。

　　這裏表述的生活態度，看似消極，其實積極，看似無奈，其實樂觀。這種魏晉文人式的曠達，實際通向了〈致不知姓名的先生〉的寬容，精神貴族道德上的優越感儼然可觸。

　　我以上述的理解，落實了季培剛的「推斷」。

　　他指出這封公開信署名的「編者」，屢以單數第一人稱出現，證明這是楊先生自己的口吻無疑；還有為甚麼不直署本人姓名而用「編者」的名義的解釋，我也是贊同的。我再補充一

點，即金隄和袁可嘉，與信中論及的穆旦、馬凡陀（袁水拍）都屬於青年同輩，在當時情況下，如果由他們執筆指摘這兩位詩人作品的不足，是不會像現在這樣直截了當的，這也從一個側面證明此信出自老成之手，儘管楊振聲先生當時不過 57 足歲呢。

〈致不知姓名的先生〉，是楊振聲先生一篇值得重視的佚文。

2017 年 5 月 10 日